러시
라이프

러시
라이프

이사카 고타로 장편소설
김선영 옮김

H
현대문학

lash

[명사] 채찍질, (기계 가동 부품 사이의) 치합
[동사] 격렬하게 움직이다, (돈 따위를) 낭비하다

lush

[형용사] 풍요로운, 유복한, 화려한
[명사] 술, 주정뱅이

rash

[형용사] 무분별한, 경솔한, 성급한
[명사] 두드러기, 부스럼

rush

[동사] 돌진하다, 쇄도하다, 무턱대고 행동하다
[명사] 돌격, 분주, 분망, 아첨

• 『리더스 영일사전』(겐큐샤) 발췌

차 례

a life

최고 시속 240킬로미터 지점에서 이야기는 시작된다

0

시나코가 시선을 앞으로 돌리자 때마침 열차 문이 열렸다. 쉬익, 공기 새어 나오는 소리가 났다. 노조미 500계열 고속 열차가 뱉어 낸 한숨소리처럼 들렸다.

도다가 돌아왔다. 황급히 시선을 창밖으로 돌렸지만 어차피 그 모습은 시야에 들어왔다. 비대한 환갑노인. 무심코 고개를 돌리고 싶어진다. 평균 체격에 평균 키, 굳이 따지자면 마른 편이었다. 하지만 자신만만한 태도와 주위를 압도하는 당당한 걸음걸이는 불필요한 지방 덩어리처럼 보였다. 요란한 스웨터를 입고 있었다. 진한 검정과 노란색 줄무늬라니 취미 한번 고약했지만, 긴자와 유럽을 오가는 화상畫商이라는 말을 들으면 또 그럴듯해 보이니 이상한 일이다.

도다가 옆자리에 앉자 숨이 턱 막혔다. 차량에 다른 손님은 없는데도 답답하기만 했다. 스물여덟 살에 처음 타 본 특실은 쾌적하다고 하기 어려웠다.

시선을 어디다 두어야 할지 몰라 두리번거리는데 도다가 들고 있는 신문이 눈에 들어왔다.

'빈집털이범 일본 북상 중', '센다이 시내 토막 살인 사건 속보', '부부가 시체 은닉, 시체에 성형 흔적'이라는 뒤숭숭한 뉴스가 실려 있었다.

좋은 기사도 조금은 있었다. '홍콩 40억 엔 복권 당첨. 일본인 관광객이 구매했을 가능성 있어'라고 작게나마 훈훈한 기사가 실려 있었다.

"굉장하네요." 그렇게 말해 보았다.

도다는 기사를 보더니 콧방귀를 뀌었다.

"흥, 불경기다, 불경기다 떠들어 대지만 불경기가 이만큼 오래 지속되었으니, 그게 이 나라의 표준 상태 아니겠어? 시험에서 한 번 100점을 받은 어린애가 그 후 50점밖에 못 받는다면 그 아이의 실력은 50점짜리야. 내 말이 틀려? 이 경제 상태도 계속 이어지면 그게 평균인 거야. 옛날에 누렸던 요행을 여태 기다리는 바보들만 득실거리는 나라에 미래는 없어. 애초에 실업률만 해도 그래, 이 세상에 인구수만큼 일자리가 있다고 누가 그래? 적어도 난 그런 소리 한 적 없어. 아무 근거도 없이 모두가 일자리를 얻을 수 있다고 믿는 것뿐이잖아? 인구는 많고, 모두에게 돌아갈 일자리는 없어. 간단한 진리야."

"아, 그게 아니라."

시나코는 겨우 말할 기회를 얻었다.

"전 40억 엔짜리 복권 당첨 기사를 보고 굉장하다고 한 거예요."

도다는 펼친 신문의 뒷면을 흘깃 보았다.

"이거? 운도 좋지."

"도다 씨도 당첨되면 기쁘겠지요?" 스스로 생각해도 시시한 질문이었다.

도저히 예순을 넘은 것처럼 보이지 않는 미끈한 피부를 가진 도다가 하얀 이를 씩 드러내며 말했다.

"돈은 많을수록 행복해져. 40억이라. 자네도 탐나나?"

"그야." 시나코는 웃었다. "그야 당연하죠."

"탐나면 줄까?"

"농담도 잘하시네요."

"그 값어치만큼 일을 해 주면 당연히 줄 거야."

도다의 얼굴을 똑바로 쳐다볼 수가 없었다. 억지로 품에 안겨 그 자리에서 알몸으로 발가벗겨진 것처럼 불쾌한 감정이 스쳤다.

"돈으로 못 살 건 없어." 도다는 마치 그 말을 자기가 발명하기라도 한 것처럼 당당하게 떠들었다.

이번에는 농담으로 치부할 수 없었다. 이 세상에 좌절이나 실패와 인연이 없는 사람이 있다면 도다가 바로 그 표본이었다. 평가가 올라가기 시작한 해외 화가가 있으면 당장 평생 계약을 맺고, 눈독을 들인 그림은 닥치는 대로 사들인다. 자금도 풍족하고 잔머리도 잘 돌아간다. 동년배 남자나 다른 동업자들과도 확연히 그릇이 달랐다.

애초에 도다는 도다 빌딩의 3대 사장으로, 태어날 때부터 전국에 흩어져 있는 빌딩의 경영자로 교육을 받으며 자랐다. 사자 새끼는 의식하지 않아도 자기가 사자라는 사실을 깨닫는다고들 한다. 도다는 살아가는 데 돈이 필요하다는 걸 최근에야 알았다고 했다.

하지만 얌전히 안정적인 빌딩 경영 사업만 계속할 남자가 아니었다. 빌딩을 경영하는 한편으로 미술계에도 진출했다. 어떤 계획이나 승산이 있었는지 시나코는 상상도 할 수 없었지만, 도다는 화상으로서도 금세 성공했다.

유망한 화가의 작품은 바로 점을 찍어 매매할 권리를 손에 넣었다. 그것도 작품을 바로 파는 게 아니라 시세가 오르기를 느긋하게 기다린 뒤에 한꺼번에 팔아 치운다. 자금이 있기에 가능한 수법이다. 도다에게 그림은 일종의 주식일 뿐이라고 말했던 남자가 있었다. "물감으로 그린 주식 증권이라고 생각하는 거야. 그림의 가치는 상상력이 아니라 가격표의 동그라미 개수로 결정된다고 믿지." 남자는 서글픈 얼굴로 말했었다.

"알겠어?" 옆에서 도다가 아직도 떠들어 대고 있었다. "사랑이건 애완동물이건 값을 매길 수 있어. 느긋하게 값을 끌어 올리면 되는 거야. 너도 내가 산 거나 마찬가지잖아."

반박할 말이 없다. 시나코가 은인을 배신하고 도다와 계약을 맺은 것은 사실이다.

"돈으로 못 살 건 없어."

여행길에 시끄러운 건 질색이라며 태연히 특실 차량 하나의 탑승권을 통째로 사들일 수도 있다. 실제로 시나코는 도다가 그러는 것을 보았다. 정치가에게도 돈을 빌려주었다. 머리숱도 없는 주제에 꾸벅꾸벅 절을 해 대는 꼴이 마음에 든다며 웬 의원에게 불쑥 전화를 걸어 돈을 빌려준 적도 있었다. 실제로 시나코는 몇십 분 전에 도다가 그런 지시를 내리는 소리를 들었다.

"오늘 일정은 뭔가요?"

"센다이의 고객에게 자네 그림을 소개하러 가는 거야."

도다의 얼굴이 천박하게 일그러졌다. 그는 내 그림에는 관심이 없는 게 틀림없다. 시나코는 암담한 기분이었다. 그림에서 멀어지면 안 된다고 말해 주었던 남자를 생각했다. 도다의 화랑에서 일하던 사원이었다. 그는 재력이나 지위는 없었지만 그림을 이해했다. 시나코의 그림도 열심히 봐 주었다. 마지막으로 대화를 나누었을 때도 그는 시나코의 신작을 칭찬했다. 그림에 담아낸 마음을 헤아려 주었다.

"'연결'이라는 그림이 굉장히 좋았어. 그건 릴레이를 의미하는 거지? 분명 모두들 누군가에게 배턴을 넘겨주기 위해 인생을 살아가는 거야. 오늘 나의 하루가 다른 사람의 다음 하루로 이어지는 거지."

그는 언제나 젊은 화가를 보살펴 주고, 팔리지는 않더라도 좋은 작품을 다루려 했다. 그런 그가 도다의 화랑을 그만두고 독립하려 한 것은 예상 가능한 일이었다.

"비록 작은 화랑이라도 나는 자네들 같은 화가를 위한 가게를 만들고 싶어." 그렇게 말하고 독립을 꾀했다. 그는 세상은 결국 사람과 사람 간의 연결을 통해 어떻게든 잘 풀릴 거라고 믿는 구석이 있었다.

하지만 그는 끝내 화랑을 열지 못했다. 믿고 있던 화가들이 모두 등을 돌렸던 것이다.

기가 막힐 정도로 허무했다. 믿었던 모든 화가들에게 배신당한 그는 자기 가게에 한 점의 그림도 걸지 못한 채 떠났다.

그때 도다는 돈의 힘으로 한 사람의 꿈을 너무나 쉽게 짓밟아 버렸던 것이다.

"도쿄에서 저녁밥이나 먹고 센다이로 갈까?"

일정은 전부 도다 마음대로였다. 도다는 이틀 전 시나코에게 전화를 걸어 함께 단골 고객들에게 인사를 가자고 했다. 거절할 수 없었다.

"러시 라이프라고 들어 봤어?" 한참 후에 도다가 입을 열었다.

"뭔데요?"

"노래야. 그게 제목이지. 재즈는 안 듣나?"

"잘 몰라서요."

시나코는 고개를 저었다. 거짓으로 웃는 자신이 혐오스러웠다.

"콜트레인의 명곡이야. Lush Life. 풍요로운 인생. 좋잖아? 난 지금 이 순간, 다른 장소에서 이 시간을 살고 있는 누구보다도 풍요로운 인생을 살고 있어. 그렇게 장담할 수 있고말고." 행복에 겨운 얼굴이었다. "상상해 봐. 멍청한 실업자는 물론이고 잘 살고 있다고 착각에 빠져 있는 도둑이나 종교인을 통틀어서, 나는 지금 이 순간을 사는 누구보다도 풍요롭게 살고 있어."

막 아파트를 나서던 구로사와는 현관에 꽂혀 있던 전단지를 빼서 읽었다. 아파트 관리 조합의 전단지였다. '센다이에서도 다 발하고 있는 빈집 절도 사건'이라고 적혀 있었다. 요컨대 아파트 전체의 자물쇠를 바꾸자는 호소문이었다. 디스크 실린더형 자물쇠 사진과 함께 '열쇠 구멍이 세로 꺾쇠 모양인 일반 자물쇠는 위험합니다'라고 적혀 있었다. 민폐도 이만저만이 아니다. 그만 혀를 끌끌 찼다.

최근 중국 절도단이 일본에서 난동을 부리기 시작했다. 이중, 삼중으로 문단속을 하는 게 당연한 다른 나라에 비하면 교통비를 감안하더라도 일본에서 거두어들이는 수익이 높을 것이다.

도쿄에서는 더 이상 벌이가 시원찮은지 센다이에서도 빈집 절도단이 마구잡이로 아파트를 들쑤시고 다닌다. 그 결과, 구로사와가 눈독을 들인 집집마다 회전식 텀블러와 잠금쇠가 섞인 까다로운 자물쇠를 현관에 두세 개씩 다는 판국이었다.

구두를 신고 전단지를 접어 주머니에 쑤셔 넣은 다음 밖으로 나갔다.

패거리를 모아 오로지 돈을 목적으로 범죄를 저지르는 중국인들은 어떤 의미에서는 자본주의의 귀감이라고 할 수 있을지도 모른다. 구로사와는 문득 그런 생각을 했다. 그들은 효율과 이익을 무엇보다 우선시한다. 그렇다면 나 같은 사람은 무엇을 우선시해야 할까? "미학인가?" 그렇게 답을 내 보았다가 웃음을 겨우 참았다. 진부하다.

문을 잠갔다. 바로 그때 옆집 문이 벌컥 열렸다.

이웃과 맞닥뜨리는 건 처음이라 반사적으로 "옆집에 사는 구로사와입니다"라고 멍청하게 자기소개를 하고 말았다. 젊은 남자였다. 이십 대일까. 얼굴이 창백한 게, 밤새 술이라도 퍼마셨는지 상태도 안 좋아 보였다. 짙은 남색 셔츠가 구깃구깃했다. 어제는 옆집이 말소리다 뭐다 소란스러웠는데, 술판이라도 벌였던 모양이다.

청년도 놀란 표정으로 구로사와에게 인사를 했지만 목소리가 너무 작아 알아듣기 힘들었다. 청년은 한참 뭔가를 고민하더니 이렇게 말했다.

"이 문 좀 잡아 주시겠습니까?"

문? 구로사와는 고개를 갸웃거렸다.

"친구가 잔뜩 취해서 아래층까지 업고 가야 하거든요." 청년은 주눅이 든 태도로 말했다. "이 문, 손을 떼면 바로 닫혀 버려서요. 그래서 잠깐 잡아 주시면 고맙겠는데."

구로사와는 어깨를 으쓱 움츠렸다. 말없이 청년이 부탁한 대로 문을 잡아 주었다.

청년은 작은 목소리로 인사를 했다. 겨우 감사 인사려니 하고 짐작할 수 있을 정도의 목소리였다. 그러더니 청년은 다시 집 안으로 들어가 잠시 후 남자를 질질 끌다시피 등에 업고 현관으로 나왔다. 술 냄새가 고약했다. 젊은이들은 속 편해서 좋겠군.

구로사와는 마침 도착한 엘리베이터를 붙잡고 기다렸다. 친구를 업은 채로 엘리베이터를 타는 청년을 가만히 지켜보았다. 어지간히 술에 취했는지, 등에 업힌 쪽은 망가진 꼭두각시 인형처럼 팔다리가 덜렁거렸다. 바로 돌아올 생각인 듯 청년은 문도 잠그지 않았다. 조심성이 없군.

구로사와에게 관찰은 습관이나 다름없었다. 지나가는 사람들을 관찰하고, 지갑에 얼마나 들어 있을지, 집으로 돌아가면 재산은 얼마나 될지, 가족은 있는지, 개를 좋아하는지 고양이를 좋아하는지, 저축을 좋아하는지 싫어하는지, 은행을 신용하는 타입인지, 이 녀석이 정말 남자가 맞는지, 그런 추측을 한다. 실제로 집에 숨어들었을 때 그들의 현실이 상상과 일치했을 때는 본업 이상의 성취감을 느낀다.

문이 닫혔다. 청년에게 손을 들어 인사했지만 상대는 알아보지 못한 것 같았다.

통로에 떨어져 있는 종이를 발견한 것은 그 후였다. 지폐인가 싶어 잠시 기대했지만 아니었다. 청년 아니면 등에 업힌 남자, 둘 중 누군가의 주머니에 들어 있던 종이가 떨어진 걸지도 모른다.

알아볼 수 없는 글자와 함께 숫자가 나열되어 있다. 한자도 있지만 기호도 적혀 있었다. 해외에서 발매된 부적이나 복권이 아닐까 싶었다. 빛에 비추어 보았지만 딱히 보이는 것도 없었다. 손가락으로 붙잡고 흔들어 보았다. 엘리베이터 문을 다시 한 번 돌아보았다. 방금 전 청년은 어쩌면 일본인이 아니었을지도 모른다고 상상해 보았다.

종이를 몇 번 뒤집어 보다가 고민한 끝에 그대로 지갑 속에 쑤셔 넣었다.

다른 나라의 언어가 적힌 이 종이가 지갑 속에 돈복을 가져다줄지도 모른다. 어리석은 생각을 하며 지갑을 도로 넣었다.

센다이 역 앞에는 긴 행렬이 있었다. 걸어가면서 살펴보니 카페 입구부터 뻗어 나온 줄이었다. 생긴 지 얼마 안 된 가게인지 활기가 넘쳤다.

그 광경을 바라보며 역구내로 서둘러 걸어갔다. 평일이라 그런지 관광객은 적었다. 에스컬레이터를 타고 1층으로 내려가 택시 승강장을 가로질렀다. 역 앞에 우뚝 솟은 탑 같은 건물이 눈에 들어왔다. 시에서 건설한 전망대였다. 가늘고 뾰족한 타워가 높게 뻗은 모습이 장관이다. 전망대 엘리베이터 입구에는 '특별한 기념일에'라고 적힌 현수막이 걸려 있다. 구로사와는 도저히 전망대에 오를 날이 올 것 같지 않았다. 도둑에게 '특별한 기념일'이란 실수를 해서 현행범으로 붙잡힌 날 정도일 것이다.

주변의 벽에는 '에스허르 전시회' 포스터도 붙어 있었다. 트릭아트로 유명한 화가다. 저런 걸 일러스트라고 부르던가? 구로사와도 어디선가 보았던 성 그림이었다.

구로사와는 그림 같은 미술품에는 기본적으로 관심이 없었다. 전에 이탈리아 미술관에 있던 클림트라는 화가의 명화를 누가 천장에서 낚싯바늘 같은 걸로 훔쳐 간 사건이 있었는데, 그걸 떠올리는 게 고작이다.

그러던 중 인도 옆에 서 있는 백인 여자가 눈에 들어왔다. 금발을 포니테일로 묶은 젊은 여성이었다. 스트레이트 청바지가 잘 어울렸다.

구로사와가 걸음을 멈춘 것은 그녀가 젊은 미인이었기 때문도, 유복하고 조심성 없는 표적으로 보였기 때문도 아니었다. 플래카드를 들고 있었기 때문이다. 그녀는 '당신이 좋아하는 일본어를 가르쳐 주세요'라고 적은 스케치북을 보행자들에게 보여 주고 있었다.

"이거 직접 쓴 건가?"

다가가서 물어보니 그 백인 여자는 유학 온 대학생이라고 자기소개를 하며 미소를 지었다.

"일본인들은 어떤 말을 좋아하는지 조사하고 있어요."

"어떤 말이 많아?" 신호가 파란색으로 바뀌었지만 구로사와는 그 자리를 떠나지 않았다.

"지금까지 많이 나온 건." 그녀는 유창한 일본어로 스케치북 안을 흘끔흘끔 보면서 말했다. "'꿈' 아니면."

"아니면?"

"'호황.'" 그녀는 우습다는 듯이 말했다. "그런 말이 많네요."

"나도 쓸게." 구로사와는 매직을 받아 상대가 펼쳐 준 스케치북의 새 페이지에 '밤'이라고 썼다. 페이지 한복판에 당당한 정자로 썼다.

"'밤'이라고요?" 그녀가 구로사와를 올려다보았다.

"밤을 좋아하거든."

"재미있네요." 그녀는 그렇게 말하고 덧붙였다. "도둑 같아요."

구로사와는 순간 가슴이 철렁하면서도 "참고로 싫어하는 말은 '경계'야"라고 덧붙였다.

"경계?" 그녀는 뜻을 잘 이해하지 못하는 것 같았다. "경찰이 아니라?"

구로사와는 웃었다. "그것도 싫어."

그 자리를 떠났다. 걷던 도중에 개를 보았다. 아무리 봐도 들개였다. 개 목걸이도 하지 않았다. 시바견일까? 주인 없는 시바견은 별로 못 봤는데. 원래는 황토색이었을 털이 진흙과 먼지 때문에 회색으로 변해 있었다. 역 주변에 개가 있다니 드문 일이었다. 들개 자체가 줄었기 때문이겠지만, 거리에서 동업자를 만나는 것보다 드문 일이다. 차들이 어지러이 다니는 도로에 저 늙은 개가 비척비척 뛰어들지나 않을지 걱정되었다.

신호가 다시 파란불로 바뀌었다. 구로사와는 이번에야말로 횡단보도로 향했다. 도둑과 개가 사이좋게 지내서는 안 된다. 그는 그의 미학에 따라 지저분한 개를 무시하고 길을 걸었다.

가와라자키는 붐비기 시작한 카페 입구를 멍하니 바라보고 있었다. 큼직한 창문으로는 신칸센 고가 철로가 보였다. 맥스 야마비코 E4계열 열차가 하행선 플랫폼에 들어오는 참이었다.

주문한 커피는 이미 예전에 바닥났지만 가게에서 나갈 수도 없었다. 그렇다고 장학금으로 근근이 살아가는 학생 처지에 새 음료를 주문하기도 망설여졌다. 처음 주문한 커피는 반값이었다. 개점 기념으로 나눠 준 할인 쿠폰 서비스 덕분이었다.

그림을 그린다. 늘 하는 일이었다. 거리에서 받은 사람 찾는 전단지 뒷면에 볼펜으로 그림을 그린다. 눈에 들어온 손님들의 옆모습이나, 언뜻 본 맥스 야마비코의 모습을 러프 스케치로 그렸다. 그림은 취미가 아니라 생활의 일부였다.

전단지는 행방불명된 남성을 찾는 내용이었다. 젊은 남자가 일주일 가까이 돌아오지 않아 부모가 찾는 모양이었다. 사진 속에는 혈색 나쁜 청년이 있었다. 키도 그리 크지 않아 왜소할 것 같았다.

'사타구니에 수술 흉터가 있습니다.' 그런 특징이 적혀 있는 걸 보고 가와라자키는 헛웃음을 터뜨리고 말았다. 낯선 사람에게 "당신 사타구니 좀 보여 주시겠습니까?"라고 물으란 소린가? '여덟 바늘을 꿰맨 흉터입니다'라는 설명까지 있다. 몇 바늘인지 세어 보란 뜻인가?

갓 개점한 대형 카페는 북적거렸다. 빈자리가 없었다.

쓰카모토가 대체 무슨 용무로 불러냈을까 생각해 보았다. 간부인 쓰카모토와 직접 이야기를 나눌 기회는 거의 없다. 그를 부른 이유도 짐작이 가지 않았다.

지난번 집회가 끝나고 센다이 문화센터를 나서는데 누가 불러 세웠다. 검은 원피스를 입은 젊은 여성이 서 있었다. "가와라자키 씨 맞지요? 1층 대기실에서 기다리는 분이 계십니다. 따라오시겠어요?"

안쪽 대기실로 가자 쓰카모토가 기다리고 있어, 저도 모르게 외마디 소리를 지르고 말았다.

"앗!"

"그렇게 놀라지 마."

쓰카모토는 편안한 말투로 말했다.

"다카하시 씨가 부른 것도 아니잖아."

그 말에 다리가 후들거렸다. '다카하시'는 가와라자키 입장에서는 차마 이름도 입에 담기 두려운 존재다.

"나는 쓰카모토라고 해."

"아, 알고 있습니다." 가와라자키는 즉각 고개를 끄덕였다. 모르면 간첩이다. 이십 대 후반에 간부가 되어, '다카하시'의 측근으로 활동하는 쓰카모토는 신자들 사이에서는 유명한 인물이다. 그게 이틀 전 일이었다.

어느 틈에 쓰카모토가 눈앞에 서 있었다. 깜짝 놀라 컵을 엎을 뻔했다.

"그림을 잘 그리네." 가와라자키가 쥐고 있는 낙서를 보았는지 쓰카모토가 그렇게 말했다.

"아, 안녕하세요. 바쁘실 텐데 오늘 이렇게 와 주시다니, 고맙습니다."

가와라자키는 허둥지둥 전단지를 뒤집었다. 그러자 '이 남성을 찾습니다'라는 수색 사진이 위로 올라왔다.

쓰카모토가 깜짝 놀란 얼굴로 그 사진을 보았다.

"자네 이 사람하고 아는 사이야?"

"아니, 아닙니다." 고개를 저어 부정했다. "길에서 나눠 주더라고요. 행방불명된 사람을 찾는다던데, 저는 아무 상관도 없습니다." 저도 모르게 변명 같은 소리를 하며 전단지를 접어 주머니에 집어넣었다.

쓰카모토는 그 동작을 가만히 지켜보고 있었다. 가와라자키는 타인의 행방을 찾기보다 자기 미래나 모색하라는 충고를 각오했지만 그런 말은 들려오지 않았다.

쓰카모토가 출구를 가리켰다. "밖으로 나갈까?"

가게 밖에도 줄이 뻗어 있었다. 센다이에 처음 생긴 프랜차이즈 카페라고는 해도 겨우 커피 한 잔 마시려고 줄까지 서다니 기묘했다. 줄을 좋아하는 건지 커피를 좋아하는 건지. 아마도 전자가 아닐까?

쓰카모토와 나란히 걷는 것만으로도 우월감이 솟구쳤다. 길모퉁이에서 우연히 마주친 게 아니다. 쓰카모토는 그의 이름을 기억해 주었고, 굳이 이름을 지명하여 불러내 준 것이다. 명예란 이런 것을 두고 하는 말이다. 가와라자키는 환희를 곱씹었다.

상점가 입구에는 아까 그대로 사람 찾는 전단지를 나눠 주는 사람이 있었다. 잔뜩 인상을 찡그리고 전단지를 나눠 주는 그들에 비해 자신은 얼마나 운이 좋은가. 그렇게 생각하지 않을 수 없었다.

"그 모자, 멋지네." 쓰카모토가 가와라자키가 쓴 붉은 모자를 가리켰다.

"예전에 아버지가 사 주신 겁니다."

챙이 넓은 외제 모자였다. 브라질 축구 선수의 트레이드 마크인 모자로, 한때 일본에서는 손에 넣기 어려울 정도로 사회적 붐을 일으켰다.

"그 새빨간 모자, 구하기 어렵기로 유명했던 그거지?"

아버지가 어디서 그 모자를 손에 넣었는지 지금도 알 수 없다. 당시 가와라자키는 그게 복제품이라고 생각했지만 실제로는 그렇지 않았다. 어쨌든 거들먹거리던 아버지의 얼굴을 똑똑히 기억한다. "둘이서 세트야." 아버지는 그렇게 말하며 기쁜 얼굴로 자기 모자도 보여 주었다.

"챙을 꺾어 쓰는 게 유행하지 않았던가? 자네 건 다르지만."

"아버지는 그렇게 쓰셨습니다." 가와라자키는 쓴웃음을 지었다. 역시 이왕 쓰려면 유행을 따라야지, 하고 아버지는 야구 모자의 챙을 서툰 손놀림으로 꺾었다. 그때 아버지는 정말 기뻐 보였다. 가와라자키는 그런 아버지의 모습을 차갑게 비웃으며 고집스레 챙을 꺾지 않았다.

그때 쓰카모토가 입을 열었다.

"저기 웬 개가, 개가 있네."

허둥지둥 시선을 돌렸다. 빨리 찾아내지 않으면 쓰카모토가 실망할 것만 같았다.

분명 개가 있었다. 20미터쯤 떨어진 곳을 걸어가고 있었다. 인도 위를 느릿느릿 지나가면서 이따금 바닥에 코를 문지르고 있다. 개 목걸이도 하지 않고 배회하고 있었다.

"이런 곳에 개가 있다니 별일이네요. 목걸이도 없는 걸 보니 들개일까요?"

"시바견 같은데. 잡종이려나?"

쓰카모토의 말을 들으며 가와라자키는 아버지를 떠올렸다. 털은 지저분하고, 갈 곳도 없이 구박을 받으며 어슬렁거리는 모습이 아버지와 똑같아 보였는지도 모른다.

3년 전, 아버지는 느닷없이 20층짜리 아파트 17층에서 두 팔을 벌린 채 뛰어내려 죽었다. 기억나는 건 집 현관의 광경이다. 그날은 대학교 입학식 날이라 가와라자키는 현관에 걸터앉아 새로 산 로퍼를 닦고 있었다. 등 뒤로 전화벨 소리가 들렸다. 어머니가 가와라자키의 이름을 부르더니 아버지가 투신했다고 외쳤을 때에야 고개를 들었다. 당시 그는 뒤를 돌아보며, 상황을 받아들이지 못한 나머지 "몇 층에서?"라고 어리석은 질문을 했다.

경찰에게 자세한 사정을 들은 가와라자키는 충격을 받았지만 아버지답다고 생각했다. 비상계단을 올라간 아버지는, 분명 20층 꼭대기까지 가다가 지쳤을 것이다. 도중에 '이쯤이면 되겠지'라고 생각했을 게 틀림없다. 그래서 17층이었던 것이다. 골직전의 8부 지점. 그의 인생은 늘 그런 지점에서 꺾였다.

"표정이 영 어둡네, 개를 싫어해?"

쓰카모토의 목소리에 정신을 차렸다. "아, 아닙니다." 허둥지둥 부정했다.

쓰카모토는 탐색하는 눈빛으로 가와라자키를 한참 쳐다보았다. "가와라자키는 언제부터 우리 교단에 있었지?"

"아마 3년쯤 됐을 겁니다."

"우리를 알게 된 계기는 역시 그건가? 그 일." 쓰카모토가 물었다. 마침 신호가 빨간불로 바뀌어 걸음을 멈췄다.

'그 일'이 무엇을 가리키는지 가와라자키도 금방 눈치챘다. 센다이에서 일어난 비즈니스호텔 연쇄살인 사건을 말하는 것이다. "그건 2년 전 아니었습니까?"

"아니, 사건이 시작된 건 3년 전이었을걸. 역 동쪽 출구에 있는 비즈니스호텔에서 남자가 교살당한 사건이 처음이었을 거야."

비즈니스호텔에서 연달아 살인 사건이 발생했다. 한 달에 한 명꼴로, 장소는 언제나 센다이 시내의 비즈니스호텔이었다. 전국 와이드 쇼는 물론이고 구경꾼에, 재미 삼아 사건에 편승한 모방범까지 나타난 대사건이었다. 당시 범인이 체포될 기미가 전혀 없어, 가와라자키는 경찰이 가여워 보일 정도였다. 그 정도로 전망은 어두웠다.

그런데 어느 날, 사건은 갑작스럽게 해결되었다. 일반 시민의 의견이 계기가 되어 범인이 체포되었던 것이다. 그 일반 시민이 바로 '다카하시'였다.

그날 있었던 일을 얘기할 때면 신자들은 대개 눈부신 표정을 짓는다.

강연이 있던 날이었다고 한다. 집회 강연을 마친 '다카하시'는 평소 같으면 그대로 단상에서 내려오는데, 그날은 그러지 않고 온화한 목소리로 이렇게 말했다고 한다. "그러고 보니 그 사건을 알고 계십니까? 비즈니스호텔에서 살해당한 사람들 말입니다. 그건 연결되어 있는 사건이랍니다. 세상일은 대부분 연결되어 있지요. 다음 범행은 센다이 파크호텔 3층에서 일어날 겁니다."

당시 가와라자키는 신자가 아니었기 때문에 그 자리에 없었다. 그것이 몹시 아쉬웠다. 그날을 계기로 신자들 사이에는 그날 이전의 신자와 그날 이후의 신자라는 보이지 않는 구별이 생겼다. 눈부신 예언을 기억해 낼 수 있는 자와, 상상할 수밖에 없는 자의 구별인 것이다.

"그 말을 들었을 때는 소름이 돋았지. 다카하시 씨가 그 사건에 관심을 갖고 있다는 것조차 몰랐으니까. 집회가 끝나고 급하게 간부 모임이 열렸어. 그런데 그때, 다카하시 씨가 이렇게 말했던 거야." 쓰카모토가 먼 곳을 내다보며 그때의 광경을 떠올리듯 중얼거렸다. 가와라자키는 침을 꼴깍 삼켰다.

"'그러면 이제부터 증명해 보겠습니다.'"

쓰카모토의 입으로 들어도 등골이 서늘했다. 이 얼마나 매력적인 말인가.

"다카하시 씨는 그렇게 말했어. 그리고 실제로 화이트보드를 써서 증명했지. 피해자의 나이와 성별, 사건 당일의 날씨, 비즈니스호텔의 위치 관계. 그때까지 나온 정보를 기록하고 법칙성을 설명했어. 모든 상황이 다음 범행 장소, 센다이 파크호텔 3층을 가리키고 있다는 걸 증명해 냈어."

"경찰은 바로 믿어 줬습니까?"

"설마. 일반 시민의 의견을 순순히 들어 줄 리가 없지. 그것 때문에도 고생했어."

쓰카모토는 그 이상 설명해 주지 않았다. 하지만 센다이 중앙 경찰서가 센다이 파크호텔 3층 비상계단에서 범인을 체포한 건 사실이다.

그 후 언론의 극적인 난리법석은 한 편의 희극이었다. 읽는 사람이 민망해지는 '현대판 셜록 홈스'라는 싸구려 제목이 지면에 너울거렸고 센다이에 취재진이 쇄도했다. '다카하시'가 진상에 다다르기까지의 논리 흐름도를 작성해 게재한 잡지도 있었다.

처음에는 방송국이나 잡지 기자들도 '다카하시'를 영웅 취급하며 떠받들려 했다. 사건 해결에 공헌한 일반인은 칭송받아야 한다고 믿었다. 그런 취급이었다.

신자는 급격히 늘었다. '천재'나 '영웅'에 강하게 끌리는 사람들이나 정신적 지침을 갈구하는 잠재적 신자들이 '다카하시' 곁에 우르르 몰려들었다. 가와라자키도 그중 하나였다. '다카하시'가 미래를 볼 수 있다는 소문이 떠돈 것도 그 무렵이었다. '한발먼저 사람들을 구할 수 있다'고 누군가가 말하는 소리를 들었다.

하지만 '다카하시'가 거의 모습을 드러내지 않고 취재에도 비협조적이라 좀처럼 기삿거리가 되지 않는다는 사실을 깨닫자 언론은 차츰 불만을 느끼기 시작했다.

어느 출판사가 '21세기의 탐정은 오컬트 교단의 교주'라는 제목을 찾아내자, 출구를 찾아낸 물웅덩이가 한꺼번에 빠져나가듯 언론은 거기에 달려들었다.

"쓰카모토 씨는 그…… 최근에 일어난 그 사건을 어떻게 생각하십니까?" 가와라자키는 굳이 물어보았다.

"그 사건?" 쓰카모토는 잠시 생각하는 표정을 지었다가 대답했다. "아아, 토막 살인 사건 말이야?"

약 반년 전에 센다이 시내에서 팔다리가 토막 난 시체가 발견되었다. 경찰은 젊은 남성의 시신으로 단정했지만, 피해자의 신원도 알아내지 못했고 가해자도 찾아내지 못했다. 그랬는데 최근 유사한 시신이 몇 군데에서 발견되어 난리가 났다. 동일범일 가능성이 높았다.

"가와라자키는 그것도 다카하시 씨가 해결해 주기를 기대하는 거야?"

가와라자키는 부끄러운 마음에 어중간한 대답을 했다.

"아, 그냥."

"어쩌면 다카하시 씨는 이미 그 사건의 수법도 알아냈을지 몰라."

"정말입니까?"

쓰카모토가 웃었다. "모를 일이지. 예전 사건 때처럼 갑자기 답을 말할지도 몰라. 어느 날 아침, 불쑥 '증명해 보겠습니다' 하고 조용히 말할지도 모르지."

신호가 파란불로 바뀌었다.

"신의 영역이야." 쓰카모토가 말했다.

"네?"

"세상에는 신의 영역이라고밖에 생각할 수 없는 일이 이따금 벌어져."

가와라자키는 무슨 뜻인지 모르겠다고 말할 수 없었다. 섣부른 소리를 했다가 경멸당하고 싶지 않았다.

"바다코끼리 알아?"

"바다코끼리?"

"북극에 버글버글한 동물인데, 몸집은 집채만 하고 입에는 커다란 송곳니가 아래쪽으로 뻗어 있어."

"그런데요?" 가와라자키가 등을 곧게 폈다.

"텔레비전에 나오더라. 어느 날 바다코끼리들이 육지로 올라왔어. 굉장한 숫자였지. 그런데 그중 몇십 마리가 언덕 위로 향해. 왜 저러나 지켜봤더니, 느릿하게 굴러떨어지는 거야. 절벽 밑으로. 당연하다는 듯이 죽더군. 근데 그걸 모두가 따라 해. 차곡차곡 포개져서 죽는 거야. 집단 자살이었어."

"17층에서?" 가와라자키는 무심코 그렇게 물었다.

쓰카모토는 의아하다는 표정으로 얼굴을 찌푸렸다.

"어떤 습성 때문인지는 알아내지 못한 것 같지만."

"그게 어째서요?"

가와라자키는 그렇게 말하면서 머릿속에서 바다코끼리가 낙하하는 모습을 상상해 보았다. 무의식적으로 그 광경을 데생하고 싶어 손이 움찔거렸다.

"모두 똑같아. 중력도 공전도, 바다코끼리의 추락사도, 모두 신의 영역이야."

쓰카모토가 마음을 가라앉히려는 듯 눈을 감더니 걸음을 멈췄다. 보행자의 흐름이 양쪽으로 갈라졌다.

"자네는 텔레비전에 나온 다카하시 씨를 보고 우리 교단에 들어왔겠지?"

가와라자키는 대답을 얼버무렸다. 엄밀하게 말하면 그때 처음 '다카하시'를 본 게 아니었기 때문이다. 사실 가와라자키는 텔레비전으로 보기 전에 '다카하시'를 만났다. 아버지가 돌아가신 직후였다. 당시 가와라자키는 잠도 못 자고 몽유병자처럼 근처 다리 위를 정처 없이 돌아다니는 일이 잦았다. 한밤중에 다리 위를 오가면서 강물 소리를 들으며 머릿속에서 상념을 몰아냈던 것이다. 몇 번을 왕복하면 졸음이 밀려들거나, 혹은 잠들지 않아도 멀쩡해지거나, 둘 중 하나였다.

그날 밤은 태풍이 다가오고 있어 히로세 강에 탁류가 몰아쳤다. 그때 누군가 헤엄치는 소리가 들렸다.

여름이 아니었다. 한밤중, 이렇게 폭우가 내리는 날에, 어떤 괴짜가 헤엄을 치는 걸까? 가와라자키는 깜짝 놀라 다리에서 강가로 내려갔다.

그러자 남자가 서 있었다. 깊은 밤, 가로등 밑에서 상반신을 드러낸 채 셔츠를 쥐어짜는 모습이 보였다.

남자는 물에 빠진 고양이를 구해 낸 참이었다. 물에 흠뻑 젖은 고양이가 몸을 흔들어 물방울을 떨쳐 내는 모습이 보였다.

가와라자키는 넋을 잃고 남자를 바라보았다. 다리 위 가로등 불빛에 비친 그 모습은, 키는 그리 크지 않았지만 등이 성스럽게 빛났다. 그 등에는 인상적인 흉터가 있었다. X자로 난 그 흉터는 화상 자국 같았다. 차마 똑바로 바라보지 못할 정도는 아니었지만, 참혹한 화상 자국은 눈에 띄었다.

남자의 옆얼굴은 단정하고 아름다웠다. 화상 자국이 신비한 그의 외모를 더욱 돋보이게 했다.

가와라자키는 말도 걸지 못하고 우산을 든 채로 한동안 넋을 놓고 있었다.

그 남자가 '다카하시'라는 것을 알게 된 건 그로부터 한참 뒤였다. 텔레비전에 나온 '다카하시'의 모습을 보고 그가 그 강에서 보았던 사람이라는 것을 깨달았다.

강에서 '다카하시'를 보았다는 이야기는 아무에게도 하지 않았다. 고양이를 구하려고 강에 뛰어든 '다카하시'는 가와라자키에게는 실로 하늘에서 사람들을 구해 주는 신처럼 보였다. 때문에 그 광경을 목격한 것은 혼자만의 특별한 경험처럼 느껴졌다. 결코 남들과 공유하고 싶지 않았다.

"저기 전망대에 올라가 본 적 있어?" 쓰카모토가 역 앞 전망대를 가리켰다.

가와라자키는 고개를 가로저었다. 높은 빌딩에는 관심이 없었다. 애초에 위를 올려다보는 것 자체가 고역이었다. 아버지가 뛰어내린 20층짜리 아파트가 늘 머릿속에 떠오른다. "쓰카모토 씨는요?"

"나도 없어. 전망이 좋다던데."

"'특별한 기념일에' 오라고 적혀 있던데요." 가와라자키는 말했다. 웃음을 참을 수 없었다. 자신에게 도저히 '특별한 기념일'이 있을 것 같지 않았기 때문이다. 굳이 말한다면 쓰카모토와 나란히 걷고 있는 지금 이 순간일 것이다.

에스허르 전시회 포스터가 눈에 들어왔다. 트릭밖에 없는 그림에는 관심이 없었지만 그림 속의 성과 병사는 앙증맞아서 좋았다. 아니, 병사가 아니라 수도사였던가? 지나가면서 머릿속으로 같은 그림을 모사해 보았다.

백인 여자를 먼저 발견한 것은 가와라자키였다. 센다이 역 구내에서 조금 떨어진 곳에 젊은 백인 여자가 서 있었다. 플래카드를 들고 있었다. 스케치북에는 '당신이 좋아하는 일본어를 가르쳐 주세요'라는 한 줄뿐이었지만 쓰카모토도 흥미를 느꼈는지 말없이 그쪽으로 걸음을 옮겼다.

"좋아하는 일본어를 적어 주시겠어요?"

머리카락을 포니테일로 묶은 백인 여자는 아름다웠다. 가까이 다가간 가와라자키와 쓰카모토에게 미소를 지었다.

"좋아하는 일본어라."

쓰카모토가 고개를 갸웃거렸다. 생각한 끝에 매직을 받더니 스케치북의 마지막 페이지를 펼쳤다. 그는 잠시 가와라자키의 얼굴을 살폈다. 그리고 펜을 건네더니 자네가 써, 라고 했다. 시험을 받는 듯한 기분이었다. 펜을 쥐자 하마터면 무심코 하얀 종이에 그림을 그릴 뻔했다.

"좋아하는 단어가 있나요?" 그녀가 물었다.

긴장해서 손이 떨렸다. 깔끔하다고 할 수 없는 글씨로 '힘'이라고 적었다. 채점을 기다리듯 쓰카모토의 얼굴을 슬그머니 올려다보았다. 쓰카모토는 영 마음에 들지 않는다는 얼굴로 고개를 갸웃거리다가 "좋네" 하고 끄덕거렸다. 일본어와 영어로 인사하는 백인 여자의 목소리를 들으며 가와라자키는 쓰카모토와 나란히 히로세 길로 향했다.

"그래서 본론으로 들어가면." 쓰카모토가 말했다.

"예." 가와라자키는 정신을 똑바로 차렸다.

"자세한 이야기는 차에서 하겠지만. 신이 궁금하지 않아?" 쓰카모토는 묘한 표정으로 말했다.

"신 말입니까?"

"신의 구조 말이야."

"예?"

"신을 분해할 거야." 쓰카모토의 얼굴을 보니 농담을 하는 것 같지는 않았다.

교코는 수화기에 귀를 대고 있었지만 대체 무슨 일이 벌어지고 있는지 이해할 수 없었다. 거실 소파에서 일어나 수화기를 귀에서 떼고 미심쩍은 눈길로 쳐다보았다.

남편의 전화였다. 미덥지 못한 다섯 살 연상의 남편이 건 전화였다.

"당신, 이런 꼭두새벽에 밖에서 전화를 걸어 한다는 소리가 그거야?"

교코는 수화기에 대고 분통을 터뜨렸다. 상대는 아까부터 똑같은 소리만 하고 있었다.

"헤어지자. 이제 집에는 돌아가지 않을 거야." 그 말만 되풀이하고 있다.

무슨 소리람. 남편이 제 입으로 이혼 이야기를 꺼낼 줄은 생각도 못 했다. 이혼 자체는 아무 문제 없다. 사실 교코도 다른 방법을 써서 헤어질 작정이었다. 절호의 기회라고 하면 이보다 더 좋은 기회도 없었다. 눈앞의 소파에 아오야마가 앉아서 교코를 걱정스레 바라보고 있다. 밤새 깨어 있어서 그런지 아오야마는 눈가가 붉었다.

"정말 헤어질 거지?" 으름장을 놓을 셈은 아니었지만 단호하게 물어보았다.

사람들과의 이별을 무엇보다 꺼리는 남편이 돌발적인 결단을 내렸으니 그 기회를 놓칠 수는 없었다.

"좋아, 냉큼 이혼해."

"고마워."

남편은 성실한 목소리로 대답했다. 성실해서 손해만 보는 남자에게 딱 어울리는 목소리다. 그는 이혼 신고서에 대해 장황하게 설명하더니 "짐은 한꺼번에 가지러 갈게"라고 말했다. 그리고 마지막으로 미안하다는 말을 덧붙였다.

이 집을 나가 어디로 갈 속셈이람. 교코는 아랫입술을 비죽 내밀었다.

눈앞의 아오야마가 일어나서 팔을 벌렸다. 현역 축구 선수라 그런지 어깨도 떡 벌어졌고 가슴팍도 탄탄하다. "왜 그래?" 오프 시즌인데도 단련된 육체에는 군살이 없다.

아무 일도 아니라고 대답하려던 차에 다시 전화가 울렸다.

남편 전화인가 싶었는데 아니었다. "심리 카운슬러가 되고 싶은데 어떻게 해야 일을 할 수 있습니까?" 중년 남자가 차분한 목소리로 엉뚱한 소리를 했다.

지금 그런 소리 하고 있을 정신 없어! 그렇게 버럭 고함을 지르려다 꾹 삼키고 대신 쏘아붙였다.

"당신이나 카운슬링을 받아 보시지?"

남자는 비아냥거리는 교코에게 아랑곳하지 않고 가볍게 대답했다.

"그럴 생각으로 아까부터 거울 앞에서 자문자답을 하고 있는데 잘되지 않는군요."

아무 대답도 하지 않고 전화를 끊고 아오야마를 향해 어이없다는 표정을 지어 보였다.

"장난 전화야. 세일즈였을지도 모르겠네. 우리 병원에서 일하고 싶었나 봐."

"세일즈? 클리닉에?"

"치유 클리닉이야." 교코는 자조 어린 목소리로 정정했다. 정신과 카운슬링을 사람을 치유하는 기술로 믿는 사람이 많다. 카운슬링은 찌그러진 채로 달리는 자동차의 축을 그럴싸하게 고쳐 놓을 뿐이다. 물론 보다 훌륭한 정신과의도 많겠지만, 교코는 그랬다. 실제로는 똑바로 고쳐 놓지도 않고 "다 고쳤어요" 하고 속일 때도 있다.

"먼저 걸려 온 전화는 남편이었어. 나하고 헤어지겠대."

아오야마는 복잡한 표정으로 소파에 앉았다. "헤어지겠다고? 그쪽이 먼저?"

"놀랐지? 그 남자가 그런 소릴 하다니." 교코는 눈썹을 실룩거렸다.

"그러니까 몇 번이나 물었잖아." 아오야마가 갑자기 따지고 들었다. "남편이 이혼에 응해 줄지 물어보자고 했잖아. 교코는 절대 그럴 리 없다고 고집을 부렸지만 그것 봐, 역시 가능성은 있었던 거야."

"절대 그럴 리 없어."

"하지만 실제로는 그렇잖아. 지금 전화로 그렇게 말했다면서?"

교코는 말문이 막혔지만 그래도 반박했다.

"됐어, 어쨌든 이건 기회야. 저쪽에서 먼저 말해 줬으니까."

"천재일우." 아오야마가 말했다.

"청천벽력." 교코가 맞장구를 쳤다.

"가뭄에 단비."

"호박이 넝쿨째."

"간발의 차."

"굿 타이밍."

"천만다행."

"그 남자, 운도 좋지." 교코는 이번에는 이 자리에 없는 남편을 향해 그렇게 말했다.

"하마터면 죄를 저지를 뻔했군." 아오야마가 연극 대사 같은 소리를 했다. 겨우 마음을 놓았는지, 안도한 기색이 얼굴에 드러나 있다. "이걸로 계획은 중지야."

"우리 남편 쪽만." 교코는 말끝을 또박또박 발음했다.

아오야마의 얼굴이 대번에 겁에 질린 소년처럼 변했다. 그래도 명색이 프로 축구 리그에서 활약하는 현역 수비수인데 당장이라도 울음을 터뜨릴 것 같은 표정이다.

"당신 부인 쪽은 그대로 밀고 나가는 거야. 그 여자가 먼저 헤어지자고 할 리 없잖아."

아오야마의 시선이 허공을 떠돌았다.

"아니, 그것도 가능성이 없는 건 아니야. 당신 남편이 이혼 얘길 꺼낼 정도잖아."

"우리 남편은 기적을 일으킨 거고. 기적이 두 번 일어날 것 같아?"

"두 번 일어나는 일은 기적이 아니야."

아오야마가 즉각 답했다. 조건반사에 가까웠다. 5년 전 프로 축구 2군 리그 최종전을 떠올리고 있는 것이다. 아오야마는 우승이 걸려 있던 그 시합에서 3대 0의 열세를 딛고 역전한 것은 '기적'이었다고 자주 말했다.

"당신 부인은 기적을 일으킬 타입이 아니야."

아오야마의 얼굴에는 피곤한 기색이 역력했다.

사람을 죽일 작정이었으니 그럴 만도 하다. 교코의 남편이 집에 돌아오면 아오야마가 덤벼들어 목을 조른다. 그런 계획이었다. 예상과 달리 남편이 좀처럼 돌아오지 않아, 결국 아침까지 계속 기다리게 된 아오야마는 정신적으로 상당히 지쳤을 터였다. 마음 놓을 날 없는 군인 같은 표정으로 당장이라도 쓰러져 잠에 빠질 것처럼 보였다.

"당신, 마음이 바뀐 건 아니겠지?"

교코는 못을 박았다. 어제까지는 둘 다 의지가 굳건했다. 서로 협력해 배우자를 살해하고 함께 살자고 몇 번이나 거듭 의논해 결정했다. 아오야마는 근본이 단순하고 소심한 구석이 있지만 몇 번이나 담담히 의논하는 사이 시합을 앞둔 선수 같은 표정을 짓더니 결심을 굳혔다.

"무, 물론이지." 아오야마가 나약하게 말했다.

"하지만…… 그래. 당신 부인한테도 기회를 주는 게 낫겠어."

교코는 고개를 끄덕이며 입에 발린 소리를 했다.

"어쩌면 지난번과 달리 승낙해 줄지도 모르잖아. 우리 남편도 반년 전까지만 해도 이혼은 절대 용납 못 한다고 했으니까. 오늘 무슨 일이 있었는지는 몰라도 태도가 바뀌었어. 당신 부인에게 같은 일이 일어나지 말란 법도 없지. 그 여자한테 마지막 기회를 주자."

아오야마의 아내는 그보다 다섯 살 어린 드센 여자다. 딱 한 번 만난 적이 있다. 그때는 아직 교코와 아오야마는 카운슬러와 선수 사이였을 뿐인데도 그녀는 적의를 드러냈다. 원래 구기 종목 선수였기 때문에 여성치고는 덩치가 컸다. 그 몸에 일제히 눈에 보이지 않는 가시를 곤두세우는 게 느껴졌다.

그 여자는 포기하지 않겠지. 교코는 속으로는 그렇게 생각했다. 그 여자는 나랑 같은 부류니까.

"지금 집에 돌아가서 얘기 좀 해 봐."

아오야마는 난처한 기색이었지만 그래도 고개를 주억거렸다. 그는 축구 선수답게 운동복만 걸친 가벼운 차림이었지만 표정은 무거웠다.

한참 침묵이 감돌았다.

"그래. 얘기해 볼게."

오후에 다시 만날 약속 장소를 정하고 아오야마를 배웅하러 현관으로 나갔다.

"참, 요새 역 쪽에 가 봤어?" 아오야마가 구두를 신으며 물었다.

"역? 센다이 역 말이야?"

"역 앞에 여자 외국인이 서 있거든."

"외국인이라는 건 차별적 표현이라던데."

"어쨌거나, 엄청 예쁘장한 백인인데 '좋아하는 일본어를 가르쳐 주세요'라는 종이를 들고 있어."

"일본어로?"

"응. 일본어로. 교코라면 뭐라고 쓸 거야? 좋아하는 일본어."

"글쎄. 난 그런 설문은 싫어하는데. 게다가 외국인도 질색이야."

"아, 당신도 지금 외국인이라고 했어."

아오야마는 눈썹을 찌푸리며 교코를 손가락질했다.

"당신은 뭐라고 쓸 건데?"

"난 벌써 썼어. 좋아하는 일본어가 있으니까. '약속.' 좋은 말이잖아?"

"안 어울려." 교코는 콧방귀도 뀌지 않았다. "당신한테는 '근육'이나 '승리'가 더 어울려."

"날 바보 취급하네."

아오야마가 굵은 눈썹을 찌푸리더니 문득 생각났다는 듯이 물었다.

"아, 참, 거기 알아? 역 앞 전망대. 교코는 가 봤어?"

"설마."

교코는 퉁명스럽게 대답했다. 엘리베이터로 올라가는 게 전부인데 거기에 무슨 가치가 있단 말인가? 누구나 올라갈 수 있는 곳에서 경치를 바라본들 아무런 자랑거리도 되지 않는다.

"그 전망대, 뭔가 특별한 기념일에 올라가면 좋대."

교코는 피식 웃었다.

"그렇다면 오늘이네. 당신 부인을 죽일 거니까. 오늘이야말로 특별한 기념일이야. 뭐, 됐어. 어쨌든 오후 1시 넘어 다시 만나."

교코는 그렇게 말하며 해방감을 나타내듯 손을 펼쳤다.

"난 이제 독신이야. 상대를 죽이지 않고도."

아오야마의 얼굴이 다시 창백해졌다.

"괜찮아. 둘이서 두 사람을 죽이려던 계획이 2대 1로 바뀐 거니까. 간단해."

아오야마는 천천히 현관을 나서다가 문득 멈춰 섰다.

"시합에서는 때로 선수가 퇴장당해 머릿수가 부족해진 팀이

이기기도 해."

 도요다는 차를 팔까 말까 진지하게 고민하고 있었다. 고민하면 할수록 마음이 무거워졌다.

차를 파는 것 자체는 그리 아쉽지 않았다. 할부는 3년 전에 끝났고, 주행 거리만큼 추억도 비슷하게 쌓였지만 그것은 기억이라고 해도 될 만큼 무미건조한 과거뿐이라, 그리 애착이 가는 것도 아니었다.

차를 팔지 않으면 생활이 어렵다는 사실이 충격이었다. 정확히 말하면 차를 팔아도 근본적인 해결은 되지 않는다. 직업이 없는 것이다.

저축은 조금 있지만 그것도 몇 달 지나면 바닥날 테고, 2년 전에 이혼한 아내에게 지불할 양육비도 변통해야 한다.

아내가 갑자기 이혼 얘기를 꺼냈을 때, 무슨 일이 벌어진 건지 도요다는 이해할 수 없었다.

"난 '빗나간 복권'을 뽑았던 거야." 아내가 헤어질 때 남긴 그 말이 줄곧 앙금처럼 남아 있었다.

오늘 아침 일찍 전화를 받았다. 일주일 전에 면접을 본 회사에서 온 전화로, 사무적으로 다소 인간적인 동정을 섞어 가며 불합격 소식을 통보했다. 가만히 있을 수가 없었다. 정신을 차리고 보니 센다이 역 주변을 어슬렁거리고 있었다.

마흔 번째 불합격이었다. 비관적이기로 유명한 고용안정센터 담당자도 이번에는 붙을 것 같다고 했다. "그렇게까지 조건을 낮춰도 정말 괜찮겠습니까?" 그렇게 걱정할 수준의 일자리였다. 그런 곳에 떨어진 것이다.

재취업 자리를 찾기 시작했을 때는 그나마 낙관적이었다. 반년 정도는 실업 급여도 받아 가며, 조건은 다소 나빠지겠지만 괜찮은 회사에 재취업해 "예전 회사는 박정했어" 하고 투덜거리면서 새로운 생활을 시작할 수 있으리라고 상상했다.

안일했다. 낭떠러지에서 떨어졌다. 불합격의 연속이었다. 두 명을 채용하는 회사에 몇십 배의 경쟁률로 구직자가 몰리는 광경은 추하고 우스꽝스러웠지만, 그 틈에 섞일 수밖에 없었다.

"일하고 싶습니다."

역 앞 보행자 통로에 있는 벤치에 앉아 멍하니 중얼거려 보았다.

마흔 번 연속 불합격이라니, 마치 무슨 위대한 기록 같았다. 3분의 2는 서류에서 떨어졌고, 면접까지 올라간 회사는 십여 군데였다. 서류에서 떨어지는 것도 괴로웠지만 실제로 얼굴을 맞대고 대화를 나눈 면접시험에서 '불합격' 딱지를 받는 것은 존재 가치를 완벽히 부정당하는 기분이었다. 요컨대 '당신과는 한 직장에서 일하기 싫다'고 판단했다는 뜻 아닌가.

일하고 싶습니다.

아파트를 내놓아야 할지도 모른다. 아니, 그런 느긋한 예상이나 하고 있을 때가 아니었다.

회사원들의 행렬이 역 주변을 행진하고 있었다. 마침 출근 시간대인 9시였다. 회사원이었을 때는 그렇게나 싫었던 저 행렬에 끼고 싶었다. 러시아워가 아니라 러시 라이프다. 저 'Rush Life'에 동참하고 싶다.

불안한 마음 때문일까. 밥도 목구멍에서 넘어가지 않았다. 잠도 푹 자지 못하고, 가만히 있을 수도 없었다. 미래가 보이지 않는다는 게 이토록 괴로울 줄은 몰랐다.

사람들이 차례로 벤치 앞을 지나간다. 기묘한 행렬이다. 그들은 전장으로 향하는 병사 같기도 했고, 먹이를 찾아 헤매는 벌레 같기도 했다. 으스스했다. 그런데 그는 그 행렬로 돌아가길 원하고 있다.

자신에게 해고를 언도한 상사를 떠올렸다. 도요다의 회사는 상황이 좋다고는 할 수 없었지만, 그래도 사원들 모두가 위기감을 느껴야 할 정도는 아니었다. 그래서 상사가 그를 불렀을 때도 분명 그만두는 여직원의 송별회 때문에 의논할 게 있나 보다 했다.

"당신, 여기서 일한 지 몇 년이나 됐지?"

재수 없는 연하의 상사가 '당신'이라고 거리감 있는 표현을 썼을 때 의심했어야 했다. 도요다는 손가락을 꼽아 보고 대답했다.

"21년 됐습니다."

후나키다. 도요다는 그 상사의 이름을 기억해 냈다.

후나키는 도요다가 과거에 저지른 실수나 몇 번의 지각을 들 먹이고, 주위와 소통이 부족하다며 도요다 본인의 성격적 결점 을 열거했다. 당신이 회사에 끼친 손해를 돈으로 환산하면 얼마 가 된다는 소리도 했다.

도요다는 망연자실했다. 뒤늦게 화가 났다. 화가 난 나머지 고집스레 그의 말을 받아들이지 않았다. 회사에는 나름대로 공 헌을 했다고 생각했고, 비록 늙어서 골칫거리가 되었다 해도 생 활 때문에라도 회사에 매달리겠다고 떵떵거렸다.

그러자 후나키는 몹시 난처한 얼굴로 말했다.

"당신이 못 나가겠다면 다른 사람이 일자리를 잃어."

"다른 사람 사정은 내 알 바 아니야." 도요다는 그렇게 말했 다.

그래도 후나키는 차분했다. 주방에 올라온 닭고기를 기계적 으로 처리하는 감각이었을지도 모른다. 다른 정리 해고 후보의 이름을 읊었다. 뒤에 감춰 두었던 카드를 슬그머니 내미는 불쾌 한 수법이었다.

그 후보는 도요다도 아는 남자였다. 함께 입사한 동료다. 나 약한 생김새에 말주변도 없어, 자기 의견을 내세우는 게 서툰 타입이었다. 디자인 부서가 아니라 어디 다른 부서에서 관리직 으로 일하고 있을 터였다.

"올해 아이가 초등학교에 들어간다지."

후나키는 뻔뻔하게 말하더니 몹시 과장된 말투로 덧붙였다.

"그 아이, 다리가 불편하다던데. 평생 휠체어 생활을 해야 한다고, 가엾게도."

그때 도요다는 헛수작 부리지 말라고 버럭 소리를 지를 뻔했다.

"고민 좀 해 봐." 후나키가 말했다. 여유 있는, 다 알고 있다는 듯한 말투였다.

어이없는 노릇이다. 도요다는 그 자리를 떠났다.

하지만 결국 후나키의 수법은 효과가 있었다.

그 동료에게 연락을 해 그에게 장애인 아들이 있다는 사실을 확인한 도요다는 후나키에게 퇴직 의사를 전했다. 타인에게 불행을 떠안기고, 혼자만 태평하게 회사를 다닐 바에야 제 발로 뛰쳐나가는 게 낫다고 판단했던 것이다.

사람을 도왔다는 긍지나 만족감은 없었다. 어느 쪽인가 하면 분노와 피로감뿐이었다.

생각할 때마다 화가 나는 것은 후나키에게 죄책감이 조금도 없었다는 사실이다. 미안한 기색으로 울상을 짓는 일도 없었고, 일이라 어쩔 수 없이 그런다는 사무적인 인상도 없었다. 그는 흥거워하지 않았던가? 남의 직업을 빼앗고, 생활수준을 떨어뜨리고, 인생을 뒤집어엎는 작업은 원래 신만이 할 수 있는 일이다. 마치 신이라도 된 기분이었을 것이다.

사채 간판이 유독 눈에 들어왔다. 돈을 빌리는 자신의 모습이 머릿속에 떠올랐다. 가까운 시일 안에 확실히 그렇게 되리라.

손에 든 가방을 만지작거렸다. 떨리는 손으로 속을 뒤져 워크맨을 꺼냈다. 2년 전, 초등학생이었던 아들을 위해 샀던 것이다. 이혼하기 직전 아들에게 준 생일 선물이었다.

솔직히 아내와 헤어졌을 때, 아들은 자기를 따라오리라는 기대가 있었다. 기대가 아니라 확신이었다. 온후한 아들은 잔소리 많은 미용사 어머니보다, 벌이는 시원찮아도 죽이 맞는 아버지에게 마음을 열 거라고 만만하게 보고 있었다.

그랬는데 예상과 달리 아들은 어머니와 함께 사는 길을 택했다. 방에 덩그마니 남은 워크맨을 발견한 도요다는 자기가 버림받았다는 것을 깨달았다.

손이 떨렸다. 필사적으로 이어폰 코드를 잡아당겨 귀에 꽂았다. 마약 중독자가 약물을 찾는 모습과 흡사했다. 불안감에 짓눌리기 전에 약물을 투여해야 한다. 약물은 귀로 주입한다. 워크맨의 재생 버튼을 눌렀다.

병원 이름은 '비틀즈'다. 이 경우 약사는 분명 '조지 해리슨'이고, 약물의 이름은 〈HERE COMES THE SUN〉일 것이다.

볼륨을 높이고 눈을 감은 채로 가만히 귀를 기울였다. 'It's All Right'라는 가사가 반복되었다. 도요다는 그 가사를 속으로 몇 번이나 되풀이했다. '괜찮아. 괜찮아. It's All Right.' 그렇게 반복하며 불안감을 지워 갔다. 같은 곡을 두 번 반복해 들었다.

역 계단을 내려가 아래층으로 향했다. 계단을 밟을 때마다 분통 터지는 일들이 맥락도 없이 머릿속에 떠올랐다. 그 상사의 얼굴. 불합격된 회사에서 만났던 면접관의 빈정거리는 말투. 헤어진 아내의 거만한 미소. 경제 회복도 못 이루는 정치가들의 사진. 총이 있으면 깡그리 쏴 버릴 텐데. 도요다는 발을 동동 굴렀다.

한참 걸어가는데 웬 여자가 서 있었다. 곱상하게 생긴 젊은 백인 여자였다.

플래카드를 들고 있었다. '당신이 좋아하는 일본어를 가르쳐 주세요.' 기묘한 메시지가 적혀 있다. 그녀는 유창한 일본어로 도요다에게 물었다. "좋아하는 일본어 있으신가요?"

그녀가 내민 매직을 받아 뚜껑을 열고 고민했다. 좋아하는 말, 그런 게 있었던가? '채용'일까?

도요다는 스케치북 중앙에서 조금 오른쪽으로 치우친 자리에 자그맣게 '무직'이라고 적으려 했다. 자학적인 기분이었을지도 모른다. 벌레가 지나간 자국처럼 보이는, 자신 없는 글씨였다. 하지만 '직'을 마저 쓰려다가 도중에 마음을 바꾸어 '색'이라고 써보았다.

"무색." 백인 여자가 소리 내어 읽었다.

"무색투명." 도요다도 그렇게 말하면서도 어중간한 말이라고 생각했다.

그녀도 어중간한 미소를 짓고 있었다. 별로 좋은 말이 아니라고 생각하는 건지도 모른다. "글씨가 귀엽네요." 위로를 받았다.

도요다는 부끄러워서 고개를 푹 숙이고 그 자리를 떠났다.

인파를 거슬러, 개점한 지 얼마 되지 않은 역 앞 카페에 들렀다. 줄을 서서 겨우 계산대에 도착한 도요다는 주머니에서 간신히 꺼낸 반값 할인 쿠폰을 내밀었다. 실업자는 100엔이라도 아껴야 한다.

사용할 수 없는 쿠폰이라는 말에 깜짝 놀랐다. 계산대의 점원이 죄송하다며 그럴싸한 이유를 늘어놓았지만 귀에 들어오지 않았다.

"왜 못 쓴다는 겁니까?"

도요다가 필사적으로 다그치자 상대는 난처한 표정을 지었다.

실업자라 그런다. 그렇게 생각했다.

중년 실업자에 대한 차별이다. 다른 사람들은 반값으로 해 주지 않나? 그런 의심이 자꾸 들었다.

그대로 걸음을 돌려 가게에서 나오는 수밖에 없었다.

역 앞에는 탑처럼 솟은 전망대가 있고, 사람들이 엘리베이터 앞에 줄 서 있었다.

"특별한 기념일에." 도요다는 웅얼거렸다. 자신에게 특별한 기념일은 물론 취업이 정해지는 순간일 것이다. 그렇다, 일자리를 구하면 이 전망대에 올라가자.

역 앞에 '에스허르'라는 화가의 전시회 포스터가 붙어 있었다. 수많은 사람들이 성 꼭대기를 걸어 다니는 그림이었다. 그리웠다. 어렸을 때 제법 좋아했던 기억이 난다. 줄을 지어 걷는 사람들은 답답해 보여서 어린 마음에도 힘들겠다고 생각한 기억이 있다. 통근하는 양복 차림의 남자들과 똑같다. 그러고 보니 옛날에 이 그림을 보고 한 가지 의문을 느꼈더랬다. 도요다는 그 의문이 무엇인지 기억을 더듬었지만 잘 생각나지 않았다.

종종걸음으로 걸어가는데 사람들의 대화 소리가 들려왔다.

"아까 그 개 말이야. 그거, 들개일까?"

"그렇겠지? 지저분하잖아." 정장을 입은 여자들이 그런 말을 나누며 길을 서둘렀다.

"개라."

도요다는 중얼거렸다. 개는 싫지 않다. 다만 여자들이 말한 '개'라는 것이 바로 자신을 가리키는 것만 같았다.

1

구로사와의 목표는 센다이 신흥 주택가에 있는 고층 아파트였다. 상점가를 지나서 다음 큰길까지 나가, 마침 도착한 버스에 올라탔다.

20분쯤 차를 타고 가다가 목표한 정류장 하나 전에 내렸다. 뒤따라 내린 손님과 얼마나 떨어져 있는지 가늠했다.

오른손에 든 가방의 지퍼를 열어 빛바랜 하늘색 점퍼를 꺼내 입었다. 짙은 남색 모자도 꺼내 썼다.

가스 혹은 전기 검침원을 가장한 복장이었다. 아파트 통로에서 입주자들과 마주쳐도 당당히 인사하면 크게 의심받지 않는다.

주위는 휑했다. 정비된 도로가 그물처럼 뻗어 있고 인공적으로 심은 나무가 솟아 있다.

거품경제 때 무턱대고 개발한 주택 지구일 것이다. 이제는 거리도 완전히 활기를 잃었지만 그래도 여전히 신축 아파트가 들어설 기미가 있다. 누군가 옹고집을 부리고 있다는 생각밖에 들지 않는다.

왼편에 작은 공원이 있었다. 울타리를 넘었다. 조금 떨어진 곳에서 주부들의 웃음소리와 아이 목소리가 들렸다. 벤치에 앉아 가방을 옆에 내려놓았다.

젊은 남자가 눈앞을 지나갔다. 어색한 기미로 고개를 숙이고 있지만 입이 웃고 있다.

"어이." 구로사와는 남자를 불렀다.

"언제부터 알고 계셨어요?" 젊은 남자가 민망한 표정으로 물었다.

"버스 타기 전에."

"설마. 정말요?"

젊은 남자는 눈을 휘둥그레 뜨면서 웃더니 옆에 걸터앉았다.

"왜 따라왔어?"

구로사와가 가방에 손을 뻗으며 남자의 얼굴을 쳐다보지도 않고 묻자 아직 이십 대 초반인 젊은 남자는 장난스레 이를 드러냈다.

"구로사와 씨하고 얘기 좀 나누고 싶어서요. 그나저나 그 복장 대박인데요."

"대박?"

대박이라는 단어가 정식 언어로 인정받은 것일까? 구로사와는 불쾌해졌다. 일본어는 올바른 발음, 올바른 용법으로 사용되어야 한다.

"'대박'이라는 건 큰 배를 말하는 거야. 커다란 배 말이야."

"에이, 그 옷 대박 촌스럽다고요."

"작업복이야."

"아아." 청년은 의외로 눈치가 빨랐다. "어쩐지. 가스 검침원이죠, 그거? 굉장해요. 어디서 팔아요?"

"요즘은 인터넷 뒤지면 다 나와."

"실례지만 구로사와 씨, 나이가 어떻게 됩니까?"

"서른다섯."

"그 나이에도 컴퓨터로 인터넷을 쓸 줄 아나 보네요?"

"이 나이라 미안하게 됐군."

뭔가 특별한 꿍꿍이가 있어 뒤를 따라온 건 아닌 듯했다. 그렇다면 볼일은 없다. 귀찮기만 하다.

"아, 그러고 보니 저 굉장한 사실을 깨달았는데요."

구로사와는 엉거주춤 일어서고 있었다.

"요전에 멍하니 드러누워 있는데 나무에서 사과가 떨어지더라고요."

"대체 자네가 사는 동네는 어디야?"

"센다이보다 남쪽이에요. 후쿠시마하고 맞닿은 언저리."

"사과가 나는 곳이야?"

"저희 집 마당에는 사과나무가 잔뜩 있어요. 그래서 집에서 빈둥거리는데 평소처럼 사과가 떨어져서."

"그게 어떻단 말이야?"

"처음에는 별로 이상할 것도 없었지만, 뭔가 잡아당기는 힘이 있으니까 떨어지는 것 아니겠어요? 그렇게 생각하면 이해가 가요. 우리도 지구 위에 있는데 지구가 회전해도 우주 밖으로 튕겨 나가지 않잖습니까. 뭔가 잡아당기는 힘이 지구 중심에 있는 거라고요. 그래서 물건들도 떨어지는 거죠."

구로사와는 기가 막혀 어깨를 으쓱했다. "자네 뉴턴이었어?"

청년은 어리둥절한 얼굴로 대꾸했다. "그게 뭔데요?"

무시할까 고민하다가 물어보았다. "설마, 그래도 중력이 뭔지는 알지?" 그러자 청년은 주눅 든 목소리로 되물었다. "중력이 뭔데요?"

장난치는 눈치가 아니다. 이상한 녀석. 피식 웃고 말았다. 벤치에 도로 앉았다.

"자네의 위대한 발견을 기념해서 이야기를 들어주지. 그래서 뭐야? 상사가 뭐라고 해?"

"상사가 아니라 두목이죠."

"요즘은 그런 계급 없어. 도둑은 도둑이야."

"구로사와 씨는 정말 여럿이 모여 일하는 걸 싫어하시는군요."

"타자석에 우르르 들어가 봤자 꼴사납잖아? 도둑질은 개인 시합이야."

"타자석에는 한 명밖에 못 들어가는 거 모르세요?" 청년이 진지한 얼굴로 대꾸했다. "실은 이삼 일 뒤에 큰 건수가 있어요."

"하고 싶으면 해."

"저하고 두목하고 또 한 명 필요한데, 구로사와 씨도 낄 생각 없으세요?"

"관심 없어. 어차피 강도 짓이잖아?"

"뭐, 권총 정도는 들고 가겠지만 쏘지는 않을 겁니다. 이번에는 정말 큰 건수라고요. 대박이에요."

"또 배 얘기야? 그래서, 자네 상사가 나를 설득하라고 보낸 건가?"

"설득해 봤자 소용없다고는 했지만요. 저희 두목, 구로사와 씨를 높게 사거든요."

"사긴 뭘 사, 팔 생각도 없어."

"구로사와 씨, 순간 이동 할 수 있다면서요?"

청년의 얼굴을 지그시 바라보며 구로사와는 웃음을 참았다. 순간 이동이라니, 유치한 소리다. 잠자코 실실거리자 청년이 말을 이었다.

"두목이 그랬어요. 구로사와 씨는 언제나 홀쩍 나타났다가 홀쩍 사라진다고요. 어디서 친구하고 떠들고 있다가 문을 열어 보면 고급 아파트에 가 있고, 일을 마치고 또 친구 앞으로 돌아온다고 그랬어요. 그래서 붙잡힌 적이 없다고요. 그거 진짜예요?"

"자넨 진짜일 것 같아?"

"가능한 이야기죠. 인간의 능력이란 무한하니까요."

"무한하다라." 구로사와는 발음을 즐기듯 소리 내어 말했다. "좋은 말이야."

"구로사와 씨는 신을 믿습니까?"

"난 종교는 질색이야."

"일본인은 필요할 때만 신을 만들어 내고 믿는다더군요."

구로사와도 쓴웃음을 지었다. "자넨 그런 것도 믿어?"

"그럴 턱이 있나요. 그랬으면 대박이죠. 요즘 이 동네에서도 이상한 종교가 유행하고 있어요. 아니, 어째서 그런 걸 묻는가 하면요, 어제 텔레비전 보셨습니까?"

"아니."

"왜, 그 교단 있잖아요. 다카하시인지 뭔지 하는 남자를 떠받드는 기묘한 종교 단체 말입니다."

구로사와도 그 그룹은 알고 있었다. 다카하시란 몇 년 전 살인 사건의 범인을 지목해 일약 스타가 된 남자다. 그 다카하시를 숭배하는 신자가 상당수 있다는 소문도 들은 바 있다.

그 남자에게 정말 특수한 능력이 있는지는 모르겠지만, 그만한 사람들을 끌어모으니 뭔지는 몰라도 매력이 있을 것 같았다.

"어젯밤 뉴스 채널에서 봤어요. 다카하시란 사람, 원래 거의 모습을 드러내지 않는다는데 어쩐 일로 카메라 앞에서 떠들더라고요."

"텔레비전도 일종의 종교지."

"생방송이었나. 센다이 중계방송이었어요. 그렇게 언론에 얼굴을 내밀지 않았는데, 갑자기 인터뷰에 응한 모양이더라고요."

"요즘 떠들썩한 토막 살인 사건 있잖아. 그걸 해결한 것 아닐까?"

생각나는 대로 지껄여 보았다.

"저도 그럴 줄 알았는데 아니었어요. 기대가 빗나갔죠. 별로 재미있는 소리는 안 하던데요. 전 사실 그 사람 모습을 제대로 본 건 처음이었어요. 신자도 아니니까. 하지만 겉모습이 꽤 번지르르해서 깜짝 놀랐습니다."

"뭐라고 떠들었어?"

"뻔한 소리였어요. '귀하의 종교 단체에 대해 어떻게 생각하십니까?'라는 질문에 '종교가 아닙니다'라고 대답하던데요. 시시한 말이나 주고받더군요. 하지만 그건, 그래요, 질문하는 쪽이 시시했어요."

"어떤 남자였어?"

"구로사와 씨하고 비슷한 연배던데요. 생각보다 평범했어요. 호감은 가던데."

"호감이 가는 카리스마라니 모순 아니야?"

청년은 웃으며 말했다.

"글쎄요. 하지만 듣자 하니 앞일을 알 수 있대요. 신자가 그러더라고요. 무슨 일이 일어날지 미래가 보인대요. 어려운 소리를 하던데, 카오스 이론하고 같은 맥락이라나요."

혼란 그 자체라고도 할 수 있는 기묘한 청년의 입에서 '카오스'라는 단어가 나오다니 신선했다.

"앞일을 내다볼 수 있어서 복권 같은 것도 잘 맞힌대요. 신자 말로는요. 미래가 보인다나요. 진짜 대박이죠?"

"미래가 보이면 세상을 좀 더 개선해 주면 좋겠는데."

"그 사람, 마지막에 텔레비전 카메라에 대고 '눈을 뜨세요. 저는 살아 있습니다'라고 했어요."

"무슨 뜻이야?"

청년은 쓴웃음을 지었다.

"글쎄요. 황당한 소리지만 그 성실한 태도는 호감이 가더군요. 그 말은 인상적이었어요. 누구를 향해 한 말이었을까요?"

"자네겠지."

구로사와는 청년을 놀리면서도 '저는 살아 있습니다'라는 그 말의 의미를 생각했다. 자기도 다른 사람들과 똑같은 인생을 살고 있다고 말하고 싶었던 걸까? 눈을 뜨라는 말은 신자에게 하는 말일까? 아니면 신자가 아닌, 예를 들면 구로사와 같은 남자에게 하는 말일까? 수상한 신흥종교는 대부분 '눈을 뜨라'고 외쳐 대면서도 신자들을 맹목적인 상태로 두려 한다.

"내내 겸허하게 으스대지 않는 구석이 괜찮아 보이더라고요."

"으스대는 사람은 속이 얄팍하니까."

"어제 방송을 보고 종교는 뭐고 신은 뭘까 곰곰이 고민했어요. 그 다카하시라는 남자도 자기를 직접 '신'이라고 말하지는 않았거든요. 자기가 하는 게 종교라고 생각하지도 않고. 하지만 사람들이 모여들죠. 저는 잘 모르겠습니다. 저는 떨어지는 사과나 바라보는 게 성미에 맞아요."

두 사람은 한참 말없이 앉아 있었다.

"구로사와 씨는 이제 일하러 가실 거죠?"

"글쎄."

"하지만 가스 검침원 복장이잖아요." 청년은 우습다는 듯이 구로사와를 손가락질했다. "그거, 도둑질하려고 위장한 거죠?"

"정말 가스 검침원일지도 모르잖아?"

"아까 인터넷에서 샀다고 하셨잖아요."

다시 한 번 청년을 바라보았다. 상대는 구로사와를 보며 해맑게 웃었다.

"구로사와 씨라면 겉모습은 어디 일류 기업에서 일한다고 해도 통할 텐데, 어째서 도둑질 따위나 하는 겁니까?"

"순간 이동 능력이 있으니까." 구로사와는 거칠게 대답했다.

벤치에서 일어나려는데 청년이 입을 열었다. "아, 고양이가 죽어 있어요."

청년은 공원 벤치 옆 진달래 화단을 보고 있었다. 그의 말대로 검은 고양이가 죽어 있었다. 붉은 목줄에 방울이 달려 있다. 입에서는 내장 같은 게 튀어나와 있었다. 차에 치인 모양이다.

"가엾게도."

"검은 고양이인데 이름은 '삼색이'인가 보네."

구로사와는 그렇게 말하며 '삼색이'라고 적힌 고양이 목줄의 방울을 가리켰다.

"주인이 찾고 있을지도 모르겠네요."

"그럴지도 모르겠네."

"구로사와 씨, 되살릴 수 없나요?" 청년이 말했다. 처음에는 농담인 줄 알았는데, 그 표정이 너무 진지해서 웃어넘길 수도 없었다. "구로사와 씨라면 분명 가능할 거예요."

"그래, 나라면 분명 가능할 테지."

그렇게 대답하고 말았다. 청년의 해맑은 얼굴을 보고 있으려니 무슨 소원이든 이루어 줄 수 있겠다는 생각이 들었다.

구로사와는 두 손을 살며시 앞으로 뻗으며 검은 고양이를 향해 눈을 감았다. 즉석에서 기도를 올렸다. 검은 고양이를 향해 뻗은 손끝을 천천히 흔들었다. 기 치료사가 직접 손을 대지 않고 상대의 몸 상태를 개선하는 것과 비슷하다고 청년이 옆에서 중얼거렸다.

그 모습 그대로 한참 있다가 두 손을 내리고 심호흡을 했다.

"분명 되살아날 거야." 구로사와는 그렇게 말했다.

청년이 기쁜 듯이 대답했다. "그렇겠죠?"

실제로 구로사와는 자꾸만 고양이가 되살아날 것 같다는 생각이 들었다.

"아까 한 일 얘기, 마음이 바뀌면 전화 주세요."

청년은 헤어질 때 그렇게 말하고는 청바지 뒷주머니에 두 손을 찔러 넣고 걸어갔다.

가능하다면 그들의 다음번 계획이 성공하기를 바랐지만, 그리 낙관적으로 생각하지는 않았다. 사물에는 물러날 때와 정도라는 게 있다. 저 청년의 상사는 옛날부터 그것을 판단할 능력이 없었다.

타워 아파트 B동 505호. 미리 점찍어 둔 집이었다.

얼마 전 운전 면허증을 갱신하러 갔을 때였다.

줄을 싫어하는 구로사와에게 면허 갱신 인파는 수행이라고 해도 좋을 만큼 고역이었다. 모범 운전자 교습이 끝나고 갓 나온 면허증을 받고서야 겨우 풀려났는데, 마침 그때 눈앞의 남자가 면허증을 떨어뜨렸다.

구로사와의 발밑에 떨어진 바람에 몸을 숙여 주웠다. 주소가 눈에 들어왔다. 반사적으로 암기했다.

남자의 얼굴을 확인했다. 삼십 대 후반 같았다. 그 나이의 청년이 갖는 교활함을 간직한 얼굴로, 안경 쓴 엘리트의 표본처럼 보였다. 기업이 직원들을 정리 해고 해도 끝까지 회사에 남는 건 이런 남자다. 마음에 드는 타입은 아니다.

다만 언뜻 보인 손목시계가 예쁜 청색 블랑팡인 것을 안 순간, 관심이 생겼다. 숫자판에 기하학적 무늬가 있다. 아마도 한

정판일 것이다. 값은 정확하게 기억나진 않지만 좀 나갈 터였다.

남자는 차분하고 낮은 목소리로 인사를 하고 면허증을 받아들었다. 양복도 구두도 회사원이 사기에는 값비싼 명품이었다. 뱃살이 투실했다.

나쁘지 않다. 친구가 되기는 싫지만 집에는 찾아가고픈 타입의 남자다.

구로사와는 며칠 후 면허증에 적힌 주소로 찾아갔다. 타워 아파트는 같은 모양의 건물이 두 동 나란히 있었다. 주변에서는 쌍둥이 아파트라고 부른다는 소리를 어디서 들었다.

남자의 뒤를 쫓는 나날이 며칠 계속되었다. 아파트 입구를 감시하기도 했고, 역으로 향하는 남자를 미행한 적도 있었다. 생활 리듬을 확인하기 위해 상황을 살폈다. 다행히 신축 건물치고는 드물게 문에는 디스크 실린더 자물쇠 하나뿐이었다. 더욱이 운 좋게도 남자는 혼자 살고 있었다. 독신인지, 이혼이라도 해서 홀몸이 되었는지는 모르겠지만 평일 대낮에는 아파트에 사람이 없었다. 또 일주일에 한 번은 밤에 회의가 있는지 그날은 귀가가 늦었다. 결행한다면 평일 낮 아니면 회의가 있는 밤이다.

아파트 부지 안으로 들어갔다. 보폭을 좁혔다.

태연한 태도로 매끄럽게 걸었다. 불안하게 두리번거리면 안 된다. 당당하게 굴면 주위 사람은 의심하지 않는다. 장갑을 끼고 엘리베이터에 타서 5층 버튼을 눌렀다.

505호 앞에서 초인종을 눌렀다. '후나키'라는 명패가 보였다. 뜸을 두고 천천히 초인종을 두 번 눌렀다.

주머니에서 갈고리를 두 개 꺼냈다. 바늘 끝이 귀이개처럼 생긴 갈고리다. 두 손으로 잡고 열쇠 구멍을 몇 번 쑤셨다. 자물쇠 열리는 소리가 구로사와에게 만족감을 주었다. '아직 살아도 됩니다'라는 허락을 받은 기분이었다. 종교는 질색이지만 도둑의 신은 있어도 좋을 것 같다. 자물쇠를 따고 남의 집 현관문을 여는 순간, 구로사와는 늘 그런 생각을 했다.

문을 열고 안으로 들어갈 때야말로 가장 긴장되는 순간이었다. 사전에 초인종을 눌렀다고는 해도 사람이 없으란 법은 없다. 있으면서도 없는 척한다거나, 화장실에 있었다거나, 어쨌든 사람들과 맞닥뜨리는 경우는 의외로 많다.

사람이 있으면 끝이다. 시합 종료. 패배한 선수는 얌전히 벤치로 달려가는 수밖에 없다. 최근의 빈집털이 절도단처럼 돌변해서 위해를 가하면 안 된다. 그것은 실책을 저지른 야구 선수가 분하다고 심판을 폭행하는 것만큼 꼴사나운 짓이다.

소리는 나지 않았다. 인기척도 없다.

구두를 벗고 실내로 들어갔다. 현관에 구두를 나란히 정리했다. 구로사와의 구두만 너덜너덜했다.

가방을 거실 한가운데에 내려놓은 다음은 시간 싸움이었다. 기준은 5분이다. 10분을 넘기면 일이 꼬일 때가 많다.

목표는 현금이었다. 거실로 들어가 주위를 재빨리 둘러보고 가구 쪽으로 다가갔다. 니스가 번쩍거리는 고급 협탁의 서랍을 아래쪽부터 닥치는 대로 열었다.

두 번째 서랍에 백만 엔짜리 돈다발이 처박혀 있었다. 후각이 건재한 것을 확인하니 기분이 영 나쁘지 않았다.

고개를 끄덕이며 일단 돌아 나와 다른 방으로 들어갔다.

침실은 뒷걸음질을 치고 싶을 정도로 고급스러웠다. 바닥에 깔린 푹신한 융단은 마치 이불 같았다. 침대를 어지럽히지 않도록 조심스레 다가가 옷장 속을 살폈다.

다음으로 서재에 들어갔다. 벽에 붙박이 책장이 있고, 낯선 작가의 전집이 꽂혀 있었다. 묵직한 책상 위에 명함집이 놓여 있기에 한 장 빼냈다. 직급은 예상보다 높았다.

책상 서랍을 차례대로 열었다. 예금통장이 다섯 개쯤 나왔다. 잔액이 부러울 정도로 많았지만 통장은 도로 집어넣었다.

한바탕 뒤지고 나서 거실로 다시 돌아갔다. 아까 찾아낸 돈다발에서 이십만 엔을 빼내 안주머니에 넣었다. 나머지는 원래 장소에 돌려놓았다.

보스턴백에서 바인더에 끼워 놓았던 종이를 꺼냈다.

소파에 앉았다. 낮은 테이블에 종이를 얹어 놓고, 볼펜을 꺼내 숫자를 적었다. 종이의 오른쪽 위. 연도 뒤에 하이픈을 긋고 고유 번호를 적었다. '25'였다. 요컨대 올해 들어 스물다섯 번째 일거리라는 뜻이다.

그 종이에는 구로사와가 쓴 글이 적혀 있다. '도둑질을 하러 왔다', '자물쇠를 따고 들어와서 유리창을 깨거나 현관을 망가뜨리지는 않았다', '이 집을 노린 특별한 이유는 없다', '집 안은 필요 이상으로 어지럽히지 않았다'는 설명이 적혀 있다.

동업자가 깔보는 표정으로 어째서 그런 번거로운 짓을 하는지 물은 적이 있었다.

"도둑이 들면 귀찮으니까."

"귀찮은가?"

그 말을 들은 구로사와는 한숨이 나왔다. 피해자의 기분을 상상하지 못하는 동업자를 반쯤 경멸했다.

"당연히 귀찮지. 경찰을 불러야 하잖아. 얼마나 피해를 입었는지도 조사해야 하고, 통장이나 신용카드도 사용 정지 신청을 해야 해. 그리고 불안해지지. 도둑이 어째서 우리 집을 노렸을까? 무슨 원한이라도 샀나? 뭔가 잘못했을까? 딸이 있다면 딸은 무사할지, 그런 불안으로 잠도 못 이룰지 몰라."

"그래서 그런 종이를 두고 가는 거야?"

구로사와는 눈썹을 실룩이며 고개를 끄덕여 수긍했다.

"댁의 집에서 훔친 건 얼마고, 어디까지나 돈이 목적이었다. 그런 글을 써 두면 안심하겠지. 그렇지 않겠어? 귀찮고 불안한 마음을 씻어 주면 잃어버린 몇십만 엔은 아깝겠지만 홍역이나 인생 공부라고 생각하고 포기해 줄지도 모르잖아."

"스스로 시시한 남자라고 생각한 적 없나, 자네?"

"자네한테 이런 걸 일일이 설명하는 지금 이 순간도 그래."

구로사와가 그렇게 말하자 남자는 불쾌하다는 듯이 얼굴을 찌푸렸다.

고유 번호를 적은 종이 왼쪽 구석에 수령 내역을 쓰는 자리가 있다. 거기에 '서랍 속에서 이십만 엔'이라고 적었다. 몽땅 챙겨가도 상관없었지만 망설였다. 뭐하면 나중에 한 번 더 훔치러 오면 된다는 생각도 했다.

한 번에 십만 엔이나 이십만 엔이 표준이었다. 한 달에 두세 번 일을 하면 적당하다. 욕심은 실패의 근원이다.

남겨 놓은 일이나 물건이 없는지 집 안을 확인했다. 협탁 서랍이 조금 열려 있어 다시 한 번 꽉 닫았다.

시계를 보았다. 7분이 지났다. 예정보다 2분을 넘겼지만 괜찮은 편이다.

현관으로 돌아가 구두를 신고 가볍게 숨을 내뱉었다. 집 안을 향해 천천히 고개를 숙인 뒤, 문을 밀고 밖으로 나왔다.

몇 주나 남자의 행동을 관찰하고 시간을 들여 이십만 엔을 손에 넣었다. 빈집털이는 결코 효율성 높은 직업이 아니다. 오히려 도락에 가까운 작업이라고 생각하지 않으면 수지가 맞지 않는다.

덕분에 무사히 작업을 마쳤습니다. 구로사와는 도둑의 신을 향해 조용히 중얼거렸다. 어차피 볼품없게 생긴 신일 것이다.

쓰카모토는 주차해 둔 차에 가와라자키를 태우고 말했다.

"드라이브나 하자."

차는 은색 오픈카였다. 지붕은 덮여 있었다. 가와라자키는 자동차에는 관심이 없었다. 타 보고 나서야 비로소 두 자리밖에 없다는 걸 깨달았을 정도였다. 차 안 어디를 보고 어떤 말을 해 줘야 할지 짐작도 가지 않았다. 어쩔 수 없이 무난하게, 큰 차가 아니라 기동성이 좋겠다는 소리를 했다.

머릿속이 몹시 혼란스러워 물어보았다.

"분해라는 게 무슨 소립니까?"

머릿속에는 강가에서 고양이를 품에 안은 '다카하시'의 모습이 떠오를 뿐이었다.

운전석의 쓰카모토는 계속 앞만 바라보고 있었다. 방향등을 켜고 핸들을 꺾는다.

"말 그대로야. 분해하는 거야."

"분해라니, 토막으로 분리한다는 말입니까?"

"맞아, 그 분해 말이야. 구조를 조사할 거야."

"무슨 구조 말입니까?" 가와라자키는 쭈뼛쭈뼛 물어보았다.

"신."

쓰카모토가 툭 내뱉고는 액셀을 밟았다. 몸이 뒤쪽으로 쏠렸다. 가와라자키는 곁눈질로 쓰카모토의 얼굴을 살폈다.

"그렇다면 혹시."

"그래, 다카하시 씨 말이야."

쓰카모토는 태연하게, 그러나 진지한 목소리로 말했다. 가와라자키는 과장이 아니라 말 그대로 정신이 아득해지는 기분이었다.

신을 분해한다. 논밭에 있는 허수아비를 도끼로 토막 내는 것처럼 쉬운 일은 아닐 것이다.

차는 시가지를 빠져나가 북쪽 순환도로로 들어갔다. 정체도 없어 차는 차선을 매끄럽게 이동해 비탈을 내려갔다. 여전히 말은 없었다. 카스테레오에서 흘러나오는 음악도 없다.

그대로 잠자코 있으면 언젠가 쓰카모토가 "농담이야" 하고 웃음을 터뜨릴 것 같아 얌전히 기다렸다.

"기분이 어때?" 쓰카모토가 물었다.

"뭐가요?"

"다카하시 씨를 분해할 마음이 들었어?"

쓰카모토는 이번에는 약간 장난스러운 말투로 그렇게 물었다.

외마디 비명을 지를 뻔했다.

순환도로를 빠져나가 좁은 길을 몇 번 돌아, 이즈미가타케 산으로 향하는 길이었다. 주위는 온통 산이었다. 경치 좋고 완만한 외길이 이어졌다.

그때 자동차가 갑자기 멈췄다. 차체가 앞으로 쏠려 안전벨트가 몸을 파고들었다.

"무, 무슨 일입니까?"

"잠깐 기다려."

운전석의 쓰카모토는 심각한 표정으로 말했다. 후진 기어를 넣어 갓길 쪽에 차를 세우더니 자동차 시동을 끄고 밖으로 나갔다.

가와라자키도 허둥지둥 밖으로 나가려 했다. 안전벨트를 맸다는 것을 깜빡 잊어 한 번 걸리고, 이어서 문이 잠긴 것을 깜빡 잊어 문에도 부딪쳤다. 뭘 해도 엉망이다.

밖으로 나가자 바람이 몸을 어루만졌다. 춥기는 했지만 한편으로는 상쾌했다.

쓰카모토는 언제 자동차 트렁크를 열었는지 삽을 꺼내 왔다. 손에는 고무장갑을 끼고 있었다.

"봐, 저거 너구리야."

삽 끝으로 앞쪽 차도를 가리켰다. 처음에는 몰랐는데 작은 동물이 쓰러져 있었다. 그의 말처럼 너구리일지도 모른다. 차에 치였을지도 모른다.

쓰카모토는 작게 웃었다.

"내가 친 게 아니야."

삽으로 털과 피로 뒤엉킨 동물을 떠 올렸다. 아스팔트에 삽이 긁히는 소리가 났다. 너구리를 차도 옆 땅바닥으로 옮겨 일단 그 자리에 내려놓았다. 오믈렛을 접시에 담는 듯한 부드러운 동작이었다.

쓰카모토는 익숙한 손놀림으로 땅을 파기 시작했다. 어느 정도 파낸 다음 너구리를 넣고 흙을 덮었다.

"항상 갖고 다니십니까?" 가와라자키는 삽을 가리키며 물었다.

"이 땅에 아스팔트를 깐 건 우리 이기심이야. 가솔린으로 달리는 탈것을 만들어 낸 것도 우리 이기심이지. 그렇잖아? 그리고 그 이기심과는 아무 상관 없는 너구리나 고양이가 사고를 당하지. 불똥을 맞은 거야. 우리의 횡포 때문에. 그러니 하다못해 이런 딱딱한 아스팔트에서 비바람에 시달리지는 않게 해 줘야지."

쓰카모토가 삽을 트렁크에 도로 넣었다.

가와라자키는 그 작업을 넋 놓고 바라보고 있었다. 비가 내리는 강가에서 고양이를 줍던 '다카하시'와 똑같아 보였다.

그때, 등에 난 화상 흉터마저도 아름다워 보였던 '다카하시'는 히로세 강의 탁류를 가만히 바라보며 무슨 생각을 했을까? 사명감이었을까? 자신의 존재에 대한 생각이었을까? 아니면 아무도 지켜봐 주지 않는 17층에서 뛰어내린 하찮은 남자에 대한 연민이었을까? 목적을 잃고 방황하기만 하는 청년들을 염려했던 걸까?

"쓰카모토 씨."

"왜?"

"감동했습니다." 가와라자키는 그렇게 중얼거렸다.

쓰카모토가 경쾌하게 웃었다. 가와라자키의 말은 귀담아듣지 않는 기색이었다.

다시 출발한 오픈카는 속도를 높여 힘차게 달려갔다.

가와라자키는 조수석에서 몇 번이고 되풀이했다. "쓰카모토 씨의 삶에 감동했습니다." 무슨 말을 하고 있는 건지 스스로도 알 수 없었다.

차는 이즈미가타케 주차장에서 멈췄다. 등산 철도 지나서 큼직한 랜드크루저 두 대를 빼면 널찍한 주차장은 텅 비어 있다시피 했다. 차에서 내렸다.

"이즈미가타케는 오랜만에 오네요. 초등학교 소풍 때 왔었는데."

"여기 높이가 얼마나 되는지 알아?"

차 문을 잠그고 등을 쭉 편 쓰카모토가 산을 가리키며 물었다.

"짐작도 못 하겠습니다."

"20층짜리 아파트보다 높다더군."

"예?"

가와라자키는 쓰카모토의 말에 깜짝 놀랐다. 아버지가 뛰어내린 아파트가 떠올랐다. 그 벽돌색을 띤 벽의 빛깔. 나선형으로 이어진 비상계단. 위에서 내려다본 바닥의 무기질적인 콘크리트. 아버지는 나선형 비상계단을 올라, 땅으로 뛰어내렸다.

"왜 그래?"

"아닙니다."

가와라자키는 고개를 저으며 이렇게 대답했다.

"그렇다면 17층보다 높겠네요."

"그야 20층보다도 높으니 당연하지."

등산로가 막혀 있어 산의 경사면을 따라 둘이서 걸었다. 12월이면 스키장으로 쓰는 부분으로, 잡초가 퍼져 있다. 리프트가 있지만 시즌 전이라 그것도 멈춰 있었다.

15분쯤 걸어 리프트 도착점까지 올라가 둘이서 나란히 걸터 앉았다. 비탈이 험해서 숨이 찼다.

"경치가 좋네. 상쾌하지?"

문득 그림을 그리고 싶었다.

"이걸 좀 봐."

쓰카모토는 분명 경치를 보면서 그렇게 말한 줄 알았는데 아니었다. 눈앞에 종이가 있었다.

"복권이야."

처음 보는 복권이었다. 일본어가 아니라 읽을 수 없는 글자로 꽉 차 있었다. 숫자가 늘어서 있어 간신히 복권인 줄 알아보았다.

"이, 이건?"

"다카하시 씨가 맞혔어. 홍콩에서 파는 복권이야. 신자가 다카하시 씨가 말해 준 번호대로 사 온 거지. 그 사람은 천재라서 이런 걸 맞히는 건 누워서 떡 먹기야."

쓰카모토가 이때만큼은 목소리를 떨었다.

"얼만지 알아?"

"그, 글쎄요."

일부러 물을 정도니 큰 금액이겠지만, 어느 정도의 금액을 불러야 기뻐할지 알 수가 없었다. 낮게 부르면 우습게 본다고 생각할지도 모르고 너무 높게 부르면 기분이 상할지도 모른다.

"굉장한 거금이야."

쓰카모토는 이를 드러내며 웃더니 양복 주머니에 복권을 도로 넣었다.

"그 정도예요?"

"그래." 쓰카모토가 말했다. "그 사람은 신이니까."

"다카하시 씨를 분해할 거야."

쓰카모토가 불쑥 입을 열었다. 눈앞에 센다이 시가지가 아득히 펼쳐졌다. 그 경치를 멍하니 바라보던 가와라자키는 또다시 뜨끔했다.

"노, 농담이죠?"

"다카하시 씨는 살해당할 거야."

"예? 뭐라고요?"

"다카하시 씨는 죽어. 그리고 분해당할 운명이야. 자네가 도와주든 말든 다카하시 씨는 살해당해."

가와라자키는 할 말을 잃었다.

"누구한테요?" 몇 분 후에야 간신히 목소리가 나왔다. "누가 살해한단 말입니까?"

"우리 간부야. 나도 포함해서. 만장일치로 간부 모임에서 결정했어."

아무 말도 나오지 않았다.

"못 믿겠지?" 쓰카모토도 그렇게 묻더니 말을 이었다. "쓰카모토 씨는 최근 변해 버렸어. 아니, 이런 얘기는 삼가는 게 좋겠네."

"가, 가르쳐 주십시오."

쓰카모토는 잠시 고민하는 기색이었다. 가와라자키를 흘깃흘깃 몇 번 살피더니 숨을 토해 내며 말했다. "다정함을 잃었어." 그 말만으로도 몸이 얼어붙는다는 표정이었다.

"다정함이오?"

"다정하다는 건 남의 근심을 헤아린다는 의미라고 생각해. 다정하다는 건 그런 뜻이야. 요컨대."

"요컨대?"

"상상력이야."

쓰카모토의 표정은 복잡했다. 아랫입술을 비죽 내민 게 토라진 것처럼 보이기도 했다.

"그게 다카하시 씨한테서 사라졌어. 방치해 둔 코카콜라에서 탄산이 어이없이 빠져나가는 것처럼."

"그, 그런가요?"

"천재라는 건 변함없는데, 다정함이 사라졌어. 그냥 야심가야."

가와라자키에게는 뜻밖의 이야기였다. 믿을 수 없었다. 언론이 난리법석을 떨 때 완강히 모습을 드러내지 않았던 '다카하시'는 야심과는 가장 거리가 멀어 보였다.

쓰카모토는 말을 이었다. '다카하시'가 자살한 사람들을 차갑고 매정한 말로 매도하거나, 차에 치인 들개를 오물이라도 보듯 거추장스러워했다는 이야기를 몇 가지 들려주었다.

쓰카모토의 입에서 힘없이 흘러나오는 이야기는 영원히 이어질 것만 같았다. 그럴 리 없다고 말하려 했지만 목소리가 나오지 않았다. 가와라자키는 한밤중에 고양이를 구하기 위해 강에 뛰어들었던 '다카하시'를 분명 보았다.

그건 무엇이었단 말인가?

가로등 밑에서 보았던 그 모습. 등의 화상 흉터마저도 아름다웠던, 고양이를 끌어안은 그 모습에 감돌았던 건 바로 다정함이었다. 결코 몸집이 큰 것도 아닌데 다정한 거인처럼 보였다.

그런데 지금은 개를 쳐도 불쾌하다고 혀를 찰 뿐이라고 한다.

"다정함이 사라졌어." 쓰카모토의 말투는 단호했다.

"오늘. 오늘 밤이야."

"예?"

"오늘 밤, 다카하시 씨는 살해당할 거야."

가와라자키는 쓰카모토가 차례로 던지는 말을 받아들이기가 벅찼다.

"그리고 자네는 나하고 신의 구조를 조사해야 해."

"어, 어째서요?"

"신이 죽을 테니까, 그 능력의 비밀을 물려받는 건 의무나 마찬가지야."

"의무?"

"달리 말하면 사명이지."

사명, 지명, 성명. 우습지도 않은 농담이 머릿속에 떠올랐다가 사라졌다. 말장난을 좋아했던 아버지가 떠올랐다. 아버지의 사명은 대체 무엇이었을까? 학원을 11년 동안 근근이 꾸려 나가다 갑자기 튀어나온 대형 학원에 밀리고 말았다. 한심한 얼굴로 "산이 보고 싶네"라고 중얼거리던 아버지가 미덥지 못했다. "이와테 산을 봐. 기가 막히게 높지. 평생 노력해도 그런 큰 산은 당해 낼 재간이 없어." 가와라자키는 그것이 현실도피 같아서 싫었다. 산이 어쨌다는 건가. 이와테 산이 사람을 구해 준다면 고생할 사람이 어디 있을까.

쓰카모토가 시가지를 굽어보며 입을 열었다.

"요전에 재미있는 이야기를 들었어. 여행자들이 산적한테 살해당하는 이야기야. 여행자도 필사적으로 저항하지만, 결국 모두 죽고 말지. 그런데 다음으로 찾아올 여행자들을 위해 산적의 약점을 적어 두는 거야. 어딘가 비밀의 장소에. 덕분에 다음번에 찾아온 여행자들은 산적의 습격을 간신히 물리칠 수 있었어.

승리한 거야."

"해피엔딩입니까?"

"아니, 그렇진 않아. 이번에는 산적들이 새로운 동료를 데려와 여행자들을 죽여 버리거든."

"비극입니까?"

"어떻게 생각해? 나도 처음에는 슬픈 이야기라고 생각했어. 다만 이 이야기도 관점을 바꾸면 완전히 달라 보이거든."

"뭐가 다른가요?"

"여행자는 세균이고, 산적은 항생물질이야. 그걸 빗대서 이야기하는 것뿐이야. 항생물질이 새로워져서 세균을 박멸하는 거지. 그런 이야기야."

"예?" 가와라자키는 깜짝 놀랐다.

"이런 단순한 이야기도 중심을 살짝 비틀면 영 딴판이 되지? 정의나 악 같은 건 보는 쪽에 따라 뒤바뀌는 거야." 쓰카모토는 콧등을 긁적였다. "파괴 활동을 일삼는 이슬람 원리주의자 이야기도, 원주민과 개척자의 이야기도, 익충과 해충의 차이도 그래. 보는 각도에 따라 정의는 바뀌어."

가와라자키는 머리가 멍해졌다.

내가 하는 말도 옳고 그름은 알 수 없어. 하지만 이것만은 알아줘. 쓰카모토가 옆자리에서 그런 말을 이어 나갔다.

"단상에서 떠들기만 하는 천재와, 지금 이렇게 옆에서 이야기하는, 삽을 들고 다니는 재주밖에 없는 평범한 사람, 어느 쪽을 믿고 함께 걸어가야 할지 판단해 봐. 어쩌면 이건 그런 문제일지도 몰라."

가와라자키의 귀에 그런 목소리가 들려왔다. 새빨간 모자를 매만지다 고쳐 썼다.

아버지와 똑같은 모자다. 어쩌면 아버지는 죽지 않았고, 지금도 챙을 꺾은 그 모자를 쓰고 어딘가에 살아 있을지도 모른다. 그런 생각이 들었다.

 교코는 입을 댔던 커피 잔을 내려놓았다. 이딴 걸, 그렇게 튀어나오려는 말을 겨우 참았다. 묽은 데다가 향기도 억지스럽다. 어째서 이런 가게에 굳이 줄을 서는지 알 수 없었다. 그 줄에 이끌려 30분이나 기다린 자신에게도 가벼운 분노가 치밀었다. 요컨대 센다이에 처음 생긴 프랜차이즈 카페라는 화제성에 이끌린 것뿐이리라.

오픈 기념 반값 할인 쿠폰을 여기저기서 나눠 주었다. 교코도 그 쿠폰을 썼지만, 맛까지 절반으로 줄어든 게 아닌가 의심스러웠다.

계산대 앞에 줄 선 손님들을 보며 복장이 지저분한 사람이나 가난한 학생은 손님으로 취급하지 않아도 될 텐데, 하는 생각도 했다.

당장이라도 일어나서 가게 밖으로 나가 짜증스러운 기분에서 해방되고 싶었다. 하지만 그러면 여전히 자리가 비길 기다리는 행렬 속의 어리석은 누군가가 기뻐할 뿐이니 하염없이 꾸물꾸물 커피를 마시고 있었다.

옆자리에 놓아둔 가방 속에 손을 넣어 열쇠를 꺼냈다. 작은 열쇠. 역 안 코인로커의 열쇠다.

이게 30만 엔짜리 열쇠라고 생각하니 얼굴이 일그러졌다. 시세는 알지도 못했다. 상대가 요구한 금액을 그대로 입금했을 뿐이다.

권총 팝니다.

인터넷에서는 온갖 비합법적인 물품을 사고판다는 소문은 들었지만, 실제로 그런 페이지가 있을 줄은 몰랐다.

처음에는 환자에게 들었다.

교코의 클리닉을 찾아온 마흔 살 여성이었다. 눈도 맞추려 하지 않으면서 입만 열면 "쏴 버릴 거야", "쏴 죽일 테야" 하고 소리를 질러 댔다.

"뭘요? 누구를 쏠 건데요?" 교코가 묻자 그녀는 눈을 몇 번 깜빡거리다 "그래, 난 정치가는 질색이니까"라고 선언하더니 중의원* 소속 의원들의 이름을 차례로 읊기 시작했다. 손가락을 꼽아 가며 정당 이름을 말하더니 무슨 당의 아무개는 요정에 드나든다느니, 다른 당의 아무개는 흰머리가 있는데도 젊은 의원

✛ 양원제 국회에서 참의원과 함께 국회를 구성하는 의원으로 미국의 하원에 해당.

이라고 불린다느니, 저마다 이유를 붙여 가며 고로 총을 맞아야
한다고 고발했다.

여자의 고발을 일단 끝까지 들어주었다. 말을 끊기도 귀찮았
지만 그 이상으로 유쾌했다. 참의원은 그냥 둘 거냐고 묻자 그
녀는 난처한 표정으로 대답했다. "아니, 참의원은 오늘 밤에 외
울 거예요."

"하지만 권총은 쉽게 구할 수 없을 텐데요." 그렇게 말하자 그
녀는 아름답게 웃었다.

"아니, 선생님. 실은 그게 구할 수 있답니다. 특별히 알려드리
지요." 갑자기 고상한 말투로 말하더니 책상 위 메모지에 끄적
거리기 시작했다.

홈페이지 주소였다.

호기심도 있었다. 밤에 인터넷에 접속해 보았다. 상상과는 달
리 살풍경한 화면이 뜨더니 회색 배경에 밋밋한 검은색 글자가
박혀 있었다. 환자가 가르쳐 준 순서대로 페이지를 이동해 가자
센스 있게 꾸민 홈페이지에 도달했다. 거기까지 가는 데 한 시
간은 걸렸다. 페이지 한구석에는 '권총 팝니다'라고 적혀 있었
다.

반쯤 의심하던 교코도 일단 메일을 보내 보기로 했다. 발신자
를 추적할 수 없는 무료 계정으로 '얼마?'라는 한 줄짜리 메일을
보내자 그날 안에 답장이 왔다. 얼마나 어이없고 경박한 노릇인
가, 교코 스스로도 놀랐다.

보아하니 상대는 수도권에 사는 듯했다. 그래도 전국 주요 도시라면 직접 배달해 줄 수 있다고 했다. 자비를 들여 일부러 찾아오는 건지, 아니면 각지에 동료나 판매 루트가 있는 건지는 모르겠다. 다만 상대는 센다이라면 코인로커에 넣는 방식도 가능하다고 전해 왔다.

그럼 그렇게, 하고 교코는 돈을 입금했다. 정식 계좌는 아닐 터였다. 메일 주소도 그 후 바로 먹통이 되었다.

코인로커 열쇠가 우편으로 배송된 것은 일주일 전이었다. 우편물을 대신 받아 주는 업자는 차고 넘칠 정도로 많아 교코도 그 서비스를 이용했다. 열쇠 말고는 역 안의 어느 로커인지 적혀 있는 메모가 전부였다.

열쇠를 바로 쓰지는 않았다. 열쇠를 쥐고 어슬렁어슬렁 기어 나갔다가, 로커 앞에 숨어 있던 누군가가 디지털카메라로 사진을 찍어 고객 명부라도 만들면 골치 아프다.

그래서 며칠 시간을 두기로 했다. 로커 연체 요금은 조금 들겠지만, 처음부터 예산 범위 내라고 생각하면 대수롭지 않다.

하지만 오늘은 반드시 권총이 필요했다. 그 건방진 여자를 죽이려면 권총이 있어야 한다. 어느 쪽이 우위인지 가르쳐 주기에 알맞은 도구다. 총구를 겨냥하는 자와 겨냥당한 자 사이에 명확한 입장 차이, 상하 관계를 만들어 낸다. 권총이란 분명 그런 도구다.

한 시간이나 카페에 앉아 있었다. 커피 잔은 일부러 치우지 않고 나갔다.

역 앞에는 백인 여자가 서 있었다. 아오야마가 말했던 그대로다. 플래카드를 들고 있다.

마음에 들지는 않지만 미인이었다. 길게 늘어뜨린 머리가 잘 어울렸다. 대낮부터 술에 취한 중년 남자가 그녀에게 다가가 음탕한 얼굴로 뭐라 치근덕댔다. 꼴좋다. 교코는 고개를 숙이고 비웃었다.

가까이 다가가자 여자가 "좋아하는 일본어 좀 적어 주시겠어요?" 하고 말을 걸어왔다. 침이라도 뱉어 주고 갈까 했지만 도중에 생각을 바꾸었다.

매직을 받아 백지에 '마음'이라고 썼다. 웃음을 참느라 혼났다.

"마음 말씀인가요?" 백인 여자가 눈을 가늘게 떴다.

"마음에도 없는 소릴 썼네." 교코는 그렇게 말하고 그 자리를 떴다.

얼마 걷다 보니 아랫배가 살살 아파 왔다. 방금 화장실에 다녀왔는데 아직도 소변이 남아 있는 느낌이다. 또 이러네. 얼굴을 찌푸렸다.

스트레스 때문인지, 몸이 차서 그런지, 아니면 섹스에 문제가 있는지, 교코는 1년에 한 번은 방광염에 걸렸다. 잔뇨감과 복통 증세로 금방 알 수 있었다.

심할 때는 병원에 가지만 그렇지 않을 때는 물을 1리터쯤 벌컥벌컥 마시고, 매 시간 보리차나 녹차, 캔 주스를 들이켜고 무조건 잔다.

보통은 그러면 낫는다. 그건 나은 게 아니라고 친구가 충고해 준 적이 있다. 그런 식으로 때우니까 재발하는 거라고 했다. 그럴 때마다 교코는 콧방귀를 뀐다. 내 몸은 내가 통제한다.

소변을 참으면 증상이 악화된다. 종종걸음으로 역 안으로 돌아갔다.

그때 휴대전화가 울렸다. "이럴 때 참." 투덜거리면서 전화를 들었지만 번호는 뜨지 않았다. 평소 같으면 모르는 전화는 무시하는데 별생각 없이 그대로 받았다.

"여보세요?" 차분한 남자 목소리였다.

"뭐예요?"

"카운슬러가 되고 싶은데요." 휴대전화 너머로 들려온 음성은 최근 들었던 목소리였다.

"당신, 아침에도 연락했던 사람 맞지?"

"예. 아침에 전화했습니다. 실례라는 건 알지만 심기일전해서 새 출발 하고 싶습니다. 좋은 말이라고 생각하지 않습니까? 심기일전. 새로 시작하는 거예요."

"그래. 당신한테는 잘 어울리네. 그런 것 같아. 다음에 병원으로 찾아와요. 차분히 얘기해 봅시다."

단숨에 쏟아 내고 전화를 그대로 끊었다. 두 번씩 연락하지 말라고 고함치고 싶은 것을 참았다. 병원 전화로도 모자라 휴대전화로 연락하다니 뻔뻔한 남자다.

어, 휴대전화? 흠칫 놀라 우뚝 멈춰 섰다.

지금 이 남자는 어떻게 내 휴대전화 번호를 알았을까?

자택 겸 병원 전화번호라면 전화번호부나 인터넷으로도 간단히 조사할 수 있다. 장난 전화나 조금 특이한 내용의 전화는 그리 드물지도 않다. 하지만 휴대전화라면 문제가 다르다. 어디에 실은 적이 없다. 어떻게 알아낸 걸까? 물론 불가능하지는 않다. 나와 친한 누군가에게 물어보면 된다. 하지만 누가?

몸이 휘청거렸다. 지나가는 사람에게 부딪쳤다는 걸 알아차릴 때까지 시간이 걸렸다. 넋 놓고 서 있었던 탓에 바닥에 무릎을 찧고 말았다. 가방이 떨어졌다.

역 미화원이 빈 박스를 두 손에 들고 큰 소리로 사과했다. "죄송합니다." 손에 들고 있던 박스를 황급히 내려놓고, 교코가 떨어뜨린 가방을 주우려 했다.

"건드리지 마." 교코는 일어나서 작은 목소리로 말했다. 박스를 만진 손으로 구찌를 건드리려 하다니 머릿속이 어떻게 생겨먹은 걸까?

낚아채듯이 가방을 주웠다. 미화원은 흐리멍덩하게 생긴 남자였다. 몇 번이나 고개를 조아렸다.

말없이 발길을 돌려 당장 화장실로 향했다. 웃기지도 않다. 어째서 내가 이런 꼴을 당해야만 하지?

교코는 울화통이 터졌다. 기묘한 카운슬러 지망생이 어째서 내게 전화를 거는 걸까? 박스나 나르는 미화원이 내게 부딪쳐서 뭘 어쩌자는 걸까?

화장실에 들어가 변기에 앉은 뒤에도 짜증은 가라앉지 않았다.

소변을 보았지만 통증은 없었다. 잔뇨감은 약간 남아 있다. 늘 찾아오는 방광염의 불쾌한 예감이 들었다.

거울을 보며 화장을 고쳤다. 거울 속 제 얼굴을 보니 아오야마의 아내가 떠올랐다.

"이게 다 그 여자 때문이야."

그 여자를 죽이기 위해 권총이 필요했고, 그 때문에 권총을 찾으러 일부러 역까지 왔다. 역에 오지 않았다면 그런 남자와 부딪칠 일도 없었다.

전부 그 여자 탓이다. 가방 속을 뒤졌다. "아." 외마디 소리를 질렀다. 옆에 있던 노부인이 깜짝 놀라 교코의 얼굴을 쳐다보았다.

로커 열쇠가 없다. 떨어뜨린 것이다. 그 여자 탓이다.

도요다의 시선 끝에는 개가 있었다.

누가 키우는 깔끔한 개가 아니다. 비에 젖고 진흙을 뒤집어쓰기를 반복해 잿빛으로 변했으리라. 순수한 소년이 호된 세상의 풍파에 시달려 때를 타는 것과 비슷하다.

친근감을 느꼈다. 저건 나다. 그런 생각마저 들었다.

회사에서 자신의 입장은 저 개와 마찬가지 아니었을까? 아니, 그럴 리는 없다. 나는 젊었을 때는 회사에서 필요로 하는 인재였다. 청량음료 캔 디자인은 나름대로 높은 평가를 받았다. 캔 커피에 새하얀 라벨을 붙이자고 제안한 것도 그였고, 눈에 띄게 짙은 갈색 라인을 넣은 것도 좋은 평판을 받았다. 그랬는데 차츰 젊은 직원들의 발언권이 강해지더니 그의 앞으로 돌아오는 일도 줄었고, 결국 잡일이나 보조 작업만 남았다. 어드바이저라는 건 이름뿐인 직함이었다. 제대로 된 의견 한마디 말해보지 못하고 기술은 뒤처져 갔다. 해고당할 때는 당신 디자인은 어디서 본 듯한 것들뿐이었다는 말까지 들었다.

예전에는 예쁘고 사랑받았지만 지금은 오물투성이다. 그런가, 역시 저 개와 똑같다. 도요다는 생각한 끝에 납득했다. 자세히 보니 개 목걸이를 차고 있었다. 어느 집에서 키우다가 내다 버린 걸까. 애완견에게도 정리 해고 제도가 있어, 그 일환으로 버림받은 걸지도 모른다.

센다이 역 1층 통로를 따라 10미터쯤 북쪽으로 올라간 지점이었다. 머리 위에 보행자 통로가 펼쳐져 있어 하늘을 가리고 있다. 늙은 개는 역 빌딩 입구 근처에서 몸을 웅크리고 있었다.

도요다는 개를 힐끗 쳐다보고 그대로 지나가려 했다. 늙은 개를 하염없이 바라보면 자기 미래를 마주 보는 것 같아 두려웠다.

묘한 여자가 개 옆에 서 있었다. 뭐라 중얼거리고 있다.

마음에 걸려 도요다도 개 쪽으로 다가가 보았다.

늙은 개는 몸을 웅크리고 발끝을 핥고 있었다.

"토막 낼 거야." 여자가 그런 소리를 했다. "토막토막 잘라 버릴 거야."

불길한 예감이 들었다. 이 여자는 정상이 아니다. 삼십 대일까. 젊지는 않지만 나이 들어 보이지도 않았다. 통이 좁은 바지에 감색 스웨터를 입고 있다. 머리카락에는 윤기가 없고 파마를 한 것도 아닌데 머리끝이 휘어 있었다.

여자가 핸드백을 뒤졌다. 안에서 나온 것은 가위였다. 도요다는 움찔 떨었다. 여자는 핸드백에서 꺼낸 가위를, 그것도 헝겊이나 박스도 간단히 자를 수 있는 커다란 가위를 연거푸 철컥거렸다.

"그 개한테 무슨 짓을 할 셈입니까?" 도요다는 저도 모르게 끼어들었다.

여자는 제정신으로 보이지 않았다. 눈의 초점은 흐리멍덩했고 피부도 거칠었다. 사리분별을 제대로 할 수 있을 것 같지 않았다. 괜한 일에 끼어들었나, 불안이 스쳤다. 개는 남의 일이라는 듯이 앞발에 얼굴을 묻고 있었다.

"나, 남의 개를 가위로 위협하지 말아요." 도요다는 그렇게 외쳤다.

"남의 개라니, 이게 당신 개야?"

"그래, 내 개야."

"바보 아냐? 이건 들개야. 전부터 이 부근을 어슬렁댔으니까."

여자의 손에서 가위가 철컥거렸다. 불쾌한 소리였다. 무엇보다 철컥철컥 울리는 가위는 실로 '목을 자르는' 정리 해고에 적합한 도구처럼 보였다.

"이 부근에서 어슬렁거린다고 다 들개인 줄 알아? 그렇다면 당신도 마찬가지 아니야? 이건 내 개야. 그 증거로."

입에서 나오는 대로 지껄이다가 후회했다. 회사원 때부터 그랬다. 앞뒤 생각도 않고 나불거렸다. 그러다 보면 설득력 있는 말이 나오지 않을까 노심초사 이야기를 이어 나가지만 변변한 말은 한마디도 나오지 않아 결국 주위로부터 바보 취급을 받는다. 늘 그랬다.

여자는 우습다는 듯이 립스틱이 다 지워진 입술을 일그러뜨렸다. "증거가 뭔데?"

"나, 나를 잘 따라." 반쯤 될 대로 되라는 식으로 대답했다.

"당신 바보야?" 여자는 새된 소리를 냈다.

"그보다 손에 들고 있는 그 가위는 뭐야?"

도요다는 그제야 그것을 비난했다. 여자는 아차 싶은 표정으로 제 손을 쳐다보았다가 시선을 피한 채로 발을 동동 굴렀다.

"뭐긴, 가위니까 당연히 자르는 데 쓰는 도구지. 몸뚱이가 토막 나는 거야!"

귀찮은 여자와 얽혔다. 도요다는 후회했다. 구직 활동 중인 무력한 중년 남자가 남의 일에 관여하는 게 아니었다.

"당신, 그거 알아?" 여자가 외쳤다. "사람 몸뚱이가 토막 났다가 도로 들러붙어. 어느 틈에 팔다리가 떨어져 나갔다가 어느 틈에 들러붙는 거야. 토막 났던 게 들러붙는다고!"

여자는 기묘한 소리를 했다. 저주로 들리지는 않았다. 뭔가 전하고 싶은 걸까? '토막'과 '들러붙는다'는 건 뭘 뜻하는 걸까?

여자는 히스테리를 부리는가 싶더니 작은 목소리로 돌아가 중얼거렸다.

"나 같은 여자는 모두 이렇게 되는 거야?"

"그, 그래, 당신 성격이 고약해서 그래." 도요다는 상대를 손가락질했다.

"분명히 또 누가 같은 꼴을 당할 거야."

여자의 그 말은 예언자의 말투와 비슷했다. 어둡고, 억양 없이, 단정하다.

"이 동네에서는 그런 끔찍한 일이 일어나. 몸이 토막 났다가 들러붙어. 모두 똑같은 꼴을 당할 거야."

도요다는 센다이에서 지금 떠들썩한 토막 살인 사건을 생각했다.

어쩌면 눈앞의 이 정신 나간 여자가 그 범인일지도 모른다고 생각했지만, 가위로 시체를 자를 수는 없다.

불길한 여자에게 관여할 때가 아니다. 도요다는 그렇게 결심하고 떠나야겠다고 생각했다. 아무리 백수가 한가하다고 해도 정신 나간 가위 여인의 인생에 휘말릴 필요는 없다.

다만 개는 마음에 걸렸다. '토막'이라느니 '들러붙는다'는 말을 헛소리처럼 되뇌는 여자가 가위를 들고 있으니, 저러다 저 지저분한 늙은 개를 토막 내려 들 것 같아 불안했다.

있을 수 없는 일은 아니다. 세상에는 믿을 수 없는 일이 가득하다. 그는 종신고용제도를 확신했고, 회사에도 공헌했다고 믿었다. 절대 정리 해고 대상이 될 리 없다고 확신했다. 가능성은 제로가 아니었지만 그럴 리 없다고 생각했다. 그것이 오산이었다. 가능성이란 제로가 아니면 일어날 수 있다는 것을 의미한다.

저 개도 정신 나간 여자에게 난도질당할 가능성이 있다. 어리석지만 있을 수 있는 일이다.

그러자 그때 별안간 하늘에서 도요다에게 사명감이 내려왔다.

가벼운 마음이었다. 시험 삼아 개를 돌아보고 바지 오른쪽 허벅지께를 두드렸다. 이쪽으로 오라고 부른 것이다.

무슨 수작이냐고 여자가 비웃는 소리가 들리는 것만 같았다. 몇 초만 더 지났어도 진짜로 들렸을 것이다.

하지만 그리되지는 않았다. 방금 전까지 무관심 그 자체였던 늙은 개가 도요다가 낸 소리를 듣고 고개를 들더니 곁으로 다가온 것이다.

깜짝 놀라 그 자리에 얼어붙은 것은 여자가 아니라 도요다 쪽이었다. 늙은 개는 오른쪽으로 다가와 풀썩 앉더니 도요다의 얼굴을 올려다보았다.

"봐, 봤지?"

도요다는 더듬거리며 역으로 다시 걸음을 돌렸다. 늙은 개가 따라왔다.

뒤에서 여자의 신경질적인 고함 소리가 들려왔다.

이거 괜한 짐짝을 떠안았군. 도요다는 당혹스러웠다.

몇 분 전에는 생각도 못 한 일이었다. 재취업 면접에 마흔 번 연달아 떨어져 울적해 있던 그가 개를 데리고 걷고 있다. 이 상황은 대체 뭐지?

뜻밖에도 역 안에 개를 데리고 들어가도 바로 쫓겨나지는 않았다.

수상쩍은 눈빛으로 도요다와 개를 쳐다보기는 했지만 그렇다고 나가라고 소리치는 사람도 없었고, 무능력한 남자가 개를 데리고 있다고 손가락질하는 점원도 없었다. 역무원이 죄송합니다만, 하고 경멸 어린 눈빛으로 다가오는 일도 없었고, 아저씨, 더러운 개를 우리 역에 끌고 오지 마, 하고 지루해 보이는 청년들이 그를 에워싸는 일도 없었다.

그들은 하나같이 의아한 표정이었지만, 실제로 도요다에게 주의를 주거나 경고를 하려는 사람은 없었다.

개는 자그마한 잡종이었다. 시바견처럼 보이기도 했다. 짧은 털이 지저분했다.

보기에는 지저분했지만 걸을 때마다 바닥에 발자국이 찍힐 만큼 더럽지는 않아서 인파 속을 당당히 걸었다.

전부터 내가 키웠던 개 아닐까? 그만 도요다도 그렇게 착각할 만큼 늙은 개는 그를 따랐다. 찰싹 달라붙지는 않았지만 산책용 목줄도 없는데 도요다의 발밑을 잘 따라왔다.

도망치려고도 않는다. 시험 삼아 선물 매장 앞에서 걸음을 멈춰 보았는데, 늙은 개는 몇 걸음 앞서가기는 했지만 바로 뒤를 돌아보더니 귀찮은 기색으로 다가왔다. 나이를 먹어서 그런지 동작은 빠르지 않았다.

그렇지 않아도 마흔 넘은 독신 남자의 구직 활동은 어려운데, 지저분한 늙은 개가 따라다니면 이미 절망적인 수준이다. 채용해 주는 곳이 있다면 인사 담당자가 어지간히 개를 좋아해서 개를 데리고 면접장을 찾은 도요다를 보자마자 "당신도 동지인가요!" 하고 다가오는 회사거나, 혹은 개가 경영하는 회사가 아닐까?

그때 늙은 개가 방향을 바꾸었다. 잠깐 이쪽으로 와. 실제로 개가 말을 한 건 아니지만, 도요다에게는 그렇게 들렸다. 개는 똑바로 걸어가고 있었는데 어느새 코스에서 벗어나 출구로 걸어갔다. 바닥에 코를 붙이고 몸을 낮춘 채였다. 낯익은 냄새를 찾아낸 것 같았다.

코인로커의 열쇠가 떨어져 있었다.

1층으로 내려가는 에스컬레이터가 있는 부근이었다. 경단 가게 뒤편에 노란 번호표가 붙은 열쇠가 떨어져 있었다.

도요다가 열쇠를 주워도 개는 화를 내지 않았다. 눈높이로 들어 올려 자세히 보았다. 로커 열쇠다. 틀림없다. 주머니에 넣었다. 주변을 둘러보았지만 그를 쳐다보는 사람은 없었다. 도요다는 바로 3층으로 갔다. 그 부근에서 코인로커를 본 적이 있다. 에스컬레이터는 타지 않았다. 개가 탈 수 있을 것 같지 않았기 때문이다.

주운 열쇠는 역 빌딩 3층 연결 통로에 있는 로커의 열쇠였다. 열쇠 모양도 똑같았고, 무엇보다 지금 그가 갖고 있는 '38'번 칸에 열쇠가 없었다.

망설임은 없었다. 죄책감도 없다. 안에서 거금이 나오기를 기대한 것도 아니었다.

울적한 나날을 보내는 도요다는 저도 모르는 사이 가벼운 자극을 찾고 있었던 것이다. 주운 열쇠로 문을 열어 즐길 수 있는, 무책임하고 가벼운 기분 전환이 필요했다.

코인로커 안에 어느 경영자의 가방이 들어 있어서 속을 열어 보면 광고 디자인 구직 기사가 들어 있을 가능성도 있지 않은가. 도요다는 그런 생각을 했다. 그렇다, 가능성은 일어날 수 있다는 의미에서 제로가 아니다.

"오늘 면접 결과도 그래."

도요다는 걸어가면서 개에게 말을 걸었다.

"모두들 확신했어. 오늘 그 회사에서 나를 채용할 거라고 모두가 믿었어. 불합격 가능성은 제로라고 믿었어. 고용 센터 담당자는 물론이고, 면접관도 분명 똑같은 마음이었을 거야."

늙은 개는 관심을 보이지 않았지만 말 상대가 곁에 있다는 사실만으로도 도요다는 구원받은 기분이었다.

'38'번 로커는 연체 요금 표시가 떠 있었다. 대부분 사흘이 지나면 다른 장소에 보관한다는 글이 붙어 있지만 이 부근 코인로커에는 그런 경고문이 없었다.

그 시점에서 도요다는 비로소 고민했다. 주운 열쇠로 멋대로 문을 여는 것에는 아무 망설임도 없었지만, 직업도 없는데 굳이 얄팍한 지갑에서 돈을 써 가면서까지 남의 코인로커를 열어 볼 이유가 있을까 고민한 것이다.

개를 굽어보았다. 눈이 마주쳤다.

"이건 일종의 시험 아닐까?"

무심코 그렇게 물어보았다. 연체 요금 정도로 포기하는 자는 아무것도 손에 넣을 수 없다.

"그렇게 생각하지?"

늙은 개는 고개를 저은 것처럼도, 끄덕인 것처럼도 보였다. 도요다는 가슴이 설렜다. 몇 년 동안 남의 동의를 얻은 적이 없었기 때문이다.

결심을 하고 지갑에서 천 엔짜리 지폐를 꺼내 매점으로 다가가 백 엔짜리 동전으로 바꿨다.

코인로커를 열 때 양심이 조금 찔렸지만 도요다는 신경 쓰지 않았다. 안에서 나온 것은 평범한 포장지였다. 종이를 펼치자 안에 비닐 봉투가 있고, 작은 봉투가 또 하나 들어 있었다. 크기에 비해서는 묵직했다. 그 시점에서 의심했어야 했다.

도요다는 크게 조심하지도 않고 콧노래를 부르며 봉투를 열어 종이를 벗겨 보았다. 비닐 봉투 속에 번호표와 함께 극비 채용 정보라도 들어 있기를 기대했는지도 모른다.

하지만 그 기대는 순식간에 예상도 못 한 방향으로 배신당했다. 용케 비명을 지르지 않았다고 나중에 감탄했을 정도다.

권총이었다. 포장지 속에서 나온 것은, 투박한 권총이었다.

제대로 인식하기도 전에 땀이 났다. 집게손가락으로 쿡쿡 찔러 보았다. 작은 비닐 봉투에는 총알 수십 개가 들어 있었다.

우뚝 얼어붙어 있었던 건 잠깐이었다. 발밑에 있던 개가 먼저 걸어갔고, 도요다도 뒤를 따랐다. 정신이 멍했다. 손안에 권총이 있다.

현실감이 훌쩍 사라졌다. 비닐 봉투를 소중히 끌어안고 몽롱한 기분으로 계단을 내려갔다. 대체 무슨 일이 생긴 걸까? 혼란스러운 머리로 필사적으로 생각했다.

텔레비전이나 영화에서나 보았다. 베트남 전쟁 영화에서 포로가 된 남자들이 관자놀이에 들이대며 러시안룰렛에 사용하던 장면이 머릿속에 떠올랐다. 권총이라는 건 그의 인생과 인연이 없던 물건이었다.

몇십 분은 그대로 우두커니 서 있었다. 하지만 정신을 차리는 데 한 시간까지 걸리지는 않았다. 사람은 '연애'나 '생사'와 관련된 문제가 아닌 한, 아무리 예상치 못한 일을 맞닥뜨려도 그 정도 시간이면 현실을 받아들일 수 있는지도 모른다.

다테 마사무네* 동상 옆쪽의 출구로 향했다.

역무원이 달려왔다. 황급히 비닐 봉투를 가방 속에 쑤셔 넣었다. 들켰나 싶어 가슴이 철렁했다. 개를 데리고 있는 우중충한 남자가 권총을 들고 돌아다니고 있으니 눈에 띄었을지도 모른다. 중년 실업자의 말을 어디까지 믿어 줄지 걱정되었다. 열쇠를 주웠을 뿐이라고 말해 본들 누가 믿어 줄까. 로커 안에 일자리가 가득 차 있을 줄 알았다고 정직하게 고백해도 믿어 주지 않을 것이다. 그런 변명이 머릿속에 떠올랐다 사라졌다.

"실례지만 개한테는 가급적 목줄을 채워 주시고, 역 안에 데리고 오시면 안 됩니다." 역무원은 뭔가 불쾌한 일이라도 있었는지 붉게 충혈된 눈으로 도요다에게 말했다.

도요다는 얼굴을 붉히며 고개를 떨구고 그대로 서둘러 밖으로 나갔다. 늙은 개가 따라왔다.

개와 권총을 아군으로 가진 백수가 무엇을 할 수 있을까. 기

✛ 일본 전국시대 말~에도시대 초의 무인이자 센다이 영주로서, 현재까지도 센다이를 대표하는 인물로 많은 사랑을 받고 있다.

가 막혔다. 직업은 없는데, 개와 권총은 있다. 이게 대체 무슨 꼴
이지?

2

구로사와는 역 앞 은행으로 걸어가고 있었다. 방금 손에 넣은 이십만 엔은 안주머니에 들어 있다. 그 시점에서 이미 '훔친 돈'이 아니라 '기술로 번 수입'이었다.

대학교를 가로질렀다. 학생용 강의동이 없어 외부인도 자유롭게 드나들 수 있었다. 부지를 가로질러 상점가로 나갔다. 그때 누가 그를 불러 세웠다. 저기요. 차분하지만 가녀린 목소리였다.

주위를 살피자 노부부가 서 있었다. 새하얀 머리카락에 안경을 쓴 갸름한 얼굴의 남성과 키가 작고 얼굴이 동그란 여성이었다.

"센다이 역으로 가는 지름길은 어느 쪽인가요?" 노부인이 물었다.

상대가 어깨에 문신을 새기고 머리 노란 젊은이였거나 뺨에 흉터가 있는 남자였다면 구로사와도 분명 경계했을 것이다.

길을 설명해 주는데 남자가 건물 뒤로 슬그머니 걸어갔다. 노망이 난 거라고 착각했다. 노부인이 "영감, 어디 가요?" 하고 부르며 따라가기에 구로사와도 뒤를 쫓았다. 아무래도 그게 실수였던 모양이다.

인적 없는 뒤뜰까지 따라갔을 때, 남자가 갑자기 오른쪽으로 홱 돌아 구로사와를 마주 보았다. 아차 싶었을 때는 이미 늦었다. 노부인이 똑같이 따라 했다. 노인은 위험천만하게도 권총 한 자루를 손에 들고 위협했다.

"돈 내놔."

노인의 목소리는 전혀 떨리지 않았다. 평온함 그 자체였다.

구로사와는 하늘을 우러러보았다. 터져 나오려는 웃음을 간신히 참았다. 대낮에 노부부가 제 앞을 가로막고 서서 돈을 내놓으라고 권총을 들이대고 있다. 이 상황을 두고 어리석고 우스꽝스럽다고 하지 않는다면 뭐라 해야 한단 말인가?

두 사람 다 허리는 굽지 않았지만 칠십 대 중반은 되어 보였다. 권총보다 지팡이가 훨씬 잘 어울린다.

구로사와는 순순히 두 손을 들었다.

"돈은 줄게. 하지만 기대는 하지 마. 불쌍해서 도로 보태 주고 싶을 정도로 얄팍한 지갑이니까."

노부인이 입을 열었다. "됐으니까 지갑이나 내놔요."

"시키는 대로 하시오." 이번에는 노인이 말했다. 누가 무슨 말을 할지도 정해 놓은 걸까?

구로사와는 뒷주머니에 손을 넣어 지갑을 꺼내며 두 사람을 살폈다. 노인은 비쩍 말랐지만 두 손으로 권총을 단단히 거머쥐고 있었다. 다리를 엉거주춤 벌리고 허리를 낮춘 자세다. 꼴사나웠지만 중심이 아래쪽에 있어 안정적인 자세였다. 노부인은 구로사와의 손을 가만히 지켜보고 있었다. 구로사와가 지갑을 바닥에 던지자 그것을 주워 속을 확인했다. 민망함을 감추려 머리를 긁적거리자 노인이 위협했다.

"움직이지 마시오."

"참고삼아 묻고 싶은데, 노후에는 돈이 부족한가? 이런 강도짓을 할 수밖에 없을 정도로 연금이 도움이 안 되는 건가?"

"돈은 별로 궁하지 않습니다." 총구는 여전히 구로사와를 겨누고 있다. "남아서 곤란할 정도는 아니지만 그래도 둘이서 근근이 먹고살 정도는 됩니다."

"권총도 살 수 있는 모양이니."

"당신, 정말 아무것도 없네요." 노부인이 지갑을 다 살피고 그렇게 말했다. "천 엔짜리 지폐가 두 장, 나머지는 영수증 몇 장뿐이네." 오히려 감탄하는 기색이었다.

"깔끔하지?"

"이건 뭡니까?" 노부부가 지갑에서 꺼낸 종이를 들이댔다.

아침에 주운 외국어가 적힌 쪽지였다. "외국 부적 아닐까? 나도 잘 몰라. 숫자가 있으니 복권일지도 모르지. 뭐하면 그걸 가져가."

"이런 요상한 건 필요 없는데." 노부부는 서로 얼굴을 마주 보고 있었다. 구로사와의 가치를 헤아리려는 것처럼 보였다.

"손은 그만 내려도 될까?"

"당신, 권총을 별로 무서워하지 않는군. 미리 말하겠는데 이건 진짜요." 노인이 말했다.

"아마 그렇겠지. 하지만 그걸 쏘는 건 사람이야."

"무슨 뜻이오?"

"영감님은 날 안 쏠 거잖아? 권총은 무섭지만, 그걸 든 당신은 무섭지 않아."

"우리 영감이 이래 보여도 배짱은 있어요."

노부인은 그렇게 말하면서도 우습다는 듯이 킬킬거렸다.

"배짱 같은 문제가 아니야. 요컨대 성품이 문제지."

돈이 궁한 거냐고 다시 한 번 묻자 그들은 얼굴을 마주 보았다. 지금까지 기회나 역경을 만났을 때마다 둘이서 몇백 번이나 그렇게 의논해 왔을, 그런 익숙한 몸짓이었다.

"돈이 아니라, 인생의 만족도가 문제라오."

"인생의 만족도라." 구로사와도 비슷한 높낮이로 말했다.

"정신이 들고 보니 벌써 이 나이야. 마누라랑 함께 50년 넘게 살았지, 눈 깜짝할 새였다오."

구로사와는 잠자코 말을 부추겼다.

"바로 지난달이었소. 문득 깨달은 거요. 시기야 어쨌든 우리한테도 저승사자가 찾아올 테고 인생이 끝날 테니, 마지막에 뭔가 이벤트가 있으면 어떨까 싶었지."

"그래서 즉석 강도가 된 건가?"

"우리는 인내심 강한 사람이었다오. 무슨 일이든 남을 먼저 배려하고 불평도 하지 않았지. 손해를 본 적은 있어도 이득을 보는 일은 별로 없었어요. 그런 삶을 살아왔다오."

안경을 쓴 노인의 말투는 온화했다. 주름이 살짝 움직였다.

"하지만 우리가 이대로 얌전히 사라져도 누구 하나 칭찬해 주지 않는다오. 인생이 연장되는 것도 아니고. 상을 받는 것도 아니야. 그렇다면 오히려 지금까지 결코 생각도 못 했던 일을 저질러 보면 추억이 되지 않을까 싶었다오."

"추억." 구로사와는 웃음을 터뜨렸다.

노부인이 끼어들었다.

"이런 게 아니라도 괜찮았지만 우연히, 정말 우연히 이 권총을 손에 넣어서 강도 노릇이라도 해 보자고 이 양반하고 의논해서 결정했지요."

"참으로 어리석지요. 지금까지 우리는 짐짝 취급이나 받으며 있으나 없으나 마찬가지인 신세였는데, 이런 총 한 자루로 상대의 반응이 달라지지 뭡니까. '영감 비켜' 하고 험하게 나오던 상대가 갑자기 주눅이 들어 얌전해지는 겁니다."

"그게 즐거운가?"

"통쾌할 때도 있고, 섭섭할 때도 있지요." 노인의 한숨은 연출이 아니라 진심 같았다.

구로사와는 새삼 노부부 강도를 보았다. 두 사람의 모습을 번갈아 바라보았다. 조용히 두 손을 내렸지만 그들은 딱히 아무 말도 하지 않았다.

노인이 씁쓸한 표정을 지었다.

"하지만 우리 같은 노인들이 젊은 사람들과 대등하게 대화하려면 권총이라도 있어야 겨우 같은 입장에 설 수 있다오. 이상한 얘기지만, 그런 법이에요. 노인이 자기주장을 하기란 어려운 일입니다. 지금까지 우리는 계속 참기만 했지만, 이건 역시 이상하지요."

"당신, 무서워하질 않네요." 노부인이 씨익 웃었다.

"노인이 총을 들고 거리로 나왔다는 사실에 감탄하느라. 강도 노릇이라니." 어깨를 으쓱했다. "다만 진짜 강도도 있으니 막 나가면 위험해. 조심하는 게 좋아."

"충고해 주는 거요?"

"아니, 노파심에."

"괜찮다오. 우리 목적은 어디까지나."

노인은 거기서 말을 끊더니 다시 파트너인 아내의 얼굴을 보았다. 동시에 구로사와도 "인생의 만족도"라고 소리 내어 말했다. 세 사람이 한목소리를 낸 것은 소소하지만 짜릿한 경험이었다.

"어찌 되든 그건 그것대로 만족스러운 인생이라오."

"방금 전에도, 왜." 노부인이 뭔가 생각났는지 노인을 올려다보며 우습다는 듯이 말했다. "재미있는 일이 있었지."

"아아, 그거." 노인도 다 빠진 이를 드러냈다. "방금 전이었다오, 당신을 만나기 전에 위협한 남자가 있었는데, 좀 묘했거든. 묘한 걸 운반하고 있었어."

"묘한 거라니?"

"토막 난 사람 몸뚱이." 노부부가 한목소리로 말했다.

"설마." 구로사와는 눈썹을 찌푸렸다.

"마네킹이었을까?" 노부인이 말했다. "바퀴 달린 커다란 가방을 들고, 새빨간 모자를 쓴 남자였어. 그 사람도 왠지 살아 있는지 죽었는지 모를 인상이었어요."

"새빨간 모자?"

"모자 끝을 이렇게 바짝 꺾어 깊이 눌러쓰고 있었다오. 청년인지 중년인지 못 알아보겠더군. 의외로 나이 든 사람이었을지도 몰라. 우리가 권총을 꺼내 위협하자 놀랐는지 손을 놓치는 바람에 가방이 쓰러졌거든. 그 바람에 가방이 열려서 안에서 사람 팔다리가 튀어나왔지 뭐요."

"마네킹일 거야, 아마."

"요즘 그게 유행하고 있잖소. 토막 살인."

"그 범인을 봤다는 건가?" 구로사와는 감탄한 듯 고개를 끄덕였다. "게다가 당신들은 그 토막 살인범을 권총으로 위협했고?"

"그건 분명 이 세상 사람이 아닐 거예요. 모자를 쓴 저승사자 야. 얼굴이 창백했거든. 뭘 해도 제대로 풀리지 않는 중년 남자 가 바로 그런 느낌이겠지." 노부인이 그렇게 말했다.

"가방에 들어 있었던 건 정말 사람 시체였나?"

"글쎄요. 황급히 주워 담고는 가방을 끌고 달아나 버려서. 우 리도 쫓아갈 처지가 못 되고. 그 남자 정말 유령 같았어요. '아파 트에서 다시 뛰어내려야 해'라고 중얼거리던데. 그런 걸 쫓아가 면 우리도 저세상에 끌려갈 테지요."

"경찰에 신고할 수도 없는 노릇이고." 노인이 권총을 흔들었 다.

구로사와는 잠시 두 사람의 얼굴을 관찰했다. 거짓말하는 얼 굴은 아니었지만 엉뚱한 소리를 늘어놓는 건 노인들의 특기라 고 스스로를 타일렀다.

노인들은 남자에게 돈을 내놓으라고 권총을 들이대자, 가방 속에 든 토막 난 오른팔이 지갑을 꺼내 더치페이도 가능한지 물 었다는 시답지 않은 농담까지 했다.

구로사와는 재킷 안주머니에 손을 넣어 잽싸게 봉투를 꺼내 노부인에게 내밀었다. 그대로 노부부의 정면에 내던졌다.

"이게 뭐예요?" 노부인이 발밑에 떨어진 봉투를, 굳이 표현하 자면 경멸 어린 눈빛으로 보았다.

"돈을 내놓으라면서? 사실은 감춰 둘 작정이었는데, 마음이 바뀌었어."

노부인이 봉투를 주워 주름진 손가락으로 봉투를 열었다. "거금이네."

"고작 이십만 엔이야."

"받을 수 없어요." 노부인이 말했다.

"강도 주제에." 구로사와가 웃자 노인도 피식 웃었다. "그러게."

"노인 주제에." 구로사와가 거듭 농담을 하자 노인은 또 웃었다. "여부가 있나."

구로사와는 그대로 떠났다.

딱 한 번, 캠퍼스에서 나와 걸음을 멈추고 뒤를 돌아보았다. 반대쪽으로 걸어가는 노부부의 모습이 보였다. 홀쭉한 몸과 작은 몸이 조용히 멀어져 갔다.

구로사와는 거리로 향했다. 몸을 숙이고 천천히 걸어가면서 머리를 긁적였다. "저쪽은 강도고 이쪽은 좀도둑이잖아." 혼자 중얼거려 보았다. 좀도둑과 강도, 좀도둑과 강도, 열 번쯤 되뇌어 본 뒤에 "저쪽은 연금을 받지만 이쪽은 수입이 없잖아" 하고 말해 보았다. "저쪽은 국민건강보험도 있지만 나는 전액 자부담." 그렇게 혼잣말을 하다가 투덜거렸다. "이십만 엔이나 줄 필요는 없었는데."

적어도 전부 줄 필요는 없었다.

상점가를 걸어가는데 휴대전화가 울렸다. 번호는 뜨지 않았다. 걸음을 떼면서 귀에 대 보았다. 상대가 입을 열기를 기다렸다.

"구로사와?"

"당신이었군. 당신네 젊은 친구를 아까 만났는데."

"다다시 말이군."

"아이작 뉴턴이었는데."

"뭐라고?"

"아무것도 아니야. 그래, 두목이 직접 어인 일이야?"

"다다시가 방금 연락해서 구로사와 씨가 쌀쌀맞다고 한탄하더군. 뭐, 나도 기대했던 건 아니지만, 역시 함께할 생각은 없나?"

"도둑은 1인 게임이야. 시합에 나갈 때는 언제나 혼자 나가잖아."

"이번엔 제법 규모가 커. 평소처럼 술집이나 편의점 강도가 아니야."

어차피 은행 아니면 공공 기관이겠지. 짐작이 간다.

"그만둬."

"충고 고마워. 뭐, 오늘 당장 실행한다는 건 아니야. 조만간 실행하겠지만. 어때, 낄 생각 없어?"

구로사와는 자기도 모르는 사이에 얼굴을 찌푸리고 있었다. 앞뒤 분간도 못 하고, 조사나 검토도 제대로 하지 않고 일을 벌

111

이려는 자에게 미래는 없다.

"오리엔티어링이 뭔지 알아?" 저도 모르게 그렇게 물었다.

"지도 같은 걸 보고 목표물을 찾아내는 게임이잖아. 나도 그 정도는 알아. 늙었다고 얕보는 거야?"

"나이는 상관없어. 요컨대 '미래'는 그런 거야. 찾아내는 거지. 무턱대고 돌아다녀 봤자 '미래'는 다가오지 않아. 머리를 써서 찾아내야 해. 당신도 깊이 고민해 봐."

"내가 아무 고민도 없는 줄 알아?"

"그보다 한 걸음 앞을 내다보란 말이야. 당신뿐만 아니야. 정치가도, 어린아이도, 모두 고민을 안 해. 아이디어만 내고 끝이지. 분통을 터뜨리고 끝, 포기하고 끝, 고함을 지르고 끝, 야단을 치고 끝, 대충 얼버무리고 끝이야. 그다음에 고민해야 할 문제를 생각하지 않아. 텔레비전에만 매달려서 사고가 멈췄어. 느끼기만 하고 고민을 안 해."

"나는 고민해."

"그렇다면 나도 더 참견하지 않겠어. 다만 당신과 함께 일할 생각은 없어. 당신이 싫은 건 아니지만 함께 일은 안 해. 이유가 뭔지 아나?"

"싫어해서 그런 것 아니야?" 남자가 쓴웃음을 짓는 게 느껴졌다.

"고민한 결과야."

구로사와는 그렇게 말했다. 한참 침묵한 뒤에 상대가 다시 말했다.

"구로사와. 나는 자네를 높이 사고 있어."

열 살은 더 많은 이 남자는 구로사와에게 동정해야 할 상사에 가까웠다.

"자네는 실력도 출중하고 학식도 있어. 동업자들 사이에서는 자네가 왜 빈집이나 터는지 이상하다고 말들이 많아."

"별로 실속 없는 이야기로군."

"난 그냥 자네와 함께 일하고 싶은 거야."

상대의 목소리가 갑자기 노쇠해졌다. 구로사와는 휴대전화를 귀에서 떼고 눈앞에 바싹 댔다. "미안하지만 나는 어디까지나 혼자 할 거야." 다시 전화기를 귀에 대고 말했다. "여럿이서는 아무것도 안 할 거야."

"그래." 남자는 서운하기 짝이 없다는 목소리로 대꾸했다. "자네는 일반 가정집 전문털이범이었지. 그쪽이 질은 더 나쁘잖아. 안 그래?"

"당신도 우선 작은 일부터 새로 시작하는 게 좋아. 어떤 일에나 기본과 준비운동은 필요해."

"누구한테 설교야?"

"됐으니까 들어. 정보라면 줄 테니."

구로사와는 그렇게 말하고 지금 노리고 있는 아파트와 단독주택의 정보를 몇 건 알려 주었다.

"내가 노리고 있는 곳이야. 사전 조사도 끝났어. 괜찮으면 당신한테 양보할 수도 있어. 큰일을 하기 전에 다시 생각해 봐."

"그런 정보를 왜 나한테 알려 줘?"

구로사와는 자기도 모르겠다고 대답했다.

"당신네 젊은 친구한테 위험한 일을 시키기 싫어서 그래. 일본의 손실이야."

"내가 자네한테 일감을 얻을 만큼 녹슬지는 않았어."

"그러지 말고, 혹시 모르니 일할 내용하고 날짜가 정해지면 연락해 줘. 나는 참가하지 않을 거지만 충고는 해 줄 수 있으니."

"나한테 충고가 필요할 것 같아?"

열 살 많은 도둑 패거리의 관리직은 근거 없는 자신감을 드러내더니 당당하게 말했다.

"우선 충고에 귀를 기울이라는 충고가 필요하겠네."

구로사와는 휴대전화를 끊고 주머니에 집어넣었다.

깨닫고 보니 발걸음이 은행 쪽을 향하고 있었다. 통장에 넣으려던 돈은 방금 전 홀연히 나타난 강도에게 빼앗기지 않았던가. 걸음을 멈추었다.

이십만 엔이 든 봉투를 넘긴 행동은 그리 후회하지 않았다. 노부부가 깊이 물어보지 않는 것을 핑계로 그대로 봉투를 숨긴 채 돌아왔다면 기분은 더 나빴을 것이다. 머리가 잘 돌아가서 노부부보다 한발 앞섰다고 으스대는 것은 최악이었다.

또 미학인가? 입가가 일그러졌다. 그나저나 일을 처리했는데도 수중에 수입이 없다니, 절치액완까지는 아니지만 심사가 뒤틀렸다.

지갑을 꺼내 속을 들여다보았다. 아침에 주운 종이 쪼가리가 나왔다. 읽을 줄 모르는 외국어가 적혀 있다. 어쩌면 이건 '행운의 부적'이 아니라 오히려 그 반대일지도 모른다. 버릴까 싶기도 했지만 손에 넣은 것을 간단히 버리고 싶지는 않았다.

밤이 되면 다시 일을 하러 가야 하지 않을까. 구로사와는 그런 고민을 하기 시작했다. 이미 사전 조사를 끝낸 몇 채의 집과 아파트를 머릿속에 떠올렸다.

 가와라자키와 쓰카모토는 산 중턱에 앉아 있었다. 쓰카모토는 두 손을 머리 뒤로 깍지 낀 채로 드러누워 있었다.

가와라자키는 한동안 멍하니 있었다. 무릎을 끌어안은 자세로 그들이 올라온 길을 굽어보면서 머릿속을 정리하려 애썼다. 쓰카모토가 하는 말의 의미는 이해했다. 어려운 일은 아닐지도 모른다.

"3년 전에 아버지가 돌아가셨어요."

가와라자키는 제 입에서 그런 말이 튀어나왔다는 사실에 놀랐다. 쓰카모토는 잠자코 귀를 기울여 주었다.

"투신자살이었습니다. 눈앞에서 아버지가 사라졌으니 몹시 낙담했지요."

사실 어째서 아버지의 자살이 그토록 그에게 충격을 주었는지는 이해할 수 없었다.

 "아버지는 팔을 벌리고 빌딩 17층에서 뛰어내리는 어처구니 없는 방법으로 저희를 버리고 달아났어요. 그는 우리를 잊었던 걸지도 모릅니다. 저희 집안은 자살하는 핏줄이거든요."

 야구 연습장에서 아우성치던 아버지의 모습이 가와라자키의 머릿속에 떠올랐다. 그때 아버지가 무슨 말을 했는지는 기억이 나지 않는다.

 "아버지의 아버지, 그러니까 제 할아버지도 투신자살로 돌아가셨대요. 말기 암을 비관해서 자살했다고 들었습니다. 다들 뛰어내리려요."

 가와라자키는 자조 어린 목소리로 말하며 고개를 숙였다.

 "요컨대 저희 집안은 어중간하게 살다가 도중에 도망치려고 빌딩에서 뛰어내리는 핏줄인 겁니다. 배턴을 받지 못한 저는 어떤 이유로 살아야 할지 갑자기 길을 잃고 말았어요."

 "배턴?"

 "릴레이 있잖아요. 운동회 때 하는 그런 거요. 인생이라는 게 릴레이라면 저희 집안은 그 재주가 없는 겁니다. 다음 주자에게 배턴을 넘기기 전에 코스에서 벗어나는 거지요. 모두 그래요. 어쩔 수 없이 다음 주자는 배턴도 없이 출발해야만 하지요. 간신히 달리고 있지만 저도 언젠가 결국 길에서 벗어날 거예요. 절대 배턴을 넘기지 못할 게 뻔한 릴레이에 무슨 의미가 있겠습니까?"

쓰카모토가 중얼거렸다. "그럴까?"

"그 무렵, 텔레비전에서 그분을 보았습니다."

"다카하시 씨 말이야?"

그때의 일은 똑똑히 기억한다. 센다이에서 발생한 연쇄살인 사건. 경찰은 단서 하나 찾아내지 못하고 줄줄이 늘어나는 피해자를 방관할 따름이었다.

"그 사건은 제 인생과 똑같습니다. 텔레비전으로 보면서 멋대로 그렇게 생각했지요. 아무도 사건을 막지 못하고, 피해를 막지 못하고, 상황은 그저 나빠지기만 해요. 그 속에서 살아가는 겁니다. 그 무렵 센다이 거리에는 한 치 앞도 보이지 않는 암담한 공기가 자욱했고, 그것은 동시에 제 안에 있던 것과 흡사했습니다."

"그때 다카하시 씨가 나타난 거군."

"예."

뚜렷이 기억한다. 하늘을 뒤덮고 있던 구름이 걷히고 한 줄기 빛이 보인 순간이었다.

"저는 우연히 텔레비전의 뉴스 속보를 보았습니다. 처음에는 무슨 뜻인지 몰랐어요. 하지만 뉴스를 가만히 보는 사이 고동이 빨라지더니."

'센다이 비즈니스호텔 연쇄살인 사건 용의자 체포'

화면에 흘러나오는 한 글자, 한 글자가 가와라자키의 머리를 후려치는 것 같았다. 심장이 뒤흔들리는 감각이었다. 뭔가가 변하리라는 예감이 들었다.

"그날 밤 텔레비전에서는 이미 그분의 이야기가 보도되고 있었습니다. 어느 채널을 틀어도 아나운서가 흥분한 목소리로 일반인이 사건을 해결했다고 떠들고 있었어요."

그때 언론의 열기는 대단했다고 가와라자키가 말을 잇자, 쓰카모토도 얼굴을 찌푸리며 고개를 끄덕였다.

"다카하시 씨도 그 소동에는 곤혹스러워했지. 예상 이상이었을 거야. 그래, 다카하시 씨가 유일하게 남긴 코멘트 기억해?"

"기억합니다." 잊을 수 있을 리가 없다.

'다카하시'가 말하는 모습은 몇 차례 방송되었다. 사건이 해결되고 몇 주 지났을 때였다.

"사건을 훌륭히 해결했다는 말을 들을 때가 있습니다. 하지만 사실 그런 사건을 해결하는 건 그리 어려운 일이 아닙니다. 훨씬 곤란하고 중요한 문제는 달리 있습니다. 진실로 중요한 문제는 보다 수수하고 지루한 생활 속에 있습니다. 저는 그들을 구하고 싶습니다."

"'그들'이라니 누구 말입니까?" 아나운서가 황급히 물었다.

"'그들'이 누구인지는 그들 스스로가 분명 알고 있을 겁니다."

그 말에 가와라자키는 구원받았다. 그야말로 그가 말하는 '그들'의 한 사람이라는 것을 바로 깨달았다. 감격했다. 이 사람은 자신을 구원해 줄 것이다.

"쓰카모토 씨의 신은 그분이 아닙니까?" 그런 질문을 하는 데 용기가 필요했다.

"다카하시 씨 말이야?" 쓰카모토는 얼굴을 찌푸렸다. 고통스러워 보이는 표정이었다. 연기 같기도 했다. 그는 한참 고민하다가 말했다. "전에는 그랬는데."

"지금은 아니란 겁니까?"

"그 사람은 천재지만 신은 아니야." 쓰카모토는 단호하게 말했다. "아까 그 복권, 봤지?"

"예." 힘차게 대답했다. "그, 그거 진짜인가요?"

"진짜야. 진짜 숫자를 맞혔어. 입에 담기도 부담스러울 정도로 큰 금액이야. 나도 물론이고, 우리 간부들은 모두 떠들썩했지."

"그런데?" 이야기의 흐름을 짐작하고 가와라자키는 그렇게 뒤를 재촉했다.

"그 사람은 그 당첨금을 세속적인 일에 쓰려고 해."

"세속적인 일?"

"어쨌든 세속적이야." 쓰카모토는 그때만큼은 짜증을 드러내며 빠르게 말했다. 자기 결점을 숨기려는 것 같았다. "그래서 우리가 그 복권을 맡아 두고 있어."

가와라자키는 그 당첨 복권이 진짜라는 사실을 믿을 수 없었다. 아까 손에 들었던 종이는 그냥 구겨진 종이 쪼가리로밖에 보이지 않았다. 종이 쪼가리 한 장 때문에 사람이 행복해지기도

하고 빌딩에서 뛰어내리기도 한다는 말인가?

"천재는 운도 타고나. 그 사람은 천재야. 그렇지만 신은 아니야."

"세속적이란 말씀입니까?"

"텔레비전에 나가서 섣부른 소리는 하지 않으니 그나마 다행이지. 하지만 요즘에는 우리한테 아무 말도 안 해."

확실히 강연이 있기는 하지만 '다카하시'의 메시지가 줄어들었다는 사실은 눈치채고 있었다.

"다카하시 씨가 텔레비전에 나오면 어떨 것 같아?" 쓰카모토가 물었다.

"텔레비전 말입니까?" 가와라자키는 그 장면을 상상해 보았다. "굉장히 세속적인 느낌이 드네요."

쓰카모토도 말없이 얼굴을 찌푸렸다.

가와라자키는 저도 모르게 뒤로 몸을 젖혔다. 어느새 바닥에 드러누워 산비탈에서 하늘을 올려다보고 있었다. 눈이 가물거렸다. 쓰카모토의 얼굴이 보였다. 그를 굽어보고 있다. 바로 위에서 그를 내려다보는 쓰카모토의 얼굴이 하늘을 가렸다.

"내장이야."

"예? 뭐, 뭐가 말입니까?" 가와라자키는 벌떡 일어났다.

"신에 대해 생각하다가, 나는 나름대로 결론에 도달했어. 내장의 정의를 알고 있어? 우선 '스스로 제어할 수 없다'는 특징을 들 수 있지. 예를 들어 오른팔은 들려고 의식하면 들 수 있어. 머리가 간지러우면 그 자리에서 긁을 수 있어. 하지만 내장은 불가능해. 위나 장은 연동운동을 반복하고, 이러고 있는 지금도 우리가 먹은 빵을 아래로 보내고 있지. 하지만 그걸 의식해서 할 수 있는가 하면 그건 불가능하거든. 심장 근육을 몇 초 간격으로 움직이고, 그사이 장의 움직임을 의식하면서 눈앞의 서류 작업도 해치워야 하는 상태가 되면 뇌는 다 파악하지 못하고 과부하가 걸릴 거야."

"확실히 그렇겠네요."

가와라자키는 제 머리로 심장을 움직여 보려고 애썼지만 금방 불가능하다는 것을 알았다. 혹시나 그렇게 된다면 잠든 사이에 무심코 숨이 멎을지도 모른다.

"그래서 생각해 봤는데, 이 관계는 인간과 신의 관계와 흡사하지 않아?"

"뭐하고 뭐가요?"

"나라는 존재와 위가." 쓰카모토는 그렇게 말하면서 배를 문질렀다. "나는 내 의지에 따라 멋대로 살아 있어. 죽는다는 생각은 해 본 적도 없고, 누군가의 의지로 살아 있다는 생각도 해 본적 없어. 다만 그런 것도 위가 제대로 돌아가지 않으면 그 순간 끝이지. 그렇지 않아? 내가 필사적으로 입에 넣은 음식이 전혀 소화되지 않고 멈춰 버린다면 내 생활도 멈춰 버리겠지. 하지만 위를 제어할 수는 없어. 나는 폭음 폭식을 피하고 음식을 잘 씹어 먹어야 하지."

거기서 쓰카모토는 유쾌하다는 듯이 이를 드러냈다.

"그렇게 위의 상태를 늘 염려해야만 해. 아프지는 않은지, 혈변은 나오지 않았는지, 가스가 차지는 않았는지. 요컨대 지금 같은 경우 위는 내 인생을 짊어지고 있는 거지. 그래서 내가 위에게 해 줄 수 있는 일이 뭔가 하면."

"뭡니까?"

"목소리에 귀를 기울이고, 최선을 다하고, 기도하는 것."

가와라자키는 주변의 안개가 걷히는 것을 느끼며 복창했다.

"목소리에 귀를 기울이고, 최선을 다하고, 기도하는 것."

"나는 위를 직접 보지 못해. 위에서 보내는 경고나 신호가 없는지 신경 쓰는 일이 고작이야. 그리고 기도하는 수밖에 없어. 내장이란 기본적으로는 내가 죽을 때까지 함께 있어. 보이지 않는 곳에서 언제나 곁에 있다가 함께 죽어 가지. 꼭 신 같지? 내가 잘못을 저지르면 신은 화를 내고 내게 벌을 내리지. 때로는 큰 벌을 내릴지도 몰라. 게다가 사람들은 각자 위를 갖고 있어. 그 점도 신과 유사해. 모두들 자기 신이 진짜라고 믿거든. 상대가 믿는 신은 가짜라고 말이야. 하지만 사람들의 위가 결국 다 똑같은 것처럼, 사람들이 믿는 신도 결국 따지고 보면 똑같은 존재를 가리키는 걸지도 몰라."

"비슷하네요." 가와라자키는 작게 끄덕이며 무의식적으로 자기 배를 문질렀다.

'다카하시'의 얼굴을 떠올리려 했지만 잘 생각나지 않았다.

눈부신 빛이 반사되는 것처럼 '다카하시'의 모습 전체가 빛에 파묻혔다. 가와라자키는 심장박동이 빨라지는 것을 느꼈다.

쓰카모토가 입을 열었다. 온화한 말투가 귀에 편했다.

"다카하시 씨가 신이라면 우리와 다카하시 씨의 관계는 우리와 내장의 관계하고 똑같다는 뜻이 돼."

"그렇겠네요."

"위와 우리는 일심동체지. 한쪽이 죽으면 다른 한쪽도 죽어. 다시 말해 만일 다카하시 씨가 정말 신이라면."

가와라자키는 쓰카모토가 하려는 말을 예측할 수 있었다. "신이라면?"

"정말 신인지 아닌지, 죽여 보면 알 수 있어."

불경하다거나 외람되다는 감정을 빼면 그 말은 몹시 매력적으로 들렸다. 신인지 아닌지 죽여 보면 확실해진다. 쓰카모토의 생각은 엉뚱했지만 이해하기 쉽고 매력적이었다. 가슴이 설렜다.

"신은 죽지 않아. 게다가 만일 신이 죽는다면 우리도 사라질 거야."

마치 신을 시험하는 듯한 말투였다. 가와라자키는 두려움을 느끼면서도 자기가 그와 똑같은 생각을 품고 있다는 사실을 깨달았다. 신을 시험해 보고 싶었다.

두 사람은 그대로 말없이 몇십 분이나 앉아 있었다. 바닥은 차가웠고, 옆구리를 스치고 지나가는 바람도 싸늘했지만 가와라자키는 그것이 흥분으로 멍한 자신을 식혀 주기 위한 것이라고 해석했다.

"자네는 그림을 그리지?"

가와라자키는 놀라서 상대의 얼굴을 돌아보았다.

"자네는 그림을 그려. 그건 굉장히 운이 좋은 일이야. 나는 다카하시 씨가 신이라는 것을 증명하기 위해 분해할 거야. 하지만 어차피 할 바에야 자네가 그걸 그림으로 남겨 줬으면 좋겠어. 그렇잖아? 천재의 육신을 증거로 남기고 싶지 않아? 가와라자키, 자네는 사생을 할 줄 아나?"

"그림을 그리는 거라면." 정확히는 그림만 그릴 줄 안다.

"자네는 분해한 신의 부품을 그대로 그리는 거야."

"예?"

"16세기에 만든 해부서가 있어. 인체의 구조를 극명하게 묘사한 『파브리카』라는 책이지. 베살리우스라는 사람이 그린 공개 해부 그림인데, 400년 전 그림이라고는 믿기 어려우리만치 정밀해. 자네가 다카하시 씨의 육체를 그림으로 남기는 건 그에 비할 바 없이 중요한 일이야."

"제가 말입니까?"

"베살리우스는 당시 스물여덟 살이었어. 자네는 그보다 훨씬 젊지. 자네가 그 그림을 남기는 거야. 그 자료는 귀중한 재산이 될 테지. 사람을 구할지도 몰라."

사람을 구한다는 말에 가와라자키는 또 설렜다.

"우리는 신에게 둘러싸여 있어. 자연이 바로 우리보다 상위 레벨의 존재지. 그러니 만일 신을 꼽는다면 그것은 '지진'이나 '거목', '뇌우', '홍수' 같은 걸지도 몰라. 앞이 보이지 않는 어두운 길을 걸어가는 우리를 구해 주는 건 단상에서 연설이나 해대는 남자가 아니라, 어쩌면."

"어쩌면?"

"빌딩에서 팔을 벌리고 뛰어내린 자네 아버님 같은 남자일지도 몰라."

무릎을 끌어안은 손에 힘이 들어갔다. 그 말이 머릿속에 메아리쳤다.

"자네 아버님의 죽음은 어쩌면 돌발적인 자연현상에 가까웠을지도 몰라."

가와라자키는 아버지를 떠올렸다. 아버지는 묘한 남자였다. 매일 동물원에 다닌 적도 있었다.

"밤마다 동물원 안에서 자는 남자가 있어. 이 녀석, 듣고 있어? 그 남자는 동물원의 엔진 역할을 하고 있어. 밤에도 거기에 있지. 그래서 주위 동물들의 활기를 유지해 주는 거야. 그가 없으면 동물원은 기운이 나지 않거든."

심야의 동물원에 숨어들어 놓고 그런 뜻 모를 소리를 하며 들떠 있었다. 그 무렵 이미 아버지는 이상했는지도 모른다.

그는 아들인 가와라자키가 보기에도 이상한 남자였지만, 분명 그 기묘함은 이상하게 오래 이어지는 우기처럼 자연계의 위화감에 가까웠다.

쓰카모토는 결국 가와라자키를 집까지 차로 데려다주었다. 차 안에서는 변변한 대화를 나누지 않았지만 그래도 이해할 수 있을 것 같았다. 그의 몸에 껴 있던 때가 전부 떨어져 나간 것처럼 상쾌했다.

차에서 내린 가와라자키는 쓰카모토에게 인사를 하려고 운전석으로 돌아갔다. 그때 유리창을 내린 쓰카모토의 눈에는 눈물이 맺혀 있었다. "아니, 이건." 그는 필사적으로 변명했다. 몹시 난처한 기색으로 얼굴을 닦고 있었다. 그도 흘러넘치는 눈물을 막을 수 없는 듯했다.

"나도 다카하시 씨를 죽이고 싶지 않아. 머리로는 이해해도. 아니, 아니야. 분명 믿고 있던 사람에게 배신당했다는 생각에 우는 거겠지."

"아아." 가와라자키는 신음했다.

"저녁 6시에 대학병원 주차장에서 기다릴게." 쓰카모토는 마지막에는 웃는 얼굴로 말했다. "정말 신이 맞는지 증명해 보자."

머리가 무거웠다. 열이 있는지도 모른다. 단상에 오르는 '다카하시'의 모습을 떠올리려 했지만 실패했다. 기억이 나지 않는다. 머릿속에는 방금 헤어진 쓰카모토의 모습만 있다. 멀어져 가는 오픈카만이 확실한 존재로 보였다.

"내가 그랬잖아."

교코는 조수석에서 기세등등하게 말했다. 아오야마가 운전을 하면서 불쾌하다는 듯한 말투로 아내는 결국 이혼할 생각이 없었다고 말했기 때문이다.

"당신, 뭐라고 말했는데?"

"이혼하자고 했지."

"그 여자 첫마디는 이거였겠지? '상대는 누구야?'"

"어떻게 알았어?" 아오야마가 깜짝 놀란 표정으로 물었다.

"그런 여자는 누가 적인지 궁금해하는 법이야. 자기 입장이나 지위가 신경 쓰여서 못 견디거든."

"그런가."

아오야마는 긴장한 표정이었다. 천황배 결승전에서 페널티킥에 실패했을 때보다 긴장했는지도 모른다.

"집사람은 수긍하지 않고 완강하게 거부했어."

"그럼 결론은 났네." 교코는 아랫입술을 비죽 내밀었다. 처음부터 결론은 나 있었다. "할 수밖에 없지."

"응?"

"설마 섹스 얘기인 줄 아는 건 아니겠지? 뭘 해야 하는지 알지?"

"아, 알아." 아오야마는 얌전히 고개를 끄덕였다.

"집에 도착하면 그 여자를 죽여." 교코는 일부러 가볍게 말했다. "그리고 자동차 트렁크에 그 여자를 집어넣고 암매장하러 가는 거야."

"응."

"이즈미가타케 뒤쪽에 사람들 눈에 안 띄는 숲이 얼마든지 있
어."

이런 일은 단순하게 생각하면 된다. 사람을 죽여서 묻는다.
시체만 발견되지 않으면 된다. 그뿐이다. 괜히 손을 가할 필요
는 어디에도 없다.

다행히 그 여자의 부모는 이미 세상을 떠났고 가까운 친척도
없다. 이웃 관계도 좋지 않다. 그렇다, 절호의 기회란 이런 걸 두
고 하는 말이다. 교코는 마음속 깊이 곱씹었다. 요컨대 아오야
마만 입을 다물고 있으면 아무도 그 여자가 사라진 줄 모를 것
이다. 애초에 존재했다는 사실을 증명할 수 있는 사람이 없다.
우습다.

교코는 아오야마와 함께 살 것이다. 어쩌면, 하고 내심 웃었
다. 어쩌면 그대로 잘만 하면 그 여자 몫의 연금도 손에 넣을 수
있을지 모른다.

"계획은 큰 줄기만 세우면 돼. 세세한 계획은 오히려 행동을
제약해. 우리 클리닉에 오는 사람들은 대개가 그런 사람들이야.
꼼꼼하고 성실해서, 자기가 세운 목표 때문에 고통받는 거지."

아오야마는 복잡한 표정을 지었다. 그도 원래는 교코의 클리
닉에 다니던 환자였으니 당연한 반응이다. 그는 우승이 걸린 페
널티킥에 실패하고 가벼운 우울증에 걸렸었다. 주위 사람들은

프로 축구 선수로서는 너무 예민하다고 했지만 아오야마는 인
정하려 들지 않았다.

"아, 그래, 교코가 시킨 대로 역에 들렀다 왔어." 아오야마가
말했다.

"코인로커 확인했어?"

전화로 아오야마에게 부탁했던 일이다. 잃어버린 코인로커
열쇠를 누가 주워서 사용하지는 않았는지 노심초사했던 것이
다.

"잠겨 있었어. 38번이지? 연체 요금 표시도 떠 있었어."

"그래, 그럼 다행이고."

"그런데 그 로커가 왜? 교코가 쓰고 있는 거라면 빨리 내용물
을 꺼내는 게 좋을 텐데."

아무것도 모르는 아오야마가 그렇게 물었지만 교코는 대꾸하
지 않았다. 아오야마는 토라진 표정을 지었지만 딱히 화를 내지
는 않았다.

"이런 얘기 들어 봤어?" 한참 후에 아오야마가 화제를 바꾸었
다.

"뭘?"

"죽은 사람이 되살아나는 이야기."

"바보 아냐?"

교코는 얼굴을 찌푸렸다. 사실 아오야마가 그런 비과학적인
이야기를 좋아하는 편이긴 했지만 어째서 지금 그런 말을 꺼내

는지 이해할 수 없었다.

"요즘 항간에 떠도는 소문이래. 시체를 그냥 두면 토막으로 분해된다는 거야. 그 몸이 토막 난 채로 움직인다던데."

"토막 난 채로 움직인다고?" 그거 꽤나 우스꽝스러운 광경이 겠다. 교코는 꼬리가 잘린 도마뱀을 떠올렸다.

"그래. 그런데 다시 붙는다는 거야."

"붙어?" 교코가 어이없다는 듯이 말했다. "자석이라도 달렸나 보네."

아오야마는 고집스레 주장했다. "갈기갈기 찢어졌던 몸이 도 로 들러붙는다니까."

"그게 어쨌다고?"

"아니, 어제 시내를 돌아다니는데 신호등 앞에서 여고생들이 그러더라고. 그런 괴담을 퍼뜨리는 사람이 있는 모양이야."

"진부한 괴담이네. 그런 건 뻔해, 요즘 센다이는 토막 살인 사 건 뉴스로 난리잖아. 거기에 편승해서 생긴 시시한 괴담이야. 애들 장난이지. 그래서 그게 지금 우리하고 무슨 상관이야?"

"뭐가 상관있을지는 아무도 몰라."

브레이크 소리가 먼저였다. 타이어가 아스팔트 위에서 미끄 러졌다. 타이어 소리가 길게 꼬리를 끌었다. 조수석에 앉은 교 코의 몸이 붕 떠올랐다.

그리고 쿵 부딪치는 소리가 났다. 미처 손쓸 겨를조차 없었다. 범퍼가 찌그러지는 느낌이 났다.

안전벨트가 어깨를 파고들었다. 떠올랐던 몸은 반동으로 좌석에서 튀어 올랐다.

눈 깜짝할 새에 벌어진 일이었다. 머릿속이 진동했다. 갑작스러운 통증과 쇼크에 순식간에 분노가 치밀었다. 정신을 잃을 정도는 아니었지만 목소리도 나오지 않았다.

얼마 후에야 겨우 운전석의 아오야마가 걱정되었다.

고개를 돌리자 아오야마는 핸들에 고개를 묻고 있었다. 어디 부딪치기라도 했는지 고통스러운 기색으로 턱을 누르고 있다.
"끝장났다." 아오야마의 안색이 창백했다.

분명 해가 저물긴 했다. 시내에서 서쪽 도로를 빠져나가 48번 국도를 하염없이 따라갈 예정이었는데, 교코가 화장실에 가고 싶다고 해서 아야시 지구에 들렀다. 우회전해서 뒷길로 들어가자 주변은 제법 어둑했다.

재수 옴 붙었다. 교코는 화가 났다.

아오야마는 다시 한 번 끝장났다고 말하더니 안전벨트를 풀고 뛰쳐나갔다.

교코도 뒤따라 차에서 내렸다. 발을 밖으로 내딛는데 불길한 예감이 온몸을 사로잡았다.

어두운 도로였다. 일방통행이긴 했지만 그걸 감안하더라도 길이 좁았다.

바로 주위를 살폈다. 오른쪽은 어느 과자 회사의 창고인지 펜스가 쳐져 있었다. 왼쪽에는 술집과 카페가 연결된 점포가 늘어서 있었다. 오래전에 망했는지 유리창은 다 깨졌고 출입문은 휘어 있었다.

교코는 고개를 돌려 보고 스트레칭을 했다. 부딪친 오른손에 멍이 들었지만 다른 통증은 없었다.

이곳이 어둡고 좁은 뒷길인 게 불행 중 다행이라는 생각이 들기 시작했다. 나는 운이 좋다.

아오야마는 완전히 이성을 잃고 있었다. 큰 소리로 울부짖지는 않았지만 제정신이라 그렇다기보다 머릿속이 혼란스럽기 때문이리라.

붉은 세단 건너편에 서 있는 아오야마는 천천히, 쭈뼛쭈뼛, 차 앞을 확인하러 갔다.

교코는 이미 알고 있었다. 그것이 무슨 충격인지 짐작이 갔다. 쿵, 하고 배 속을 흔들던 진동이 아직도 몸속에 남아 있다. 사람을 친 것이다.

주변에 다른 인기척은 없었다.

아오야마가 몸을 숙였다가 겨우 고개를 들고 벌벌 떨면서 말했다.

"교코, 사람이야."

"침착해."

교코는 아오야마 곁으로 걸어갔다. 머리가 빠르게 회전하고 있었다. 생각해, 생각하는 거야. 스스로를 채찍질했다.

어둠 속에서도 상대가 이미 죽어 있다는 것을 알 수 있었다. 젊은 남자다. 아오야마와 비슷한 또래일지도 모른다. 그는 세단 앞에 쓰러져 있었다. 뼈가 부러졌는지 자세가 기묘했다.

시체가 눈에 익숙한 건 아니었지만 교코는 두렵지 않았다. 시체는 현실감이 없었다. 그저 성실한 병사 인형이 몸을 틀고 쓰러져 있는 것처럼 보일 뿐이었다.

아오야마가 필사적으로 심호흡을 했다. 지금까지 공기를 마시는 것도 잊고 있었는지 어깨를 떨며 헐떡이고 있다. 실패했던 페널티킥을 다시 한 번 차게 된다면 분명 지금 같은 표정을 지을 것이다.

"어쩌지?"

"목소리 낮춰."

교코는 그렇게 말했지만 아오야마는 당황해서 그런지 여전히 큰 소리를 냈다.

"끝장났어."

이 남자는 어째서 이렇게 머리가 안 돌아갈까? 어이가 없었다. 인적도 없고 어두운 이 길은 일을 조용히 처리하기에 안성맞춤 아닌가?

"정말 죽었는지 교코가 확인 좀 해 줘. 나는 일반인이고 교코는 의사잖아? 아까부터 교코는 아무것도 안 하고 있잖아."

그 말투에 울컥 화가 났다. 얼굴이 파르르 일그러졌다. 아오야마는 입술을 비죽거리며 불평하는 어린애처럼 굴었다.

"나는 정신과 의사야. 차에 치여 죽은 시체가 정신이상과 무슨 상관이 있어? 차에 치여서 우울한 환자가 찾아오기라도 한다는 거야?"

"나도 아무 상관 없어."

"그래? 축구 선수가 교통사고와는 훨씬 더 인연이 있지 않아?"

"그럴 리 없잖아."

"실제로 지금 현역 수비수인 당신이 사람을 쳤잖아."

교코는 주눅 들지 않고 그렇게 말했다.

"지금은 오프시즌이야." 아오야마는 반박하지 않았지만 벌벌 떨면서 이유 같지도 않은 소리를 했다.

골치 아프게 또 소변이 마려웠다. "또 이러네." 교코는 혀를 차며 중얼거렸다.

아오야마는 겁을 내면서도 다시 몸을 숙이더니, 각오를 다졌는지 시체를 손으로 만지려 했다.

"근처에 화장실 없을까?"

"이럴 때?"

"급하단 말이야. 뭐 어때서." 이를 갈며 아오야마를 노려보았다.

"자, 잠깐 기다려. 지금은 이 상황을 어떻게든 처리해야 하잖아? 화장실은 조금만 참아."

교코는 치밀어 오르는 울화통을 겨우 참았다. 소변을 참았다

가 방광염이 악화되어 신장까지 나빠지면 어떻게 보상할 셈이
냐고 버럭 소리치고 싶은 것을 꾹 눌렀다. 짜증 때문에 오른발
이 떨렸다. 선 채로 다리를 달달 떨었다.

"싸늘해. 교코, 이 사람 정말 죽었어."

아오야마는 몸을 숙인 채로 쓰러진 시체의 턱 부근을 만지고
있었다. 눈은 감고 있다. 아무리 차에 치여 죽었어도 그렇게 금
방 몸이 식을 것 같지는 않았다. 교코는 쓴웃음을 흘렸다. 아마
도 아오야마는 겨울바람에 식은 피부의 온도를 시체의 체온으
로 착각했으리라. 귀엽기는커녕 그 무지함에 화가 났다. 덩치만
큰 이 남자는 내가 없으면 어떻게 살까? 교코는 기가 막혔다. 정
말, 나 없이는 인명 사고 하나도 대처 못 하다니.

"그렇게 만지지 마."

교코는 아오야마에게 날카롭게 지시했다. 시체를 자꾸 만지
작거리는 건 영리한 행동이 아니었다. 청결하지도 않다. 교코는
이어서 아오야마를 불렀다.

"잠깐 이쪽으로 와. 어떻게 해야 할지 정리해 보자."

도요다는 상점가를 걷고 있었다. 개가 여기저기 싸돌아다니
지 않을까 걱정했는데 늙은 개는 훈련을 잘 받았는지 도요다 곁
을 잘 따라다녔다. 젊었을 때 군대에서 훈련을 받은 개가 늙어
서 기억력이 떨어져도 행진 자세를 잊지 않는 것과 비슷할지도

모른다.

커다란 애완용품 가게를 발견하고 산책용 목줄을 샀다.

"파란색이라 맘에 들지?"

뒷골목 전봇대 앞에서 목걸이에 줄을 연결했다. 몸은 지저분했지만 목걸이와 줄은 새 제품이나 마찬가지라 영 어색했다.

개를 데리고 길을 지나 15분쯤 하염없이 걸었다. 육교를 건너자 공원이 나왔다. 폭이 넓은 계단을 비스듬히 내려갔다. 육교밑을 바삐 달려가는 자동차의 행렬은 별세계의 풍경으로만 보였다. 공원은 관리를 하는 건지 안 하는 건지 모를 너른 부지 안에 있었다. 벚꽃이 피는 계절에는 초롱불이 걸리고 여름에는 불꽃놀이를 구경하는 사람들로 가득 차는 장소지만, 겨울의 추운 낮 시간에는 인적이 드물어서, 몇몇 아이들만이 프리스비를 던지며 놀고 있을 뿐이었다.

공원 안에 들어가서 벤치를 발견하고 앉았다. 개는 발밑에서 몸을 웅크렸다.

"저거엔 관심 없니?"

허공을 오가는 프리스비를 가리켜 보았지만 늙은 개는 관심을 보이지 않았다.

피곤했다. 눈을 감아 보았다.

오늘 아침, 불합격 통지를 받은 회사를 다시 한 번 떠올려 보았다. 월급은 퇴직 당시의 60퍼센트 이하, 상여금도 없다. 관리직도 디자인 직종도 아니고 그냥 잡일이었다. 최대한 타협한 것이었다. 눈을 낮추고 적당히 자리를 잡으려고 했다. 그런데도 떨어졌다. 두 명을 뽑는데 서른 명이 응시했다고 한다. 어딘가에는 합격 소식을 받은 두 사람이 있겠지. 그 정도 회사에서도 고용해 주지 않는다면 그의 앞에는 벽밖에 없을 것 같았다.

"무능력자!"

어디선가 그런 소리가 들려와 도요다는 떨구고 있던 고개를 들었다. 아무도 없다. 그냥 프리스비를 던지는 소년들의 환성을 잘못 들은 것이었다.

다시 고개를 떨구었다. 눈을 감는다.

"낙오자!"

자기 안에서 들려오는 목소리였다.

불안이 온통 몸을 에워쌌다. 나는 앞으로 어떻게 될까? 비참했다. 그가 유일한 지주처럼 붙잡고 있는 줄 끝에는 늙은 개 한 마리가 묶여 있을 뿐이었다. 근심을 실감하자 저도 모르게 눈에 눈물이 고였다.

"일하고 싶습니다."

저도 모르게 중얼거렸다. 이 불안감을 씻어 내리려면 일자리를 찾아내서 생활을 안정시키는 수밖에 없다. 제 몸을 부둥켜안았다. 불안해서 몸이 벌벌 떨릴 것만 같았다. 불안 때문에 얼어 죽으면 신문에 나올까? 자조 어린 생각을 했다.

가만히 앉아 있는데 이번에는 화가 치밀었다. 불안감은 허기처럼 사람을 화나게 만드는 걸까? 어쩌면 좋을까? 자문자답해 보았다. 구직 활동을 계속한다 해도 오늘 갔던 회사에서 떨어졌으니 다른 기회는 더 이상 없을 것 같았다.

절망이다. 눈앞에 있는 것은 절망이라는 암벽이다. 아니, 정말 절망일까? 도요다는 필사적으로 마음을 가라앉히려 했다.

"일하고 싶습니다."

다시 한 번 중얼거리며 들고 있던 가방을 열었다. 워크맨을 꺼내서 귀에 이어폰을 꽂았다. 다급하게 재생 버튼을 누르고 비틀즈의 곡에 귀를 기울였다. 〈HERE COMES THE SUN〉을 들었다. 'It's All Right' 하고 마음속으로 노래하며 되뇌었다.

"괜찮아, 괜찮아, 괜찮아."

늙은 개가 어리둥절한 얼굴로 도요다를 올려다보았지만 비웃으며 떠날 기색은 없었다.

좋은 말이잖아. 도요다는 절감했다.

"해는 뜰 거야. It's All Right. 괜찮아."

젊었을 때는 음악 따위 듣지도 않았다. 오히려 경멸하기까지 했다. 어차피 딱정벌레들 노래잖아, 하고 들어 보지도 않았던 비틀즈에게 중년이 넘어서 용기를 얻게 될 줄은 상상도 못 했다. 두 번 듣고서 귀에서 이어폰을 뺐다. 워크맨 버튼을 끄고 벤치에서 일어섰다.

그 생각이 떠오른 것은 지하도에서 나가다가 엇갈리듯 계단을 내려오던 여고생들을 본 직후였다.

날카로운 구두 소리가 머리를 자극했는지 갑자기 생각이 떠올랐다. 무엇이 계기가 될지 모를 일이다. 젊은 여성이 흘리고 간 구두 소리를 듣고 도요다는 돌연 강도 짓을 결심했다.

강도 짓밖에 없다. 도요다의 머릿속에 번뜩인 생각은 바로 그것이었다.

권총이다.

내게는 권총이 있지 않은가? 이걸 써먹어야지. 다시 한 번 확인했다. 제 이름을 호명하듯 중얼거려 보았다. "내게는 권총이 있어."

우연히 로커 열쇠를 주워, 우연히 그 로커가 있는 곳을 발견했고, 우연히 권총을 찾아냈을 뿐인지도 모른다. 그러나 자고로 인간의 행운이란 '우연히' 찾아오는 법이다.

이 권총은 나를 구원하기 위해 나타났다. 요행이다. 쩍쩍 갈라진 논에 변덕스럽게 쏟아지는 비와 똑같지 않은가. 코인로커 열쇠가 떨어져 있었던 건 필연이다. 그렇다. 도요다는 깨달았다. 그렇다, 마흔 번의 재취업 연패는 기우제만큼이나 훌륭한 의식이라 부를 수 있지 않을까?

그 남자를 총으로 쏘자. 가장 먼저 그런 생각을 했다. 후나키. 내게 해고를 언도한 그 안경잡이 상사를 권총으로 쏘는 것이다.

신기하게도 한번 그렇게 결심하자 마음이 차분히 가라앉았다. 요 몇 달 동안 맛보지 못했던 평온한 기분이 온몸을 감쌌다.

그 상사를 쏴 죽인다. 나쁘지 않은 아이디어다.

하지만 바로 냉정한 자아가 돌아왔다. 해야 할 일을 놓쳐서는 안 된다. 도요다는 심호흡을 하고 다시 한 번 생각했다. "일하고 싶습니다." 중얼거려 본다. 나는 일자리를 원하지 않았던가? 즉 자금이 필요하다.

그 남자를 쏴 죽여도 해결되는 문제는 없다.

일단 자금을 벌어야 한다. 어째서 그렇게 간단한 걸 지금까지 깨닫지 못했을까? 아무도 일자리를 주지 않는다면 일자리를 창출하면 그만이다.

실업자가 "제 직업은 실업자입니다" 하고 명함을 돌린다면 그는 그 시점부터 직업을 가진 사람이 되지 않을까? 아니, 그렇다, 강도를 직업으로 삼으면 된다. 도요다는 흥분하면서 계속 생각했다.

만약 노린다면 우체국이다. 작은 우체국이면 된다. 크게 고민하지 않고도 머릿속에 떠올랐다.

권총을 들고 우체국 직원을 위협하면 분명 금방 돈을 넘길 것이다. 우체국 저금은 삼백조 엔이나 된다고 들었다. 그만한 거금이라면 그가 조금 챙겨 가도 별 영향은 없을 것이다. 사구에서 모래 한 줌을 병에 담아 가는 것과 마찬가지다.

늙은 개에게 말을 걸었다. "일이야. 일. 해가 뜨는 거야."

개는 대답하지 않았지만 똑바로 걸어가는 모습은 반대하는 것처럼 보이지도 않았다.

우체국을 눈앞에 두고도 도요다의 마음에 망설임은 없었다. 별로 떨리지 않는다는 사실에 놀랐다. 죄책감이나 그가 하려는 행동의 무모함보다 권총을 숨겨 놓은 자리가 더 신경 쓰였다.

양복바지 주머니에 권총을 넣어 보았지만 그러면 달리다 떨어뜨릴 것 같아 불안했다. 그러고 보니 어느 영화에서 남자 경찰관이 허리띠에 권총을 찔러 넣었던 게 떠올라 따라 해 보았는데, 그러다 실수로 발사되면 사타구니가 어떻게 될지 겁났다.

피범벅으로 찢겨 나간 성기를 상상해 보고 오싹 소름이 끼쳐 권총을 양복 속에 도로 넣었다. 제법 깊숙이 찔러 넣었더니 허리께가 갑갑했다.

총알은 딱 한 발만 넣었다. 진짜라는 걸 알려 줄 수만 있으면 족하다.

늙은 개는 우체국 정면에 있는 가로등 기둥에 줄로 묶어 두었다. 도요다가 두고 가는 줄 알고 짖어 대려 했지만, "괜찮아" 하고 말하자 기분 탓인지 이해했다는 표정으로 입을 다무는 듯 보였다.

맞은편 균일가 할인점에서 싸구려 선글라스와 의료용 마스크를 샀다.

선글라스를 쓰고 권총을 움켜쥐었다. 워크맨 이어폰을 다급히 귀에 꽂고 비틀즈를 딱 한 번만 들었다. 심호흡을 세 번 했다. 버튼을 끄는 동시에 우체국으로 쳐들어갔다.

"손들어!" 우체국 자동문이 열린 순간, 마스크를 턱 밑으로 끌어내리며 외쳤다. 도요다는 권총을 정면에 들이대며 허리를 낮추었다.

쥐 죽은 듯 고요했다. 긴장 때문에 귀가 먹었나 싶을 정도로 아무 소리도 들리지 않았다. 우체국 안은 찬물을 끼얹은 것처럼 조용했다.

뭐가 이상한지 한참 후에야 깨달았다. 손님이 없었다.

심장 소리가 요란했다.

창구 쪽으로 총구를 들이댔다.

한 발 내딛었을 때 유니폼을 입은 남자 세 명이 눈에 들어왔다. 턱까지 내렸던 마스크로 입가를 가렸다.

"침착해. 침착하게 하면 괜찮아."

도요다는 비틀거리는 다리에 힘을 주고 스스로를 얼러 가며 유니폼을 입은 남자들의 얼굴을 차례대로 훑어보았다.

중년 남자가 둘, 젊은 남자가 하나. 세 사람 다 입을 쩍 벌리고 있었다.

어찌된 일인지 구역질이 났다. 이유는 바로 알아차렸다. 거리를 두고 여러 사람들과 얼굴을 마주하고 있으면 끔찍한 취직 면접이 떠오르는 것이다. 선택하는 쪽과 선택당하는 쪽이다.

정신을 차리고 보니 권총을 발포하고 있었다. 언제 격철을 올렸는지, 언제 방아쇠에 손가락을 걸었는지도 기억나지 않는다. 40연패라는 현실을 쏴 버리고 싶었다.

천장을 향해 발사하려고 했는데 손이 흔들렸다. 정면을 직격해 저축을 장려하는 현수막에 구멍이 뚫렸다.

"이건 진짜다!"

도요다는 외쳤다. 마스크 때문에 목소리가 탁했다. 마스크를 끌어내리고 다시 한 번 외쳤다.

"말을 안 들으면 쏠 테다!"

도요다가 상상했던 것은 뱀을 맞닥뜨린 개구리처럼 겁먹은 얼굴로 두 손을 들고 뒷걸음질 치는 우체국 직원들의 모습이었다. 혹은 도요다를 두려워하지 않고 덤벼들 가능성도 각오했다.

하지만 창구 안에 선 남자들의 행동은 어느 쪽도 아니었다.

가장 젊어 보이는 남자가 먼저 입을 열었다. "경찰?" 다른 두 사람은 가만히 도요다를 바라보고 있었다. 확실히 손을 들라는 말은 경찰이나 형사의 대사 같기도 했다.

젊은 남자는 다른 동료 두 명과 서로 얼굴을 마주 보았다. 서로의 유니폼을 뚫어져라 쳐다보고 있다.

그러더니 다음 순간 창구 뒷문으로 쏜살같이 달려갔다. 도요다가 갑작스러운 상황에 아연실색한 사이 뒷문으로 모습을 감추었다.

나머지 두 명도 마찬가지였다. 그들은 아무리 봐도 지금 달아난 남자의 상사 같았지만 도망간 부하 직원을 원망하거나 질타하지도 않고 뒤를 따라 내뺐다.

"엇!"

외마디 소리를 지른 것은 도요다 쪽이었다.

우체국 직원이 직장을 내팽개치다니. 도요다는 권총을 움켜쥔 채로 혼란에 빠졌다.

전국 우체국에, 갑자기 강도가 들 경우 그렇게 행동하라는 지침이 있나?

강도가 나타났을 경우 틈을 보아 쏜살같이 줄행랑을 치시오. 그런 규정이 있는 걸까? 실로 눈앞에서 벌어진 일이 그랬다.

일제히 직장에서 달아났다. 얌전히 있거나 강도에게 거역하지 않는 그런 차원이 아니었다.

예상치 못한 전개에 도요다는 그대로 얼어붙었다.

"대체 뭐야?"

겨우 권총을 든 손을 내렸다.

면접관이 사라진 면접장에 홀로 남겨진 기분이다.

천천히 창구로 다가갔다.

두 손을 짚어 엉덩이를 먼저 걸치고 창구 안쪽에 내려섰다. 손님 쪽 공간이 아니라 우체국 직원, 즉 직업을 가진 사람들의 영역에 발을 들여놓았다.

여직원이 한 명쯤 있을 법도 한데, 이상한 게 마음에 걸렸다. 남자들은 기가 막힐 정도로 겁쟁이들뿐이라 그가 권총을 들자마자 직장을 버리고 달아나 버렸다.

창구 안쪽에는 돈뭉치가 굴러다니고 있었다. 처음부터 도요다가 올 줄 알고 기다리기라도 한 것 같았다.

금액은 뻔했다. 만 엔짜리 지폐 다발이 세 개 쌓여 있었다.

삼백만 엔. 그게 어느 정도 되는 금액이고, 지금 그가 한 짓에 비해 많은 건지 적은 건지, 수지에 맞는 장사인지 아닌지 판단이 서지 않았다.

고개를 들자 방범 카메라가 있었다. 황급히 고개를 숙였다. 그러고는 마스크와 선글라스를 쓴 채로 천천히 고개를 기울여 다시 한 번 방범 카메라를 힐끗 쳐다보았다.

그때는 별로 불안하지 않았다. 실업자인 채로 쓰러지는 것보다는 계획 없는 강도 짓을 저질러 방범 카메라에 찍힌 얼굴로 경찰에 체포당하는 게 차라리 나아 보였다.

주머니에 돈을 넣었다.

다시 창구 카운터를 뛰어넘어 출구로 향했다. 동요한 탓인지 걸음이 빨라졌다. 그게 실수였는지도 모른다. 정신을 차렸을 때는 이미 다리가 엉켜 그대로 넘어졌다. 바닥에 어깨를 찧었다.

그 순간 제정신으로 돌아왔다. 넘어진 순간, 억누르고 있던 겁쟁이가 고개를 들었다. 내가 무슨 짓을 한 거지? 갑자기 두려워졌다.

필사적으로 일어서려 했지만 무릎이 떨려 제대로 일어날 수가 없었다.

바닥에는 주머니에 찔러 넣었던 돈뭉치가 굴러다니고 있었다. 선글라스도 어느새 날아가 버렸다.

간신히 일어나서 돈을 주우려는데 그때 입구에 사람 그림자가 보였다.

학생처럼 보이는 남자가 현금인출기를 쓰고 있었다. 언제부터 있었을까? 남자는 기계에서 통장을 빼고 마스크를 쓴 도요다를 힐끗 쳐다보았지만 우체국 안에서 벌어진 강도극은 알아차리지 못한 눈치였다.

돈은 포기하기로 했다. 이미 늦었다고 판단했다. 일단은 달아나야 한다. 밖으로 나가서 우선 마스크를 벗었다.

서둘러 가로등으로 달려가 늙은 개의 목줄을 쥐었다.

개를 데리고 다니면 의외로 위장이 될지도 모른다고 긴장한 머리로 생각했다. 아무도 개를 산책시키던 남자가 우체국에 침입한 남자와 동일 인물이라고 생각하지는 않을 것이다.

"해냈어. 해냈는데, 중요한 데서 넘어졌어."

도요다는 떨리는 목소리로 늙은 개에게 보고했다. "우습지?"

겨우 우체국이 보이지 않는 길로 접어들었다. 도요다는 조용히 한숨을 내쉬고, 용기를 내어 실행한 이 사건을 이력서에 쓸 수는 없을지 생각해 보았다. 쓸 수 없다고 대답이라도 하듯 늙은 개가 짖었다.

a life

시속 1374킬로미터로 해가 저물기 시작하고,
이야기는 이윽고 굴러간다

3

날이 저문 밖을 바라보던 시나코는 도다의 얼굴을 쳐다보았다. 포크와 나이프를 들고 있던 손을 멈췄다. 가게에 걸려 있는 시계를 보니 저녁 6시가 넘었다.

"뭐야, 왜 그래?"

도다는 무심한 목소리로 물었다. 접시 위의 오리고기에서 눈을 뗄 생각도 않는다.

"도다 씨가 왜 저를 발탁했는지 궁금해서요."

묻지 않을 수 없었다. 말없이 코스 요리를 먹는 거북한 테이블에 무거운 화제를 하나 더 얹은 셈이다.

도다는 고기를 포크로 찍어 입에 넣고 잘근잘근 씹어 대더니 무릎 위에 얹은 냅킨으로 입가를 닦았다.

"알아서 뭐하게?"

"아뇨, 그냥 무명인 저를 불러 주셔서 영문을 잘 모르겠어요. 도다 씨가 상대하는 건 더 유명한 화가라고 들었는데."

"맞아. 나는 무명작가한테는 관심이 없어."

도다는 미안해하기는커녕 가슴을 당당하게 폈다.

"이름 없는 신인 작가에게 물을 주고 비료를 주는 번거로운 작업을 해 가며 꽃을 틔울 만큼 느긋한 성격도, 괴짜도 아니야."

시나코는 암담한 기분으로 그 말을 들었다. 도다는 화가의 재능이나 그림의 매력에 관심이 없는 게 분명했다. 정열만으로 화가를 키우는 작은 화상을 업신여기며, 그들이 키운 화가들이 겨우 꽃망울을 맺으면 위에서 냉큼 따 버린다.

"우리 화랑에 사사오카란 놈이 있었지? 그 녀석이 바로 그런 쓸데없는 짓을 좋아했거든. 그런 사람을 괴짜라고 부르는 거지. 신인 화가를 찾아내 고생해 가며 키우려 하거든."

시나코는 사사오카가 처음 그녀에게 말을 걸어 주었던 때를 떠올렸다. 친구의 임대 화랑에서 개최한 작은 개인전을 우연히 보러 왔던 그는 "좋은 그림이네요. 생각 있으면 우리 화랑에 연락해 주십시오" 하고 명함을 주었다.

그때 받았던 명함만큼 기쁜 선물은 없었다.

"결국 사사오카는 나를 배반하고 독립하려 했어. 그리고 패배했지."

"배반할 생각은 없지 않았을까요?" 시나코는 작은 목소리로 말했다. "사사오카 씨는 책임을 지고 직접 화가들을 키우고 싶었던 것뿐이에요."

당시 도다는 철저한 보복에 나섰다. 사사오카가 가까이 지내던 모든 화가들에게 연락을 했다. 필요한 경우에는 일부러 찾아가 설득하기도 했다. 그러고는 계약금을 올려 주겠다는 제안을 노골적으로 들이밀었다. 그래도 받아들이지 않는 화가들에게는 "이 업계는 좁아. 앞으로 먹고살기 힘들 텐데" 하고 위협하여 결국 거래처를 모두 빼앗았다.

시나코는 돈 때문에 흔들린 게 아니었다. 어느 쪽인가 하면 "당신 그림은 분명 세상에 통할 거야"라는 진부하기 짝이 없는 말에 속아 넘어갔던 것이다.

마지막 순간, 시나코에게 전화를 한 사사오카는 떨리는 목소리로 물었다. "자네도 도다 씨 화랑에 스카우트됐나?" 그렇다고 대답하자, 그는 필사적으로 이성을 붙잡으며 "그런가" 하고 중얼거렸다. 그런가, 그런가, 하고.

시나코는 사과하기는 했지만 어느 정도는 자신의 성장을 위해 무대를 골라야 한다고 생각했다. 이것은 필요한 절차라고 믿었다.

다만 전화를 끊을 때 그가 "자네 그림은 앞으로 더 발전할 거야"라고 말해 준 것이 마음에 남아 있었다.

"그 남자 지금 어떻게 지내는지 알아?" 도다가 물었다.

"글쎄요." 시나코는 고개를 저었다. 알 턱이 없었다.

도다는 그저 유쾌하다는 듯이 오리고기를 포크로 찔러 댔다.

레스토랑 문은 시나코의 정면에 있었다. 점원이 힘껏 당겨야 겨우 열리는 무거운 문이었다. 그 문이 갑자기 열리면서 괴성이 솟구쳤다.

중년 남자가 갑자기 가게 안으로 쳐들어왔다. 짙은 녹색 재킷에 넥타이는 하지 않았다. 진흙 묻은 스니커즈는 뒤꿈치가 꺾여 있었다. 누가 봐도 이곳에는 어울리지 않는 차림이었다. 면도 자국이 눈에 띄었다. 눈가는 붉었다. 마흔 초반쯤 되었을까.

"아!"

시나코가 외마디 소리를 지른 것은 남자가 시나코와 도다의 테이블로 달려들었기 때문이었다.

도다의 뒷모습을 발견한 남자가 그대로 돌진해 왔다. 달려오는 것은 아니었지만 다가오는 모습이 정상은 아니었다.

도다는 가게 안의 소동에는 아랑곳하지 않고 접시 위의 요리를 즐기고 있었다.

남자는 손에 칼을 들고 있었다.

비명 소리가 들렸다. 시나코는 자기 비명 소리인 줄도 몰랐다. 두 손으로 입을 가리고 그 자리에서 벌떡 일어났다. 의자가 쓰러졌다.

주변 테이블에서도 비명 소리가 치솟았다. 놀라 넘어지는 손님도 몇 명 있었다.

웨이터들은 창백하게 질려 있었다. 칼을 든 남자가 뭐라 외쳤다.

도다가 칼에 찔린 줄 알고 시나코는 그 자리에 주저앉고 말았다.

무서워서 도저히 일어날 수가 없었다. 등에 칼을 맞고 피투성이로 변해 있는 도다의 모습이 떠올랐다. 그야말로 오리고기에 뿌린 오렌지 소스처럼 피가 철철 흘러내리고 있을 것 같아 두려웠다.

몸을 일으키자 예상도 못 했던 광경이 펼쳐졌다.

도다는 안색 하나 바꾸지 않고, 오히려 유쾌한 표정으로 와인 글라스를 입에 대고 있었다. 그는 바닥에서 일어난 시나코를 보더니 실눈을 뜨며 자기 뒤를 손가락질했다.

"저길 봐."

도다의 뒤에서 칼을 든 남자가 신음 소리를 내며 몸부림쳤다. 그는 양복을 입은 두 남자에게 붙잡혀 바닥에 납작 짓눌려 있었다.

그를 붙잡은 두 남자는 방금 전까지 옆 테이블에서 식사를 하고 있던 사람들이었다.

이런 사태에는 익숙한 듯한 몸놀림이었다.

도다가 다 알고 있었다는 듯이 입을 열고 으스댔다.

"돈으로 못 사는 건 없어. 내가 말했잖아? 안전도 살 수 있어." 또 한 번 와인을 입에 머금고 삼켰다. "뒤에 있는 남자들은 이럴 때를 대비해 고용했지."

"어, 언제부터?"

"글쎄. 아까부터 있었을걸. 난 관심 없어. 안전만 확보해 주면 그만이야. 그런 계약이지."

다시 남자들을 쳐다보았다. 양복 때문인지 근육이 울룩불룩해 보이지는 않았지만, 전문가라는 말을 들으니 아무 표정 없이 괴한을 붙잡고 있는 모습이 이해되었다. 너무 깔끔한 솜씨였다.

도다는 뒤에서 벌어진 일에 무관심했다. 허세 같지도 않았다. 정말로 관심이 없는 것이리라. 시나코는 그 모습에서 현실미가 느껴지지 않아 현기증을 느끼며 의자에 앉았다.

주변 테이블은 아직 소란스러웠다. 사람들의 시선이 시나코와 도다에게 쏟아졌다.

조용히 요리를 즐길 줄도 모르냐고 도다가 얼굴을 찌푸렸다.

괴한은 두 남자에게 붙잡혀 밖으로 끌려 나갔다. 얼굴이 보였다. 힘없는 얼굴이었다. 학력이 높아 보이지는 않았지만 그런 만큼 간계로 남을 모함해 이익을 취할 남자로도 보이지 않았다.

"도다!"

남자가 외쳤다. 칼을 빼앗긴 남자는 질질 끌려 나가면서 문이 닫히기 직전에 이렇게 말했다.

"이 자식, 집사람에게 무슨 짓을 한 거냐!"

도다의 얼굴에 이번에는 표정이라 할 만한 게 떠올랐다. 그러고는 실실 웃으며 냅킨으로 입가를 대충 닦는다. 오리고기가 맛 있어서 웃은 건지, 남자의 말에 웃은 건지는 판단하기 어려웠다.

"지금 저 남자, 목소리를 들으니 알겠군." 도다가 만족스럽게 고개를 끄덕였다.

"저 사람은 누구예요?"

"어느 예능사무소 사장이야. 별로 큰 회사도 아니고, 시절이 좋았을 때 분위기만 등에 업고 생긴 사무소지. 지금 사정이 어려운 모양이야. 한 달 전에 날 찾아왔었지."

"자금을 융통하려고요?"

"부탁하러 온 거지. 모두 똑같아. 고개를 숙이면서도 어째선지 돈을 대 주지 않으면 내가 손해를 볼 것처럼 말하지. 어리석은 노릇이야. 나는 남의 회사를 이용해 돈을 벌 생각은 없거든. 선견지명과 결단, 그걸로 길을 개척해 갈 뿐이야."

"빌려주지 않았던 거군요." 돈을 빌리지 못한 분풀이로 나이프를 들고 습격했던 건가? 그런 것치고는 너무 요란했다.

"아니." 도다는 슬그머니 웃었다. "그 남자가 묘한 거래를 제안했어. 사무소의 젊은 여자, 탤런트라고 하나, 아무나 하룻밤 마음대로 해도 된다고 하더군. 여자를 대 줄 테니 돈을 내놓으라는 거야."

"하아." 시나코는 어중간하게 수긍했다. 진부하고 이기적인 전략이다.

"그래서 나는 그때 이런 생각을 했지." 도다는 여전히 유쾌해 보였다. 그가 와인글라스에 손을 뻗는다. "돈으로 뭐든 살 수 있다면, 그 남자의 소중한 보물이라도 사 봐야겠다고."

"소중한 보물?"

"저치는 애처가야. 웃기지? 조사를 해 봤어. 저 남자는 사무소 여자는 함부로 다루면서 늙은 자기 아내는 소중히 여기는 모양이더군. 그래서 돈을 미끼로 내가 제안했지. 자네 마누라를 하룻밤 빌려주면 자금을 대 주겠다고."

시나코는 어이가 없었다. 들을 필요도 없이 결과는 뻔했다. 고민은 했겠지만 남자는 제안을 받아들였던 것이다.

눈앞의 자금이 궁한 나머지 수백 가지 설득과 변명을 늘어놓으며 아내와 자신을 납득시켰으리라.

그러고 보니 그런 영화도 있었다. 미국의 대부호가 거금을 주고 젊은 부부의 아내를 하룻밤 구속한다는 이야기였다. 하지만 그 대부호는 스마트한 로버트 레드퍼드였다. 그는 신사적으로 보였다. 눈앞의 비대한 자존심을 숨기려고도 않는 육십 넘은 남자와는 분명 다르다.

"그래서 무슨 짓을 한 거예요?" 목이 바짝 타서 시나코도 와인에 손을 뻗었다.

도다는 굵은 눈썹을 실룩거렸다.

"그야. 아까 그 남자가 흥분한 꼴을 보면 알잖아? 모처럼 빌린 여자니까 생각나는 건 다 해 봤지. 저녁도 먹기 전에 벌거벗겨서, 약을 먹이고 그 여자가 태어나 지금까지 한 번도 맛보지 못

했을 섹스를 실컷 했지."

태연한 말투였다. 한동안 말이 나오지 않았다. 잠시 후 겨우 물어보았다.

"도다 씨가요?"

"내게 그런 기력이 있겠어? 돈만 주면 그런 일을 하는 남자는 얼마든지 있어. 처음에는 나도 꼈지만 나중에는 구경만 했지. 하룻밤은 짧아. 눈 깜짝할 새야."

시나코의 눈에 눈물이 맺혔다. 이유도 없이 분한 마음이 녹아 나왔다.

"내가 너무해?" 도다는 유쾌한 목소리로 물었다.

"아, 예, 아무래도."

"하지만 내가 실제로 그런 짓을 했는지는 별개의 문제지. 그 남자는 내가 그랬다고 믿고 있지만."

"예?"

"내가 저 남자의 부인을 붙잡아 정말로 지금 말한 그런 짓을 했는지는 아무도 몰라. 다만 저 남자가 그렇게 생각한 건 사실이지. 그 여자는 아무것도 기억 못 해. 다만 그런 짓을 당했을지도 모른다고 생각하고 있어. 정신을 차렸을 때는 알몸으로 침대에 있었으니까."

"무슨 말씀이에요? 도다 씨는 무슨 짓을 한 거죠?" 그리고 그가 하지 않은 짓은 무엇인가.

"아내가 무슨 짓을 당했고, 무슨 짓을 했는지. 저 남자는 망상과 상상으로 괴로워했겠지. 사람의 상상력은 나쁜 쪽으로 펼쳐지거든. 유쾌하지? 아내에게 물어봐도 기억을 못 해. 어리석은 놈이야. 나는 그걸 즐길 뿐이야. 사람의 상상력을 갖고 노는 건 그럭저럭 즐겁거든."

남자는 결국 반미치광이가 되어 칼을 들고 도다를 습격하려 했다.

"내가 여기 온다는 소식을 어디서 들었겠지. 그런 의미로는 정보가 어디서 샜다는 뜻이야. 그건 불쾌한 문제지만, 그보다 저 남자는 파렴치하기 짝이 없군그래. 돈을 빌린 걸로도 모자라 나를 습격하려 들다니 말이야. 누가 더 지독한가?"

로버트 레드퍼드가 나왔던 영화의 결말은 잊어버렸다. 젊은 부부는 해피엔딩을 맞이했을까? "아까 말씀하셨던 건 결국 그 남자의 망상인가요?"

"아니, 실제로 내가 그런 짓을 했을 가능성도 부정할 수는 없지."

"어느 쪽이 진짜예요?"

"어째서 자네한테 그걸 말해 줘야 하지? 내가 실제로 여러 남자를 시켜 남의 아내를 능욕했다 해도 그건 자네하고는 상관없잖아?"

"그렇긴 하지만요, 어느 쪽이에요?"

"어느 쪽이든 똑같아." 도다는 퉁명스럽게 말했다. "돈으로 못사는 건 없어. 그뿐이야. 나는 마음먹으면 뭐든 살 수 있고, 사고

싶은 건 사. 남의 인생이나 애정도, 상상력이나 평온한 생활도
다 살 수 있어."

도다는 웨이터에게 이제 디저트가 나올 차례인지 묻고 있었
다.

구로사와는 집 안 복도에서 나는 발소리를 듣지 못했다. 이
무슨 실책인가. 얼굴을 찌푸렸다.

구로사와는 전깃불을 다 꺼 놓은 채로 장롱 서랍을 열고 있던
참이었다. 익숙한 손놀림으로 서랍 안을 뒤지는데 갑자기 방의
형광등이 번쩍 켜졌다.

"뭐, 뭐하는 짓이야!" 활짝 열린 방문 쪽에서 나는 소리였다.

뒤를 돌아보자 남자가 서 있었다. 구로사와와 비슷한 연배의
남자로, 한창 열심히 일하고 있을 회사원으로 보였다.

옆구리에 가방을 끼고, 문 앞에 우뚝 서 있었다.

복도 전깃불이 켜졌을 때 사람이 들어왔다는 걸 어째서 알아
차리지 못했을까? 구로사와는 내심 혀를 찼다. 프로 도둑으로서
부끄러운 실수가 아닌가? 천천히 일어나서 불빛에 적응하기 시
작한 눈을 씀벅거리며 방 안에 들어온 남자와 대치했다.

상대의 모습을 확인했다. 어디서 본 적 있는 남자였다. 약간
연극적인 동작으로 엉거주춤 두 손을 들었다. 저항할 뜻이 없다
는 의사를 표시했다.

"뭘 하는 거야? 우리 집에서 무슨 짓을 하고 있어?"

남자가 외쳤다. 가까이 다가오려 하지는 않는다. 남자도 분명 동요하고 있을 것이다. 문을 열고 집에 들어와 보니 예상치 못한 손님이 어두운 방 안에서 장롱을 뒤지고 있었으니, 당황하는 게 당연하다.

구로사와는 손을 들면서도 남자를 관찰했다. 자꾸 웃음이 새어 나왔다.

그나저나 오늘은 하루 종일 두 손을 드는 날이다. 낮에는 권총을 든 노부부 강도단을 만나 꼼짝 말라고 위협당했다. 밤에는 또 아파트에 들어온 남자에게 들켜서 비난을 받으려는 참이다. 뭘 해도 잘 안 풀리는 날이 있다는 사실을 뼈저리게 깨달았다.

노부부에게 돈을 건네주고, 그 구멍을 메우려고 했던 게 애초에 잘못이었을까?

구로사와는 상대의 모습을 바라보면서 반성했다. 아니, 반성이라기보다 그가 처한 상황을 굽어보는 감각이었다.

감색 더블수트를 입은 남자는 침착한 척하려 했지만 누가 봐도 당황한 모습이었다. 눈동자가 바삐 굴러다닌다. 이 자리에서 달아나고 싶은지 불안한 기색으로 오른발과 왼발을 자꾸 앞뒤로 바꾸고 있었다. 구로사와는 웃음을 애써 참았다.

"너, 넌 누구냐!" 남자가 물었다.

"도둑이다." 구로사와는 손을 든 채로 당당한 미소를 지으며 그렇게 대답했다.

남자의 표정을 관찰했다. 미묘한 안색의 변화도 놓치지 않을 셈으로 바라보았다.

"넌 이 집 주인인가?" 뻔히 알면서 구로사와는 그렇게 물어보았다.

남자는 구로사와의 당당한 태도에 기가 눌린 기색이었다. 도둑 주제에 뻔뻔하다고 생각하는지도 모른다. 빈집을 털러 왔다가 집주인과 맞닥뜨리는 실수를 저질렀는데 뭐가 그리 당당한가 싶을지도 모른다.

이를 어쩐다, 구로사와는 머리를 굴렸다.

"뭘 훔쳤지?" 남자가 위엄을 세우려는 듯이 낮은 목소리를 냈다.

"이제부터 일하려던 참이었는데."

눈앞의 남자에 관한 정보를 머릿속으로 확인했다.

"당장 나가!"

"경찰은 안 부를 거야?" 구로사와는 상대가 경찰을 부르지 못할 거라고 짐작했다.

남자가 지금 나가면 눈감아 주겠다고 했다.

구로사와는 천천히 두 손을 내렸다. 별로 당황하지는 않았다. 오히려 마음은 차분했다. 가끔은 이런 일이 있는 것도 좋다. 다행히 상대는 돌발 사태에 히스테릭한 괴성을 지르며 덤벼들 것처럼 보이지도 않았다.

"이야기 좀 할까?" 그렇게 말해 보았다.

"무슨 소리야?"

"도둑은 잡담을 좋아하거든."

남자가 겁을 먹었다. 남자 입장에서는 네 처지를 알라고 구로사와를 비난하거나, 그렇지 않으면 이번에야말로 경찰을 부르겠다고 전화기를 찾아 협박해야 마땅했다.

잠시 침묵이 흘렀다. 구로사와는 그 시간을 싱글거리며 즐겼다.

구로사와는 집게손가락을 세우며 남자를 똑바로 쳐다보았다.

"좋아. 인간 관찰 게임을 하자."

남자의 안색이 어두워졌다.

"도둑에게 첫 번째로 중요한 건 손재주고, 두 번째가 인간 관찰이거든. 핵심은 관찰력이야. 상대를 척 보고 그 정체부터 성격, 지난 인생을 짐작할 수 있어야 하지."

"그게 뭐 어쨌다는 거야?" 남자가 불안해하는 게 느껴졌다.

"지금부터 당신이 어떤 인생을 살아왔는지 맞혀 볼게. 재미있겠지? 여흥 정도로 생각해. 경찰은 게임을 한 다음에도 부를 수 있잖아. 위해를 가할 생각은 털끝만큼도 없어. 그게 내 직업 철학이거든. 다만 훌륭한 회사원에게 폐를 끼쳤으니 여흥이라도 하나 맛보여 주고 싶어서 그래."

"무, 무슨 소리를 하는 거야?" 남자는 또 그렇게 말했지만 그 목소리는 작았다.

"차남이지?" 구로사와는 아랑곳없이 그렇게 말했다. "당신은 차남이야. 나이는 서른 중반, 나하고 비슷하겠군. 고향은 미야기 현."

남자가 눈을 쉴 새 없이 깜빡거리더니 반쯤 허세로 되받아쳤다.

"그게 뭐? 그 정도는 면허증이든 아무 증명서든 보면 금방 알수 있어."

구로사와는 유쾌하다는 듯이 웃었다.

"이제부터가 시작이야. 담배는 피우지 않아. 그렇지?"

"안 피워."

남자가 시시하다는 듯이 고개를 끄덕였다. 집에 재떨이가 없으니 당연한 것 아니냐고 말하고 싶은 눈치다.

"최종 학력은 국립대학 졸업."

"그것도 조금만 조사해 보면 알 수 있어." 남자의 얼굴이 약간 창백해졌다.

"문과. 경제학부."

"그, 그렇다."

"성실해서 수업에 빠지지 않고, 혼자밖에 없는 강의실에서도 꼼꼼하게 필기하는 타입이지."

"그럴지도."

"감기에 걸려 부득이하게 결석해야 할 때는 난리가 나. 그날 수업 내용이 어땠는지, 필기 노트를 얻을 수 없는지, 동분서주하면서 조사하지. 완벽주의와 소심가의 합병증이야."

남자는 이를 악물고 있었지만 아무 대꾸도 하지 않았다.

구로사와는 말이 없는 남자를 보면서 가만히 웃었다. "연애도 똑같아. 겨우 데이트에 불러낸 동급생을 렌터카에 태워 드라이브를 하러 가도, 미리 세운 시간 계획대로 움직이지 않으면 성에 차지 않지. 불안하거든. 약속 시간, 출발 시간, 차 안에서 나눌 이야기, 도중에 들를 카페와 거기서 먹을 메뉴. 전부 계획대로 풀리지 않으면 불안해서 견디질 못해."

몇 번째인지 모를 질문을 던졌다.

"그렇지?"

남자의 얼굴에 초조한 기색이 감돌았다. 구로사와는 이야기를 멈추지 않았다.

"아직이야, 알겠지? 내가 수상한 점쟁이 할멈은 아니지만, 당신을 바라보고 있으면 과거가 줄줄이 보이거든."

"그게 보여?"

남자는 마치 영매사를 바라보는 듯한 표정이었다. 구로사와는 희희낙락 대답했다.

"보이고말고. 유명한 산에 데이트를 하러 간 적이 있지? 자오인가? 관광 명소를 보려고 했는데, 막상 가 봤더니 산에 안개가 자욱했지. 10미터 앞도 보이지 않아. 계획이라는 건 대개 그렇게 무너지거든. 관광이고 뭐고 할 상황이 아니었어. 당신은 몹시 당황했지. 결국 안개 속에서 길을 잃고 산길을 맴돌다 정신을 차리고 보니 낯선 장소에 와 있었어. 덕분에 조수석에 앉은 여자 친구는 멀미에 시달렸지. 산길을 몇 번이나 오갔으니까. 구역질 때문에 기분은 최악이야. 렌터카를 더럽히면 안 되겠다고 배려했겠지. 갑자기 차 문을 열고 뛰쳐나가서 커브 차선 밖으로 굴러떨어지고 말았어. 데굴데굴, 여자 친구가 굴러간 거야."

구로사와는 껄껄 웃었다.

"아니, 웃으면 안 되지. 뭐, 다행히 당신이 운전하는 자동차는 속도를 떨어뜨린 상태였어. 여자는 뛰어내렸지만 찰과상과 염좌 정도로 그쳤지. 다만 당신은 그때 패닉 상태였겠지. 당신 계획표에는 '그녀가 차에서 뛰어내릴 경우'라는 항목은 없었으니까."

"무, 무슨." 남자가 말을 더듬었다.

"영 빗나갔나?"

"어떻게 아는 거야?"

"알 수 있다니까. 사람을 관찰하면 그만한 과거는 알 수 있어. 졸업식 때 있었던 일도 아는걸."

"졸업식?"

"대학교 졸업식 말이야. 당신은 졸업식에 참석하지 않았어. 그렇지?"

남자는 눈썹을 찌푸렸다.

"분명 안 나갔을 거야. 그날 당신은 스탠리 큐브릭의 〈2001 스페이스 오디세이〉를 보고 있었으니까."

상대가 마음속으로 지르는 비명 소리가 들리는 것만 같았다.

구로사와는 말을 이었다. "재개봉 마지막 날이었어. 센다이의 작은 극장에서 그 영화를 하루 종일 보고 있었지. 〈2001 스페이스 오디세이〉를 말이야. 당신은 그 영화를 이미 보았는데도 다시 극장을 찾아갔어. 그 영화에 큐브릭이 출연하는지 확인하러 간 거야. 그렇지?"

"그, 그건." 남자는 반사적으로 반론하려다가 화들짝 놀라 입을 가렸다. "그걸 어떻게 알았지?"

"당신은 동급생에게 이런 말을 들었어. '큐브릭 감독이 카메오로 몰래 출연했대.'"

구로사와는 우스워서 견딜 수가 없었다.

"큐브릭이 영화에 나오는 순간을 놓치지 않으려고, 당신은 눈도 깜빡이지 않고 영화를 봤어. 참으로 유익한 시간이었겠지. 하루 종일 영화관에서 그 지루한 영화를 봤어. 그래서 졸업식에는 결석했고."

남자는 대답을 망설였다. 이대로 눈앞의 좀도둑이 떠들게 내버려 두어도 될지 고민하는 건지도 모른다.

"당신, 그때 친구와 내기하지 않았어? 21세기가 되면 그 영화처럼 목성으로 여행을 떠날 수 있을지 없을지."

남자의 표정이 그때야 비로소 변했다. 겁먹은 눈에 의심이 떠오르더니 실눈을 뜨고 다시 조준을 맞추려는 듯이 구로사와의 얼굴을 응시했다.

구로사와는 상냥한 얼굴로 남자를 가만히 바라보았다.

"당신은 '21세기가 되면 사람들은 우주를 여행하고 있을 거야'라고 믿어 의심치 않았지. 그래서 나는 이렇게 말했어. '큐브릭이 만든 영화를 보고 우주가 지루하고 졸리기만 하다는 걸 알아차리고 우주에 갈 마음이 사라질 거야. 우주선 안에서 하염없이 조깅만 하는데, 그것만큼 졸린 영화가 또 있겠어?'"

"아." 남자가 그제야 입을 열었다.

오래전에 봉인했던 기억을 새삼 끄집어내는 표정으로 고민하다가 한참 후에야 물었다.

"구로사와? 구로사와 자네야?"

남자의 얼굴에 자연히 웃음이 번졌다. 결코 풀릴 것 같지 않았던 남자의 굳은 표정에 몇십 년 만에 미소가 떠오르는 것 같았다.

구로사와는 그것이 기뻤다. 남자의 이름을 불렀다.

"오랜만이야. 사사오카."

예기치 못한 재회에 남자는 놀라서 입을 헤벌리고 있었다. 달려와서 얼싸안지도, 악수를 나누지도 않았다. 다만 서로 얼굴을 마주 보고 민망한 듯 웃었다. 재회를 기뻐하는 서른이 넘은 남자들에게 쓴웃음은 안성맞춤이었다.

사사오카가 한참 후에 입을 열었다.

"큐브릭은커녕 영화조차도 까맣게 잊고 있었어. 그나저나 그건 거짓말이었어? 큐브릭은 영화에 안 나왔던 거야?"

구로사와는 대답했다.

"옛날 일인데 아무렴 어때."

 가와라자키는 깜깜한 길을 서쪽으로 하염없이 걸었다.

집에서 홀로 무릎을 끌어안고 틀어박혀 있지도 못하고 뛰쳐나왔다. 마음이 진정되지 않았다.

48번 국도를 따라 난 좁은 인도를 묵묵히 걸었다. 굽이굽이 휘어진 길은 마치 앞이 보이지 않는 자신의 인생 같았다. 완만한 내리막길은 더더욱 흡사했다.

그러다가 어디로 가고 있는지 깨달았다.

구즈오카 공동묘지, 아버지의 무덤이다.

커다란 커브가 이어졌다. 커브를 빠져나가기 전에 갑자기 맞은편에서 자동차가 달려오기라도 하면 그때마다 가슴이 철렁했다.

주택가를 가로질렀다.

검은 고양이가 눈앞을 지나갔다. 방울이 딸랑거렸다. 목줄을 차고 있는지도 모른다. 새까만 고양이가 멈춰 서서 한순간 가와라자키와 눈이 마주쳤다. "삼색아!" 어디선가 달려온 여자아이가 외쳤다. 검은 고양이인데 설마 이름이 삼색이일까?

검은 고양이는 바람처럼 차도를 달려갔다. 주위를 두리번거리며 달려가는 고양이는 누군가를 찾는 것 같기도 했다. 가와라자키는 마치 자기 목숨을 구해 준 은인의 모습을 필사적으로 찾으려는 것 같다고 생각했다.

40분쯤 걸었을까. 차츰 민가가 줄어들더니 길이 직선으로 바뀌면서 단조로워졌다. 오른편 산길로 올라가면 묘지가 나온다.

3년 전에 치른 아버지의 장례식은 지극히 소박했다. 정말 의례적으로 치렀다. 자살이다 보니 어머니는 사람들 앞에 보일 수 없다면서 남들 눈만 신경 썼다.

가와라자키는 17층에서 뛰어내릴 때 짓뭉개져 버린 얼굴을 용케 그만큼이나 복원해 낸 미용 기술에 놀랐지만, 그래도 어머니는 누가 아버지의 모습을 보는 것을 꺼렸다. 저건 아버지가 아니라는 말까지 했다.

생각보다 묘소가 깔끔해서 가와라자키는 마음이 놓였다.

진흙이 묻어 있고 주변의 자갈 틈에 잡초가 조금 나 있었지만 아버지에게 죄책감을 느낄 정도는 아니었다. 주변을 보니 그 정도 무덤은 흔했다.

꽃을 바쳤다. 묘지 입구 꽃집에서 한 다발에 500엔에 파는 꽃이다. 아버지가 꽃을 좋아하기는 했을까?

비석을 앞에 두고 한참을 우두커니 서 있었다. 딱딱해 보이는 검은 비석에 아버지의 그림자는 없었지만 그래도 가만히 마주 보았다.

"아무 얘기나 해 봐." 목소리가 들렸다.

정확히는 목소리가 들렸다고 생각했을 뿐이었다. 깜짝 놀라 주위를 둘러보았다. 또렷한 목소리는 아니었지만 갈라진 목소리가 울렸다. 아무도 없다. 다시 한 번 좌우를 확인했다. 한 걸음 물러나 비석을 바라보았다. 아버지의 모습이 어렴풋이 떠오르는 것 같았다. 눈을 껌뻑거렸다. 머릿속이 혼란스럽다. 무의식적으로는 아버지와의 대화를 원하고 있는 건지도 모른다.

"아버지 맞아요?"

그렇게 물어보았다. 가와라자키는 이야기를 해 보기로 했다. 환청이라면 차라리 다행이다.

"요즘 이런 이야기를 들었어요. 재해를 당했을 때, 예를 들면 대지진이나 회오리바람 같은 거 말이에요, 그럴 때 부모가 침착하게 행동하면 아이는 트라우마가 생기지 않는다는 거예요. 반대로 부모가 패닉을 일으켜 법석을 떨면 아이에게는 정신적인 상처가 남는대요."

"무슨 말을 하고 싶은 거니?"

아버지의 목소리가 그렇게 말했다. 조용히 웃는 것처럼 들리기도 했다.

"부모가 야무지면 아이도 건강하다는 말이죠."

"현실에서 달아나 죽어 버린 날 탓하는 거니?"

"뭐, 그런 셈이에요."

"네가 어린애냐?"

자신의 약한 모습을 감추려고 가까운 사람 앞에서는 입이 험해지는 게, 아버지 생전의 말투와 똑같았다.

가와라자키는 입을 다물었다. 한숨도 내뱉었다. 이런 이야기를 하려고 아버지를 찾아왔던 걸까?

"종교로 달아나지." 아버지의 목소리가 그렇게 말했다. 단정적인 말투였다. "너 같은 녀석은 흔히 종교로 달아나."

"그렇지 않아요." 가와라자키는 다소 울컥한 심정으로 대답했다.

"너는 그 '다카하시'라는 남자를 숭배하지? 잘 알지도 못하는 남자를. 거봐라, 종교로 달아나고 있잖아."

움찔했다.

분명 그는 '다카하시'를 알지 못했다. 정체도 잘 모르는 타인에게 심취해 있었나? 맹목적으로 받들려고 했나? 아무것도 모르는데? 그것은 요절한 싱어송라이터의 열광적인 팬이나 교주에게 몰려드는 신흥종교 신자들과 마찬가지 아닌가? "종교가 아니야." 그는 자신이 품은 의문을 떨쳐 내려는 듯이 말했다.

"무슨 소리냐." 목소리는 웃고 있었다. "너야말로 묘한 종교에 넋을 놓은, 진정 어리석은 신자의 표본 아니냐?"

"아니야."

가와라자키는 작은 목소리로 반론했다. 종교 단체와는 전혀 다르다고 소리쳤다. 주변 사람들은 물론이고 언론에서도 모두들 입을 모아 '다카하시'를 '교주'라고 하고, 가와라자키처럼 강연에 모여드는 사람들을 '신흥종교 집단'이라 불렀다. 표면에 나서서 반론한 적은 없었지만 가와라자키는 늘 그 표현에 위화감을 느꼈다. '신자'라고 불리는 것에 큰 거부감은 없었다. '믿는 사람'이라는 건 틀림없는 사실이기 때문이다. 하지만 신흥종교와는 다르다. 그런 식으로 싸잡아 취급하는 게 늘 불만스러웠다.

"보통 사람을 신이라고 한다는 점에서 충분히 오컬트잖아."

"아버지 말대로라면 사람들은 신을 믿으면 안 되겠네요."

웃음소리가 들렸다. "난 봤다."

"뭘요?"

의기양양한 목소리였다. "17층에서 뛰어내렸을 때였어. 땅으로 떨어지는 그 순간, 아스팔트가 점점 다가왔어. 자전거 거치대의 낡은 지붕, 쓰레기장에 모여든 까마귀의 부리가 똑똑히 보이더군. 그리고 그때 뭔가가 눈앞을 스쳐 지나갔지. 뭐가 지나갔는지 알아?"

"그러니까 그게 뭐냐고요?"

"모기였다."

"모기?"

"왜, 다리 긴 소금쟁이처럼 생긴 벌레 있지? 그게 눈앞을 확 지나갔어."

"그게 신이라고 말하고 싶은 거예요?" 가와라자키는 어이가 없어 거칠게 물었다.

"난 알 수 있었어."

"어째서 모기가 신이란 거예요?"

172

"죽기 전에 봤다. 그 순간, 나는 알 수 있었어. 그것이야말로 신이고, 다른 것은 전부 거짓이라는 걸. 네가 지금 믿고 있는 건 전부 거짓이야."

"제가 뭘 믿고 있다는 거예요?"

"표현을 달리해 줄까? 네가 지금 의심하는 것도 전부 거짓이 야."

"그게 모기하고 무슨 상관이에요?"

"모기란 보통 수액이나 혈액을 빨아먹잖아? '쪽쪽' 말이야. '쪽쪽'이라고 하면 키스와 똑같잖아. 신의 역할이란 원래 모든 사람들에게 키스를 해 주는 것 아니더냐?"

가와라자키는 대꾸할 말이 없었다. 반미치광이 같은 억지 논리는 분명 아버지의 생전 언행과 똑같았다.

"모기는 사람들이 늘 두 손으로 마구 잡아 죽여. 신도 의외로 그런 존재야. 가까이 있는데, 사람들은 그 고마움도 모르고 태연히 찰싹찰싹 두드려서 잡아 죽이지. 그래도 그들은 화를 내지 않아. 신이라서 그런 거야. 눌려 죽는 순간, '또 이러네' 하고 웃고 말겠지. 우리가 일상적으로 죽이는 생물, 그런 것들일수록 신일 확률이 높아."

가와라자키에게는 아버지의 목소리가 실제 음성처럼 들렸다. 지금도 그 빨간 야구 모자를 쓰고 어디서 어슬렁거리고 있는 게 아닐까 하는 생각마저 들었다.

"무슨 말을 하고 싶은 거예요?"

"'눈을 떠.'"

눈을 뜨니 48번 국도로 돌아와 있었다.

시간도 지나 있었다. 묘지에서 있었던 일이 꿈인지 생시인지 모르겠다. 아버지와 정말 대화를 나눴던 걸까? 묘지에 도착했는지조차도 의심스럽다.

묘지까지 못 가고 48번 국도 중간에서 되돌아왔던 게 아닐까? 가와라자키는 멍한 상태로 국도를 되돌아왔다.

어느새 결심은 굳어 있었다.

발걸음은 대학병원으로 향했고, 정신을 차리고 보니 주차장을 찾고 있었다. 부지 안을 어슬렁거리며 차가 나오는 방향을 찾았다. 은색 오픈카를 찾기란 그리 어렵지 않았다.

쓰카모토는 가와라자키의 얼굴을 보더니 손목시계를 쳐다보고 웃음을 지었다.

"하겠습니다." 가와라자키는 말했다.

쓰카모토는 심각한 얼굴로 고개를 끄덕이며 조수석 문을 가리켰다. "그래, 타."

"다카하시 씨는 죽었어."

쓰카모토가 시동을 거는 틈에 어물쩍 말했다.

"하지만 우리는 이렇게 살아 있어. 신이 죽어도 우리는 죽지 않아. 이게 무슨 뜻인지 알지? 증명은 끝났어." 일그러진 얼굴이 고통스러워 보였다.

스스로도 놀랄 만큼 가와라자키는 쓰카모토의 말을 듣고도 동요하지 않았다. 침을 천천히, 신중하게 삼켰을 뿐이다.

"분명 모기였을 거예요." 가와라자키는 중얼거렸다. 차가 속도를 높여 목소리가 묻혔다.

"뭐라고 했어?"

"아닙니다."

가와라자키는 이미 결심을 굳혔다. 아버지의 말이 헛소리인지 옳은 말인지, 그것은 '신'인 '다카하시'를 분해해 보면 알 수 있는 일이다.

마음을 가다듬기 위해 조수석에서 눈을 감았다. 어디로 가는 걸까? 무슨 일이 일어나는 걸까? 가슴에 손을 얹었다.

"자, 도착했어."

처음에는 그게 아버지의 목소리인 줄 알았다. 차를 타고 얼마나 갔는지도 모르겠다. 단숨에 이동한 것 같기도 했다.

쓰카모토가 그를 데려간 곳은 아파트였다. 엘리베이터에서 내리자 아파트 옆에 펼쳐진 숲이 보였다. 쓰카모토가 문을 여는 동안 가와라자키는 요란하게 뛰는 심장 소리를 멀리서 울려 퍼지는 경종 소리처럼 느꼈다.

"들어와."

쓰카모토가 말했다. 현관에서 구두를 벗고 안으로 들어갔다. 가장 먼저 깨달은 것은 방에서 들려오는 소리였다. 피아노다. 현관에서 거실로 이어지는 복도가 기묘하리만치 길게 느껴졌다.

정면에 거실로 이어진 문이 있었다. 잡아당겨 열자, 쓰카모토는 말없이 안으로 들어갔다. 다다미 스무 장은 깔 수 있을 법한 방이었다. 안쪽은 주방과 연결되어 있다.

구석에 놓인 텔레비전과 스테레오가 전부인, 살풍경한 방이었다. 리모컨이 굴러다니는 방에는 투명한 비닐 시트가 깔려 있다. 가와라자키는 양말을 신은 발로 그 비닐을 밟고 있었다. 그리고 그 중앙에 그것이 있었다. 벌거벗은 남자가 바른 자세로 천장을 바라보고 누워 있었다.

가와라자키는 쓰카모토와 마주 보고 섰다. 두 사람 사이에 하얀 시체가 누워 있다. 신이 죽어서 쓰러져 있다. 가와라자키는 그렇게 생각했다.

'명탐정', '신', '천재'. 그런 진부한 표현을 아무리 늘어놓아도 결코 손색없는 아름다운 사람이 벌거벗은 시체가 되어 누워 있다.

한참 동안 움직일 수가 없었다.

"신을 분해하겠다." 쓰카모토가 말했다.

 "정리해 보자."

교코는 그렇게 말하면서도 여전히 소변이 마려워 안절부절못했다.

"당신은 차로 사람을 쳤어. 그건 분명하지? 시체는 남자고, 바로 저기 눈앞에 있어."

아오야마는 얌전히 고개를 끄덕거렸다.

"그래. 젊은 남자 같아. 서른 초반일지도 몰라. 한창 일할 나이지."

"선택지는 여러 개 있어. 첫 번째, 이대로 시체를 내버려 두고 우리는 가던 길을 가는 거야. 그리고 당신은 아내를 죽이는 거지. 두 번째, 경찰에게 달려가. 지금이라면 살인을 저지른 것도 아니니 정직하게 자수하면 분명 정상참작의 여지는 있을 거야. 이 길은 폭도 좁고 어두우니까, 아, 하지만 어째서 이런 일이 생긴 거지? 당신, 제대로 앞을 보고 운전했어? 이 남자가 걸어가는 걸 못 봤어?"

"몰랐어. 아니, 앞은 계속 보고 있었어. 머릿속으로 이런저런 생각은 했지만 분명 보행자를 못 알아볼 정도는 아니었어. 어쩌면 저 남자가 뛰어든 걸지도 몰라. 그래, 아아, 그럴 가능성이 있지. 차에 뛰어든 거야. 나는 괜히 휘말려서 사람을 친 거야."

이기적인 해석으로 들렸지만 교코도 그 가능성은 부정할 수 없었다.

"자살 혹은 사고, 확실히 그렇겠네. 가능한 일이야."

"나는 무죄야."

교코는 아오야마의 단순한 논리에 기가 막혔다.

"무죄라고 할 수는 없더라도 저 사람한테도 상당 부분 과실이 있어. 분명 경찰에 신고해도 큰 죄는 아닐 거야."

아오야마는 한참 고민했다. 이윽고 입을 열더니 "만약 내가 경찰에 자수하면."

"분명 가벼운 죄일 거야."

"아니, 그게 아니라." 그는 드물게 거친 목소리로 말했다. "만약 그러게 되면 팀에서 쫓겨나게 될까?"

그제야 비로소 아오야마가 걱정하는 문제가 무엇인지 알 수 있었다. 죄의 경중이나 과실 비율, 상대의 가족보다도 어쨌든 자기가 계속 축구를 할 수 있을지가 유일한 걱정거리인 것이다. 아오야마는 겨우 다음 시즌 계약을 눈앞에 두고 있는 상황이었다.

교코는 고민하는 아오야마를 보며 즐기고 있었다. 몸은 탄탄한데도 어린아이 같고, 겁 많고, 무지한 이 사람이 귀여웠다. 근육을 빼면 무지함밖에 남지 않는 그를 타박하며 마음껏 부리는 게 그녀에게는 최고의 쾌락이었다. 교코는 가볍게 대답했다.

"당연하지. 분명 언론은 얼씨구나 하고 당신을 취재할 거야. 2군이라고 해도 축구 선수가 인명 사고를 내면 작은 기삿거리로는 딱이지. 그리되면 당신 팀은 일단 틀림없이 계약을 파기할 거야. 아주 시원스레 뚝 끝내 버릴걸."

"역시 그럴까?"

"가능성은 높지."

"어쩌면 좋아?"

교코 안에서는 이미 답이 나와 있었다. 실제로 그 충격을 느끼고 몸이 안전벨트에 걸렸을 때부터 각오는 다진 상태였다.

"뻔하잖아. 숨겨야지. 사고가 있었다는 사실도, 시체도."

"제정신이야?" 아오야마는 결국 그런 말을 듣고야 말았다는 듯이 벌벌 떨었다.

"당신도 그렇게 생각했을 것 아냐?"

"나는."

"말해 두겠는데, 아까부터 당신 입에서 차에 치인 '저 사람'에 대해 사죄하거나 걱정하는 말은 단 한마디도 나오지 않았어. '어쩌지'와 '축구'뿐이었지."

"그건."

"'저 사람'한테도 부모가 있을 테고, 형제자매도 있을지 몰라. 어쩌면 결혼했을 가능성도 있고, 또 어린아이가 있을지도 모르지. 그런 사람의 인생을 당신의 부주의로 망쳐 버린 거야. 알겠어? 자기가 얼마나 큰일을 저질렀는지? 저 사람 부인은 분명 이제부터 익숙지도 않은 일을 해 가며 돈을 벌어야 할 테고, 아이는 영원히 아버지를 만날 수 없어."

일부러 힐난하는 말투를 썼다. 아오야마는 그제야 겨우 죄의식을 느꼈는지, 찌그러진 범퍼를 손으로 만지작거리며 고통스럽게 얼굴을 찌푸렸다. 정말 단순한 남자다. 교코는 터져 나오려는 웃음을 간신히 참았다.

"어쩌면 좋아?"

"어쩌긴 뭘, 당신은 여러 사람의 행복을 눈 깜짝할 사이에 망쳐 버린 거야."

"자, 자수하자!"

아오야마가 외쳤다. 교코는 주위에 들릴까 봐 당황했다.

"바보 같은 소리 마. 난 당신이 자기 생각만 하니까 그렇게 말한 것뿐이야."

"교코는 어쩌고 싶은데?"

"잘 생각해 봐. 당신이 자수한다고 쳐. 얻는 게 뭐야? 누가 행복해져?"

"그야, 유족이."

"유족이 뭐? 기뻐할 것 같아? 아버지가, 남편이, 차에 치여 죽었다는 걸 알면 박수갈채라도 보낼 것 같아? 당신이란 가해자를 찾아내면 증오할지는 몰라도, 고마워하지는 않을 거야."

"그럼 어쩌면 좋지?" 아오야마는 완전히 혼란에 빠졌다. "이대로 시체를 두고 달아나도, 아무도 행복해지지 않아. 그렇잖아? 누가 차로 쳤는지, 범인조차 모르는 유족들은 분노를 쏟아 낼 곳도 없어."

"사고는 났다고 쳐. 하지만 차로 친 건 당신이 아니야. 이거면 어때?"

"무슨 뜻이야?"

"당신이 자수할 필요는 없어. 대신 저 사람을 이 차에 태워 바다에 빠뜨리는 거야."

"뭐?"

"잘 들어." 교코는 못을 박았다. "우리는 당신 아내를 처치할 거야. 그렇다면 저 남자와 당신 아내가 동반 자살한 걸로 꾸며 낼 수도 있어. 그렇잖아? 두 사람을 저 빨간 차에 태워 바다에 빠뜨리는 거야. 두 사람이 불륜 관계였다고 하면 그만이잖아. 익사체는 그리 쉽게 물 밖으로 떠오르지 않으니까, 발견되었을 때는 차 사고로 죽었는지 물에 빠져 죽었는지 알 길이 없을 거야."

아오야마는 입을 떡 벌리고 있었다.

"다시 한 번 말할게. 당신 부인과 동반 자살한 것처럼 위장하는 거야."

교코는 머릿속에서 자신이 즉흥적으로 세운 계획을 몇 번 더 들어 보았다. 나쁘지 않았다.

"그, 그렇게 생각대로 잘되겠어?"

"괜찮아. 이 시체에는 어차피 차에 부딪친 자국밖에 없으니까. 그런 건 바다에 떨어질 때 생긴 상처와 분간 못 해."

"하지만 아까 교코가 그랬잖아. 그런 짓을 하면 누가 행복해지는데?"

교코는 눈을 빛냈다.

"거의 모두야. 잘 들어. 당신과 나는 뺑소니 죄에서 벗어날 수 있어. 행복하지? 그리고 저 시체의 유족도 그래. 저 사람은 무의미하게 차에 치여 죽은 게 아니라, 여자와 동반 자살한 거야. 혹시 아내가 있다면 불륜을 저지른 셈이 되지."

"사실이 아니잖아."

"아니지만 그렇게 꾸밀 거잖아. 아내 입장에서 보면 이건 배신행위지. 자기를 배신하고 다른 여자와 동반 자살한 거야. 그런 남편한테 미련이 있겠어? 없겠지? 갑작스러운 일에 놀라서 조금은 슬퍼할지도 몰라. 하지만 금세 떨쳐 낼 거야. 그렇잖아? 알지도 못하는 여자와 죽은 남자를 생각하며 언제까지고 슬퍼할 의무는 없어."

아오야마는 눈을 데굴데굴 굴리며 입을 다물고 있었다.

"어차피 죽어 버린 사람은 돌아오지 못하니까, 산 사람이 남은 인생을 조금이라도 긍정적으로 살 수 있도록 만들어 주는 게 옳지 않을까? 게다가 당신 부인 시체도 함께 처리할 수 있잖아."

"하지만 저 사람 입장은 생각 안 해? 차에 치인 걸로도 모자라 알지도 못하는 여자와 동반 자살했다는 누명까지 쓰는데."

"죽은 남자의 행복까지 고민하자면 끝도 없어."

아오야마는 반론하려 했지만 적당한 말을 찾지 못하는 눈치였다.

"우리는 행복해져야지. 이해하지?"

아오야마는 떨떠름한 표정으로 고개를 떨구었다.

"그렇게 정했으면 빨리 가자. 트렁크에 저 남자를 실어."

"트렁크에?" 아오야마가 난처한 얼굴로 물었다.

"짐은 트렁크에 싣잖아. 저 남자는 갑자기 튀어나온 '짐'이야.

당신, 전에 자랑했잖아. 이 차는 트렁크가 크다고. 딱 좋은데. 아니면 뒷좌석에 눕혀 놓으려고?"

교코는 소변을 참으며 빠르게 다그쳤다.

"가자니까!"

아오야마는 마지못해 승낙했다. 허리를 굽혀 시체와 도로 사이에 손을 넣더니 단숨에 들어 올렸다.

"술 냄새가 나."

"취해 있었나 보네."

트렁크에 시체를 넣는 것은 제법 힘든 작업이었다. 그대로는 들어가지 않았기 때문이다. 물론 교코는 돕지 않았다. 육체노동은 남자가 할 일이다.

아오야마는 일단 시체를 도로에 떨어뜨려 두 다리를 억지로 꺾으며 중얼거렸다.

"뼈가 부러져서 몸이 흐느적거려. 교코는 안 무서워?"

"뭐가?"

"시체 말이야. 아무렇지도 않은가 봐. 역시 정신과 의사라서 그런가?"

"그게 무슨 상관이야?"

교코는 쌀쌀맞게 대답했다. 시체를 보고 겁에 질리거나, 털썩 주저앉아 버리는 그런 연약한 여자는 질색이다. 피를 보고 빈혈을 일으키는 쪽은 오히려 남자들이 아닌가? 그런 의미에서 아오야마가 끌어안은 시체를 보고도 평정심을 유지하는 자신이 만족스러웠다.

아오야마는 시체의 방향을 몇 번 바꾸어 가며 트렁크에 넣었다. "미안." 트렁크 안에 대고 그렇게 말하는 게 들렸다.

"왜 사과하는 거야?"

"미, 미안해서." 아오야마는 트렁크 뚜껑을 조용히 닫으며 그렇게 말했다.

"시체한테? 바보 아냐?"

교코는 바로 조수석으로 돌아갔다. 운전석으로 돌아온 아오야마의 얼굴은 창백했다.

"시체를 만진 건 처음이야. 저런 느낌이구나."

"자신감을 가져. 프로 축구 선수는 많지만 시체를 처리한 선수는 분명 당신 한 사람뿐일 거야."

자동차는 천천히 달리고 있었다. 그런데 트렁크에서 무슨 소리가 들리는 것 같았다. 교코는 의심스러운 표정으로 눈썹을 찌푸리며 뒤를 살폈다. "무슨 소리 못 들었어?"

"소리?"

"혹시 안 죽은 것 아닐까? 차를 세우고 확인해 볼까?"

"아니, 틀림없이 죽어 있었어. 이렇게 말하면 뭐하지만, 확실하게 죽어 있었어."

아오야마는 트렁크를 열어 다시 한 번 시체를 보기가 어지간히 싫었는지, 묘하게 단호하게 대답하더니 그 말에 맞추어 핸들을 좌우로 꺾었다.

그때 아오야마가 별안간 급브레이크를 밟았다. 귀에 거슬리는 소리를 내며 차가 앞으로 기울었다가 멈췄다.

안전벨트가 몸에 파고드는 것을 느끼면서 교코는 경악했다.

"설마."

겨우 10분 전에 경험한 끔찍한 사고가 다시 반복될지도 모른다고 생각했던 것이다.

하지만 범퍼나 보닛에 물체가 부딪치는 소리나 충격은 없었다.

"무슨 일이야?"

교코는 옆자리의 아오야마를 노려보았다. 그는 사이드미러를 뚫어져라 쳐다보며 혀를 차고 있었다.

"무슨 일이냐니까?"

거듭 가시 돋친 목소리로 따지자 그제야 아오야마도 정신이 돌아온 표정으로 말했다.

"큰일 났어. 시체를 떨어뜨렸어."

교코는 그 말에 바로 반응할 수 없었다. 무슨 뜻인지 이해할 수 없었다. 아오야마가 말없이 왼손을 기어 스틱에 올리더니 황급히 후진으로 전환했다. 후진 기어가 제대로 걸리지 않았는지 클러치 페달을 몇 번이나 철컥철컥 밟아 댔다.

차가 후진했다.

뒤따라오는 자동차 불빛이 하나도 없어 추돌 위험은 없었다.

그대로 몇십 미터쯤 후진하다가 차를 세웠다.

"시체가 떨어졌어."

"무슨 소리야?"

"트렁크가 열렸어."

교코가 황급히 뒤를 돌아보자 정말 트렁크가 열려 있었다.

"어째서? 아까 제대로 안 닫았어?"

"아니, 난 닫았어. 교코도 들었잖아. 힘껏 닫는 바람에 요란한 소리가 났잖아."

"아니야. 당신, 슬그머니 닫았잖아." 사실 보지도 않았지만 교코는 반박했다.

"그냥 튀어서 떨어진 거야. 시체는 바로 저 앞에 있어."

"그럼 빨리 주워. 다른 차가 오면 일이 복잡해진단 말이야."

"이미 복잡해."

아오야마는 그렇게 말하더니 잠금장치를 열고 문밖으로 나가려다가 뒤를 돌아보았다.

"아."

"왜 그래?"

"뒤에 오는 차가 시체를 치게 하면 어떨까?"

아오야마는 눈을 빛내더니 좋은 아이디어 아니냐고 덧붙였다.

"뒤에 오는 차?"

"그래. 상행 차선이든 하행 차선이든, 아무 데나 시체를 눕혀

놓는 거야. 다른 차가 와서 치면 그다음은 그쪽 책임이잖아. 차로 치면 누가 처음 쳤는지 알 수도 없고."

아무래도 아오야마는 무슨 일이 있어도 시체를 버리고 달아나고 싶은 모양이다.

"벽에 페인트를 두 번 바르는 거랑 똑같은 원리야. 아무것도 모르는 사람이 한 번 더 쳐 주면 우리가 쳤다는 건 들키지 않을 거야."

"들켜. 전문가가 조사하면 두 번을 발랐든 세 번을 발랐든 들킨다고."

교코는 어이가 없어 짧게 대답했다. 하지만 그런 아오야마의 단순함이 부럽기도 했다.

"게다가 다음으로 올 차가 쓰러져 있는 사람을 알아보고 멈춰 서면 어쩔 거야? 그대로 신고라도 하면 더 위험해져. 모두가 당신처럼 부주의한 건 아니야."

"그럼 차가 오는 타이밍에 맞춰서 시체를 집어 던지는 건 어때? 그러면 피하지 못할 거야."

"그때까지 우리는 어디 숨어 있고? 불가능해. 부자연스러워. 당신, 그 모양이니까 지시를 못 내리는 수비수란 소리를 듣는 거야."

"그럼 어쩌란 거야?" 아오야마가 입을 비죽였다.

교코는 숨을 깊이 들이마시고 단숨에 말했다.

"지금 당장 밖에 나가서 시체를 둘러메고 트렁크에 다시 넣어. 이번에는 완벽하게 트렁크를 닫고, 그런 다음 운전석으로 돌아와서 나한테 '많이 기다렸지?' 하고 고개를 숙인 후에 차를 출발시키는 거야. 당신이 해야 할 일은 그거야."

반론할 말이 떠오르지 않아 입을 꾹 다물고 있는 아오야마의 얼굴이 귀여웠다. 그는 결국 아무런 대꾸도 하지 못하고 문을 열고 밖으로 나갔다.

교코는 조수석에서 내리지 않았다. 자세를 바꾸어 사이드미러를 보았다. 어두웠지만 아오야마의 탄탄한 몸이 어렴풋이 보였다. 아스팔트에 몸을 숙여 시체를 번쩍 들어 올리더니 잠시 후 트렁크에 집어넣는 소리가 들렸다. 차체가 흔들렸다. 트렁크가 닫히는 소리가 났다.

"이번에는 제대로 닫았어?"

"아까도 제대로 닫았어. 그나저나 얼음장 같던데. 사람이 죽으면 다 저렇게 되나?"

"그렇게 쉽게 차가워질 리 없잖아." 교코는 아오야마의 무지함을 비웃었다.

한참 고민하던 아오야마가 갑자기 시동을 걸더니 차를 몰았다.

뒤에서 다가오는 차의 불빛이 보였다. 간발의 차이였다. 교코는 가슴을 쓸어내렸다. 조금만 늦었다면 저 차의 운전자가 시체를 보았을지도 모른다.

분명히 닫았던 트렁크에서 시체가 굴러떨어지는 해프닝도 두 번씩이나 이어지자 아무래도 이상했다.

두 번째는 20분 정도 더 갔을 때였다. 완전히 똑같은 장면을 되풀이하는 것 같았다. 급브레이크, 타이어 소리, 앞으로 쏠리는 차체, 몸에 파고드는 안전벨트, 똑같은 순서로 똑같은 일이 되풀이되었다.

사이드미러를 보았다. 몇십 미터 뒤에 시체가 떨어져 있었다.

교코는 한 소리 해 주려고 운전석을 돌아보았다. 아오야마는 복잡한 표정을 짓고 있었다. 얼굴이 창백했지만 겁을 먹었다기보다 고통스럽게 일그러진 표정이었다. 페널티 구역 안에서 상대 선수를 쓰러뜨린 표정이다. 핸들에 이마를 묻고 있었다.

교코는 바로 뒤를 돌아보고 트렁크가 또 열려 있는 것을 확인했다.

"망가진 것 아니야?"

아오야마는 대답도 하지 않고 액셀을 거칠게 밟아 차를 후진시켰다. 급정지하더니 바로 문을 열고 밖으로 나갔다.

트렁크에 시체를 넣는 소리가 나고, 차체가 흔들렸다. 아오야마가 운전석으로 돌아왔다.

"어떻게 된 거야?"

"아무래도 또 시체가 튕겨 나간 것 같아."

"분명 트렁크가 망가진 거야. 살펴봐."

"트렁크는 멀쩡해."

"그럼 왜 두 번이나 튕겨 나간 거야?"

아오야마가 핸들을 불끈 움켜쥐었다. 초조해하는 기색이 역력했다. 아내를 죽이러 가는 것만으로도 신경이 곤두섰을 텐데, 알지도 못하는 청년을 차로 치어 죽이고, 그 시체를 아무리 숨겨도 밖으로 튀어나오니 분명 패닉을 일으켜도 이상하지 않을 상황이었다.

"그러고 보니 뒤에서 오는 차 없었어? 아까 불빛이 보였는데. 시체가 떨어지는 걸 혹시 보지 않았을까?"

아오야마는 그 말에는 대답하지 않았다. 그 대신 한참 후에 결국 이런 소리를 했다.

"혹시 시체가 제 발로 뛰쳐나간 것 아닐까?"

"내가 그런 이야기 질색하는 건 알지?"

사이드미러를 흘깃 보니 또 뒤에서 다가오는 자동차 불빛이 보였다. 아무리 봐도 어디서 불쑥 튀어나온 불빛 같았다.

"뒤에서 차가 와."

아오야마가 말없이 고개를 끄덕였다. 룸미러와 전방을 주의 깊게 번갈아 바라보고 있다. 그때 반대편 차선에서도 트럭 한 대가 다가와 그대로 지나갔다.

"아." 아오야마가 별안간 외마디 소리를 질렀다.

"왜 그래?" 이 마당에 대체 무슨 일인가 싶어 물어보았다.

"아니, 지금 불빛에 비쳐 뒤쪽 차 운전자가 보였는데."

아오야마는 난처한 기색으로 뺨을 긁적였다.

"아는 사람이었어?"

"아니, 전혀. 다만 모자를 눌러쓰고 있는 게 보였어. 빨간 모자. 교코는 혹시 몰라?"

그러더니 아오야마는 브라질 대표 미드필더 선수의 이름을 말했다.

"그 빨간 모자, 그 선수의 트레이드 마크였거든. 한때 너무 유행해서 손에 넣기 힘들었는데."

맞은편에서 트럭 한 대가 또 지나갔다. 교코도 뒤를 돌아보았다. "아, 나도 봤어, 빨간 모자. 챙을 꺾어 썼네."

"저렇게 쓰는 게 유행이었거든. 빨간 모자를 꺾어서 깊숙이 쓰는 거지."

"그게 왜?" 교코는 뒤쪽 차량의 운전자가 무슨 색 모자를 쓰든 무슨 상관인가 싶어 화가 났다. "그나저나 저 운전자, 얼굴이 창백하던데. 유령 같아서 기분 나빠."

"유령한테 그 모자는 아까운데." 아오야마가 중얼거렸다.

실업자에게 공원 벤치는 어쩌면 이토록 잘 어울릴까? 도요다
는 생각했다. 게다가 우체국 강도 짓도 제대로 못 해낸 남자에게는 더더욱 그렇다.

공원에는 사람이 별로 없었다. 몇 시간 전에 프리스비를 던지며 놀던 아이들의 모습도 없다. 바닥을 훑고 지나가는 차가운

바람에 낙엽이 한들한들 춤추었다.

도요다는 반쯤 넋이 나가 있었다. 벤치에 걸터앉은 채로 몇 번이나 한숨을 토해 냈다.

우체국에서 뛰쳐나온 직후에는 가슴이 벅찼다. 긴장과 공포, 소소한 성취감으로 숨을 헐떡이며 늙은 개에게 "해냈어, 해냈다고!" 하고 자랑할 정도였다.

그랬는데 겨우 10분 만에 '우울'이 찾아왔다. 스멀스멀 물감이 번지듯 찾아왔다. 자신이 저지른 죄가 후회스러웠다. 개 목걸이에 연결된 줄을 쥔 손이 떨렸다. 그대로 권총을 들고 경찰에 출두해야 한다는 생각에 가만히 있을 수가 없었다.

또 30분이 지나자 이번에는 경찰은 아무래도 좋다는 생각이 들었다. 혼자서 권총을 쥐고 과감하게 우체국에 들어간 자신이 자랑스러웠다. 아무나, 특히 고용 센터 담당자에게 보고하고 싶은 기분이 솟구치면서 나도 하면 된다고 외치고 싶을 정도였다.

조울 상태가 반복되어 고양된 감정과 극도의 불안감을 번갈아 느낀 도요다는 초조한 마음으로 벤치에 앉아 있었다.

그건 대체 무엇이었을까? 발밑에서 몸을 웅크리고 있는 늙은 개를 바라보며 도요다는 생각했다. 우체국에 쳐들어가 권총을 들이댄 것까지는 좋았는데, 우체국 직원들이 홀연히 달아나 버렸다. 직장을 포기한 것이다. 그 직원들의 얼빠진 모습은 기묘할 정도였다. 환상적이었다고 해도 좋다. 그게 정말 현실이었는지 의심스러울 정도였다.

도요다가 손을 들라고 외친 순간, 파도가 한꺼번에 빠져나가 듯 직원들이 일제히 달아났다. 그런 일이 있을 수 있을까? 한 명도 아니고, 세 명이 한꺼번에 달아난 것이다. 그 무책임하고 비겁한 태도로 보건대 차라리 도요다를 고용하는 게 우체국에는 훨씬 도움이 될 것 같았다.

그때 순찰차 소리가 들렸다. 몇 대의 순찰차가 사이렌을 울리며 거리를 빠져나갔다. 어둡게 물든 경치에 붉은 사이렌 불빛이 회전하고 있었다.

그가 저지른 강도 사건, 그것도 한참 어설픈 강도 사건 때문에 순찰차가 출동했을 것 같지는 않았다. 다른 사건이라도 터졌는지 모른다. 순찰차는 우체국과는 다른 방향으로 향하는 것 같았다.

나는 우체국 하나 제대로 못 터나?

삼백만 엔이나 되는 돈뭉치를 두고 온 자신이 한심했다. 가슴속의 먹구름이 뭉게뭉게 퍼져 나가더니 대번에 마음이 불안해졌다.

실업으로 인한 우울이 도요다의 몸속에 가득 차올랐다. 다시 한숨이 나왔다. 눅눅한 한숨에 자신의 무능력함을 한층 더 실감했다. 토해 낸 숨이 바닥에 쌓인다면 도요다의 몸은 벌써 파묻혔을 것이다. 질식사다.

"아저씨, 아저씨."

누가 그를 불렀다. 눈앞에 남자가 서 있었다. 처음에는 어두워서 잘 몰랐지만 자세히 보니 십 대 청년이었다. 키는 도요다보다 컸고 얼굴에 잔뜩 난 여드름이 눈에 띄었다.

"돈 좀 빌려줘." 상대는 당연하다는 듯이 말했다.

이거 혹시 청소년들이 반쯤 장난삼아 중년 회사원을 노린다는 소위 '사냥'이 아닌가? 바로 감을 잡았다.

뒤쪽에 인기척이 나서 돌아보니 다른 청년 두 명이 실실 웃으며 다가왔다. 한 명은 금발에 껌을 쩍쩍 씹고 있고, 검은 야구 모자를 쓴 다른 한 명은 바닥에 침을 퉤 뱉었다. 도요다는 반사적으로 발밑의 늙은 개를 내려다보았다. 개는 무슨 일이 일어났는지도 모르고 마냥 앉아 있었다.

"아저씨, 돈 있지?" 여드름 청년이 말했다.

"일본을 지탱하는 회사원이니까." 모자를 쓴 남자가 다가왔다.

청년들에게 위협당하고 있다는 사실보다 그 말에 더 상처를 입었다. 실업자라는 불안감에 가슴이 아렸다.

아니, 지금의 나는 다르다. 도요다는 등 뒤에 찔러 넣어 둔 '그것'을 떠올렸다. 그의 손에는 지금 말 그대로 '무기'가 있지 않은가?

"미, 미안하게 됐군. 난 회사원이 아니야!"

의식보다 한발 앞서 그런 소리를 하고 있었다. 두 손을 뒤로 돌려 허리띠에 끼워 둔 권총을 움켜쥐고 그대로 모자 쓴 남자에게 겨냥했다. 노동도 하지 않고 공갈로 쉽게 돈을 벌려는 청년이 실업자의 고통을 알쏘냐! 분노가 치밀어 냉정한 판단력을 잃었다.

청년들이 그 순간 얼어붙었다.

도요다는 떨리는 오른손으로 권총을 들어 눈앞에 선 남자의 코끝을 겨누었다. 머리에 피가 쏠렸다. 늙은 개는 세 청년들에게 에워싸여 있는 도요다를 발밑에서 올려다보고 있었다. 도요다의 얼굴을 보았다가, 총구를 보았다가, 야구 모자를 쓴 청년을 흘긋 보더니 코를 높이 치켜들었다.

"실업자를 우습게 보지 마!" 도요다는 그렇게 외쳤다.

청년들은 처음에는 겁을 집어먹었다. 당황한 기색으로 뒷걸음질을 쳤다. 하지만 그러다가 도요다의 '실업자'라는 말이 신호라도 된 것처럼 갑자기 움직였다. 실업자라면 무서워할 필요가 없다고 안심하기라도 한 것 같았다.

여드름 남자가 등 뒤로 돌아와서 도요다의 상체를 옭아맸다.

뒤에서 단단히 붙들린 사이에 야구 모자를 쓴 남자가 도요다의 오른손을 붙잡았다. 손이 이상한 각도로 꺾였다.

"아!"

정신을 차렸을 때는 이미 권총을 빼앗긴 뒤였다.

눈 깜짝할 사이에 형세가 뒤바뀌었다.

껌을 씹던 금발 청년이 냅다 도요다의 배를 후려쳤다. 아파서 몸을 뒤틀었다.

"아저씨가 왜 이런 걸 갖고 있어?"

권총을 빼앗은 야구 모자 청년이 흥분했는지 일그러진 얼굴로 웃었다. 여드름 청년이 뒤에서 떨어졌다.

구속에서 풀려났지만 그대로 균형을 잃고 뒤로 쓰러졌다.

세 청년이 킬킬거리며 도요다를 에워쌌다. 한 명이 도요다에게 권총을 겨누고 있었다.

"아저씨, 아저씨, 돈 내놔."

총구를 들이댄 남자가 침을 꼴깍 삼키고 그렇게 말했다.

옆에 선 여드름이 또 낄낄거렸다. "왜 이런 걸 갖고 있어? 우리가 접수할게."

"자, 잠깐만, 기다려!" 도요다는 왼손을 앞으로 뻗었다.

"쏴 보고 싶은데."

야구 모자를 쓴 남자가 말했다. 그것은 도요다에 대한 위협이라기보다 일그러진 욕망에 흥분한 혼잣말 같았다. "쏴, 쏴 버려." 무책임하고 차가운 목소리가 들렸다. 껌을 씹던 남자가 부추긴 것이다.

그, 그만둬. 도요다는 바닥에 주저앉은 채로 뒤로 엉금엉금 물러났다. 한심하게도 떨고 있었다.

실업자인 채로 총을 맞아 죽는다고 생각하니 끔찍했다. 껌을 씹으면서 심심풀이로 쏜 총에 맞아 죽기는 무서웠다.

그리고 그때, 예상치 못한 일이 벌어졌다.

곁에 있던 늙은 개가 갑자기 으르렁거리더니 권총을 든 야구 모자의 발목을 물어뜯은 것이다.

갑작스러운 일에 모두 꼼짝도 못 했다.

발목을 물린 청년이 비명을 질렀다. "이 새끼가!" 개에게 물린 다리를 흔들었지만 개는 놓으려 하지 않았다. 다른 두 사람이 늙은 개를 걷어차려 했지만 그것도 빗나갔다. 도요다는 어안이 벙벙한 채로 다리를 물어뜯고 있는 늙은 개를 보았다. 머리를 얻어맞은 기분이었다. 저 늙은 개가 나를 지켜 주고 있는 건가?

나이도 많고, 체격 차이만 봐도 승산이 없는데도 덤벼들었다. 임시 주인에 대한 충성심인지, 무리 지어 살던 예로부터 몸에 밴 암묵의 규칙인지, 단순히 늙은 개 특유의 치매 증상인지, 어쨌든 늙은 개는 과감하게 적을 물어뜯었다.

용맹무쌍. 그 말이 머릿속에 떠오르면서, 동시에 도요다는 한심한 제 모습이 부끄러웠다. 자신을 야단치는 목소리가 들렸다.

늙은 개가 적에게 맞서고 있는데 너는 고작 주저앉아서 벌벌 떨고 있는 게냐. 도요다는 스스로를 고무했다. 떨리는 다리를 손으로 힘차게 움켜쥐었다. 이 쓸모없는 놈! 자신의 고함 소리가 들렸다. 황급히 일어서려 했다. 이대로는 늙은 개에게 패배자라고 비난받아도 변명할 말조차 없지 않은가?

주저하는 사이에 개가 고통스럽게 짖는 소리가 들렸다.

야구 모자를 쓴 남자가 다리를 물어뜯던 개를 떼어 낸 것이다.

그다음은 순식간이었다. 프레임 수를 줄인 영화를 보는 것 같았다. 껌을 씹던 남자가 늙은 개를 뒤에서 끌어안았다. "빨리 쏴버려. 이 개부터 쏴!"

개는 별로 저항하지 않았다. 각오를 한 건지, 체력이 떨어졌을 뿐인지, 붙잡힌 채로 자기를 겨냥하는 총구를 바라보고 있다.

도요다는 허겁지겁 일어섰다. 모래에 미끄러지는 발을 힘껏 디디며 흉한 꼴로 일어서려 했다.

저 개가 아이들의 호기심 때문에 죽어도 되는 걸까? 도요다의 머릿속에 질문이 메아리쳤다. 그럴 수는 없다. 하지만 몸이 움직이지 않았다. 공포가 다리를 휘감아 한 발자국도 내딛을 수 없었다.

"어이, 빨리 개를 내려놔. 쏠 거야." 야구 모자를 쓴 남자가 말했다.

개를 끌어안고 있던 금발이 지시를 따랐다. 바닥에 풀려 난 개는 그 자리에 웅크려 앉았다.

좋아, 청년이 말했다. 장소야 어쨌든, 오락실에 있다고 착각하는 것이다.

도요다는 일어섰다. 달아나! 그렇게 외쳤다. 아니, 도요다는 외쳤다고 생각했지만 실제로 목소리가 나왔는지는 의심스러웠다.

총구는 개를 똑바로 향하고 있었다.

"달아나!" 도요다는 이번에야말로 확실하게 외쳤다.

늙은 개는 움직이지 않았다. 오히려 태평한 얼굴로 총구를 바라보았다. 저 정신 나간 개가! 도요다는 절망적인 기분이었다.

다른 두 청년은 총탄이 빗나가 자기들이 맞을까 봐 두려웠는지 몇 걸음 뒤로 물러나 있었다.

방아쇠를 당기는 움직임이 보였다. 철컥, 소리가 났다.

우려했던 총소리는 나지 않았다. 어리둥절하게 바라보던 도요다는 깨달았다. 총알이 없었던 것이다. 딱 한 발 장전해 두었던 총알은 우체국에서 쏴 버렸다. 까맣게 잊고 있었다.

야구 모자를 쓴 남자는 총알이 없는 줄도 모르고 고개를 갸웃거렸다.

늙은 개만 혼자 차분하게 앉은 채로 도요다의 얼굴을 보았다.

그럴 줄 알았다는 듯이, 처음부터 총알이 없는 줄 알고 있었다는 표정이었다.

그제야 몸이 움직였다. 늦었지만 때를 놓친 건 아니었다.

야구 모자를 쓴 청년에게 달려들었다. 권총을 쥔 채로 멀뚱히 서 있던 남자에게 옆에서 몸을 날렸다.

총알이 나오지 않는 권총을 어리둥절하게 바라보던 남자가 그대로 쓰러졌다. 도요다는 그 위에 올라타서 밑에 깔린 청년의 얼굴을 두들겨 팼다. 바닥에 쓰러진 남자는 몸을 뒤틀며 저항했지만 아랑곳하지 않고 주먹을 내리꽂았다. 뺨인지 턱인지 몰라도 어쨌든 마구 팼다. 한참이 지난 후에야 주먹이 아프다는 걸 깨달았다.

"무슨 짓이야, 이 아저씨가!"

다른 두 사람은 무슨 일이 벌어졌는지 이해하지 못한 듯 한동안 멍청히 서 있다가, 친구를 두들겨 패는 도요다를 보고 허둥지둥 달려왔다.

도요다의 움직임은 잽쌌다. 바닥에 굴러다니는 권총을 움켜쥐고 양복 주머니에 손을 찔러 넣어 총알 두 개를 꺼냈다. 손놀림은 어설펐지만 필사적으로 총알을 장전했다. 떨리는 손에 힘을 주었다.

권총을 들었다. 성공이다. 간신히 늦지 않았다.

당장이라도 덤벼들려는 여드름 청년에게 총구를 겨누었다.

"쏘, 쏠 테다!"

겨우 말했다. 효과는 있었다. 여드름 청년과 금발 청년 두 사람은 얼굴을 마주 보고 겁에 질린 눈으로 서로 고갯짓을 주고받더니 그대로 등을 돌려 달아났다.

도요다 밑에 깔려 있는 야구 모자 청년만 남았다. 주먹에 맞아 얼굴이 벌겋게 부어올랐지만 반성하는 기색도 없다. 움츠러든 기색도 없이, 그저 불만스럽게 도요다를 올려다보고 있었다.

청년의 육체는 불만으로 똘똘 뭉쳐있는 것 같았다.

도요다는 권총을 들고 일어섰다.

"아저씨, 무슨 짓을 했는지 알고 있는 거야? 잘도 때렸겠다?"

청년은 모래 바닥에 손을 짚고 일어나려고 버둥거리면서 반성하는 기색도 없이 그렇게 말했다.

도요다는 어깨를 들썩거리며 거친 숨을 몰아쉬었다. 늙은 개가 발밑에 다가와 털썩 앉았다.

"바보 아냐? 그런 장난감이나 갖고. 아저씨 주제에."

청년이 떨어진 모자를 주워 모래를 털면서 상체를 일으켰다.

도요다는 권총을 청년에게 겨누었다. 이제 될 대로 되라지. 한심한 내 인생을 극적으로 바꾸려면 다소 거친 흉내라도 내야 할지 모른다. 그렇게 생각하며 권총을 겨누었다.

"쏘지도 못할 거면서. 바보 아냐? 정리 해고 양반."

청년이 이가 다 빠진 입을 벌리며 말했다.

그 말이 끝났을 때, 도요다는 이미 방아쇠를 당기고 있었다. 짧은 총성이 울려 퍼졌다. 자기가 쏴 놓고도 놀랐다. 청년의 비명 소리가 들렸다. 그 오른쪽 허벅지에 총알이 박혔다. 청년은 의미를 갖지 않는 신음 소리를 흘렸다.

도요다는 놀라서 권총을 바라보았다. 청년이 신음하고 있다. 도요다는 침을 삼켰다.

"쏴 버렸다."

어쩌지, 어쩌지. 비명을 질러 대는 청년의 목소리도 귀에 들어오지 않았다.

그 자리를 뜨려고 걸음을 내딛던 도요다는 개를 보고 흠칫 놀랐다.

늙은 개는 저녁 해가 지는 방향을 바라보고 있었다. 고개를 들고 태연히 저물어 가는 해를 보고 있었다.

걸음이 멎었다. 개의 옆모습을 본 순간, 가슴속에 웅어리진 불안이 단숨에 가벼워졌다. 초조와 공포, 불안과 후회로 자욱했던 머릿속이 순식간에 갰다. 청년의 비명 소리도 멀리 사라졌다.

개의 모습에 시선을 빼앗겼다.

늙고 지저분한 개는 모든 것을 받아들인 듯한 초연한 표정을 짓고 있었다.

학창 시절에 읽었던 소설의 한 구절이 머릿속에 되살아났다. 주인공이 백치 여성에게 하는 말이었다. '두려워하지 마. 그리고 내 곁에서 떠나지 마.'

눈앞의 늙은 개는 말은 할 줄 몰라도 도요다에게 그와 똑같은 말을 하고 있는 것처럼 보였다. 직장에서 쫓겨났다고 불안해하며 한심할 정도로 어쩔 줄 몰라 하는 그에 비해 이 개는 얼마나 당당한가?

권총을 무서워하지도 않고, 살아가는 것도 두려워하지 않으며, 늙은 개는 과감하고도 차분한 태도를 관철했다.

개의 머리를 꼭 끌어안았다. "넌 훌륭해."

이 영감이 무슨 소리를 하는 거람. 늙은 개는 마치 그렇게 말하는 것 같았다.

4

어디선가 총소리가 난 것 같았다. 구로사와는 선 채로 창문을 바라보았다. 자동차 배기음 같기도 했다.

"왜 그래?" 사사오카가 물었다.

"아니." 구로사와는 말을 흐렸다. 자동차 소리라니, 10여 년 만에 재회한 친구와 할 얘기는 아니다.

사사오카가 동요하는 기색이 눈에 보였다. 설마 집에 동창생이 있을 줄은 예상도 못 했으리라. 구로사와는 애써 웃음을 참았다. 도둑질을 오래 하다 보니 이런 일도 다 있군. 유쾌했다.

두 사람은 직사각형의 거실 테이블을 사이에 두고 마주 서 있었다.

"앉아도 될까?" 구로사와가 뒤쪽 소파를 가리켰다.

"어, 그래." 사사오카가 고개를 끄덕였다.

구로사와는 소파에 걸터앉아 웃으며 물어보았다.

"자네는 안 앉아?" 상대의 동작은 하나부터 열까지 뻣뻣했다.

"얼마 만이지?"

사사오카의 물음에 구로사와는 바로 대답했다.

"졸업식 때 이후로 처음이지? 정확히 말하면 그 전날인가. 자
넨 졸업식에 오지 않았으니까."

"자네가 큐브릭이 영화에 나왔다고 해서 그래."

"큐브릭도 결국 죽었고."

그 뉴스를 들었을 때 네 생각이 났다는 말은 하지 않았다.

"요즘은 영화도 안 봐. 그렇군, 요즘 큐브릭은 그렇게 실력이
죽었어?"

구로사와는 어리둥절한 표정으로 말했다.

"어이, 어이. '죽었다'는 건 비유가 아니라 정말로 죽었다는 말
이야."

"거짓말이지?"

구로사와는 상대의 표정이 진지한 것을 알고 깜짝 놀랐다.

"뉴스도 안 봐? 벌써 몇 년 전 일인데."

"일이 바빠서 그런 소식엔 관심도 없었어."

"인생이 그래도 괜찮은 거야?" 구로사와가 진지한 얼굴로 물
었다.

사사오카가 피식 쓴웃음을 흘리며 말했다.

"그러고 보니 학창 시절에도 자주 그런 소리를 했지. 그나저나 스탠리 큐브릭이 죽었다는 게 진짜야?"

"큐브릭 본인이 거짓말을 하는 걸지도 모르지만."

"죽었다고 거짓말을?"

"21세기가 되면 어떻게 될지 상상해 보고 지긋지긋해진 것 아닐까? 어디에 숨더라도 언론이 그를 찾아냈을 테니까. '2001년이 되었는데 감회가 어떠십니까?' 분명 그렇게 두루뭉술하고 시시한 인터뷰가 쇄도했을 거야. 그게 싫어서 죽었다고 위장한 거지."

"정말이야?"

"내 상상이야."

"그 사람 영화는 지금 봐도 분명 손색이 없을 거야."

"큐브릭 영화는 분명 21세기인 지금 봐도 틀림없이 지루할 거야."

"그는 '지루함은 가장 큰 죄'라고 했었대." 사사오카가 웃었다.

그 말을 들은 구로사와도 씨익 웃었다.

"자기 영화는 보지도 않았나 보네. 그나저나 이런 부탁은 뻔뻔할지도 모르지만 모처럼 만났으니 마실 것 좀 주지 않겠어? 술까지 바라지는 않을게, 뭐든 마실 거나 좀."

구로사와는 소파에 앉은 채로 상대를 향해 두 손바닥을 펼쳐 보였다.

"아아, 그러네, 참."

사사오카가 갑자기 지친 표정으로 말하더니 일어섰다. 구로사와는 그 모습을 가만히 바라보았다. 오랜만에 다시 만난 학창 시절의 친구는 변함없이 성실한 구석이 보였다. 융통성이라고는 눈곱만큼도 없다. 악다문 입에서 웃음이 새어 나올 것만 같았다.

"지금 무슨 일을 해?"

사사오카는 거실 복판에서 방황하며 대꾸했다.

"화상이라는 직업 알아?"

"그림 파는 사람 말이야?"

"그래, 그 비슷해."

"드라마에 종종 나오는 걸 봤어. 서스펜스 드라마에. 해외 유명 화가의 그림을 팔아 치우던데 대개 악랄하게 생겼지."

사사오카는 웃으며 대꾸했다.

"내가 일하던 화랑은 굉장히 큰 곳이었어. 일본 최고라고 해도 될 만한 규모야. 맞아, 그래, 확실히 모두 악랄하게 생겼어."

구로사와는 사사오카가 대학교를 졸업하고 취직한 회사를 기억하고 있었다. 초일류 기업은 아니었지만 나름대로 유명한 1부 상장 기업이었다. 방금 전까지도 사사오카는 그 회사에 다니고 있을 줄 알았다.

어떤 경위로 미술계에서 일하게 되었는지 모르겠지만 굳이 물어볼 필요도 없어 보였다. 도둑질을 하지 않고 평범하게 살다 보면 전환점이나 기로는 얼마든지 굴러다닐지도 모른다.

"화랑이라니, 센다이에서 일하는 거야?"

"아니, 도쿄야. 화랑이라는 건 왠지 모르게 긴자로 몰리거든."

구로사와는 진지한 얼굴로 대꾸했다.

"도시는 사람을 망쳐. 그런데 어째서 센다이에 살고 있는 거야?"

"아내가 이쪽에서 일해. 그래서 잠시 이쪽에 있는 거야."

"여긴 아내가 소유한 아파트란 소리야?"

구로사와가 묻자 사사오카는 멋쩍은 듯 말을 흐리며 고개를 숙였다. 그리고 화제를 바꾸려는 듯 질문을 던졌다.

"구로사와는 정말 도둑이야?"

"그보다 마실 걸 빨리 주면 좋겠는데, 주인장." 구로사와는 장난스레 말했다. "난 자네하고 달라서. 인생의 정도에서 벗어나고 말았어."

"인생에 과연 정도 같은 게 있을까?"

"있고말고."

"어쩌다 도둑이 된 거야?"

"글쎄."

"자네가 졸업 직전에 했던 말이 생각났어." 사사오카는 높은 목소리로 말했다. "'독창적인 인생은 불가능해.' 나한테 그렇게 말했어."

"그랬던가?"

"세상에는 길이 넘쳐 난다는 말도 했지. 그랬어. 인생이라는 길에는 표지나 지도가 가득하다고. 길에서 벗어나기 위한 길까지 있다. 숲에 들어가도 표지판은 있다. 자아 발견을 위해 여행을 떠날 때는 그걸 위한 책도 있고, 부랑자가 되기 위한 길도 준비되어 있다."

"내가 그렇게 거만한 소리를 했다고?" 구로사와는 머리를 긁적였다.

"그 말에 감명을 받고 취직했던 기억이 나. 그때 나는 평범한 기업에 취직하는 데 의문을 갖고 있었거든. '이런 인생을 살아도 되는 걸까?' 그랬는데 자네 말을 듣고 마음이 편해졌어. 결국 어딜 가도 마찬가지라고 생각하니 마음이 가벼워지더군."

"지금의 나도 한마디 충고해 줄 수 있어."

"뭔데?"

"넋두리는 그만하고 냉큼 마실 거나 내와."

사사오카는 그 말을 듣더니 껄껄 웃었다. 웃는 방법을 겨우 기억해 낸 듯한 태도였다. 사사오카의 행동은 이상했다. 좌우를 살피면서 걸음을 내딛기를 주저하고 있었다. 오른쪽으로 가려다가 금방 멈춰 서더니 왼쪽으로 방향을 틀었다.

구로사와는 집게손가락을 세웠다.

"잠깐. 좀 이상한데. 사사오카, 일을 너무 많이 해서 기억장애라도 걸린 것 아니야?"

"기억장애?" 사사오카는 불안한 표정으로 멀뚱히 서 있었다.

"기억이라는 건 측두엽이니 해마니 하는 뇌에 기록되어 있어.

기록하고, 보존하고, 읽어 내지. 자네는 일을 너무 많이 해서 평범한 기억을 꺼내는 데 실패하고 있어."

"무슨 뜻이야?"

"자네, 집 구조를 잊어버렸지?"

사사오카는 난처한 기색을 감출 생각도 않고 소년처럼 얼굴을 붉혔다.

"그, 그게 무슨."

"음료수를 가져오려 해도 주방이 어디 있는지도 몰라, 소파에 어떻게 앉아야 하는지도 몰라, 자기 집이라면서 왜 그렇게 안절부절못하는 거야?"

"집안일은 늘 아내가 하니까." 그는 기어들어 가는 목소리로 대답했다.

"결혼은 언제 했어?"

"5년 전."

"어차피 원만하지 않았겠지?"

사사오카는 또 놀란 표정으로 물었다.

"대단하네. 어떻게 알았어?"

구로사와는 미안한 듯 손을 들었다.

"찍었어. 이건 누구한테 말해도 대부분 잘 맞거든."

"아내하고는 어느 시상식 파티에서 다른 화상의 소개로 만났어."

"젊은 여자겠지? 자네처럼 성실한 남자는 하루하루 살아가는 것만 해도 벅찰 테니, 조금만 젊은 여자를 보면 감동해 버리거든. 탄광에서 갓 나온 남자가 햇빛에 넋을 잃는 것처럼."

사사오카는 자조 어린 얼굴로 웃었다.

"자네는 도쿄, 부인은 센다이에서 일한다는 걸 보니 별거라도 하는 모양이네."

사사오카는 고개를 저었다.

"그런 건 아니야. 나는 일 때문에 여기저기 출장을 다녀서 원래 집을 자주 비웠어. 아내는 아내대로 직업이 있고, 서로 자립해서 사는 거지."

"그게 부부 맞아?"

"내 정의로는."

"내 앞에서 '정의'라는 말은 두 번 다시 쓰지 마."

구로사와는 말했다. 둘이서 껄껄 웃었다. 그것은 학창 시절 구로사와의 입버릇이었기 때문이다.

구로사와는 새삼 사사오카의 모습을 관찰했다.

"그래서 자네 부인은 오늘 집에 안 돌아와? 내가 여기 있어도 문제없어?"

"자네는 내 친구야. 도둑이 아니라. 게다가 아내는 여기에는 안 와."

우물우물 설명하는 친구의 모습을 바라보고 있노라니 그리움이 밀려왔다. 몇 년이 지나도 사람의 본질은 바뀌지 않는다. 사사오카는 예나 지금이나 거짓말이 서툴다.

"자네 인생은 어때? 정말 도둑질로 먹고사는 거야?"

"그래. 도둑질로 먹고살고 있어. 그것 말고는 제대로 일해 본 적이 없어."

"만족해?"

구로사와는 인생의 만족도가 문제라고 말하던 노부부 강도를 떠올리며 어깨를 움츠렸다.

"변변한 인생은 아니지. 남의 집에 들어가서 방을 뒤지고, 돈을 훔쳐. 제 손으로는 돈 한 푼 벌지 않으면서 남의 소중한 돈을 앗아 가지. 저질이야."

사사오카는 잠자코 있었다. 무슨 말을 해야 할지 고민하는 건지도 모른다.

"나는 옛날부터 도망만 다녔어. 게다가 이제 저항도 그만뒀어." 구로사와는 웃으며 말했다.

"저항?"

"인생에는 저항하지 않기로 했어. 세상에는 커다란 물줄기가 있어서, 그걸 거슬러 봤자 결국엔 휩쓸려 가거든. 거대한 힘에 의해 살아간다는 걸 받아들이면 아무것도 두렵지 않아. 도망칠 필요도 없지. 우리는 자기 의지와 선택으로 살아가고 있다고 생각하지만 실제로는 '누군가의 뜻에 의해 살아 있는' 거야. 그렇 잖아?"

"그건 자네가 학창 시절에 싫어했던 '종교' 아니야?"

"아니야. 인생은 길이 아니라고 생각하기로 했을 뿐이야."

"길이 아니다?"

구로사와는 어깨를 으쓱했다.

"바다야. 길도, 표지판도 없는 망망대해야. 우리는 거기서 커다란 물고기에 올라타 커다란 흐름에 몸을 맡기고 있는 거지."

"물고기가 우리를 살려 주는 거야?"

"물고기나 바다가."

"이상한 종교네."

구로사와는 웃었다.

"종교니 오컬트니, 껍질뿐인 그런 요상한 현상은 아무래도 거북해. 요즘도 그거 있잖아? 살인 사건을 해결했다는 녀석을 숭배하는 집단."

"그건 또 뭐야?" 시치미를 떼는 눈치는 아니었다.

"자네 정말 세상과 담을 쌓고 사는군. 몇 년 전에 센다이에서 발생한 살인 사건을 해결한 일반인이 있어."

"센다이에서?"

"그래. 그런데 그걸 셜록 홈스라고 하면 좀 그렇지만, 그런 소설 속 인물에 투영해서 필요 이상으로 숭배하는 놈들이 집회를 열고 있어."

"지금도?"

"응, 지금도 그래. 어엿한 신흥종교지. '명탐정 만세!'야."

"그건 큰일이네." 사사오카가 곰곰이 생각하다가 말했다.

"왜?"

"명탐정은 사건을 끝없이 해결해야 하잖아."

"맞는 말이네."

구로사와는 고개를 끄덕였다.

"내가 하고 싶은 말은 종교와는 전혀 다른 이야기야. 좀 더 단순한 문제지. 알겠어? 우리 인간은 원래 아메바나 단세포생물이었잖아? 그랬는데 까마득한 세월을 거쳐 서서히 진화했어."

"큐브릭 영화에 나왔던 모노리스가 생각나는군."

"우리는 바야흐로 이토록 복잡한 생물로 진화했어. 감정을 갖고 기억을 조작하지. 거짓말을 하고, 남을 제치고, 명예를 갈구해. 재즈도 연주하고."

"그게 어쨌다는 거야?"

"그것만으로도 충분히 대단하지 않아? 종교를 들먹이기 전에 살아 있다는 것 자체에 감탄의 박수를 치면 돼."

"재미있는 소리를 하는군."

두 사람은 한동안 입을 다물었다. 구로사와는 그 조용한 시간을 즐겼다.

잠시 후 사사오카가 입을 열었다.

"그러고 보니 우리 화랑에도 특이한 청년이 드나들었어. 표구점 아르바이트생이었는데 화랑에 자주 왔었지. 근데 경력이 좀 수상쩍어. 전에는 시스템 엔지니어였다고 하던데 전과자라는 소문도 있었지. 표구점 사장이 마음에 들어 고용했다던데, 젊고 똑똑했어. 이야기를 나눠 보니 조리도 있고 해서, 액자를 들고 뛰어다니는 모습이 좀 어울리지 않았지. 그런데 그 청년이 이따금 '허수아비' 이야기를 했거든."

"허수아비?"

"말하는 허수아비 이야기인데, 자기는 그 허수아비를 만나 봤다는 거야."

구로사와는 유쾌한 듯 쿡쿡 웃으며 물었다.

"무슨 비유인가?"

"아마 그렇겠지? 그 말하는 허수아비가 모든 걸 내다보는데, 늘 사람들을 지켜본다더군. 나는 그런가 보다 했어. 말하는 허수아비는 아니더라도 뭔가 안심할 수 있는 존재가 나를 지켜봐 준다면 아마 이렇게 불안해질 일은 없겠지. '미래는 신의 레시피에 의해 결정된다'는 소릴 자주 했어. 아마 그 청년이 말하는 '신'은 보편적인 어떤 존재를 가리키는 거겠지."

"'신의 레시피'라. 기묘한 표현이네."

"운명 같은 표현보다 훨씬 괜찮지 않아? 그래, 어쩌면 자네가 방금 전에 말한 물고기 같은 의미일지도 몰라. 우리는 레시피대로, 물고기가 헤엄치는 대로 사는 거야."

사사오카는 그렇게 말하더니 피식 웃었다. 그러더니 주방 쪽으로 힘없이 고개를 돌렸다.

"마실 걸 내올게."

구로사와는 사사오카를 가만히 바라보며 말했다.

"우리가 오늘 여기서 재회한 것도 '신의 레시피'에 적혀 있었을지 모르겠군."

"그러게."

"이쯤에서 그만할까?"

구로사와는 그렇게 중얼거리며 소파에서 일어섰다. 그리고 친구를 마주 보고 온화하게 물었다.

"이곳 집 주소와 전화번호를 말해 봐."

상대는 우물거리다가 기어들어 가는 목소리로 대답했다. "기억이 안 나."

"여기가 어딘지 기억이 안 난다는 거야?" 구로사와는 거듭 물었다. "그렇다면 그건 기억해? 학창 시절에, 고급 레스토랑에 갔던 자네에게 내가 했던 말."

사사오카의 표정이 밝아졌다.

"'날 따라 해.' 그렇게 말했어. 그리고 자네는 가장 먼저 디저트 커피용 티스푼으로 밥을 먹기 시작했지."

"그랬던가?" 구로사와는 시치미를 뗐다.

"덕분에 난 그 후로 경솔하게 남의 흉내를 내지 않게 되었어."

구로사와는 두 손을 살짝 들었다.

"타인에게 배울 점도 많아. 아마 오늘이 그런 날이겠지."

"뭐?"

"시치미는 그만 떼. 이제 어쩔 작정이야?"

사사오카는 얼굴을 은근히 붉히며 할 말을 찾고 있었다.

"나는 이래 봬도 그럭저럭 경험을 쌓은 도둑이야. 일하러 가기 전에는 한 차례 사전 조사를 하지. 집주인이 누구인지, 어디서 일하는지. 가족은 있는지. 개는 있는지. 언제 집을 비우는지."

구로사와는 그렇게 말하고는 한 번 말을 끊었다가 다시 이었다.

"여기는 자네 집이 아니야."

사사오카는 멋쩍은 듯이 고개를 숙였다. 그것은 학창 시절 때 보았던 동작과 똑같았다.

"자네가 왔을 때 이미 짐작했어."

"처음부터 알고 있었어?"

"화랑이니 화상이니 하는 것치고는 집에 액자 하나 없잖아."

"아아." 사사오카는 몸을 움츠렸다.

"여기는 자네 집이 아니야. 자네는 이 집에 도둑질을 하러 들어왔던 거야. 그렇지?"

정말 유쾌하다. 구로사와는 천장을 올려다보았다.

 신이 죽어 버렸다. 가와라자키는 아연실색했다. 세상의 종말이 오기도 전에 신이 먼저 죽어 버리다니, 가게 문을 닫기 전에 점원이 사라진 꼴이나 마찬가지다. 다리가 떨렸다. 공포 때문인지, 흥분 때문인지 알 수 없다.

피아노 소리가 스테레오에서 조용히 흘러나왔다.

"이 음악은?" 가와라자키는 쓰카모토에게 물었다.

"키스 자렛의 솔로 콘서트 앨범이야."

조용한 실내에 담담하게 흐르는 피아노 멜로디는 확실히 아름다웠다. "아름답기만 한 음악은 수상쩍으니 조심해." 종종 씁쓸한 표정으로 말하던 아버지가 떠올랐다.

피아노 소리가 울려 퍼지는 실내는 기묘했다. 새하얀 벽, 마룻바닥에는 투명한 비닐 시트가 빼곡하게 깔려 있고, 텔레비전이 휑뎅그렁하게 놓여 있다. 그리고 중앙에 벌거벗은 남자가 드러누워 있었다. 장엄하다는 건 바로 이럴 때 쓰는 표현이다. 가와라자키는 감동마저 느꼈다.

가와라자키는 집회 때 단상에 있는 '다카하시'를 본 것이 전부라 얼굴을 자세히 알지는 못했지만 그래도 그 얼굴은 '다카하시'처럼 보였다.

현실미가 없다. 갑자기 시야가 뿌예졌다. "생각보다 덩치가 작네요." 그는 생각했던 것보다 훨씬 몸집이 작아 보였다.

"늘 단상에 선 모습만 봤으니까. 위광이 사라지면 작아 보이는 걸지도 모르지."

"하지만 아름답습니다."

가와라자키는 가까이 다가가 보았다. 시트가 부스럭거렸다. 양말을 신고 있어 시트 바닥이 미끄러웠다. 옆에서 시체를 굽어보았다. 시체는 창문 쪽으로 고개를 돌리고 있다.

"어떻게?"

가와라자키는 쓰카모토를 돌아보지 않고 물었다. 어떻게 이 분을 죽였습니까?

"안락사와 똑같은 방법이야."

"안락사?"

가와라자키의 머릿속에 추락한 아버지의 모습이 떠올랐다. 안락해지려고 죽을 수는 있지만, 안락하게 죽는 방법이 세상에 있을까?

쓰카모토는 사무적인 말투로 수면 유도제를 컵에 섞었다느니, 근이완제를 주사했다느니 하는 설명을 했지만 가와라자키는 이해할 수 없었다. 쓰카모토는 전국의 약국에서 도난당한 할시온이라는 수면 유도제가 몇만 정이나 된다는 말도 했다.

"요컨대 약을 먹고 죽은 거군요."

그렇게 말하고 방 한복판에 누워 있는 남자를 굽어보았다. 창백하고 아름다운 그 시체는 음모조차도 추하거나 더러워 보이지 않았다. 쓰카모토가 옆에서 말했다.

"신이 약으로 죽을 것 같아? 이건 신의 시체가 아니야. 신이 죽을 리 없으니까."

쓰카모토의 목소리는 기분 탓인지 힘이 없었다. "역시 아니었던 거야. 신이 아니었어."

그는 근이완제를 맞고도 '다카하시'가 죽지 않기를 기대했던 걸까?

"그럼 뭐였던 겁니까? 지금 여기 누워 있는 이분은."

쓰카모토가 가방을 가져다 달라며 손가락으로 가리켰다. 구석 쪽 창가 커튼 밑에 가죽 가방이 놓여 있었다. 갈색으로 제법 두툼했다. 가와라자키는 비닐 시트를 밟고 지나가 가방을 들어 올렸다. 보기보다 무겁지는 않았지만 소리가 났다. 금속이 찰그랑찰그랑 부딪치는 소리였다.

쓰카모토가 열어 보라고 하기에 가와라자키는 그 말을 따랐다. 비닐 위에 무릎을 꿇고 가방을 내려놓고 속을 열어 보았다.

"도구군요."

공구라고 해도 될 것 같았다. 작은 톱이 먼저 눈에 들어왔다. 가위와 커터도 있다. 의사가 사용하는 메스가 열 개쯤 나란히 꽂혀 있고 그 외에 수건이 몇 장 들어 있었다.

"이, 이건."

가와라자키가 불안한 표정으로 돌아보자 쓰카모토가 대답했다.

"이래 봬도 한때 의사를 꿈꾼 적도 있었거든."

가와라자키는 그들이 앞으로 저지를 일을 비로소 실감했다. 분해한다. 쓰카모토는 그렇게 말했다. 무릎 밑에 깔린 비닐을 다시 한 번 보았다. 아무리 시체라도 피는 날 것이다. 분해란 그런 것이다. 손에 든 메스를 보았다. 유럽풍 레스토랑에서 나오는 나이프와는 크기부터가 다르다.

"또 한 가지, 그 옆에 스케치북이 있어."

그의 말마따나 커튼 뒤에 스케치북이 놓여 있었다. 스프링이 달려 있다. 표지를 넘겨 보았지만 새하얬다. 새것이었다.

자신의 역할을 기억해 냈다. 쓰카모토와 얼굴을 마주 보았다.

"자넨 거기에 그림을 그려."

가와라자키는 가방과 스케치북을 들고 원래 있던 자리로 돌아왔다.

"다카하시 씨가 얼마나 천재였는지 기록을 남기기 위해, 자네는 거기서 스케치를 해 줘."

"쓰카모토 씨는?"

"난 자네 스케치 속도에 맞춰서 해부를 진행할 거야. 먼저 분해하기 전의 모습을 그려 볼까?"

가와라자키는 자기 침이 꼴깍 넘어가는 소리를 들었다. 신을 분해하는 현장에 있다는 사실을 실감했다.

분명 이분은 죽지 않았을 것이다, 분해해도 죽는 게 아니다. 가와라자키는 변함없이 그렇게 생각했다. 머리가 마비된 것 같았다.

바닥에 주저앉아 숨을 토해 냈다. 직접 챙겨 온 가방 안에서 연필을 꺼냈다.

시체를 가만히 바라보았다.

무의식적으로 손이 움직이기 시작했다. 하얀 도화지에 연필을 놀렸다. 가와라자키는 시체의 전신이 들어가도록 구도를 잡고 데생을 시작했다. 죄의식은 없었다. 오싹할 정도로 차분했다. 피아노의 달콤한 멜로디만 가와라자키의 귀에 들어왔다.

일단 집중하자 그 공간에는 이미 그와 시체만 존재하는 것 같았다. 누워 있는 '그'와 스케치북만 번갈아 바라보았다. 하얀 종이에 검은 선을 그어 나갔다.

지금까지 군더더기 선은 하나도 없었다. 좋은 조짐이다. 컨디션이 나쁘면 몇 번이나 선을 새로 그어 시커멓기만 한 그림이 나온다. 데생은 선을 적게 쓸수록 좋은 그림이라는 것을 가와라자키는 경험상 알고 있었다. 데생도 인생도 수정은 적은 게 낫다.

"넌 화가가 되어라, 화가가." 아버지는 가와라자키에게 자주 그런 말을 했다.

가와라자키는 초등학생 때부터 그림을 잘 그렸다. 그림을 보는 것도 좋아했다. 교과서에 실려 있던 〈까마귀가 있는 보리밭〉을 본 날에는 흥분해서 잠을 설쳤을 정도였다. 잠이 오지 않아 교과서를 들고 아버지의 침실로 가자, 아버지는 "오오, 이거 고흐로구나" 하고 말하고는 이 그림을 훌륭하다고 느끼다니 대단하다며 기뻐했다.

모든 색은 빨간색과 파란색, 노란색으로 이루어져 있으니 교통신호를 잘 지키라며 으스댄 적도 있었다.

화가가 되라는 말을 자주 했다. 그 말은 가와라자키에게 자기처럼 되지 말라고 타이르는 것 같아 견딜 수 없었다. 자신의 시시한 인생을 아이를 통해 만회하려는 짓은 그만길 바랐다.

"네가 그림에 재능이 있다는 걸 알고 있느냐?" 아버지는 종종

화를 내는 건지 한탄하는 건지 모를 목소리로 그렇게 말했지만, 가와라자키는 어디까지나 스스로를 위해 그림을 그릴 뿐이었다. 유리에 앉은 벌레의 모습, 수면에 비친 자신의 얼굴, 눈에 보이는 것은 닥치는 대로 데생했고, 일상의 풍경을 그렸다. 그뿐이었다. 그것만으로도 행복했다. 미대 입시도 치르지 않았다. 언제나 아버지가 기뻐할 일을 해서는 안 된다는 강박관념이 있었다.

"그거 알아?"

쓰카모토의 목소리에 현실로 돌아왔다. 손을 놀리면서 쓰카모토를 보았다.

"뭐, 뭘 말입니까?"

"명탐정 말이야. 세상은 다카하시 씨를 살인 사건의 범인을 알아맞힌 영웅이라고 하잖아."

'다카하시'라는 이름이 쓰카모토의 입에서 나오기만 해도 심장이 철렁했다. 가와라자키는 차마 입에 담기도 어려운 이름이다.

"실제로는 아니란 겁니까?"

"아니, 그건 맞는 말이야. '다음 범행 장소는 센다이 파크호텔 3층입니다'라고 했던 그 말은 현실이야. 다카하시 씨는 천재였어. 범인의 다음 행동을 정확히 알아맞혔지. 하지만 꼭 그때만 그랬던 건 아니야."

"예?"

"예를 들면 몇 년 전에 시장이 살해당한 사건 있었지?"

가와라자키는 바로 기억해 내고 고개를 끄덕였다. 당시 아버지가 그 사건에 흥분했던 것을 기억하고 있었기 때문이다. 현역 시장이 갑자기 행방불명되었다가 공중화장실에서 시체로 발견된 사건이었다.

"그때도 다카하시 씨는 천재성을 보였어."

"저, 정말입니까? 그 범인도 맞혔습니까?" 그런 뉴스는 나오지 않았다.

"아니, 범인을 지목하지는 않았어. 그 점은 비즈니스호텔 사건 때도 마찬가지야. 다카하시 씨는 범인을 알아내는 게 아니야. 간단히 말하면 법칙이나 규칙을 찾아낼 수 있을 뿐이지."

"법칙?"

"천재가 발견하는 건 늘 법칙이야. 다카하시 씨는 알고 있었어. '세상은 이렇게 이루어져 있다.' '사람은 이렇게 이루어져 있다.' 이런 거지. 사건도 똑같아. 범인이나 범죄의 법칙을 꿰뚫어 볼 줄 알았어."

그렇게 설명하면서 쓰카모토는 '다카하시'가 진상을 알아맞힌 사건의 사례를 여러 개 열거했다.

요코하마에서 있었던 영화관 폭파 미수 사건도 있었다. 가와라자키도 기억하는 사건이다. 폭탄을 설치한 좌석 위치에 규칙성이 있었다고 쓰카모토는 설명했다.

"다만 다카하시 씨는 공개적인 발언은 하지 않았어. 혼자서 법칙을 알아내면 그걸로 끝이었지. 그런데 어째선지 그 비즈니스호텔 사건 때는 처음으로 공개적으로 말했어. 그렇게 무대 위로 나선 거지."

가와라자키는 '다카하시'가 분명 자기 같은 사람을 위해 표면에 나선 거라고 믿었다. 틀림없다.

그 비즈니스호텔 사건이 없었다면 가와라자키는 '다카하시'라는 존재는 알지도 못하고 살았을 것이다. 생각만 해도 오싹했다. 그것은 50미터 앞에 비를 피할 지붕이 있는 줄도 모르고 태풍에 알몸을 드러내고 있는 꼴과 마찬가지 아닐까? 알몸으로 태풍 속을 지나가는 사람들, 다시 말해 자신과 같은 사람들을 위해 '다카하시'는 일부러 모습을 드러냈던 것이다.

"다카하시 씨는 법칙을 볼 수 있어." 쓰카모토가 다시 반복했다. "2차원 세상에서 혼자만 3차원 세상을 보는 것과 비슷하지. 위에서 굽어보고 있으니 훤히 다 보이는 거야. 나스카 평원을 위에서 바라보는 것처럼 말이야. 다카하시 씨는 차원이 다른 곳에 있어. 사람들이 느끼는 슬픔이나 고통의 이유도 다 알아."

"하지만 그건 벌써 지나간 일이잖아요? 쓰카모토 씨는 최근 그분이 변했다고 했잖아요. 다정함을 잃었다고."

"그, 그래!"

쓰카모토는 거칠게 말했다. 당황한 기색이었다. 기세등등하게 시체를 손가락질했다.

"그렇고말고. 다카하시 씨는 변해 버렸어. 다정함이 사라졌어.

모든 걸 내다보면서도 아무도 구하려 하지 않아. 이튿날 태풍이 올 것을 뻔히 알면서도, 소풍 갈 준비를 하는 아이를 비웃는 기상학자나 마찬가지야."

"지금 센다이에서 벌어지고 있는 토막 살인 사건도 이미 알고 있었습니까?"

"자네는 낮에도 그걸 궁금해했지. 신문이나 텔레비전 방송국에서도 매일같이 다카하시 씨를 찾아왔어." 쓰카모토가 얼굴을 찌푸렸다.

센다이 시에서 발생한 토막 살인 사건은 언론을 자극했고, 언론은 시민을 자극했다. 화제를 부풀리는 재주가 있는 그들은 센다이의 토막 살인에 관한 '다카하시'의 인터뷰를 따는 데 혈안이 되어 있었다.

"너 명탐정이지? 빨리 범인을 찾아내.' 그런 기세였지. 그놈들한테는 다카하시 씨나 UFO에 끌려간 남자나 매한가지야."

반듯하게 누워 있는 시체를 쳐다보았다. 솔직히 토막 살인 사건의 범인을 '다카하시'가 지목해 주기를 가와라자키도 내심 기대하고 있었다. 신자라면 모두 그랬을 터였다. 몰려드는 언론 기자들에게 본때를 보여 주길 원했다. 찍소리도 못 하게 그들을 압도하고, 그가 얼마나 뛰어난지 스스로의 힘으로 증명해 주었으면 했다.

명탐정은 사건을 끊임없이 해결해야만 한다.

"하지만 이제는 말도 하지 못하는 신세네요."

가와라자키는 눈앞의 시체를 가만히 바라보았다. 상실감은 아직 없었다. 얼굴에 난 솜털도 보였다. 몸에는 체모가 별로 없었다. 그것이 숭고해 보이는 이유일지도 몰랐다.

"뭐, 살아 있었어도 어찌 되었을지는 아무도 모르지. 다카하시 씨는 평범한 사람이 되어 버린 것 같았어. 나도 사실 다카하시 씨에게 그 토막 살인에 대해 넌지시 물어본 적이 있었어."

"저, 정말입니까?"

"대단한 대답은 안 해 주더군. 그런 건 그냥 내버려 두라고 했어. 들은 체도 안 했어. 요즘 다카하시 씨가 할 수 있는 일이라곤 복권을 맞히는 게 고작이었어."

쓰카모토는 양복 주머니에 손을 넣어 낮에 그랬던 것처럼 복권을 꺼내 가와라자키에게 슬쩍 보여 주었다.

"숫자를 여섯 개 골라서, 그 숫자가 전부 일치하면 당첨금을 받는 복권이야."

"그걸 그분이 맞힌 거군요."

"그 사람은 법칙을 볼 줄 알아. 인생의 법칙이 보이는 거야. 이런 숫자의 나열 같은 건 금방 법칙성을 꿰뚫어 볼 수 있었던 것 같아. 하지만 요즘은 이런 일에만 힘을 발휘했지."

"어, 얼마짜린데요?"

"억은 우스워."

"어."

가와라자키는 말을 하다가 굳어 버리고 말았다. 억은 우습다.

그 뒷말이 나오지 않았다.

"이런 종이 쪼가리가 말이야. 정말 한심한 일이지."

쓰카모토는 그렇게 말하면서 복권을 다시 양복에 넣었다. '종이 쪼가리'라고 했던 복권을 말과는 달리 굉장히 신중하게 다루었다.

"인생이 이런 거에 좌우된다면 정말 한심한 노릇이야."

그렇게 말하며 웃는 쓰카모토의 얼굴이 한순간 통속적으로 보였다.

가와라자키는 머리가 멍했다. 억을 우습게 넘는 금액을 상상해 보았다. 그만한 돈이 있었다면 아버지도 빌딩 17층에서 나비 흉내를 내지 않았을까?

시체를 보았다. 높은 콧날이 천장을 향하고 있었다. 인생은 한심한 겁니까? 무심코 질문을 던지고 싶었다. 죽었다는 사실을 믿을 수 없었다. 당신은 저를 구해 주는 것 아니었습니까?

별안간 눈물이 났다.

슬픔이나 죄책감 때문은 아니었다. 그를 태워 갈 배만 오지 않은 듯한, 버림받은 기분이 들었기 때문이다. 어째섭니까? 따지고 싶었다. 제가 화가가 되지 않아서 그런 겁니까? 어디서부터 새로 시작하면 됩니까?

도화지에 눈물이 떨어졌다. 연필을 쥔 손이 떨렸다. 쓰카모토는 눈치채지 못한 듯했다.

가와라자키는 들키지 않게 눈가를 소매로 훔치고 새삼 시체를 바라보았다.

아무 생각 말고 계속 그리세요. 어디선가 그런 목소리가 들렸다. '다카하시'의 모습을 그리면 그와 '다카하시'의 관계가 계속 이어질 것만 같았다.

'당신은 신입니까?'

가와라자키는 그렇게 묻는 대신 데생을 해 나갔다. 자기가 할 수 있는 일은 결국 이것뿐이라는 생각이 들기 시작했다.

 교코는 자꾸 쉬었다 가자고 고집했다. 편의점이 있으면 세워 달라고 했다.

"화장실 가고 싶단 말이야."

아오야마는 핸들을 두 손으로 붙잡고 앞만 보면서 건성으로 대꾸했다.

"듣고 있는 거야?"

평소 같으면 한 손으로 핸들을 돌리며 좌석에 거의 드러누운 자세로 운전하는 아오야마가 지금은 우스꽝스러울 정도로 진지한 얼굴로 앞을 바라보고 있었다. 운전 학원에 처음 간 초보보다도 못한 그 모습에 교코는 기가 막힌 나머지 툭 내뱉고 말았다. "한심해."

아오야마는 그래도 시선을 돌리지 않았다. 또다시 자동차 트렁크에서 시체가 튀어나오면 큰일이라는 듯이 신중한 표정이었다.

"어쨌든 됐으니까 차 좀 세워!"

교코가 짜증스럽게 외쳤다. 신호나 가로등도 없는 좁은 임도에서 편의점을 찾기란 아무래도 하늘의 별 따기 같았다.

소변을 참고 있던 교코는 그래야 한다는 사실 자체를 참을 수가 없었다.

짜증 나 죽겠네, 하고 거친 숨을 토했다.

아오야마는 체념한 듯 고개를 끄덕이고 방향등을 켰다. 맞은편에서 오는 차량도 없다. 차가 정지하자마자 교코는 밖으로 뛰쳐나갔다.

교코는 바로 숲 속으로 들어가려 했다. 아오야마가 운전석에서 내렸다.

"숲에서 볼일을 보려고?"

"괜찮아. 잠깐이면 돼."

교코는 그렇게 말하고는 걸어갔다. 길을 따라 상수리나무가 뻗어 있었다. 아오야마는 자동차 트렁크를 감시하듯 계속 쳐다보고 있었다.

"좀 따라와. 어두워서 위험하단 말이야."

"트렁크가 걱정돼. 확인하고 바로 따라갈게."

그 대답이 마음에 들지 않았지만 교코는 그대로 숲 속으로 들어갔다. 길이 평평하진 않았지만 초목은 발목 높이밖에 되지 않아 발이 걸려 걷지 못할 정도는 아니었다.

교코는 가급적 길에서 보이지 않는 곳을 찾으려고 한참을 걸었다. 지나온 길을 돌아보았다. 높은 울타리처럼 뻗은 상수리나무 때문에 세워 놓은 차가 잘 보이지 않았다. 차도 쪽을 훑고 가는 헤드라이트 불빛에 간이 철렁했다. 저쪽에서 숲 속은 보지 못하겠지만 그래도 야외에서 볼일을 본다는 건 불안한 노릇이다.

적당히 풀이 자란 자리를 찾아낸 교코는 입고 있던 바지를 내리고 볼일을 보았다. 예상대로 아랫배는 불쾌했지만 소변의 양은 많지 않았다. 게다가 잔뇨감도 있다. 아무리 늘 있는 일이라지만 귀찮았다.

바지 허리띠를 고쳐 매는데 아오야마가 실실 웃으며 다가왔다.

"배짱 한번 좋네."

"뭐가?"

"이런 숲 속에서 볼일을 다 보고."

아오야마도 지금 순간만은 차로 친 청년도, 트렁크에서 튕겨 나갔던 시체도 잊어버린 단순한 호색한이었다.

남자란 정말 단순하다. 교코는 기가 막혀 화도 나지 않았다. 남자들은 성적인 유혹이나 희열에 쉽게 영향을 받는다. 클리닉을 찾는 남성 환자들도 결국 알고 보면 성적인 욕구와 그 불만이 원인일 때가 많다. 섹스의 쾌락도 결국은 본능의 요구에 지나지 않고, 보다 단순히 말하면 요도의 경련일 뿐인데. 교코는 언제나 이해하기 어려웠다.

사실 복잡한 것보다는 훨씬 낫다. 곧 이혼할 남편을 생각했다. 사물을 복잡하게 생각하고 언제나 딱딱한 표정으로 성적인 욕구를 되도록 멀리하려던 그런 남자에 비하면 아오야마처럼 단순하고 속이 빤한 남자가 훨씬 좋다.

"숲이면 어떻고 도로면 어때서? 어디서 볼일을 보든 몸속에서 나오는 건 똑같아."

"그건 그렇지만."

"그래, 당신의 깜찍한 시체는 트렁크에서 또 튀어나왔어?"

아오야마는 그 한마디에 갑자기 현실로 돌아왔다.

"시체는 얌전히 누워 있었어. 그런데." 한참 고민하듯 주변을 둘러보더니 입을 열었다. "그냥 이 부근에 묻으면 안 될까?"

"무슨 소릴 하는 거야?"

마침 그때 차도 쪽에서 바퀴가 돌돌 굴러가는 소리가 들렸다. 교코는 흠칫 놀라 소리가 난 쪽을 돌아보았다. 아오야마도 같은 소리를 들었는지 차도를 쳐다보았다. 하지만 이상한 소리는 그 이상 들리지 않았다. 기분 탓일까?

아오야마가 마음을 가다듬고 입을 열었다.

"여길 봐, 딱 안성맞춤이잖아. 여기는 사람들이 지나다닌 흔적도 없어. 지금 시작하면 구멍 팔 시간도 충분해. 시체를 끌고 와도 남들 눈에 띌 염려도 없고."

아오야마가 애써 설득하려 드는 게 마음에 들지 않았다.

"저 시체 양반을 그렇게 여기에 묻고 싶어?"

아오야마는 잠시 화난 표정을 지었지만 바로 되물었다. "그게 낫지 않아?"

"낫긴 뭐가 나아. 저 시체, 당신이 친 저 시체는 그 여자하고 함께 처분해야 해. 동반 자살로 위장하든 억지로 죽은 걸로 위장하든, 어쨌든 차에 태워 통째로 바다에 빠뜨려야 해. 그러기로 했잖아."

"하지만 저 남자하고 내 아내는 아무 상관도 없어. 아는 사이도 아니고."

"이제 만날 거잖아. 죽어서 만나는 거야. 낭만적이지?"

교코는 짜증을 내며 다그쳤다. 아오야마와 이야기할수록 방광염이 악화되는 기분이었다. 아오야마의 우유부단한 성격이 불쾌한 잔뇨감과 흡사한 탓이다.

"아니, 그래도 저 시체는 여기에 묻는 게 나아."

"이런 곳에 숨겨도 금방 탄로 날 거야."

"탄로 나더라도 저 사람하고 우리를 연결하는 건 아무것도 없어."

"당신 자동차가 찌그러진 이유는 뭐라고 할 건데?"

교코는 저도 모르게 버럭 소리를 지르고 퍼뜩 주위를 살폈다. 두 사람은 한참 말없이 마주 보고 있었다.

나뭇가지가 부러지는 소리가 나서 깜짝 놀라 아오야마를 쳐다보았다.

"지금 무슨 소리 못 들었어?"

"이런 데 누가 있다고 그래?"

교코는 입을 다문 채로 주위를 살폈다. 천천히 고개를 돌려 어둠 속을 노려보았지만 아무것도 보이지 않았다. "돌아가자. 당장 돌아가자."

아오야마는 더 이상 시체를 묻고 가자는 말은 꺼내지 않았다. 체념한 얼굴로 차도로 향했다.

차도로 돌아갔는데 주변에 자동차 불빛이 보이지 않았다. 어두워서 조금만 떨어져도 아무것도 보이지 않았지만, 외길이라 시야가 탁 트여 있어 자동차 헤드라이트 정도는 금방 눈에 들어와야 했다.

교코는 조수석 문을 잡으려다 우뚝 멈췄다.

"트렁크 상태는 어때? 또 튀어 나가는 건 아니겠지?" 시체가 또 떨어지면 그게 이 자동차 기능인가 보지, 하고 비아냥거렸다.

"괜찮아." 아오야마는 그렇게 말했지만 곧 한마디 덧붙였다. "아마도."

교코는 단호한 목소리로 말했다.

"잘 들어. 이건 내 문제가 아니야. 당신이 차로 쳐 죽인 거지, 난 별 상관 없다고. 똑바로 확인해야 할 사람은 바로 당신이야." 교코는 타이르듯 말했다. "당신이 다음 시즌에도 축구장에서 수

비수로 뛸 수 있을지 없을지는 당신한테 달려 있어. 정신 바짝 차려."

"물론이지."

아오야마는 화난 눈빛으로 고개를 끄덕였다. 머리 위에서는 잡목림 가지가 바람에 흔들려 마치 속삭이는 것처럼 바스락거렸다. 낙엽이 지고 상수리열매도 떨어진 나무가 두 사람의 머리 위를 어루만지듯 한들거리고 있었다.

"트렁크가 제대로 닫혀 있는지 내가 한 번 더 확인해 줄게."

교코는 그렇게 말했다. 잡고 있던 조수석 문손잡이를 놓고 트렁크 쪽으로 걸어갔다.

"괜찮아. 내가 아까 확인했어. 잠그기까지 했어."

"됐으니까 열쇠나 줘. 뚜껑이 찌그러졌을지도 모르잖아."

"그렇게까지 안 해도 돼."

"됐으니까 그냥 줘." 교코는 트렁크 앞에 서서 말했다.

아오야마는 불쾌한 얼굴로 그대로 교코 옆으로 걸어왔다.

"난 항상 교코가 부르면 뒤따라가기만 하는 신세네."

"그래서 싫어? 됐으니까 열쇠나 이리 줘."

교코가 손을 내밀자 아오야마는 손을 저었다.

"이 안에 들어 있는 건 시체야. 교코는 그런 건 좋아하지 않잖아."

"시체를 좋아하는 사람이 있다면 만나 보고 싶네. 흡혈귀도 시체에는 관심 없어."

"교코는 조금 뒤로 물러나 있어. 깜짝 놀랄 테니까."

"놀라긴 뭘 놀라. 아까도 봤는데. 내가 시체 좀 봤다고 놀랄 것 같아? 제일 놀란 건 당신이 차로 그 청년을 쳤을 때, 바로 그때야."

"하지만 아까부터 불쾌한 표정으로 시체를 쳐다봤잖아."

대꾸하기도 지쳤다.

"그러니까, 놀라지도 않지만 좋아하지도 않아. 왜 그런 거 있잖아."

아오야마가 이해할 수 없다는 듯이 입을 비죽거렸다. "그럼 연다."

"빨리 열어." 교코는 그렇게 말하면서 한 걸음 뒤로 물러섰다. 무의식적이었지만 불길한 예감이 들었다. 좌우에서 다른 차량이 오지 않는지 살폈다. 가까이 달려오는 불빛은 보이지 않았다.

"그럼 연다."

아오야마는 똑같은 소리를 한 번 더 하면서 열쇠를 트렁크에 꽂고 신중하게 돌렸다.

트렁크가 열렸다. 활짝 젖힌 반동 때문에 트렁크 뚜껑이 조금 흔들렸다.

어두워서 처음에는 잘 보이지 않았다. 교코는 눈에 힘을 주었다.

"응?" 아오야마가 눈썹을 찌푸리며 얼굴을 들이밀었다.

교코는 가까이 다가가 트렁크 안쪽으로 고개를 기울였다.

머리 위의 낙엽수가 바람에 흔들려 스산한 소리를 냈다.

눈을 번쩍 뜨고 트렁크 안을 들여다보았다.

"아." 교코는 예상치 못한 상황에 다음 말을 잇지 못했다.

"히익!" 아오야마가 옆에서 숨을 삼켰다. 두 사람 다 입을 벌린 채로 호흡곤란 환자처럼 떨고 있었다. 비명도 나오지 않았다.

트렁크 안에는 시체가 굴러다니고 있었다. 하지만 아무리 봐도 그것은 아까 교코가 보았던 청년의 시체가 아니었다.

트렁크 안의 시체는 토막이 나 있었다.

두 팔과 두 다리가 나란히 놓여 있고 그 옆에 몸통이 있었다. 누가 봐도 토막 난 시체였다. 머리가 보이지 않았지만 안쪽으로 굴러간 건지도 모른다.

아까까지는 사지가 멀쩡했던 시체가 겨우 몇 분 눈을 뗀 사이에 토막이 나 있었다. 교코는 차도에 주저앉아 아스팔트에 엉덩방아를 찧었다.

"괜찮아, 교코?"

아오야마의 목소리가 위에서 들렸다. "괘, 괜찮아." 허세를 부리려 했지만 헛수고였다.

내가 이렇게 약할 리 없어. 그렇게 생각하면서도 핏기가 가시는 게 느껴졌다. 이해할 수 없는 사건에 혼란스러워서 그런 건지도 모르고, 시체의 절단면을 봐서 그런 건지도 모른다. 구역질이 치밀었다.

　빈혈로 휘청거리다니 남자들이나 하는 짓이야, 머릿속에서 스스로를 질타했지만 몸에 힘이 들어가지 않았다. 이게 뭐야. 공포와 구역질로 머리가 뒤죽박죽인 가운데 교코는 정신이 아득해졌다.

　도요다는 재빨리 공원에서 벗어났다. 아무리 그 청년들이 먼저 잘못했다고 해도 권총을 들이댄 남자를 경찰에 신고하지 말란 법은 없었다. 젊은 사람들은 자기 잘못을 덮어 두는 재주 하나는 신통하다. 눈을 돌리고 다시는 거들떠보지 않는 게 그들의 수법이다.

　권총은 가방에 도로 넣었다. 갈 곳도 없었지만 일단 시내로 돌아가기로 했다. 사람들이 많은 곳이 안전할 것 같았기 때문이다. 인적 없는 곳에서 혼자 돌아다니면 경찰의 눈에도 금방 띌지 모른다. 상점가에 숨어야 한다.

　육교를 올라가려는데 무릎이 덜덜 떨렸다. 힘이 들어가지 않아 무릎이 털썩 꺾이는 바람에 그 자리에 주저앉고 말았다. 황급히 난간에 기댔지만 몸을 지탱하지 못하고 계단에 힘없이 앉았다.

　손이 떨렸다. 사람을 쐈기 때문이리라. 공포심 때문인지 죄책감 때문인지, 단순한 흥분 때문인지 판단이 서지 않았다. 하지만 권총으로 사람을 쏜 것은 분명한 사실이었다. 그가 지금 실업자라는 사실과 마찬가지로 자명한 일이다.

한참 후에야 간신히 일어섰다. 심호흡을 했다. 갈 곳은 없었지만 걸음을 뗐다. 규칙적으로 걸어가는 개의 뒷모습을 보면서 간신히 침착해질 수 있었다.

이 개가 있어서 다행이다. 두려워하지 마. 그런 말을 떠올렸다. 그렇다, 두려워하지 마.

히로세 길을 곧바로 지나 상점가로 향했다. 개와 산책하는 사람들이 몇 명 있어 마음이 놓였다. 도요다만 유독 눈에 띄는 것도 아니다.

귀를 기울였지만 순찰차 사이렌 소리는 아직 들리지 않았다. 그러고 보니 아까 우체국 사건은 어떻게 되었을까? 상황을 보러 가고 싶은 마음도 있었지만, 형사가 으스대며 범인은 현장으로 돌아오는 법이라며 자기를 지목할 것 같아 망설여졌다. 가까이 가지 않는 게 상책이다.

왼편에 초등학교가 보였다. 인도 가장자리에서 걸음을 멈추자 개도 멈춰 섰다.

개는 경계하는 표정으로 먼 곳을 둘러보고 있었다. 다가오는 경찰관이 없는지, 아까 그 청년들이 보복하러 오지나 않을지, 그도 아니면 실업자를 비웃는 놈들이 어디서 튀어나오지 않을지, 늙은 개는 집 지키던 시절을 떠올리기라도 했는지 주위를 살피고 있었다.

"도요다 아닌가?" 그때 누군가 그에게 말을 걸었다.

고개를 돌리자 왼쪽에 비슷한 연배의 남자가 서 있었다. 성성한 백발에 왜소하고 마른 체격이었다.

도요다는 남자의 이름을 기억에서 더듬었다.

"아아. 이구치."

입사 동기였다. 기막힌 우연에 감탄했다. 그가 퇴직을 강요당하던 그 불쾌한 순간, 상사가 언급했던 사람이 바로 지금 눈앞에 있는 이구치였다.

당신이 회사를 그만두지 않으면 다른 사원이 그만둬야 해. 상사가 무거운 표정으로 말한 대상이 이구치였던 것이다.

이구치 앞에는 휠체어를 탄 소년이 있었다. 이구치는 그 휠체어를 밀고 있었다. 휠체어에 앉아 있는 존재가 이구치에게 있어 불행의 근원일지, 아니면 세상에 둘도 없는 행복일지, 도요다는 가늠할 수 없었다.

"회사 그만뒀다면서." 이구치가 태평하게 말했다.

"그래서 고생이야."

태연한 척했다. 목소리가 떨리지 않게 배에 힘을 주었다. 조금만 정신이 해이해지면 당장이라도 가방에 손을 넣어 권총을 꺼낼 것 같았다. 누구 때문에 이렇게 고생하는 줄 알기나 해? 마구 고함을 질러 대고 싶었다.

그가 태평한 얼굴로 휠체어를 미는 동안 자기가 얼마나 힘들었는지 설명해 주고 싶었다.

"자네 개인가?" 이구치가 도요다의 발밑에 있는 늙은 개를 가리켰다.

"주운 것도 아닌데 그냥 따라오지 뭐야."

이구치는 그 말을 농담으로 받아들이나 싶더니, 개의 지저분한 모습으로 보아 꼭 허풍만은 아닐 것 같았는지 어중간하게 웃었다.

"이 아저씨는 아버지하고 같은 회사에 다니던 분이란다. 동기였어."

이구치가 휠체어에 앉은 아들에게 그렇게 설명했다.

"지금은 어디 다니나?"

도요다는 그 질문이 그를 꿰뚫는 창처럼 느껴졌다. "아직 못 구했어." 작은 목소리로 대답했다. "지금은 늙어 빠진 실업자야." 누구 때문에 이리되었는데, 원망하는 듯한 목소리를 감출 수 없었다.

"이번 불경기는 진짜 심각하지. 나도 재취업 자리를 못 찾아서, 결국 처가 신세를 졌다네. 부끄러운 이야기지만, 배부른 소리를 할 처지가 못 되지. 처갓집 일을 돕고 있어."

이구치는 자조 어린 목소리로 말했지만 후련해 보였다. 각오를 굳히고 앞을 바라보며 걸어가는 사람 특유의 당당함이 있었다.

도요다는 순간 말문이 막혔다.

"뭐? '나도'라니, 자네도 회사를 그만뒀어?"

"리스트럭처링 때문이지." 이구치는 일부러 그러는 건지, 긴장감 없는 영어로 말했다.

"잠깐, 나도 회사에서 잘렸는데."

"알아. 자네만 그런 게 아니야. 같은 시기에 비슷한 연배의 사원들이 한꺼번에 잘렸어. 나도 그랬어."

"아니, 나는 그때 자네는 잘리지 않는다고 들었어."

너를 위해 희생했다는 말은 차마 하지 못했다. 어차피 그때 상사에게 거역했다 해도 결국에는 잘렸을 것이다.

"그게 정리 해고의 시작이었어. 자네가 잘렸다는 소문이 나돈 직후에 바로 나도 불려 갔지."

그렇다면 내 희생은 무슨 소용이었단 말인가! 그 자리에 주저앉아 버리고 싶었다. 개가 도요다의 얼굴을 살피고 있다. 도요다는 간신히 입을 열었다.

"자네는 괜찮을 줄 알았는데."

"아니, 괜찮을 리가 있나." 그의 말투는 자학적이지 않았다.

"언제 들었어?"

"그만두라는 얘기 말인가?" 이구치는 기억을 더듬어 대략적인 날짜를 말했다. 그것은 도요다가 상사에게 처음 불려 갔을 때와 거의 비슷한 시기였다. 한 달 차이도 나지 않았다.

"넌 속은 거야." 웅크려 있던 늙은 개가 도요다를 돌아보며 그렇게 말하는 것 같았다. "넌 별로 친하지도 않은 동기를 위해 제 발로 퇴사했다고 생각했겠지만, 그건 엉터리였어. 자기희생에 도취되어 있었겠지만, 그건 어리석은 착각이야. 환상이었던 거야."

개한테 그런 말을 듣지 않아도 도요다는 이해했다. 그 안경 쓴 원숭이 같은 상사는 도요다를 조롱했던 것이다. 적어도 속인 것은 분명했고, 조롱했던 것도 거의 틀림없는 사실이다.

"왜 그래, 도요다?"

"아니, 자네는 괜찮을 줄 알았거든. 그 녀석이 그렇게 말했던 걸 들어서."

그리고 도요다는 전 상사의 이름을 말했다.

"아아, 그 사람이 솔선해서 정리 해고를 지휘했지. 승진했다는 소문을 들었는데. 뭐, 다들 꺼리는 일을 사서 했으니 대단한 거지."

"자네는 괜찮을 줄 알았는데." 도요다는 끈질기게 같은 말을 되풀이했다.

"세상에 무조건 괜찮은 일은 없어." 이구치의 목소리는 여전히 평온했다.

"아니, 그런 뜻이 아니야."

도요다는 간신히 대꾸했다. 실제로 그런 뜻이 아니었다. 후나키의 얼굴이 눈앞에 어른거렸다. 눈을 감고 그 표정을 지우려 했지만 자꾸만 떠올랐다. 승진했다니 믿을 수 없었다.

이구치와는 그대로 헤어졌다. 서로 신세 한탄을 하지도, 처지를 비관하지도 않았다. 이구치는 그가 일하는 처갓집이라며 식당 전단지를 건네주었다.

도요다는 "다음에 한번 찾아갈게"라고 대답했다. 결코 가지 않으리라는 것을 이구치도 알고 있었을지 모르지만 기다리겠다고 말해 주었다.

아들이 탄 휠체어를 당당하게 밀고 가는 이구치의 뒷모습을 바라보면서 도요다는 한숨을 쉬었다. 뭐가 어떻게 된 일인지 영문을 알 수 없었다.

도요다는 공중전화 부스에 들어갔다. 지하철 계단 입구 쪽에 설치되어 있는 큼직한 공중전화였다. 오랜만에 들어간 전화 부스는 갑갑했다. 늙은 개도 은근히 얼굴을 찌푸리고 있는 것처럼 보였다.

개와 함께 전화 부스에 들어가 있는 꼴이 신기했는지 지나가던 사람들의 시선이 집중되었다. 웃을 테면 웃으라지. 도요다는 가슴을 당당히 폈다. 손가락질할 테면 해라. 더러운 개와 좁은 상자에 처박혀 있는 실업자라니, 우스꽝스러운 혐오의 대상이라는 것을 스스로도 알고 있었다.

전화카드를 꽂았다. 전화번호를 제대로 기억하지 못할까 봐 불안했지만 실제로 전화를 앞에 두고 버튼을 눌러 보니 바로 생각이 났다.

누가 받을지 초조한 마음으로 수화기를 귀에 댔다.

호출음은 몇 번밖에 울리지 않았다. 수화기 너머에서 그리운 회사 이름이 흘러나왔다. 낯선 여자의 목소리였다. 가짜 이름을 대고 후배 디자이너를 바꿔 달라고 했다.

상대가 전화를 받았다. 남자치고는 목소리가 높아서 삼십 대인데도 아이 같았다.

한 팀에서 4년 가까이 함께 일했던 후배로, 경박한 구석도 있었지만 일은 똑바로 처리하는 남자였다. 그가 입사했을 때 교육을 담당했던 게 도요다였다. 그리고 그의 능력을 높이 사서 팀에 발탁했다. 주변에서는 입사 2년 차인 그를 대규모 프로젝트에 배치하는 데 소극적이었지만 도요다가 교육의 일환이라고 적당한 이유를 둘러댔다. 장래성을 알아보았던 것이다. 결과적으로 그는 도요다의 예상 이상으로 활약했다. 연달아 참신한 디자인을 내놓았고, 그중 몇 개는 고객에게 호평을 받았다.

도요다는 마른침을 꼴깍 삼키고 이름을 밝혔다.

긴장했다. 함께 일했던 시절의 그는 싹싹하고 도요다를 잘 따랐다. 하지만 그것은 같은 회사의 선후배 관계에 기인한 표면적인 태도였을 가능성도 있다. 정리 해고 당한 불행한 중년 남자는 이미 선배가 아니라 오히려 저렇게 되면 안 되는 나쁜 표본 같은 존재일 테니, 당연히 멀리하고 이름도 잊어버렸을 것 같았다.

"도요다 씨, 어쩐 일이세요? 잘 지내십니까?" 상대의 목소리는 쾌활했다.

"아, 아아, 난 잘 지내. 자네는?"

"그게 궁금해서 전화하셨어요?"

상대는 웃었다. 우려했던 거리감이나 어색함은 없었다. 마음이 놓였다.

"실은 후나키 씨 일이 궁금해서." 도요다는 전 상사의 이름을 입에 담았다.

도요다에게 '후나키'라는 이름을 듣고 무슨 용건으로 전화했는지 짐작했을지도 모른다. 후배에게 비난이나 불평, 원망하려고 그러는 거면 그만두라는 충고를 들을 각오도 했다.

하지만 전화 너머의 후배가 입에 담은 것은 완전히 다른 말이었다.

"이 마당에 무슨 후나키 씨예요, 그냥 후나키라고 부르면 어때서요."

"무, 무슨 뜻인가?"

"도요다 씨가 부득이하게 그만둔 건 모두 알고 있어요. 누구를 해고할지 후나키가 전부 결정했대요. 자기한테 도움이 안 되는 사람이나 마음에 안 드는 사람, 그런 기준으로요."

"어, 어이. 그런 소릴 사무실 전화로 해도 돼?"

도요다는 당황해서 물어보았다. 그는 존칭도 붙이지 않고 후나키라고 부르고 있다.

"괜찮아요."

그는 여유 있는 목소리로 대답했다. 그것이 주위에 아무도 없어서 그런 건지, 아니면 회사 안에서 그런 소리를 해도 될 만큼 확고한 입지를 굳혀서 그런 건지, 그도 아니면 후나키를 공공연하게 비방해도 되는 분위기라 그런 건지 분간이 가지 않았다.

"도요다 씨보다 훨씬 더 그만둬야 마땅한 사람들이 잔뜩 남아 있다고요."

도요다는 쓴웃음을 흘렸다. 그는 무슨 생각으로 저런 말을 하는 걸까. 위로해 주려는 걸까, 속없는 빈말일까?

"그래, 뭐가 궁금하신데요?"

"후나키가 출세했다는 게 사실이야?"

"남들이 꺼리는 일을 했으니 상을 준 것 아니겠습니까. 받아들이긴 어렵지만. 그 사람, 지금 상무예요."

수화기를 움켜쥔 손에 힘이 들어갔다. "하긴, 다들 꺼리는 일을 한 거니까." 아량 넓은 척 그런 소리를 했다. 이를 악물고, 겨우 쥐어짜 낸 말이었다.

"후나키는 지금 어디 있지?"

"지금은 이 빌딩에 있는데, 조만간 본사로 돌아간다고 들었습니다. 센다이 퇴직자 리스트를 성과로 쥐고 본사로 돌아간대요."

본사로 돌아간단 말이렷다. 곰곰이 생각했다. 자기를 이토록 고통에 빠뜨린 그 남자가 속 편하게 출세해서 영전한단 말인가. "아, 아니, 그래?" 흥분을 억누르고 대답했다. 상대에게 본심을 들켜서는 안 된다. 주먹을 꽉 움켜쥐고 목소리가 커지지 않도록 애썼다.

이건 기회다. 동시에 그런 생각도 했다. 아직 센다이에 있으니, 기회는 있다.

"도요다 씨, 지금 어디서 일하십니까?"

화제를 바꿀 의도는 아니었겠지만 후배가 별 뜻 없이 그렇게 물었다.

심장이 아프다. 위가 오그라든다. "아, 그냥 좀."

잠깐 공백이 있었다. 머리 회전이 빠른 녀석이니 지금 대답만 듣고도 그가 실업자라는 사실이나 현재 상황에 전혀 만족하지 못하고 있다는 것을 눈치챘는지도 모른다.

"도요다 씨, 다음에 술 한잔하러 가실래요?"

"뭐?"

"오랜만에 얼굴 좀 봐요."

그는 술자리에 자주 끼는 사람이 아니었다. 요즘 청년들이 다 그러하듯 회사 행사라 어쩔 수 없을 때는 참석하지만 동료와 선술집에 몰려다니는 것은 혐오하는 구석이 있었다.

"신경 안 써 줘도 돼." 도요다는 웃으며 대답했다.

"도요다 씨가 가르쳐 주신 덕에 여기까지 왔으니까요."

"자네는 원래 재능이 있었어."

"도요다 씨 흉내로 출발했는걸요."

그는 농담처럼 말했다. 도요다는 침이 넘어가지 않았다. 바로 대답이 나오지 않았다.

늙은 개가 한심하다는 듯이 올려다보고 있었다. "얼레리꼴레리." 그렇게 말하는 것 같았다. 도요다는 왼쪽 눈가를 손으로 훔쳤다.

그대로 수화기를 내려놓고 심호흡을 반복했다. 그러고 보니 후배에게 고맙다는 말도 하지 못했다.

"그 자식을 쏠 거야." 도요다는 그렇게 말하며 전화 부스에서 나왔다.

복수다. 괜한 시비든, 엉뚱한 화풀이든, 누가 뭐래도 상관없다. 고용 센터에 다니는 데 지친, 불안에 떨며 살아가는 자신과 어깨를 축 늘어뜨린 채 휠체어를 미는 이구치를 위해 복수해야만 한다. 도요다는 주먹을 불끈 쥐었다. 사명감에 가까웠다.

개인적인 분풀이면 어떻고, 개인적인 원망이면 어떠랴.

공적인 이유로 치르는 전쟁이나 내전에 비하면 훨씬 건전하지 않은가? 개미나 벌은 그들의 보금자리나 집단의 존속을 위해 싸우지만 스스로의 원한 때문에 상대를 쓰러뜨리지는 않는다. 개인적인 이유에 의한 복수야말로 인간다운 행동 아닌가? 도요다는 그런 생각을 했다.

인간이 그렇게 대단한가? 휴머니즘이란 말은 딱 질색이야. 늙은 개는 그렇게 말하고 싶은 눈치였다.

5

"그래, 알고 있었구나." 사사오카가 조용히 말했다. 안도하는
것처럼 보였다.

"앉아. 이 집 주인을 가장할 필요는 이제 없잖아. 나를 속일
필요도 없어. 자네나 나나 똑같은 빈집털이범이야. 조금 더 당
당하게 굴면 어때?"

사사오카는 당혹스러워하면서도 등 뒤의 문을 흘긋 쳐다보더
니 소파에 앉아 구로사와를 마주 보았다.

"어떻게 알았어?"

"자네가 이 방에 들어왔을 때 바로 알았지. 거울을 직접 봤어
야 했는데."

구로사와는 웃음을 참았다.

사사오카가 조용히 숨을 토했다.

"아까도 말했지만 나는 프로 도둑이야. 사전 조사는 철저히 하지. 그 정도 수고는 들여. 아마추어와 확실한 선을 긋기 위해서라도. 그러니 여기가 자네 집이 아니라는 것쯤은 당연히 알고 있었지."

"이 집 주인에 대한 정보는 머릿속에 들어 있다는 뜻인가?"

구로사와는 유쾌하게 말했다.

"그렇고말고. 이 집 주인의 이름과 얼굴은 물론이고, 지금까지 살아온 반생과 음식이나 여자 취향, 버릇, 취미까지 머릿속에 다 들어 있어."

"나는 아마추어야."

"그렇게 오들오들 떨며 들어와선 제대로 일을 할 수 있을 줄 알았어? 진정해. 차분하게 하면 사람은 어지간한 일은 다 해낼 수 있어. 빈집을 털려면 그 집 현관문에 도착하기 전에 흥분이나 긴장을 억눌러야지." 구로사와는 손가락을 하나 세웠다. "그리고 도둑질을 하러 남의 집에 들어갈 때는 안에 아무도 없는지 충분히 확인해야 해. 그걸 소홀히 하는 녀석은 전장에서 무의미하게 총을 난사해서 자기 위치를 노출시키는 병사와 똑같아. 집에서 인기척이 들리면 바로 물러나야지."

"솔직히 내가 이 집에 어떻게 들어왔는지도 기억이 안 나."

"어찌 된 건지 말해 봐." 구로사와는 소파에 기대어 손을 펼쳤다.

사사오카가 불안한 눈치로 집 안을 둘러보더니 손목시계를 확인했다.

"괜찮아. 이 집 주인은 아직 돌아오려면 멀었어."

"그걸 어떻게 알아?"

사사오카는 어리둥절한 표정이었다. 진심으로 놀란 얼굴이었다.

"내 머릿속에는 이 집 주인에 관한 정보가 들어 있어." 구로사와는 웃었다. "자네 같은 녀석이 어슬렁어슬렁 등장할 가능성은 예상하지 못했지만."

사사오카는 힘없이 웃었다. 이야기의 첫 단추를 찾으려는 것 같았다.

"내가 질문할 테니 대답만 해. 지금 자넨 무슨 이야기부터 해야 할지도 모를 테니까."

"질문? 아아, 그래, 그래 주면 고맙겠군."

"돈이 궁한가?"

"돈?"

"도둑질을 하는 데 뭐 그리 훌륭한 이유가 있겠어. 대개 돈이지. 시시한 이유지만, 세상이 그런 거야."

"아니."

사사오카는 이렇게 된 마당에도 말을 흐렸다. 구로사와의 얼굴을 가만히 쳐다보다가 심각한 표정을 지었다. 주름이 깊게 파였다.

"난 실패했어." 사사오카는 한참 후에야 대답했다.

"실패? 뭐에?"

"난 도다라는 남자의 화랑에서 일하고 있었어."

구로사와는 머릿속에서 그 이름을 반추해 보았다.

"도다, 도다 화랑 말이야? 나도 들어 본 적 있어."

"알아도 이상할 것 없지. 유명한 사람이니까. 전국에 있는 도다 빌딩의 주인이기도 해. 떼부자야."

"떼부자라니, 꽤나 유치한 표현이네."

"정말 돈이 많으니 그렇게밖에 말할 수 없어."

"그래서 거기서 일했다 이건가?"

"10년 동안 일을 배웠지. 도움이 되었어. 좋은 의미로도, 나쁜 의미로도. 그 화랑은 대단해. 유망한 화가는 무조건 점을 찍어서 계약을 맺어. 요컨대 주식과 똑같은 감각이야. 구입한 그림을 보관해서 값이 오르기만 기다리지. 그리고 고객에게 그 그림들을 팔아서 이익을 챙기면 끝이야."

"그림은 대부분 투자가 목적이잖아. 아니야?"

사사오카의 얼굴에 번민이 스쳤다.

"나는 그림이, 화가가 좋아. 자기 자신을 위해 그림을 그리는 화가들이. 주가 증권을 비싸게 팔 생각은 하나도 없는, 야심은 있지만 가장 소중한 것을 잃지 않는, 그런 화가들 말이야. 동굴에 틀어박혀 누구에게 보여 줄 것도 아닌 거인 그림을 그린 고야처럼, 그런 화가를 좋아해. 진정한 화가가 그리는 그림은 기도와 비슷하거든."

"화가가 기도하는 건가?"

"아마 그림이라는 건 종이에 쏟아부은 기도일 거야. 10년이나 일해 놓고 이렇게 말하는 것도 그렇지만, 나는 그림을 투자의 소재로 다루는 게 싫었어."

"10년이나 일해 놓고 할 말은 아니네." 구로사와는 사사오카를 놀렸다.

사사오카도 자조 어린 표정으로 웃으며 다시 열띤 목소리로 말했다.

"피카소에게는 칸바일러라는 화상이 있었어. 피카소가 아직 젊었을 때 그 재능을 알아보고 계약을 맺어서 '피카소의 화상'이라 불렸지. 나도 상호 신뢰에 바탕을 둔 그 두 사람 같은 관계를 쌓고 싶었어. 아직 싹트지 않은 화가들을 돌봐 주고, 그림이 가진 본래의 힘을 실감하고 싶었지."

"화가를 돌봐 주려면 돈이 필요하잖아?"

"그래." 사사오카가 어깨를 늘어뜨렸다. "구로사와, 세상은 돈이 전부일까?"

"안됐지만 세상은 돈이 전부야. 잘됐다고 할 수도 있지만."

"자네가 옳아. 나는 안일했어."

구로사와는 고개를 끄덕였다.

"그래, 좋아. 좀 더 얘기해 봐. 털어놓으면 편해질 때도 있어."

"마치 내 카운슬러 같군."

"뭐, 카운슬링을 어떤 식으로 하는지는 전혀 모르지만, 어쩌면 도둑질과 비슷할지도 모르지. 집 안에 숨겨진 현금을 찾는 것도, 여기 있는 것을 끄집어내는 것도 비슷한 일이야."

구로사와는 그렇게 말하며 자기 머리를 집게손가락으로 쿡쿡 찔렀다.

"거기서 가슴을 가리키지 않는 게 구로사와 자네답네."

"싫은 일이나 힘든 일은 머릿속에 쌓이거든." 구로사와는 당연하다는 표정을 지었다. "그래, 하던 이야기나 마저 하자. 자네는 그 화랑을 그만둔 거군. 독립한 거야. 그래서 실패한 거지?"

"어떻게 알았어?"

"아까 자네 입으로 '실패했다'고 했잖아. 게다가 성공한 녀석이 그렇게 침울한 얼굴로 빈집을 털러 들어오겠어?"

사사오카는 이해했다는 듯이 고개를 끄덕였다.

"난 내가 인정하는 화가들에게 전부 물어봤어. 독립할 때 동참해 주지 않겠냐고. 실제로 내게는 그들이 전부였어. 자금은 별로 없었거든. 그 화가들과 맺은 인연이 유일한 재산이었어. 하지만 자신은 있었어. 그들도 나름대로 나를 따라 준다고 자만하고 있었거든. 예술가인 그들에게 필요한 건 함께 기쁨을 나눌 수 있는 작은 화랑이고, 그림을 투자 목적으로만 다루는 떼부자가 아니라고 믿었어."

"그건 실수야. 유치한 실수." 구로사와는 바로 지적했다.

"잘 아는군."

"생각할 필요도 없지. 예술가에게 필요한 건 후원자야. 그건 예로부터 변함없는 진실이야. 예술가에게 부족한 건 생활력이니까. 재능과 노력을 제외한다면, 화가에게 필요한 건 이해심 있는 조언자가 아니라 그냥 돈이야."

"그게 맞는 말일지도 몰라."

"그래서 자네 화랑은 어떻게 됐어?"

"어쩌긴, 가게를 열기도 전에 망했어."

"그거 굉장하네. 전채 요리 전에 후식이 먼저 나오다니."

"오픈 직전이었어. 부동산 발품을 팔아 빌딩을 빌렸지. 큰길에 접한 곳은 아니었지만 나쁘지 않은 자리였어. 인테리어 공사도 막 시작하려던 참이었지. 그때 나이 지긋한 화가한테 전화를 받았어. '사사오카 씨와 함께할 생각은 없다'는 거야. 차마 말이 나오지 않았어. 한 달 전까지만 해도 둘이서 술집을 돌면서 함께 헤쳐 나가자고 악수를 나눴던 상대가 전화 한 통으로 싹 고무신을 뒤집어 신은 거야. 그다음은 순식간이었어. 마음을 비우고 말하면 시원스러울 정도였지."

"도다란 남자가 손을 쓴 건가?"

"그 사람은 내가 독립하려 한다는 걸 알자 당장 움직였어. 화가들에게 돈을 쥐여 주기도 하고, 때로는 협박까지 해 가며 나와 어울리지 말라고 했다더군."

"어른스럽지 못하군."

"그 사람은 자기를 거스르는 자는 누구든 용서하지 않아. 자

기 화랑을 그만둔 사람이 새로 가게를 열다니, 그로서는 용납할
수 없었던 거야."

"그를 거스를 셈이었어?"

"설마. 아까도 말했듯이 도다의 화랑은 차원이 달라. 내가 하
려던 가게는 그에 비하면 아담한 카페에 가까웠지. 도다에게 맞
설 생각은 전혀 없었어. 규모가 달라. 프로야구 구단하고 어린
이 야구팀 정도로 차이가 났어."

"그런데 도다는 화를 냈군."

"깜짝 놀랐지." 사사오카는 정말 놀랐다고 말했다.

"당랑지부도 용납 못 한단 소린가."

"당랑?"

"사마귀 앞발을 말하는 거야. 사마귀가 앞발을 들고 당해 내
지 못할 적에게 맞서는 꼴과 똑같다는 뜻이지."

"그래, 내가 저항해 봤자 사마귀가 곰에게 앞발을 휘두르는
격이나 마찬가지였을 거야. 그런데 그는 용납하지 않았어. 사마
귀라도 짓밟지 않고서는 못 배기는 거겠지."

"오만하다고 해야 하나, 철저하다고 해야 하나, 재미있는 남
자로군. 싫지 않은 타입이야."

"손에 넣을 수 없는 건 없다고 믿는 남자야." 사사오카는 진지
한 얼굴로 말했다. "실제로 지금까지 원하는 건 전부 손에 넣었
겠지. 그리고 자기를 우습게 보는 사람은 결코 용서하지 않아."

"그래서 그 도다 님을 우습게 본 자네는 믿고 있던 화가들에

게 배신당했다 이 말인가?"

"눈앞이 캄캄했다네."

사사오카는 당시의 기분을 재현할 셈인지 두 손으로 눈앞을 더듬는 시늉을 했다.

"도다에게 있고 내게 없는 건 자금과 지위였어. 믿었던 화가들이 줄줄이 나를 버린 건 내게 없는 그것 때문이었겠지."

"그렇군."

"결국 나는 돈에 굴복한 거야." 너무나 서글프다는 말투였다. "세상은 돈이 전부일까." 또 그런 말을 했다.

구로사와는 태연하게 대답했다. "돈보다 좋은 건 세상에 없어."

"역시 그럴까?"

"돈에 진 거니 부끄러워할 필요도 슬퍼할 필요도 없어."

"어디까지가 진심인지 통 모르겠군."

"난 도둑이야. 돈을 노리는 프로 도둑이지. 세상에서 가장 강력한 힘을 가진 건 오로지 돈뿐이야. 돈의 유무는 인생까지 결정하기도 해. 나는 그 불균형을 조금이라도 해결해 주려고 사람들 집에 침입해 돈을 훔치는 거야."

"그래, 생각났어. 화랑이 망할 것 같아서 표구점에 사정을 설명하러 갔어. 그때 그 아르바이트 청년이 '미래는 신의 레시피에 적혀 있다'고 했어. 그가 볼 때는 내가 배신당한 것도 처음부터 정해져 있던 일일지도 모르지."

"플라나리아 실험 얘기를 알아?" 구로사와는 불쑥 물었다.

"플라나리아가 뭔데?"

"2센티미터쯤 되는 작은 동물이야. 뇌도 없는 원시적인 동물이지."

"그걸로 무슨 실험을 해?"

"플라나리아는 물이 없으면 살지 못한다고 해. 플라나리아를 용기에 넣고, 원래 들어 있던 물을 빼서 한곳에만 물을 두는 거야. 거기에 불빛을 쬐는 거지. 그러면 그놈들은 물을 찾아서 이동해. 당연한 일이지. 그런데 그걸 반복하면 플라나리아는 불빛이 비치는 곳으로 이동하게 돼. 물이 없어도 이동하는 거야."

"학습한다는 뜻인가?"

"그래. 불빛이 비치는 자리에 물이 있다는 걸 기억하는 거지. 그래서 그 실험을 몇 차례 반복해 봤어. 어떻게 됐을 것 같아?"

"행복하게 살았어?" 사사오카가 우스갯소리를 했다.

구로사와는 고개를 가로저었다.

"어느 순간부터 꼼짝도 않게 되었어. 불빛을 아무리 비춰도 이동하지 않는 거야. 그렇게 물도 못 찾고 죽었지."

"어째서?"

"글쎄. 다만 플라나리아가 '싫증'을 내서 그렇다는 설이 있어. 똑같은 반복에 싫증이 난 거지. 그 증거로 용기 안쪽의 재질을 바꾸거나 상황을 바꾸면 또다시 학습을 계속한다나 봐. 어쨌든 그런 원시적인 동물조차 같은 일을 반복하느니 자살을 택해."

"그게 정말이야?"

"그렇다고 해도 이상할 것 없잖아? 사람은 더해. 몇십 년이나 똑같은 생활을 반복하고, 똑같은 일을 해. 원시 생물도 싫증을 낼 법한 끝없이 이어지는 그 지루한 시간을 사람들은 어떻게 받아들일 것 같아? '인생이 원래 그런 법'이라고, 다들 그렇게 자기 암시를 거는 거야. 기묘하게도 그걸로 수긍을 해. 참 이상하지. 인생을 얼마나 알기에 그런 소리를 할 수 있는지 난 정말 의아해."

"물고기에 매달려 있는 주제에 말이야." 사사오카는 작게 웃었다.

"자네가 그 도다란 남자의 화랑을 그만둔 건 분명 옳은 선택이었을 거야. 좋아하지도 않는 곳에서 매일 똑같은 일을 하면 머리가 이상해져. 같은 실험을 반복당하는 플라나리아와 똑같은 신세가 돼."

"그러니까."

"그러니까, 자네는 틀리지 않았어. 독립에 실패했고, 약간의 빚이 남았고, 남에게 배신당했다 해도 그대로 독립하지 않고 막연히 똑같은 나날을 보내는 것보다는 옳은 일을 한 거야."

"자네 말을 듣고 있으면 정말 그런 기분이 드니 이상하군."

"동감이야. 나도 자네와 얘기하다 보니 내 허풍이 전부 진짜처럼 느껴져."

"아내는 세상이 지위나 돈에 좌우된다고 믿는 사람이야."

한참 후에 사사오카가 그렇게 말했다.

"정말이야?" 구로사와는 흥미롭다는 듯이 되물었다.

"나와 결혼한 것도 내가 대형 화랑에서 일했기 때문인지도 몰라. 사실 화랑이라고 하면 보통은 화려한 이미지를 떠올리니까. 해마다 파리에 갈 수 있다고 착각했는지도 모르지."

구로사와는 그 말을 듣고 끼어들었다.

"파리가 세련되어 보이는 건 분명 그 나라 국기가 스마트하기 때문일 거야."

"아내는 매년 해외여행을 어디로 가는지, 어느 브랜드의 가방을 들고 다니는지, 그런 걸로 사물의 우열이 갈린다고 생각해."

"나와 똑같군. 실은 나도 돈이나 외모, 능력처럼 알기 쉬운 걸 좋아해. 체면이나 지위. 어쩌면 그런 게 사물의 본질일지도 모르지. 눈에 보이지 않는 애정이나, 동질감 같은 정신적인 가치는 수상한 종교와 똑같아."

"지금 빈정거리는 건가?"

"돈 때문에 남의 집에 침입하는 도둑이 속물이면 어때서."

"아내는 나한테 화가 나 있어."

"그야 대형 화랑을 그만둔 데다 독립에 실패했으니 받아들이기 힘들겠지."

"아내는 나하고 이혼하길 원해."

사사오카의 말투가 너무 심각해서 구로사와는 웃음이 터져 나올 것 같았다.

"하면 그만이지."

"이혼이라니." 사사오카는 그런 의견은 처음 들었다는 듯한 표정으로 외쳤다. "어떻게 그래?"

"왜 안 돼?"

"그녀는 내 아내야. 인생을 함께해 왔어. 어떻게 그리 쉽게 헤어질 수 있겠어?"

"이혼은 간단해."

"절차를 말하는 게 아니야."

사사오카는 진심으로 그렇게 생각하는 듯했다. 무릎 위에 깍지 낀 손을 뚫어져라 바라보고 있다.

"부부란 자고로 그렇게 쉽게 헤어질 수 있는 관계가 아니잖아? 사람과 사람의 인연은 실이 끊어지는 것과는 달라."

이거 중증이로군. 구로사와는 사사오카를 바라보았다. 동시에 사사오카의 양친이 그가 어렸을 때 이혼했다는 사실을 기억해 냈다. 그것이 인간관계에 대한 집착을 조장했는지도 모른다고 생각했지만, 바로 그 안일한 판단을 지워 버렸다.

"화가에게 배신당하고 뭘 배웠어? 사람의 인연이란 허무하게 무너질 수 있다는 거였잖아? 돈으로 연결된 인연이 훨씬 강한 법이야. 도쿄에서 돌아온 자네를 센다이에 있던 아내가 따뜻하게 맞아 주던가?"

사사오카는 대답하지 못했다.

"아내는 자네가 거추장스러울지도 몰라."

"아내한테는 내가 없으면 안 돼."

구로사와는 기가 막혔다.

사사오카의 아내는 아마 사사오카 이상으로 강인할 것이다. 이야기만 듣고도 상상할 수 있다. 돈이나 지위를 중시하는 현실적인 여자는 사람을 믿고 배신당하는 성실한 남자보다는 훨씬 처세술에 능하다. 현실감각이 있는지조차 의심스러운 남자보다야 어느 브랜드의 구두를 신었는지 신경 쓰는 여자가 훨씬 강하다. 아무것도 모르는 건 사사오카다.

구로사와는 친구에게 해 줄 말을 찾아 한참 침묵하고 있었다. 질타해야 할지, 현실을 직시하라고 타일러야 할지, '자네는 이상적인 남편이야' 하고 칭찬해야 할지, 판단이 서지 않았다.

"나는 인생에 실패했어."

사사오카가 또 같은 소리를 했다. 온갖 기억을 더듬어 보고 결론에 다다랐는지도 모른다. 소파에서 고개를 숙이고, 맷돌을 등에 지고 살아가는 듯한 표정을 지었다.

"남한테 배신당하고, 빚을 지고, 내 인생은 실패한 인생이야. 사실 뭘 어떻게 해야 할지 모르겠어."

"〈러시 라이프〉란 노래를 알아?" 구로사와가 물었다.

"아니."

"'Lush'는 '주정뱅이'란 뜻인데, 되는대로 사는 고주망태의 인생을 뜻한다고 해. 자네한테 필요한 건 오히려 그런 자유분방한 삶일지도 몰라."

"나는 술도 못 마시고, 자포자기할 줄도 몰라."

구로사와는 쓴웃음을 지었다.

"그렇게 심각하게 대답하지 마. 좀 더 편하게 생각해. 물고기한테 몸을 맡기고, 느긋하게."

그래도 사사오카는 복잡한 표정이었다.

"아까 나는 프로 도둑이라고 했지?"

"그랬지."

"하지만 인생에 관해서는 모두가 아마추어야. 그렇잖아?"

사사오카는 그 말에 눈을 번쩍 떴다.

"모두가 첫 출전이야. 인생에 프로는 없어. 뭐, 이따금 자기가 인생의 프로인 것처럼 으스대는 놈도 있지만, 어쨌든 실제로는 모두가 아마추어고 신인이지."

"아마추어." 사사오카가 멍하니 중얼거렸다.

구로사와는 친구의 마음에 그의 말이 닿고 있는지 가만히 지켜보면서 말했다.

"처음 시합에 나간 신인이 실패했다고 낙담하면 안 돼."

사사오카가 구로사와의 얼굴을 가만히 바라보았다.

"뭘 쳐다보는 거야? 무섭게."

"자네와 이야기하고 있으니 나를 둘러싼 모든 두려움이 사라지는 것 같아."

"요전에 텔레비전에서 야구 해설가가 그러더군. '신인답게, 실패를 두려워하지 말고 플레이 해 주길 바랍니다.'"

"자네는 왜 도둑질을 하는 거야? 경찰에 붙잡힌 적은 없나?"

구로사와는 집게손가락으로 관자놀이를 긁적거렸다.

"음. 다행히 체포당한 적은 없어. 처음 시작했을 때는 실패도 많이 했지만, 그래도 어찌어찌 지금까지 잘해 왔어. 왜 그런지 알아?"

"줄행랑치는 데는 선수니까." 그때만큼은 사사오카의 얼굴이 학창 시절로 돌아갔다.

"그래. 나는 마음만 내키면 어디로든 이동할 수 있어. 신출귀몰, 자유자재, 나타났다가 사라지는 재주가 있지."

사사오카가 웃기에 구로사와는 진지한 표정으로 말했다.

"진짜라니까. 뭐하면 지금 자네가 눈을 감고 있는 사이에 뿅 사라져서 다른 집을 털고 올 수도 있어."

낮에 만났던 청년이 '순간 이동'이라고 말했던 것이 생각났다.

"이 집에 있는데, 또 다른 장소로 간다고?"

"마음만 먹으면 그럴 수도 있다는 소리야. 후나키 씨의 집에 다시 숨어들어 가, 남겨 놓고 온 서랍 속 돈을 챙겨 올 수도 있지."

"후나키가 누구야?"

그 말을 듣고서야 구로사와는 자기가 무의식중에 그 이름을 말한 것을 깨달았다.

"새 고객이야."

"여전히 즐거운 친구로군."

구로사와는 환하게 웃으며 구석에 있는 스테레오를 가리켰다.

"CD라도 틀까? 아까 살짝 봤는데 밥 딜런이 있더군. 밤에 조금도 낭만적이지 않은 그 목소리를 듣는 것도 꽤 좋지 않아?"

그리고 화장실에 다녀오겠다며 소파에서 일어났다.

"도둑이 남의 집 화장실을 써도 돼?"

"화장실은 훔치는 게 아니라 빌리는 거니까. 어쩌면."

"어쩌면?"

"아까 말한 것처럼 화장실에 가는 척하고 사라질지도 몰라."

구로사와는 그런 소리를 하면서 후나키가 사는 타워 아파트에 한 번 더 들르는 것도 나쁘지 않겠다는 생각을 했다.

어디선가 우아한 박수 소리가 들려와 가와라자키는 정신이 번쩍 들었다. 스케치북에 처박고 있던 고개를 들어 좌우를 둘러보았다.

스테레오에서 흘러나오던 재즈 피아노 곡은 라이브 음반 같았다. 곡이 끝날 때마다 관객들의 박수 소리가 그대로 들렸다. 순간 그의 데생에 대한 갈채인 줄 알았다.

시계를 보았다. 30분이 지났다.

저도 모르는 사이에 스케치북을 세 장이나 넘겼다.

첫 번째 도화지에 누워 있는 전신을 그렸다. 천장을 향한 코부터 발끝까지 하얀 종이 한복판에 담았다. 늘씬한 육체다. 마른 체형의 남자가 우아하게 잠들어 있는 것처럼 보였다. 두 번째 도화지에는 눈을 감은 남자의 얼굴만 확대해서 그렸다. 가짜처럼 보이는 그 얼굴을 목 언저리까지 데생했다. 아름답고 무표정한 얼굴과 핏기를 잃은 것처럼 하얀 종이가 기묘한 균형을 이루었다. 세 번째 도화지에는 목 아래쪽, 주로 몸통 부분을 그렸다.

"어때?" 쓰카모토는 가까이 다가오지는 않았지만 가와라자키에게 말을 걸었다.

"저도 모르는 사이에 벌써 30분이나 지났네요."

"집중력이 대단하네. 시체가 무섭지는 않아?"

"무섭다는 생각은 안 드네요."

"물체로만 보여서 그런가?"

"물체라고 할까." 가와라자키는 우물쭈물하다가 대답했다. "저렇게 됐는데도 저분은 여전히 가짜 같아요."

"가짜?" 쓰카모토는 터져 나오는 웃음을 억지로 참는 눈치였다. "다카하시 씨가 가짜라고? 그거 멋진데."

"정말 신이 아닌 걸까요?"

가와라자키는 신이 아니면 저 아름다운 옆모습은 대체 무엇인지 묻고 싶었다.

"다카하시 씨는 신이 아니야. 그렇잖아? 전능한 이방인이자 무한한 존재인 신이 그리 간단히 죽을 리가 없어. 죽는다는 건 곧 신으로서는 모순이야."

두 사람은 한동안 잠자코 있었다. 피아노 간주 소리가 멈추었다. 대신 옆집에서 무슨 소리가 났다.

"무슨 소리 못 들었습니까?"

"옆집에서 창문이라도 열었겠지. 그 집 스테레오 소리야."

가와라자키는 거듭 귀를 기울였다. 귀에 익지 않은 거친 소리가 느릿하게 이어졌다. "밥 딜런이네." 쓰카모토가 아는 척하더니 그다지 관심 없는 표정으로 말했다. "포크의 신이지. 저쪽에도 신이 있네."

가와라자키는 뭔가 센스 있는 맞장구라도 치려고 입을 열었지만 말이 제대로 나오지 않았다.

쓰카모토가 일어섰다. 천천히 비닐을 밟아 가와라자키의 등 뒤로 다가왔다.

반사적으로 스케치북을 감추려 했지만 그것도 실례일 것 같아 그만두었다.

"이거 대단하군." 머리 위에서 쓰카모토의 목소리가 들려왔다. "아니, 이 정도일 줄은 몰랐거든. 앞쪽 그림도 보여 줄 수 있을까?"

거절할 이유도 없어 가와라자키는 무릎 위에 얹은 스케치북을 펼쳤다.

이걸 가장 먼저 그려 봤습니다, 하고 전신을 그린 그림을 보여 주자 쓰카모토가 탄성을 질렀다.

"대단해, 정말 대단해! 이렇게 잘 그릴 줄 몰랐어."

쓰카모토의 칭찬이 서비스 같지는 않아서 쑥스러웠다. 가와라자키는 데생은 평소에도 늘 하는 일이라 칭찬을 받으면 기분이 묘하다고 설명했다.

"이거라면 저 사람도 좋아할 거야." 쓰카모토가 말했다.

"저 사람요?" 그 말투에 거부감을 느꼈다. 그렇게 가벼운 표현을 써도 되는 걸까?

가와라자키는 데생을 재개했다. 쓰카모토는 원래 있던 자리로 돌아갔다.

"자, 그럼."

쓰카모토가 중얼거리는 소리가 들렸다. 귀가 아니라 머릿속 다른 곳에서 울리는 느낌이었다. 그림에 집중할 때면 소리가 그런 식으로 들린다.

쓰카모토가 시야 한구석에서 꿈지럭거렸다. 작은 톱을 손에 들고 있었다. 어느 틈에 투명한 우비를 입고 있었다.

"어, 어쩌시려고요?"

"역시 팔이 먼저겠지?" 쓰카모토가 말했다. 얼굴이 진지했다. 입술을 축이지도, 혐오감에 얼굴을 찌푸리지도 않았다. 태연한 얼굴이었다. 가와라자키는 아무 대답도 할 수 없었다. 팔부터 자르면 되겠느냐는 질문에 '예, 그렇죠, 그럽시다'라고 바로 대답할 수 있는 사람이 과연 있을까?

정말 분해하는 것이다. 가와라자키는 그제야 비로소 이해할 수 있었다. 거짓말이나 허풍, 어떤 비유가 아니라 이 천재는 정말로 분해당하는 것이다.

"굳어서 말을 안 듣네." 쓰카모토가 중얼거렸다.

"예?"

"사후경직이란 말 들어 본 적 있지?" 쓰카모토는 시체의 팔을 붙잡으며 설명하기 시작했다. 가와라자키는 고개를 숙이고 있었다.

"이 시체도 꽤 많이 굳어서 통나무 같아. 이건 관절이 안 굽혀지는 게 아니라 관절 주변의 근육이 굳어서 그런 거야. 그래서 관절이 안 굽혀지는 거지."

쓰카모토의 말끝에 힘이 실렸다. 왜 그런가 돌아보니 쓰카모토는 시체의 팔에 올라타 있었다. 체중을 실어 힘을 주고 있는 것이다.

순간 터져 나오려는 비명을 참았다. 신에게 무슨 짓을 하는 건가! 가와라자키는 졸도할 뻔했다.

"이렇게 힘을 주면 간신히 굽힐 수는 있어."

확실히 시체의 팔은 아까보다 팔꿈치가 완만하게 굽었다.

"몇 번 힘을 줘서 인위적으로 움직여 주면 사후경직은 풀 수 있어. 뭐, 그냥 둬도 근육이 썩어서 풀리지만."

그렇게 말하며 쓰카모토는 시체의 다른 쪽 팔도 똑같은 요령으로 꺾었다. 그러더니 톱날을 한 차례 확인하고 시체 오른팔을 들어 올려 납작한 박스 위에 얹었다.

톱을 댄다. 가와라자키는 바로 스케치북으로 시선을 돌려 자세히 보지는 못했지만 쓰카모토가 어깻죽지에 톱날을 댄 것 같았다.

"다카하시 씨는 이런 말을 한 적이 있어. 신이란 건 사소한 문제로 고민하지 않는대. 전체를 본다는 거야."

"전체라고요?" 가와라자키는 데생 요령과 비슷하다고 생각했다.

그때 쓰카모토가 아무 예고도 없이 톱질을 시작했다.

가와라자키는 반사적으로 눈을 감았다. 귀도 막고 싶었다. 목재를 자르는 듯한 소리가 났다. 불쾌하지는 않았지만 무서웠다. 식상한 해외 호러 영화의 한 장면처럼 핏방울이 분수처럼 튈 것을 각오했는데 그런 일은 없었다.

잠시 후에 눈을 떴다.

쓰카모토는 아마추어 목수처럼 필사적인 표정으로 톱질을 했다. 우비가 바스락바스락 스치는 소리도 났다. "분해 작업도 중노동이네."

가와라자키는 스케치북으로 고개를 돌렸다. 연필 선을 그으려 했다.

"이건 그리지 마!" 쓰카모토가 날카롭게 외쳤다.

가와라자키는 톱을 쥔 쓰카모토의 모습을 그리려던 참이었다. 그 목소리에 놀라 쥐고 있던 연필을 떨어뜨리고 말았다. 연필은 무릎에 부딪쳐 시체의 팔 밑으로 굴러갔다. "아, 안 됩니까?"

쓰카모토는 언성을 높인 게 부끄러운지 작은 목소리로 변명을 둘러댔다.

"아니, 안 되는 건 아니지만 부적절하잖아. 분해하는 장면을 그림으로 남기는 건 원래 목적과는 달라."

가와라자키는 그의 말에 건성으로 대답했다. 무슨 소린지 모르겠다.

"다카하시 씨라는 천재의 육체를 부품으로 남기면 되는 거지, 그것을 분해하는 작업은 불필요한 부분이야, 그렇지?"

"불필요한가요?"

"불필요하지. 신의 그림에 내가 왜 필요해?"

가와라자키의 멍한 머릿속에 뭔가가 걸렸다. 쓰카모토의 말을 들어 보면 그때마다 '다카하시'가 신이기도 하고, 신이 아니기도 한 것 같았다. 쓰카모토의 마음속에서도 '다카하시'가 신인지 아닌지 구별이 되지 않는 것 아닐까? 가와라자키는 의심이 들었다.

이해 못 하는 건 아니다.

이해를 초월한 문제에 관해 생각할 때, 사람은 자기가 받아들일 수 있는 가설을 세우려 한다. 그러나 그래서는 결국 이해할 수 없다.

가와라자키는 여전히 '다카하시'가 역시 신일지도 모른다는 생각을 품고 있었다. 신 앞에서 인간은 혼란스러워하고 당혹스러워할 수밖에 없는 존재라고 멍하니 생각했다.

"왜 그래?" 쓰카모토가 물었다.

"아니요, 연필을 주우려고요." 재빨리 둘러대며 비닐이 깔린 바닥에 손을 짚고 몸을 숙여 시체 밑으로 굴러 들어간 연필을 주우려 했다.

시체에 손이 닿았다. 현실미가 없을 정도로 싸늘했다. 황급히 손을 움츠렸다. 시체를 건드려서 놀란 것보다 신을 건드렸다는 공포가 앞섰다.

"괜찮아?" 쓰카모토가 또 물었다.

가와라자키는 괜찮다고 대답하면서 스케치북을 다시 펼쳤다.

무심코 외마디 비명을 지를 뻔했다. 어쩌면 실제로 소리를 냈을지도 모른다. 종이에 닿아 있던 연필 끝이 깊숙이 박혔다.

가와라자키는 시체의 다리를 보았다. 건드렸을 때 시체의 위치가 약간 바뀌었는지, 아까까지 보이지 않았던 부분이 가와라자키의 눈에 들어왔던 것이다.

현기증으로 캄캄해졌던 눈앞이 다시 밝아졌다.

시체의 사타구니 왼쪽에 흉터가 있었다. 5센티미터쯤 되는 수술 흉터였다.

겨우 5센티미터밖에 되지 않는 흉터에 가와라자키는 할 말을 잃고 말았다. 불길한 표식을 본 것처럼 꺼림칙한 감각이 온몸을 덮쳤다. 기억이 요동친다. 머릿속을 빙글빙글 맴돈다. 그 전단지를 기억 못 하느냐고 누가 묻는다.

행방불명된 남성을 찾는 전단지였다. 행방이 묘연한 아들을 찾아 달라는 글과, 그 밑에 '사타구니에 수술 흉터가 있습니다'라는 설명이 붙은 그 전단지다.

지금 그의 눈앞에 있는 시체에는 틀림없이 수술 흉터가 있다.

이것이 의미하는 바는 무엇일까? '행방불명'이라는 글자가 머릿속에 떠올랐다. 눈앞의 시체를 쳐다보았다. 머릿속에서 그 두 가지가 하나로 연결되려 했다. 무서웠다.

간신히 스케치북을 다시 들고 꽉 움켜쥐었다.

이상해. 누군가가 외치고 있다.

조심해, 조심해, 세상에는 수상한 그물이 쳐져 있으니까 넋 놓고 다니면 금방 덫에 걸릴 거야. 아마도 가와라자키 자신이 보내는 충고였을 것이다.

머릿속에서 벌레가 우는 것만 같았다. 마치 모기의 날갯소리 같았다.

교코는 간신히 일어나서 아오야마 옆에 섰다.

시체는 알몸이었다. 입고 있던 옷은 트렁크 구석에 돌돌 말려 있었다.

자세히 쳐다볼 수가 없었다. 두 다리로 서 있지 못할까 봐 두려웠다.

늘 이성적이고, 겁을 내지 않는 자신이 시체 따위에 겁을 먹다니 용납할 수 없었다.

"전부 토막 나 있어. 팔도 다리도 몸에서 잘려 나갔어."

"어떻게 된 거야?" 교코는 화풀이할 대상을 찾았다.

이 비현실적인 사고는 경악보다 분노를 불러일으켰다.

"어째서? 아까까지는 멀쩡한 시체였는데 어째서 지금은 토막이 나 있는 거야? 말도 안 돼! 아아, 그거로구나. 당신이 차로 친 청년은 장난감이나 마네킹이었던 것 아니야? 트렁크 안에 넣어서 덜컹거리는 바람에 접착제가 떨어진 거야. 걸작이네!"

"그럴 리 없잖아!" 아오야마도 혼란스러운지 필사적이었다.

"누가 이런 짓을 한 거야?"

"누구냐니." 아오야마는 대답하지 못했다.

"우리가 눈을 뗀 건 지금 화장실에 다녀온 몇 분뿐이잖아. 어디 사는 누군지는 몰라도 누군가가 그 사이에 당신 트렁크를 열었을 테지. 잠깐, 트렁크 열쇠는 당신이 갖고 있었어?"

"어, 응." 아오야마는 아직도 동요하고 있었다. "내가 계속 갖고 있었어. 교코를 따라서 숲 속에 있는 동안은 쭉."

"그게 무슨 뜻인지 알아?"

다 내던지고 싶은 마음을 꾹 참으며 교코는 집게손가락을 세웠다. 무슨 뜻인지 알아? 그것은 설명을 원하는 자신에게 하는 말이나 다름없었다. 아오야마가 얼굴을 일그러뜨렸다.

"우리가 숲에 들어간 몇 분 사이에 누가 다가와서 잠겨 있던 당신 차 트렁크를 열고, 그 안에 있던 저 청년의 시체를 토막 낸 다음, 다시 트렁크를 잠그고 떠났다는 뜻이 돼."

"그, 그렇겠네."

"그게 가능할 것 같아?"

"가능할 리 없지."

"하지만 실제로 그런 일이 일어났어."

"불가능해." 아오야마는 말했다. "기적이라도 일어나지 않는 한 불가능해."

"만약 기적이라면 누구를 위한 기적이야?" 교코는 말했다.

"더 이상 기적은 없어." 아오야마가 얼빠진 목소리로 말했다. 그에게 기적이란 오로지 3대 0에서 역전 승리했던 그 시합뿐이다.

교코는 작은 동그라미를 그리듯 제자리에서 맴을 도는 자신을 발견했다. "일단 진정하자." 스스로에게 하는 말이었다.

"어디에 묻어 두고 가는 게 좋겠어. 이건 이상해. 시체가 토막 날 리가 없잖아."

아오야마는 불안한 기색으로 트렁크와 교코를 번갈아 쳐다보았다.

교코는 머리를 쥐어뜯고 싶은 심정이었다.

"일단 트렁크부터 닫아." 주먹을 불끈 쥐고 히스테리를 참아 가며 아오야마에게 지시했다. 해야 할 일을 하나씩 처리하는 수밖에 없었다.

아오야마는 트렁크 앞에 서서 뚜껑을 붙잡았다. 절단된 시체를 보고 있는지 얼굴을 찌푸리고 있었다.

"빨리 닫아." 교코는 짜증스럽게 말했다.

트렁크가 닫혔다.

교코는 일단 차로 돌아가자고 했다. 차분하게 생각해 봐야 한다. 차분하게 생각하면 나는 무슨 일이든 극복할 수 있다.

차에 올라타자 아오야마가 핸들을 내리쳤다.

"교코, 어떻게 된 일이야? 시체가, 시체가 어느 틈에 토막 나 있었어!"

좁은 차 안으로 들어오는 바람에 공포가 더 솟구쳤는지 아오야마는 불안한 심정을 토해 내려는 듯이 외쳤다.

"진정해."

아랫배에 남아 있는 잔뇨감에 짜증은 났지만 다리가 계속 떨리는 건 다른 이유 때문이었다.

"이상해. 이런 일이 있을 수 있어? 우리가 차를 떠난 건 교코가 화장실에 갔던 그 잠깐뿐이었단 말이야."

"됐으니까 진정 좀 해."

교코는 머리를 박박 긁었다. 질문을 받는 것 자체가 짜증스러웠다. 영문을 모르겠는 건 이쪽도 마찬가지다.

"실제로 토막이 나 있었으니 어쩔 수 없잖아."

"하지만 어떻게?"

교코는 눈을 살짝 감고 두 손을 머리에 얹고서 필사적으로 생각했다. 냉정하게 순서대로 따져 보면 아마도 답이 나올 것이다. 호흡을 가다듬었다. 숨을 천천히 내쉬었다.

"다시 한 번 트렁크를 보고 올게."

갑자기 아오야마가 운전석 문을 열면서 말했다. 가만히 앉아만 있지는 못하겠다는 눈치였다.

교코는 대답하지 않았다. 무슨 말을 하면 다시 패닉에 빠질 것만 같았다.

"교코, 듣고 있어?"

그러자 교코는 아오야마의 얼굴을 뚫어져라 바라보면서 물어보았다.

"당신이 그런 것 아니야?"

특별히 근거가 있는 건 아니었다. 시끄러운 아오야마가 짜증스러웠던 것뿐인지도 모른다.

아오야마가 안색을 싹 바꾸고 열려던 문을 도로 닫았다.

"내가 했다니 무슨 뜻이야?"

교코는 주눅 들지 않고 상대를 똑바로 노려보았다.

"잘 들어. 나는 화장실에 가고 싶어서 숲 속으로 들어갔어. 당신은 그때 늦게 따라왔지? 내 뒤를 바로 따라오지 않았어. 그렇지?"

"트렁크를 열고 시체를 확인했을 뿐이야."

"정말 그랬다는 증거가 없잖아. 당신은 그때 트렁크를 열고 시체를 확인했어. 하지만 정말 그뿐이었어?"

"무슨 소리를 하고 싶은 거야?"

"시체를 잘랐던 것 아니야?"

속을 떠볼 의도도 없이 담담하게 묻는 교코에게 아오야마는 즉답했다.

"설마. 내가 교코하고 떨어져 있었던 시간은 잠깐이었잖아. 몇 분도 채 되지 않아."

"그때는 시체가 그대로 있었어?"

"그래. 분명히 있었어. 멀쩡한 시체였어. 저렇게 잘려 있지 않았다고. 아마 그랬다면 그때 눈치챘을 거야."

확실히 만약 시체가 알몸이 되어 있거나 토막이 나 있었다면 아무리 밤길 위라고 해도 아오야마도 알아차렸을 것이다.

"그렇다면 당신이 확인한 다음, 다시 트렁크를 열기 전에 토막이 난 거네."

"5분이나 10분 정도야."

"10분까지는 아니야."

"그보다 조금 짧았겠지."

"10분으로 가능할까?" 교코는 그렇게 말한 뒤에 다시 머리를 긁적였다. "가능한지 어떤지 물어볼 필요도 없네."

아오야마가 차로 사람을 쳤다. 이것은 분명 사실이다. 틀림없는 사고였다. 누군가의 음모나 제삼자의 의도가 끼어들 여지는 없었다.

그 시체를 트렁크에 넣어 운반하자고 주장한 건 교코였다. 아오야마의 아내를 죽여서 함께 처리하자고 제안했다. 여기에도 교코 이외의 다른 인물의 의지는 작용하지 않았다.

다음으로 차를 세운 곳은 지금 두 사람이 있는 숲 가장자리의 도로 위였다. 그것도 교코가 꺼낸 말이었다. 화장실에 가고 싶어서 참지 못하고 아오야마에게 부탁했다. 다른 누군가가 아닌 교코가 세운 일정이었다.

그때 트렁크 속 시체에 변화가 있었다. 토막이 났다. 지금 센다이 시가지를 공포에 몰아넣은 연쇄 토막 살인 사건처럼, 시체가 너무나 간단히 잘려 나간 것이다.

시체를 절단할 시간은 없었다. 그것은 거의 틀림없는 사실이다. 그렇다면. 교코는 곰곰이 생각했다. 뭔가 정답을 찾아낼 수 있을 것 같았다. 어둠 속에서 손을 앞으로 뻗고 천천히 걸어갈 때 몇 걸음만 더 가면 벽이 나올 것을 예감하는, 그런 감각이었다.

"아무래도 트렁크를 다시 한 번 보고 와야겠어."

아오야마는 참을 수 없었는지, 드물게 짜증 섞인 목소리로 말하고 밖으로 나갔다.

교코는 쫓아가지 않고 다시 생각에 잠겼다.

트렁크는 잠겨 있었다. 아오야마가 그 열쇠를 갖고 있었다. 그렇다면 시체를 절단한 인물은 당연히 여분의 열쇠를 가지고 있었다는 뜻이다. 혹은 자물쇠를 따는 특별한 훈련을 받은 사람이 범인이거나, 트렁크 자체가 찌그러져서 제대로 잠기지 않았거나.

시체가 처음부터 잘려 있었던 건 아닐까?

교코는 그렇게 생각해 보았다. 그렇다면 시간문제는 해결된다. 절단 시간의 의문은 사라진다. "바꿔치기한 거야." 번뜩 깨달음이 왔다.

그들이 차로 친 시체는 사지가 멀쩡한 남자였다. 지금은 도저히 인간의 몸뚱이라고 생각할 수 없을 정도로 토막 나 있다. 차에 치인 시체와 토막 난 시체를 바꿔치기했다. 누가? 생각할 필요도 없었다. 아오야마밖에 없다. 애초에 이 사건에 얽혀 있는 사람은 아오야마와 교코, 그리고 차에 치인 남자뿐이니 소거법으로 생각하면 아오야마밖에 없었다.

황급히 룸미러를 보았다. 아오야마의 모습을 확인하려 했지만 각도가 맞지 않았다. 트렁크 안에서 시체를 움직이고 있는지 덜컹거리는 소리가 났다.

어쩌면 아오야마는 센다이에서 발생한 토막 살인 사건의 범인일지도 모른다. 그런 상상을 한 교코는 흥분했다. 애인이 세상을 떠들썩하게 뒤흔드는 살인범일지도 모른다고 상상하니 왠지 너무나 사랑스러웠다.

정신을 차리고 보니 운전석 문이 열리면서 아오야마가 들어왔다. 교코는 아오야마를 방금 전과는 다른 시선으로 보았다.

"어땠어?"

"똑같아. 토막 난 시체야."

"원인이 뭘까?"

"그걸 알면 왜 이 고생을 하겠어."

차에 시동을 걸었다. 아오야마가 각오를 굳힌 듯 핸들을 붙잡았다.

"어쩌려고?"

"어쩌긴, 처음에 결정한 대로 우리 집으로 가야지."

교코는 아오야마의 본심을 찾아내려고 몇 초 동안 그의 얼굴을 바라보았다.

"나도 지금 그렇게 생각했어. 그 여자, 당신 아내가 모든 악의 근원이야. 한시라도 빨리 가야겠어."

당신 혹시 살인범이야? 그렇게 묻고 싶은 것을 꾹 참았다.

지금은 예정대로 움직여야 했다. 그때 교코는 혹시 저 토막 시체가 아오야마의 아내는 아닐까 하는 생각도 해 보았다.

토막 난 시체는 엎드린 자세였기 때문에 남성이라고 단정하기 어려웠다. 차에 치인 남자는 마른 체형이었으니, 저 토막 시체가 여성이라고 해도 위화감은 없다. 게다가 교코는 토막 난 뒤의 시체 얼굴을 확인하지 않았다.

그렇다, 가능성은 있다. 아오야마가 이미 아내를 살해했고, 토막을 내서 트렁크에 넣어 온 건지도 모른다. 남자를 친 것은 사고였지만 그 후에 토막 난 시체와 차로 친 시체를 바꿔치기했는지도 모른다.

교코는 자신의 억측에 완전히 몰입해 있었다. 빈혈로 주저앉았던 자신이 한심스러웠다. 앞으로 그런 일이 있어서는 안 된다.

이제는 괜찮다. 아까는 잠시 동요했을 뿐이다. 절단된 시체가 뭐 어떻다는 거야? 교코는 마음을 가라앉혔다. 시체가 자연히 찢어졌다? 그럴 리 없잖아. 중의원을 모조리 사살하겠다느니, 말하는 허수아비가 명령을 내린다느니 하는 망상을 품고 병원을 찾아오는 환자들을 떠올렸다. 말도 안 된다. 내가 그런 사람들과 같을 리 없다.

아오야마가 그때 입을 열었다.

"혹시, 그런 거 아닐까? 내가 낮에 말했잖아? 여고생이 했던 이야기."

"그게 뭐야?"

"내가 오늘 거리에서 들었다고 한 이야기 말이야. 기억 안 나? 말했잖아. 시체가 저절로 토막이 난다는 소문."

"아아, 그거."

교코는 무심한 목소리로 대꾸했다. 아오야마가 그런 얘기를 하기는 했다. 토막 난 몸이 도마뱀 꼬리처럼 움직이는 모습을 상상하고 웃었던 기억이 났다.

"분리되었던 몸이 들러붙는다잖아."

"시시한 괴담은 세상에 얼마든지 있어. 게다가 그건 내용도 별로잖아. 저게 정말 붙을 것 같아?"

"어디선가 나쁜 일이 벌어지고 있는 거야." 아오야마가 그런 소리를 했다.

"그 두루뭉술한 말은 뭐야?"

"누군지 몰라도 어디선가 신이 분노할 만한 외람된 짓을 저지른 거야. 그래서 일어날 리 없는 현상이 일어나는 거지."

"외람된 일이라니, 예를 들면 어떤 거?"

"누군가가 신을 죽여서 토막 냈다거나."

"당신 신도 믿어?"

"다들 곤란할 때는 신에게 매달리는 법이야."

아오야마의 말투에 약간이나마 여유가 보였다. 교코는 더욱 확신을 굳혔다. 아오야마는 내게 뭔가 숨기고 있다. 아마도 나를 기쁘게 해 줄 무언가를.

차는 밤길을 달렸다. 아오야마는 잠자코 앞만 바라보고 있었다. 어둠 속, 숲의 나무들이 뒤로 휙휙 멀어져 갔다. 교코는 두근거리는 고동을 즐기며 곧 이혼할 남편 생각을 했다. 인생은 당신이 상상도 못 할 만큼 드라마틱하다고 말해 주고 싶었다.

도요다는 그가 근무했던 회사를 물끄러미 올려다보았다. 센다이에서도 유명한 오피스 빌딩이다. 회사는 15층부터 18층까지 통째로 빌려 썼는데 도요다의 부서는 15층에 있었다. 후나키가 "당신, 여기서 일한 지 몇 년이나 됐지?" 하고 뻔뻔하게 물었던 곳도 같은 층에 있는 회의실이었다. 화이트보드가 있던 자리까지 또렷이 기억한다.

개 목줄을 쥔 손에 힘이 들어갔다.

도요다는 후나키가 어디 사는지 몰랐다. 센다이 시내에 집이 있다는 말은 들었지만 어느 지역인지도 모른다. 도요다가 선택한 방법은 더없이 단순했다. 회사 앞에 숨어서 기다리기로 한 것이다.

공중전화로 후나키에게 연락해 "빨리 집으로 돌아가 보세요. 도둑이 들었습니다"라고 말했다. 스스로도 우스울 정도로 진부한 내용이었다. 후나키는 짜증 섞인 목소리로 되물었지만 도요다는 그대로 전화를 끊었다.

효과는 있을 거라고 믿었다. 누구라도 그런 전화를 받으면 마음에 걸려 회사에서 뛰쳐나오지 않을까?

집에 도착한 순간 권총을 겨누고 총알을 박아 주마. 도요다는 그런 생각을 했다. 그런 다음 강도 짓으로 꾸미면 어떨까? 이 마당에도 보신을 생각하는 스스로가 우스꽝스럽기도 했다.

빌딩 출입문은 양쪽에 있었지만 저녁 6시가 지나면 후문에 셔터를 내리기 때문에 건물 정면의 자동문으로만 출입할 수 있다. 때문에 도요다는 개를 데리고 정면 현관이 보이는 곳에 서 있었다.

사립 고등학교 앞에 정류장이 있고 조금 떨어진 곳에 벤치가 있었다. 낡은 정류장을 철거할 때 그대로 방치해 놓은 벤치 같았는데 앉는 데는 아무 문제 없었다.

여고생 세 명이 정면에 서서 떠들고 있었다. 방해는 되지 않았다. 오히려 빌딩 쪽에서 보이지 않게 그의 모습을 가려 주어 딱 좋았다.

개는 여고생들을 가만히 쳐다보고 있었다. 관찰하는 얼굴이었다.

"애, 그 소문 들었어? 그거." 키 작은 아이가 새된 목소리로 말했다. "토막 시체 얘기."

"들었어." 또 한 아이가 말하자 다른 아이가 "어? 뭐?" 하고 퉁명스럽게 물었다.

말을 꺼낸 아이는 한 아이가 이미 정보를 알고 있다는 사실에 불만스러워하면서도 말을 이었다.

"요즘 토막 살인 사건이 유행이잖아?"

"그거 정말 무섭더라. 젊은 사람도 살해당했잖아."

"하지만 사실은 토막 살인 사건이 아니래." 머리를 염색한 아이가 으스대며 말했다.

"무슨 소리야?"

"시체가 저절로 토막 나 버리는 거래." 다른 아이가 말을 가로챘다.

저런 허무맹랑한 얘기가 즐거운가? 도요다는 어처구니없다는 표정으로 여고생들을 지켜보았다.

"시체가 잘린다고?"

"그래. 땅에 묻었던 시체가 토막이 났다가, 도로 붙어서 거리를 활보한다는 거야. 그리고 다시 토막토막 떨어진대."

"왜 또 그런대?"

듣고 있던 소녀가 진지한 표정으로 물었다. 도요다는 그 말에 웃음이 터질 뻔했다. 왜 또 그런대? 딱 맞는 말이다. 시체가 토막 났다가 다시 들러붙는 데 무슨 의미가 있을까? 도시 괴담이라는 건 어느 때나 튀어나오는 법이지만 여고생들의 이야기는 황당무계하기 짝이 없었다.

그때 빌딩에서 나오는 후나키를 발견했다. 도요다는 반사적으로 벌떡 일어났다가 눈에 띄면 안 된다는 생각에 얼른 벤치에 도로 앉았다.

다행히 후나키는 혼자였다. 유난스럽게 큰 가방을 들고 계단을 성큼성큼 내려왔다.

도요다는 개를 쳐다보는 시늉을 하며 상대에게서 고개를 돌렸다. 후나키가 지나갔는지 확인한 다음 뒤를 쫓아갔다.

개는 여러모로 도움이 되었다. 짧은 다리를 필사적으로 움직이는 개를 보면 깜짝하기는 해도 수상하지는 않다.

후나키는 좌우를 살피며 걸었지만 뒤를 돌아보려 하지는 않았다.

미행은 순조로웠다. 하지만 과연 이대로 계속 걸어갈지 불안해지기 시작했을 때 후나키가 움직였다.

차도로 다가가 손을 들어 올린 것이다. 택시다.

내심 욕설을 퍼부었다. 어째서 생각하지 못했을까? 교통편을 이용할 가능성은 당연히 있었다. 지하철, 버스, 자가용, 무엇을 타든 개를 데리고서는 뒤쫓아 갈 수 없다. 너무 어리석어 헛웃음이 나왔다.

갑자기 머릿속이 회전하기 시작했다. 판단을 내리기 위해 뇌가 움직이고 있었다.

택시로 쫓아갈 것인가, 그만둘 것인가. 쫓아간다면 개는 어떻게 할 것인가? 개도 택시를 탈 수 있나? 거치적거리지는 않을까?

개는 두고 가라는 목소리가 들렸다. 실제로 그에게 말을 걸 사람은 없으니 그것은 결국 자기 목소리였다. 도요다는 망설였다. 개를 쳐다보았다. 마음대로 하라는 표정이었다.

애초에 무슨 의리로 이 개를 데리고 다니는 거지? 정신이 퍼뜩 들었다. 들개인 이 늙은 개를 데리고 다닐 이유도 없고, 하물며 키울 필요도 없었다.

다행히 후나키는 좀처럼 택시를 잡지 못하고 손을 든 채로 발을 동동 구르고 있었다.

도요다는 개와 후나키를 번갈아 쳐다보았다. 우선해야 할 것은 복수다. 이 복수에 끌려다니는 것 자체가 개에게는 귀찮은 일일지도 모른다. 아니다. 바로 철회했다. 저녁 해를 바라보던 늙은 개의 옆얼굴을 떠올렸다. 그 과감하면서도 차분한 모습에 용기를 얻었던 건 누구였나?

"너는 겨우 찾아낸 파트너를 저버릴 셈이야? 다른 누가 너와 어울려 주겠어?"

후나키 옆으로 겨우 택시가 다가왔다.

도요다도 황급히 차도로 다가가 택시를 찾았다. 다행히 손을 들자 바로 한 대가 다가왔다.

후나키의 차가 출발함과 동시에 눈앞에 선 택시의 차 문이 열렸다. 도요다는 타기 전에 큰 소리로 물었다. "개를 데리고 타도 되겠지요?"

택시 기사는 덩치 좋은 상고머리 남자였다. 뺨에 흉터 하나쯤은 있을 법한 풍채였다. 기사가 나직하고 박력 있는 목소리로 돌아보며 말했다. "당연히 안 되지."

도요다는 냅다 큰 소리로 외쳤다.

"맹도견! 맹도견은 괜찮겠지요!"

다짜고짜 올라탔다. 늙은 개는 무릎 위에 앉혔다.

"이게 무슨." 상고머리 기사의 얼굴이 어두워졌다.

"부탁이니 쫓아가 줘요. 저 앞의 택시를 쫓아가 줘." 도요다는 숨도 쉬지 않고 아득바득 몰아세웠다. "맹도견을 안 태워 주는 건 큰 문제야! 사회적 문제라고! 당신네 회사도 곤란해질걸!"

"당신 눈 멀쩡하잖아." 기사는 뒤를 돌아보면서 그렇게 말했지만 이미 화는 풀린 기색이었다. 유쾌해 보이기까지 했다. "저 택시를 따라가면 되지?" 이번에는 앞을 보며 그렇게 말하더니 액셀을 힘껏 밟았다.

도요다의 몸이 시트에 쿡 쏠렸다. 방금 전의 기세도 사라져 겁먹은 목소리가 흘러나왔다. 늙은 개는 도요다의 품속에 안겨 있었다.

후나키가 탄 택시는 커다란 교차로에서 두 번 꺾은 뒤로는 그리 복잡한 길을 지나지 않고 그대로 달려갔다.

"외도라도 조사하는 거요?" 기사가 여유로운 목소리로 물었다.

"아, 아닙니다."

"목소리 한번 얌전하네. 아까 그 기세등등하던 모습은 어디로 갔어? 당신 같은 손님은 처음 태워 봐."

"그런가요."

도요다는 조수석 앞에 놓인 기사의 사진을 보고 허리를 곧게 폈다. 웃음기 하나 없는, 머리를 빡빡 밀어 한층 박력 넘치는 얼굴의 옛날 사진이 붙어 있었다.

"그렇게 시바견처럼 생긴 맹도견도 처음 봐." 기사는 호쾌하게 웃었다.

센다이 역을 지나서 북쪽으로 5분쯤 달려 주택가로 들어섰다.

"당신 알아? 저게 쌍둥이 아파트야." 기사의 말을 듣고 도요다
는 운전석 유리 너머로 앞쪽을 보았다.

라디오에서는 뉴스가 흘러나왔다. "강도 사건이라네." 기사의
말에 펄쩍 뛰어오를 정도로 놀랐다.

"은행에서 농성을 하고 있다는군." 그 말에 마음을 놓았다. 그
가 저지른 우체국 강도와는 다른 사건인 모양이다. 기사의 말에
따르면 센다이 역 은행에서 범인이 인질을 붙잡고 농성하고 있
다고 했다. 세상에는 여러 가지 일이 동시에 일어난다는 사실을
도요다는 새삼 실감했다. 인질 중 일부는 풀려난 모양인데, 범
인이 인질들에게 시장에서 파는 가면을 씌웠다는 뉴스가 나오
고 있었다. 기묘한 이야기가 사방에 굴러다닌다는 사실에 감탄
할 따름이다.

앞쪽 택시가 방향등을 켜자마자 도요다가 탄 택시도 속도를
줄여 아파트에 접근했다. 쌍둥이 아파트라 불리는 이유를 알 만
했다. 주택가에 길쭉한 아파트 두 동이 나란히 서 있는 것이다.
쓸모없는 장식인지, 급수 탱크인지, 그도 아니면 주민 전용 플
라네타륨이라도 있는지, 옥상에 구형의 오브제가 걸려 있어 건
물 전체가 거인의 모습처럼 보였다.

그때 후나키가 택시를 세웠다.

"죄송합니다, 여기서 내리겠습니다."

도요다는 기사에게 그렇게 말하고 지갑을 열었다. 두께도 부
피도 얄팍한 지갑이었다. 현금카드와 전화카드 몇 장이 전부다.

궁상스럽기 짝이 없다.

다행히 미터기에 표시된 요금 정도는 낼 수 있었다. 주머니에 남은 돈은 3천 엔 정도였다. 은행예금을 찾으면 되긴 하지만 불안감이 가슴을 짓눌렀다. 자신이 실업자라는 사실을 실감했다.

"발밑 조심해." 요금을 받은 기사가 뒷문을 열어 주었다.

"저도 발밑 정도는 보입니다." 도요다가 되받아쳤다.

"역시 눈 멀쩡하네."

"죄, 죄송합니다."

"됐으니까 가 봐." 상고머리 기사는 살갑게 웃었다.

후진으로 방향을 돌려 조용히 떠나가는 택시를 지켜본 도요다는 늙은 개를 데리고 아파트로 다가갔다. 주택가에서 개와 산책하는 건 좋은 위장이 될 것 같았다.

아파트는 고급스러운 외관을 보고 상상했던 것과는 달리 자동 잠금장치가 아니었다. 이건 예상 밖이었지만 다행스러운 일이다. 도요다에게는 그런 보안 설비를 돌파할 만한 재주가 없었다.

입구 유리문 옆에서 걸음을 멈췄다. 들어가기 전에 허리춤 뒤에 찔러 넣은 권총을 만져 보았다. 총알을 장전해야 한다는 걸 깨닫고 탄창을 확인했다. 한 발만 들어 있다. 청년을 쏘고 남은 총알이다.

그 순간, 생생한 기억이 별안간 도요다를 덮쳤다. 잊으려 했던 기억이 되살아났다. 그는 사람을 쏘았던 것이다. 그 장면이 되살아났다.

총구 앞에 쓰러져 있던 청년의 모습, 방아쇠를 당긴 순간에 펄떡 뛰어오른 심장의 소리, 아득하게 들리던 총성. 그렇다, 나는 사람을 쏬다. 그 청년은 총에 맞은 다리를 끌고 병원으로 향했을까? 완치될까? 그 일격으로 평생 남을 상처를 입은 건 아닐까? 납덩어리가 몸속을 파고드는 고통은 얼마나 클까? 불안과 죄책감이 홍수처럼 흘러넘쳤다.

그 청년을 권총으로 쏠 자격이 그에게 있었을까? 죄를 지은 건 누구인가? 달아나야 할 사람은 누구인가?

우체국을 습격한 것도 나다. 미수로 그쳤지만 우체국에서 총을 쏜 것은 현실이었다.

불안과 공포로 털썩 주저앉을 뻔했지만 애써 참았다.

직업도 없고 미래도 잃은 내가 불안과 권총을 끌어안은 채 일으키고 있는 소동은 애초에 소동이라고 부를 수 있을 만큼 대단한 것도 아니니, 눈 딱 감고 끝까지 해 보는 거다. 자신에게 그렇게 말해 보았다. 떨리는 다리에 힘을 주었다. 권총을 허리춤 뒤에 꽂고 주먹을 쥐었다.

개를 쳐다보며 허리춤 뒤로 손을 뻗었다.

'두려워하지 마. 그리고 내 곁에서 떠나지 마.'

주문처럼 그 대사를 입안에서 몇 번 되뇌어 보았다. 말 없는 개가 그렇게 그를 다독여 주는 거라고 생각하려 했다.

숨을 훅 들이마셨다. 그대로 호흡을 멈추고 자신의 고동 소리를 확인한 다음 숨을 토해 냈다.

입구 계단에서 몇 미터 떨어진 곳에 있는 벤치 옆 소화전에 개를 묶어 두기로 했다. 건물 안에 늙은 개를 데리고 가는 건 썩 영리하지 못한 짓이다. 너무 눈에 띄고, 난투라도 벌어지면 돌봐 줄 수 없다.

부탁이니 돌아갈 때 잊지 말아 줘. 늙은 개가 그렇게 말하며 도요다를 쳐다보는 것 같았다.

아파트에 들어가자 우편함이 나란히 붙어 있었다. 쭉 훑어보았다. '후나키'라는 이름은 비교적 금방 찾아냈다. 505호였다.

해야 할 일은 뻔하다. 도요다는 자신에게 그렇게 말하며 엘리베이터 버튼을 눌렀다. 개인적인 분풀이면 어때서? 또 그런 생각을 했다. 우아한 벨소리와 함께 열린 엘리베이터 안으로 들어갔다. 어째선지 다음에 한잔하러 가자고 말해 주었던 후배의 말이 귓가에 맴돌았다.

되돌아가지 말라는 듯이 엘리베이터 문이 철컹 닫혔다.

505호는 금방 찾았다. 한 층에 열 집도 되지 않았기 때문이다.

'후나키'라는 버젓한 명패가 붙어 있었다. 마르지 않는 샘물처럼 솟아오르는 분노를 억누르느라 힘들었다.

허리춤 뒤에 찬 권총을 다시 확인했다.

손을 뻗기도 전에 505호의 문이 먼저 열렸다.

도요다는 무슨 일이 일어났는지 이해할 수 없었다. 눈앞의 문이 벌컥 열리더니, 사람이 뛰쳐나왔다.

지금이다, 쏘는 거다. 반사적으로 그가 해야 할 일을 생각해냈다. 권총을 뽑아 불안한 자세로 지금 밖으로 나온 남자를 겨냥했다.

"멈춰!"

도요다는 외쳤다. 상대가 누구인지 확인도 않고 총구를 겨누었다.

"그대로 이쪽으로 몸을 돌려. 날 기억하나?"

도요다는 뱃속에 쌓인 응어리를 모조리 쏟아 낼 작정이었다. 세상의 모든 저주를 상대에게 쏟아 주고 싶었다. 수많은 생각이 주마등처럼 떠올랐다. 똑똑히 기억하는 장면도 있었고, 막연한 감정도 있었다. "당신, 여기서 일한 지 몇 년이나 됐지?" 그렇게 말하던 후나키의 얼굴이 떠올랐다. 퇴직하던 날, 누구의 배웅도 받지 못하고 내려가는 엘리베이터 숫자 판을 바라보고 있었다. 재취업 면접을 보러 갔을 때 이력서도 거들떠보지 않고 유감이라고 말하던 면접관의 얼굴이 떠올랐다. "이번에는 괜찮지 않을까요?" 그렇게 기쁜 얼굴로 말하던 고용 센터 직원의 얼굴이 떠올랐다. 벤치에 앉은 채로 "일하고 싶습니다"라고 중얼거리던 자신의 모습이 떠올랐다. 그렇다, 이어폰은 어디 있지? 〈HERE COMES THE SUN〉을 들어야 한다. 헤어질 때 낙오자를 쳐다보는 눈으로 그를 보던 아들의 얼굴이 떠올랐다. 비틀즈를 들어야 한다. 다다미 여섯 장짜리 방에서 하루 종일 합격 연락을 기다리던 자신의 모습이 떠올랐다. "관리직 일자리는 거의 없어요." 그 말에 전문직을 찾는다고 대답했더니 "디자인은 젊은 사람이나 하는 일인데"라고 말하던 남자의 얼굴이 떠올랐다. 비틀즈는 어디 있지? 아들이 탄 휠체어를 밀던 이구치의 모습이 떠올랐다. "세상에 무조건 괜찮은 일은 없어." 그는 그렇게 말했다. "당신은 할 줄 아는 게 없어." 화도 내지 않고 담담하게 말하던 아내의 목소리가 귓가에 맴돌았다.

쏴야 한다. 머릿속을 뒤흔드는 온갖 장면들과 사람들의 얼굴, 사람들의 말, 형태를 갖추지 못한 불안과 분노를 전부 떨쳐 내려면 눈앞의 남자를 쏘는 길밖에 없다. 손에 힘을 주었다.

모든 문제의 장본인 '후나키'를 쏘는 것이다.

방아쇠에 손가락을 걸고 바야흐로 당기려는 순간이었다.

그때 상대가 차분한 목소리로 말했다. "험한 세상이군."

그제야 남자의 얼굴이 눈에 들어왔다.

눈앞의 남자는 후나키가 아니었다. 낯선 남자다. 후나키의 집에서 뛰쳐나온 건 분명했지만, 남자는 그 상사와는 다른 사람이었다.

사람을 잘못 봤다. 핏기가 가셨지만, 그렇다 해도 상대가 총구를 앞에 두고도 태연자약해서 현실감이 없었다. 서른 중반쯤 되었을까. 다박수염이 잘 어울렸다.

회사원으로 보이지는 않았지만 일자리를 찾아다니다가 낡은 걸레처럼 해쓱해진 도요다 같은 몰골도 아니었다. 오히려 반대로 남자의 온몸에는 여유가 흘러넘쳤다.

상대에게는 부러울 정도의 여유가 감돌았다. 상대의 정체를 모르는데도 부럽다는 생각이 가장 먼저 들었다.

도요다는 혼란스러운 머리를 어떻게든 가라앉히며 물었다.

"후나키는? 후나키는 어디 있지?"

"후나키? 아, 저 집 주인 말인가?" 남자는 느긋하게 말했다. "자기 집에서 쓰러져 있어. 아, 난 아무 짓도 안 했어. 혼자 법석을 떨다가 넘어진 거지. 당신은 누구야?"

"나, 나는." 설마 후나키를 쏴 죽이러 왔다는 말은 할 수 없었다.

남자는 도요다는 거들떠보지도 않고 말했다.

"내 실력도 죽었어. 저 남자가 이 시간에 돌아올 줄은 몰랐는데. 오늘은 회의가 있는 날 아니었나?"

무슨 소리지? 도요다는 당황했다.

"밤에는 잘될 줄 알았는데, 아무래도 그렇지 않은 모양이야. 이 아파트는 나랑 궁합이 영 안 맞나 봐."

"당신은?"

"나는 구로사와라고, 후나키 씨 집에 들어갔던 도둑이야. 그냥 짠 나타났다가 뿅 사라질 작정이었는데."

"엉?"

"도둑 처음 보나?"

어째서 남자가 자기에게 정체를 밝히는지 도요다는 이해할 수 없었다. 그러자 알겠다는 듯이 상대가 입을 열었다.

"권총을 들고 사람을 쏘려는 당신도 굳이 따지자면 도둑인 나하고 같은 바닥 사람일 테니 자기소개를 해 본 건데."

그때 뒤에서 고함 소리가 들렸다. "도둑이야!" 후나키의 목소리다.

반사적으로 내밀고 있던 권총을 내려 바지 허리춤 뒤에 찔러 넣었다. 오랜만에 들은 상사의 목소리는 도요다를 제정신으로 돌려놓기에 충분하고도 남을 만큼 히스테릭했다. 당초에 저 히스테릭한 남자에게 권총을 들이대려고 찾아왔다는 사실조차 잊고 있었다.

뒤를 돌아보았다.

"나는 사라질 거야." 구로사와라는 남자가 그렇게 말하는 목소리가 들렸다.

"어?" 도요다는 얼빠진 소리를 냈다.

후나키가 현관에서 뛰쳐나왔다. "도둑이야!" 숨을 헐떡이며 뛰쳐나오더니 도요다의 모습을 보고 어리둥절해했다. "어라?" 후나키는 맨발이었다.

도요다는 그만 어처구니없는 인사를 했다.

"아, 안녕하십니까. 오랜만입니다."

"다, 당신은."

후나키는 비뚤어진 안경을 콧등에 다시 얹었다. 도요다의 이름도 기억하지 못하는 눈치였다.

"도둑이 들었습니까?"

"도둑, 그래! 도둑이다! 당신 말고, 또 누구 있었지?"

도요다는 그 말에 다시 한 번 뒤를 돌아보았다.

남자는 사라지고 없었다.

연기가 사라지는 속도보다 더 빨랐다. 비상구로 달려갔는지, 때마침 온 엘리베이터에 올라탔는지, 그렇지 않으면 그 공간에서 즉석 마법을 부려 사라졌는지도 모른다.

"도둑은 없는데요. 사라졌습니다."

"이게 무슨 일이람." 후나키는 흥분해서 머리를 쥐어뜯고 있었다.

"뭘 도둑맞았습니까?"

"몰라! 전화를 받았어!"

그는 도요다가 거기 있다는 것도 개의치 않았다.

화는 나지 않았다. 그저 우스꽝스러웠다. 뭘 도둑맞았는지도 모르고 도둑이 들었다고 길길이 날뛰는 남자의 모습은 참으로 작아 보였다. 그 도둑이 훨씬 당당하지 않았나?

도요다는 허리춤 뒤의 권총에 손을 뻗었다.

지금이라면 쏠 수 있다. 알 수 있다. 상대는 흥분한 표정으로 머리를 쥐어뜯고 있다. 쏘아야 할 가치가 있나? 자문자답해 보았다.

"현금, 현금을 훔쳐 갔을지도 몰라." 후나키는 다시 방으로 돌아가려 했다.

이런 남자에게 해고 통보를 받았다고 생각하니 비참했다. 후나키의 말 한마디에 일자리를 잃고, 자신감을 상실하고, 마음의 평온을 빼앗겼다고 생각하니 서글펐다. 후나키는 도요다는 눈에도 들어오지 않는 것 같았다. 권총에서 손을 뗐다. 어깨에서 힘이 쭉 빠졌다.

"후나키 씨."

상대의 눈은 원숭이처럼 벌겠다. 흥분한 게 똑똑히 보였다. 경찰에 신고할 셈인지 서두르고 있었다.

"뭐야?"

도요다는 손가락을 권총 모양으로 만들어 후나키의 미간을 겨냥했다.

후나키는 눈썹을 찌푸리고는 개의치 않고 집으로 돌아갔다. 도요다는 홀로 남았다.

아무래도 좋았다. 한숨이 나왔지만 아까보다 몸이 가벼웠다. 어째서일까?

아파트 밖에서 개 짖는 소리가 들렸다. 집 지키는 개의 울음소리가 아니라 도요다를 부르는 목소리 같았다.

타앙, 조용히 말하면서 겨냥하고 있던 손가락 권총을 흔들었다.

그리고 허둥지둥 주위를 두리번거리며 마술처럼 사라진 도둑의 모습을 찾아보았다.

6

"다녀왔어."

구로사와가 문을 열었을 때도 사사오카는 아까 전과 똑같은
자세였다.

"화장실 한번 오래 다녀오네." 사사오카가 말했다.

"알고 보면 여기서 사라져서 한탕 해치우고 왔을지도 모르
지." 구로사와는 과장스럽게 심호흡을 했다.

"성과는?"

구로사와는 주머니 속을 뒤지는 시늉을 하다가 쓴웃음을 지
었다.

"아무것도 없어." 그리고 소파로 돌아가 말했다. "자, 모범을
보여 주지."

"모범?"

"아까도 말했잖아. 오늘은 내가 도둑이 어떤 건지 모범을 보여 줄게."

"그럴 필요 없어." 은근슬쩍 물러나는 사사오카의 얼굴은 학창 시절과 변함없었다.

"사양하지 마. 자네가 어떤 상황인지 대충 감 잡았어. 플라나리아의 위기와 퇴사, 독립 실패, 그리고 무엇보다 사랑하는 아내를 어떻게 대해야 할지 고민하고 있지."

"고민…… 아아, 그럴지도 몰라."

"그러고 보니 왜 이 집을 고른 거야?"

구로사와는 동작을 멈추었다. 깨닫지 못했지만 그것은 무엇보다 중요한 문제였다. 어째서 처음에 바로 묻지 않았을까?

"응?"

"내가 이 아파트, 이 집에 있는 이유는 명확해."

"프로 도둑이라서?"

"그런 셈이지." 구로사와는 기쁜 마음에 웃었다.

"이 집은 자네가 노리기에 알맞은 집이었다는 뜻이군."

"내 얘기는 됐어." 누가 자기에 대해 꼬치꼬치 물으면 쑥스럽다. "난 지금 자네 얘길 묻고 있다고."

"아까부터 그 소리뿐이군."

"자네는 이 집에 도둑질을 하러 들어왔어. 왜 이 집을 골랐지?"

사사오카는 말을 골라 가며 입을 열었다.

"묘한 일이 있었어. 요즘 나는 아무것도 눈에 보이지 않았어. 망령처럼 살고 있었을지도 모르지."

"한마디 끼어들자면 망령은 살아 있는 게 아니야."

사사오카는 머리를 긁적거렸다.

"아침에 아내가 있는 집에서 나와 낮에는 고용 센터에 다녀. 이따금 면접을 보고 밤에 집으로 돌아오지. 아내와 얼굴을 마주하기가 고통스러워 늘 늦은 시간에 귀가했어."

그런 상태라면 역시 냉큼 이혼하면 편할 텐데. 구로사와는 그렇게 생각했지만 그 이상 잔소리를 할 문제는 아닌 것 같아 망설였다.

"나는 어떻게 해야 할지 몰랐어. 지금도 그래. 오랜만에 돌아온 센다이 거리는 낯선 곳이나 다름없었고, 상점가를 돌아다니며 방황하는 기분이었지. 낮에는 그저 해가 저물기만 기다릴 뿐이었어. 거리를 돌아다니지만 뭘 하는 것도 아니고, 그저 시간이 흐르기만을 기다렸지. 그런데 오늘 묘한 청년을 만났어."

"묘한 청년?"

"왠지 찜찜했어. 얽히지 않으려고 바닥만 보고 지나치려 했는데, 남자가 내 어깨를 붙잡더니 자기가 지금 말하는 장소로 가달라고 그러는 거야."

구로사와는 고개를 갸웃거렸다.

"정말이야. 나도 갑자기 그런 소리를 들어서 대충만 기억하는 거지만, 그래도 분명 이 아파트였어. 남자는 이곳 주소를 자꾸 중얼거리면서 가 보라고 했어."

구로사와는 사정을 파악할 수 없었다. 이 아파트를 아는 사람이 또 있나? 도둑 동업자라면 몇 명은 알고 있을지도 모른다. 이 업계의 상식으로 몇 명이 알고 있으면 모두가 알고 있는 거나 마찬가지다.

어쩌면, 하는 생각이 번뜩 들었다. 낮에 구로사와를 설득하려던 그 남자일지도 모른다. 함께 일하자고 설득하던 남자다. 그 남자라면 이 아파트의 정보를 알고 있다. 구로사와가 말했기 때문이다.

혹시 그렇다면 사사오카가 만난 청년이란 낮에 구로사와를 쫓아왔던 청년일지도 모른다. 뉴턴보다 한발 늦기는 했지만 떨어지는 사과를 보고 인력을 발견한 그 청년이다. 구로사와가 그들의 계획에 동참하지 않아 화가 난 걸까? 구로사와가 있는 아파트의 정보를 동네방네 다 퍼뜨려 방해라도 할 셈이었을까?

아니, 그럴 리는 없다. 바로 생각을 바꾸었다.

그 남자는 어리석고 생각이 얕은 구석이 있기는 하지만 이런 의미 없는 심술을 부릴 만큼 한가하지도 않고 음험한 성격도 아니다.

"그래서 그 청년의 말에 넘어가 여기에 왔다는 건가?"

사람들이 그리 간단히 넘어가서 들이닥친다면 이 아파트의 집들은 몇 시간 만에 인파로 북적거리는 인기 장소가 될 것이다.

"특이한 청년이었어. 처음에는 찜찜했지. 그래서 빨리 떨어지려고 도망치려 했어. 그러다 얼마 후에 깨달았어."

"뭘?"

"내게는 달아날 곳이 없다는 사실을 깨달은 거야. 좀 우습지만. 내가 달아날 안락한 장소는 어디에도 없었어. 그래서 그때 갑자기 청년의 말을 떠올렸던 거야. 아파트 주소가 머릿속에 떠올랐어. 들을 셈은 아니었는데, 번지까지 똑똑히 기억해 낼 수 있었어. 이상한 일이지. 암기하려고 하지 않아도 별생각 없이 들은 내용이 오히려 기억에 남는 모양이야. 정신을 차리고 보니 버스를 타고 머릿속에 들러붙은 주소를 찾아 걷고 있었어. 어느새 이곳에 도착해 있었지."

"그래서 이 집에서 나를 만났고."

"아파트 이름이나 층수는 기억났지만, 호수는 가물가물했어. 아마 그 청년도 똑바로 발음하지 않았을 거야. 그냥 멍하니 걸어가는데 문이 살짝 열려 있는 집이 있었어."

"아아."

구로사와는 자신의 실수를 깨닫고 쓴웃음을 흘렸다. 일할 때는 늘 실내에 들어가기 전에 문을 닫고 자물쇠를 잠근다. 그게 통상적인 절차였다. 그런데 이 집에서는 마음이 해이해졌다. 바로 나갈 생각으로 세심한 주의를 기울이지 않았지만, 변명할 여지가 없다.

"멍한 상태였어. 빨려 들어가듯 이 집에 들어왔지. 그랬더니 자네가 있더군."

"내가 있는 곳에 들어온 걸 다행으로 알아. 다른 도둑이었다면 문제가 더 커졌을 거야. 요새는 외국 놈들이 영역을 넓혔거든. 그놈들은 집주인한테 들켜도 겁을 안 내. 빈집을 지키던 개나 고양이 같은 애완동물을 닥치는 대로 찔러 죽인다는 소문도 들었어. 자네도 그런 생기 없는 얼굴로 들어오면 얌전한 애완동물로 착각했을 거야."

"하지만 문을 반쯤 열어 놓고 도둑질을 하다니, 의외로 대담하군. 프로 도둑은 다 그런가?"

사사오카에게 빈정거릴 의도는 없었겠지만 구로사와는 얼굴을 찌푸렸다. 찝찝한 부분을 지적당했다. "그건 말이지." 이유를 설명하려다가 도중에 그만두었다.

"그건 됐고, 어쨌든 내 실력을 보여 줄게. 수업료는 공짜야."

"안 그래도 돼."

사사오카가 내뺐지만 구로사와는 손뼉을 딱딱 쳤다.

"됐으니까 일어서. 이제부터 금고를 찾아내서 돈이 들어 있으면 절반씩 배분하자고."

동료와 일을 해 본 적이 없는 구로사와는 '배분'이라는 말을 처음 써 본다는 사실을 깨달았다. 의외로 나쁘지 않은 어감이었다. 사사오카가 자리에서 일어났다.

"먼저 이 집을 보고 뭘 느꼈지? 집주인을 상상해 봐. 주인의 성격을 추측해서, 이 남자라면 재산을 어디에 어떻게 숨겼을지 상상해 보는 거야."

사사오카는 난처한 얼굴로 방을 둘러보았다.

"깔끔해. 다만 그리 비싼 가구가 있는 건 아니야. 어느 쪽인가 하면 휑한 편에 속하지."

"예리한데." 구로사와는 쓴웃음을 흘리며 말을 받았다. "정리 정돈이 잘되어 있어. 깔끔한 성격이겠지. 성실하고 일에 긍지를 갖고 있는 타입이야. 집에 아무것도 없는 걸로 보아 집에서 보내는 시간에 애착이 없을 가능성이 커."

"독신일까?"

"독신에 미남이지."

"이렇게 남의 집에 침입하기 전에 준비를 얼마나 해?"

"대부분의 정보는 파악하고 있어."

"집의 배치도 사전에 조사해?"

사사오카는 아마도 건축도면을 펼치고 의논하는 은행 강도의 모습이라도 상상하고 있을 것이다.

"설마. 그런 짓을 하면 즐거움이 줄어들어. 나는 도둑질을 할 상대를 찾아내면, 먼저 그 사람의 생활 리듬을 조사하지. 시간을 충분히 들여서. 그러면 자연히 상대의 반생을 떠올릴 수 있어. 내 인간 관찰력과 상상력이 시험받는 거나 마찬가지지. 진검승부야. 그 작업을 필사적으로 하지. 그러면 집 안 구조나 상황 같은 건 실제로 보지 않아도 눈에 선하게 떠오르거든. 그래서 내게는 잠입한 그 순간이 가장 큰 즐거움이야. 내 상상이 얼마나 옳았는지 알 수 있는 순간이지."

"이 방, 이 집의 경우는 어땠나?"

"딱 맞아떨어졌지. 용한 점쟁이가 된 기분이야." 그대로 오른손으로 복도를 가리키며 말했다. "서재로 가자."

서재는 다다미 여덟 장쯤 되는 넓이의 널찍한 서양식 공간으로, 회색 카펫이 깔려 있었다. 들어가자마자 왼편에 책장 두 개가 놓여 있고, 정면에 검은 책상이 있었다. 베이지색 벽이 깔끔했다. 실내는 가로 폭이 좁은 직사각형 모양이었지만 답답한 느낌은 없었다.

"호화로운 서재지?"

"자네가 상상했던 서재와 비슷한가?"

사사오카는 흥미롭다는 듯이 뒤에서 따라왔다. 하지만 노골적으로 둘러보기는 꺼림칙한지 조심스러웠다.

구로사와는 서재 안으로 성큼성큼 들어갔다.

"내가 예상한 대로야. 이렇게 깔끔하게 정돈된 집에 사는 남자는 사고방식도 단순해. 단순한 게 최고라고 믿는 타입이지. 돈은 금고에 넣어 숨겨야 한다고 믿는 타입이야. 게다가 그 금고는 서재에 있어야 한다고 믿어 의심치 않지. 있어야 할 물건이 있어야 할 장소에 없으면 성이 안 풀려. 귤은 설날 장식 제일

위에[+], 비둘기는 시계 속에."

구로사와는 중얼거리면서 책상 주변을 살폈다. 서랍은 열리지 않았지만 허리를 굽혀 의자 밑을 들여다보았다. 사사오카도 마지못한 기색이긴 했지만 발소리가 날 때마다 쭈뼛거리면서 책상 위의 펜을 집어 살펴보기도 했다. 그가 엎드리고 있는 구로사와에게 물었다.

"서랍 속은 안 찾아봐도 돼?"

"내 감이 맞는다면 그 서랍에는 잡동사니밖에 없을 거야. 열어 봐. 회중전등이 들어 있는 게 고작일걸."

"아니, 의외로 이런 곳에 돈을 숨겨 놓는 법이야."

사사오카는 그렇게 말하며 신중하게 서랍을 열었다.

"아, 회중전등이 들어 있네."

가느다란 회중전등을 꺼냈다.

"맞지?" 구로사와는 그 회중전등을 옆에서 낚아채 서랍에 도로 넣고 그대로 닫았다.

"마술을 보는 기분이야." 사사오카는 놀란 표정이었다.

"나는 프로니까." 구로사와는 장난스럽게 말했다. 그리고 서재 구석을 가리켰다. "봐, 저기 금고가 있어."

사사오카가 황급히 몸을 틀어 구로사와가 가리킨 방향으로 고개를 돌렸다. "저기에?"

[+] 일본의 세시풍속으로 정초에 신이 깃드는 거울을 상징하는 하얗고 둥그런 떡 위에 오랜 번영을 의미하는 등자(귤)를 얹어 현관에 장식한다.

"틀림없어."

"협탁밖에 없는데."

구로사와가 가리킨 방향에는 갈색 협탁이 놓여 있었다. 왼쪽 절반은 유리문이 달려 있고 그 안에 와인이 진열되어 있었다. 오른쪽의 목제 문은 닫혀 있다.

"저걸 열면 안에 금고가 있을 거야."

"어떻게 알아? 그렇구나, 이미 다 조사했지?"

"설마. 조사는 안 했어. 잘 들어, 이 집 주인 성격을 생각하면 재산은 이 집의 저 협탁에 있다는 결론밖에 나올 수 없어. '표시는 필요 없어. 도둑이 보물을 묻어 두는 곳은 유령 저택의 마룻바닥 밑이나, 섬, 나뭇가지 하나가 뻗어 있는 고목 밑, 늘 그런 곳이지.'"

"엉? 그게 뭐야?"

"톰 소여가 하는 말이야. 그 녀석은 그런 근거 같지 않은 근거를 들어 보물을 찾으려 했다고. 내가 훨씬 나아."

협탁으로 다가갔다. 사사오카도 뒤에서 따라왔다.

"그러고 보니 대학에서 처음 만났을 때 자네가 했던 말이 기억났어. '나는 셜록 홈스나 톰 소여는 질색이야'라고 했잖아."

"그랬던가?" 구로사와는 정말 기억이 나지 않아 사사오카를 돌아보며 물었다.

"'둘 다 담배를 피우잖아'라는 말도 했지."

"그땐 내가 아무 말이나 지껄였군."

남의 일처럼 말하고는 협탁 앞에 몸을 숙였다.

"여기에 금고가 있는 건가?"

"틀림없다니까."

"취향 한번 고약한 협탁이네." 사사오카가 말했다. 솔직한 감상이 무심코 입 밖으로 흘러나온 것이리라. 구로사와는 그 얼굴을 어이없다는 듯이 올려다보며 물었다.

"금고가 있는지 없는지 내기나 할까?"

"난 밑천이 없어."

"만약 금고가 있으면 내 충고를 들어."

"충고?"

"도둑처럼 고독한 일을 계속하다 보면 아무도 자기 말을 들어주지 않는다는 사실에 아연실색하게 되지. 사람은 누군가에게 충고를 받고 싶고, 동시에 누군가에게 충고를 하고 싶어 하거든. 그런 법이야."

"그런 법인가?"

"누구나 인생에서는 아마추어니까. 남에게 무책임한 충고를 하면서 조금쯤 선배 시늉을 하고 싶은 거야."

"자네도 그래?"

구로사와는 그 말에는 대답하지 않았다. 등 뒤에 선 사사오카에게 마술을 보여 주는 마음으로 협탁의 문을 붙잡았다. 그리고 문을 오른쪽으로 가만히 열었다. 니스를 바른 문은 소리도 없이 움직였다. 안에는 무뚝뚝하고 차가운 색의 금고가 있었다.

구로사와는 뒤에 선 사사오카에게 말했다.

"봐."

"자네는 모르는 게 없군." 사사오카가 또 그런 소리를 했다.

구로사와는 두 손으로 머리카락을 쓸어 올리며 심기일전을 위해 숨을 한번 토했다.

"한번 열어 볼까?"

사사오카가 침을 꼴깍 삼키는 소리가 들렸다.

"어째서 자네가 긴장해?"

금고에 달린 다이얼을 붙잡으며 구로사와는 친구에게 물었다. 사사오카가 웅얼거렸다.

"아니, 난 지금까지 늘 성실하게 살아왔어."

"알아."

"이런 식으로 범죄를 저지른 적이 없어서 엉거주춤하게 되네."

"돈을 훔치는 건 내가 할 일이야. 자네는 구경만 하면 돼."

"하지만 이렇게 자네 뒤에 서서 금고가 열리는 걸 보고 있잖나."

"자네한테는 죄가 없어. 양심의 가책을 느낄 필요는 없어."

구로사와는 눈금을 뚫어져라 바라보며 손끝에 신경을 집중한 채로 천천히 다이얼을 돌리기 시작했다.

"왜 그래? 기분이 안 좋아?" 쓰카모토가 물었다.

그 목소리가 뒤통수 쪽에서 들려왔다. 가와라자키는 연필을 쥔 손이 멈춰 있다는 것을 깨달았다.

"잠깐 넋을 놓고 있었네요."

"집중력이 강한 사람은 긴장이 풀리면 정신이 멍해지나 보네."

"아니, 그런 게 아닙니다."

그건 뭐였지? 머릿속에서 경고가 울리고 있다.

무의식적으로 연필이 움직이고 있다. 스케치북에 검은 선을 그려 갔다. 의도한 것과는 다른 그림이 나타났다. 시체 왼쪽 다리 쪽이었다. 사타구니의 수술 흉터만 그려 대고 있었다. 손놀림을 멈출 수가 없다.

이건 아버지의 방식과 똑같다. 가와라자키는 아버지를 떠올렸다.

"잘 들어, 엉? 듣고 있어?" 아버지가 목청껏 소리 지르는 모습이다.

야구 연습장이었다. 챙을 꺾은 빨간 모자를 쓰고 야구방망이를 움켜쥔 아버지는 펜스 너머로 가와라자키에게 말했다. "잘 들어, 짜증 나는 일이나 고민거리, 신경 쓰이는 일이 있으면 생각을 안 하면 그만이야. 그런 건 머리로 생각을 하니까 심각해지는 거야. 가슴속에 있을 때는 훨씬 막연한 감정일 뿐이야. 그런데 머리로 생각하니까 안 되는 거라고."

그렇게 말하며 날아온 공을 향해 방망이를 휘둘렀다. 헛스윙이었다.

"머리로 생각하기 전에 방망이를 휘두르는 거야. 가슴속 응어리를 저 멀리 날려 버리는 거지. 머릿속에 닿기 전에, 몸에서 밖으로 내보내는 거야."

공이 또 날아왔다. 이번에는 둔탁한 소리와 함께 왼쪽으로 굴러갔다.

아버지는 빚이나 학원 운영 문제, 어쩌면 그들 가족의 문제까지도 생각하기를 거부했는지도 모른다. 분명 아들인 그에 대한 걱정은 파울팁 몇 번으로 사라졌을 것이다.

그가 데생을 하는 것도 분명 그것과 똑같은 행동이다.

"생각해 봤자, 되는 일은 없어. 특히 우리 같은 사람은 전부 역효과만 나." 야구방망이를 쥔 아버지는 그런 말도 했다. "예를 들어 T자 교차로에서 길을 고른다 치자. 우리는 그런 경우 대개 잘못된 길을 선택해. 아아, 저쪽 길로 갈걸 그랬네. 저렇게 했으면 좋았을 텐데. 그런 생각만 하지. 생각하지 않는 게 나아. 조심해. 필사적으로 생각할수록 역효과가 나니까. 생각하기 전에 스윙을 날리는 거야."

가와라자키는 머리를 흔들어 아버지에 대한 생각을 떨쳐 내고 스케치북을 넘겼다.

각도를 바꿔 다시 왼쪽 다리를 그렸다. 무아지경에 가까웠다. 연필 소리만 귀에 울렸다. 손놀림이 도저히 자기 것 같지 않았다.

"괜찮아?" 쓰카모토가 가와라자키의 어깨를 두드렸다.

흠칫 놀라 반사적으로 스케치북을 덮고, 잠에서 깬 것처럼 방을 둘러보았다. 쓰카모토가 옆에 서 있었다. 오른손에 톱을 들고 있다. 톱날에는 메마른 물감처럼 붉은 피가 묻어 있었다. 그것이 피라는 것도 모를 정도로 현실감이 없었다. 우비에는 피가 튀어 있었다.

시체를 쳐다보았다. 팔이 잘린 시체는 이미 흉측하고 기묘한 몰골이었다. 균형이 무너진 그 모습이 소름 끼쳤다. 두 팔을 잘라 낸 줄도 모르고 있었다. 어깻죽지부터 잘려 나갔다. 피범벅이 된 뼈가 보였다. 피 냄새인지, 갑자기 비린내가 코를 찔렀다.

토한다. 가와라자키는 흉측한 시체를 보고 머리로는 구토를 각오했지만 실제로 구역질은 찾아오지 않았다.

쓰카모토는 땀 한 방울 흘리지 않고 톱을 쥐고 있었다.

"파, 팔을 자른 겁니까?" 가와라자키는 실감이 나지 않아 그저 멍하니 물었다.

"다음은 다리야."

쓰카모토는 그렇게 말했다. "자넨 괜찮아? 데생은 순조로워?"

"아마도요." 가와라자키가 대답했다.

눈앞에서 팔이 툭 떨어졌다. 처음에는 팔인 줄도 몰랐다. 불쾌한 냄새가 나서 황급히 숨을 멈추었다. 쓰카모토가 잘라 낸 두 팔을 가와라자키 앞에 아무렇게나 던져 놓은 것이다.

"먼저 분해한 부분부터 그릴까? 일단 팔부터. 신의 부품을 하나씩 그려 나가는 거야."

신의 부품이라는 단어가 머릿속에 들어왔다.

"마음껏 만져 봐."

쓰카모토의 말에 쭈뼛쭈뼛 집게손가락으로 위팔을 건드려 보았다. 이렇다 할 감촉은 없었다.

가와라자키의 가슴에 억누를 수 없는 의문이 치밀어 올랐다. 그것이 머릿속에서 말이라는 형태로 나타날까 봐 두려웠다.

빨리 밖으로 내보내야 한다. 초조했다. 아버지가 야구방망이를 휘둘렀던 것처럼, 나는 연필로 종이에 그림을 그려 나가야만 한다. 그러지 않으면 내 안에 있는 의문과 마주하게 될 것이다. 스케치북을 다시 펼쳤다.

쓰카모토가 뒤에서 그림을 들여다보았다. "정말 말이 필요 없군. 자네는 최고의 기록자야." 그러더니 이런 말도 덧붙였다. "자네를 선택한 내 안목이 정확했어."

"그보다 저는 빨리 다음 페이지를 넘겨 데생을 계속하고 싶습니다." 가와라자키는 그렇게 말하고 싶었지만 입만 벙긋거렸을 뿐이었다.

"잠깐만, 근데 이쪽은 왜 다리만 그렸지?"

쓰카모토가 문득 그런 말을 흘렸다.

가와라자키는 제대로 대답할 수 없었다. "무의식적으로 그린 겁니다."

쓰카모토가 얼굴을 찌푸렸다. "무의식적으로?"

"신에 대해 생각하고 있었어요." 의도치 않게 말이 입 밖으로 새어 나갔다. 아무리 주워 담아도 다 그러모을 수 없는 마음이 새어 나갔다.

입 밖으로 내보내서는 안 된다. 불확실한 감정은 말로 변하기 전에 스케치북에 쏟아 내야만 한다. 새 페이지를 펼치고 연필을 갖다 댔다.

하지만 쓰카모토가 다시 그를 제지했다.

"신이라니, 다카하시 씨 말이야? 다시 한 번 아까 그림을 보여 줘. 왜 다리를 몇 장이나 그렸지?"

"쓰카모토 씨가 그랬잖아요." 빨리 그림을 그리지 않으면 엄청난 말을 할 듯한 예감이 들었다. "쓰카모토 씨가 아까 '전능한 이방인이자 무한한 존재인 신이 그리 간단히 죽을 리가 없다'고 했어요. 그러니까 이분은 신이 아니라고."

"그랬지." 쓰카모토는 그래서 그게 어쨌냐고 물었다.

"저는 그분이 신으로밖에 보이지 않습니다. 저희를 구하기 위해 모습을 드러낸 그분이 신이 아니면 무엇입니까?"

"그렇게 생각하는 건 자네 마음이야. 그거랑 다리를 그리는 게 무슨 상관이냐니까?"

"아뇨, 제가 하고 싶은 말은."

가와라자키는 거기까지 말하다가 입을 다물었다. 쓸데없는 소리를 해 봤자 소용없다. 다시 한 번, 스케치북으로 고개를 돌렸다. 그림을 계속 그려야만 한다.

하지만 쓰카모토가 스케치북 위에 손을 얹었다.

"자네는 무슨 말을 하고 싶은 거지?"

"제, 제가 하고 싶은 말은."

가와라자키는 더듬거렸다. 하고 싶은 말은 아무것도 없다. 그림을 그리고 싶다고 외칠 뻔했다.

"무슨 뜻이야?" 쓰카모토가 아랫입술을 비죽 내밀었다. 그다지 품위 있는 표정은 아니었다. "됐어. 지금은 자네가 할 일을 해야 해. 자네는 어쨌든 계속 그려. 나는 이대로 분해 작업을 계속할 테니."

"그러네요."

그렇고말고. 자기가 해야 할 일을 하면 되는 것이다. 가와라자키는 스스로를 타이르며 이번에야말로 데생을 재개했다.

마치 시간이 정지된 것 같았다. 키스 자렛이 연주하는 피아노 소리 속에서 가와라자키는 팔을 그리고 있었다. 뼈가 보이는 단면을 그리고, 굽은 손가락 끝을 그렸다.

팔을 극명하고 상세하게 그리면 거기에서 뭔가가 태어날 것만 같았다. 현실을 초월한 실감을 종이 위에 자아내면 뭔가 특별한 일이 일어나도 이상하지 않다.

가와라자키는 그저 스케치북에 연필을 놀리고 있었다.

한편 쓰카모토의 작업은 담담히 이어지고 있었다. 장갑을 낀 두 손으로 톱을 단단히 쥐고 다리를 자르고 있다. 가와라자키가 연필 쥔 손을 멈추자 톱질 소리가 귀에 들어왔다. 목재를 써는 듯한 소리를 내며 다카하시의 몸을 하염없이 자르고 있었다.

소리가 났다. 고개를 들자 눈앞에 방금 전 팔과 마찬가지로 절단된 다리가 놓여 있었다. 사타구니에서 10센티미터쯤 내려온 자리에서 잘려 있다. 무릎 관절은 꺾여 있었다. 사후경직으로 굳어 있는지도 모르지만 눈앞에 다리만 쭉 뻗어 있는 광경은 우스꽝스러워 보이기도 했다. 거대한 닭 날개가 놓여 있는 것 같았다.

이어서 나머지 한쪽 다리도 나란히 놓였다.

쓰카모토가 가와라자키에게 뭐라고 말했지만 귀에 들어오지 않았다. 스케치북을 넘기고 다리를 데생했다. 묵묵히 연필을 놀렸다. 아무 생각도 하지 않고 눈앞의 소재를 차례로 그려 나갔다.

톱질 소리가 한참 이어졌다. 피아노가 아름다운 멜로디를 울리고 있다. 옆집에서는 밥 딜런이 노래하고 있었다. 가와라자키가 굴리는 연필 소리는 그런 소리와 한데 섞였다. 합주라도 하고 있는 기분이었다.

시간이 얼마나 흘렀는지 모르겠다.

스케치북은 스무 장 이상의 그림으로 채워졌다. 실패작도 없다. 가와라자키는 연필 다섯 자루를 바꾸었다. 정신을 차리고 보니 살점 냄새인지 피비린내인지 모를 냄새로 공기가 탁해진 것 같았다.

"서명." 그런 목소리가 들렸다.

고개를 들자 톱을 든 쓰카모토가 가와라자키의 그림을 가리키며 말했다.

"작품에는 서명을 남겨야지. 그런 거잖아? 완성한 페이지에 자네가 그 그림을 그렸다는 증거를 남겨." 왠지 무서운 표정이었다.

"아아." 가와라자키는 지금까지는 그림에 서명을 남기는 것을 중요하게 여기지 않았다. 무아지경으로 그림을 그리고 선을 휘갈길 뿐, 다 그린 후에 이름을 덧붙일 생각은 해 보지도 않았다. 화가에게 서명은 어떤 의미가 있는 걸까? 완성의 표시일까? 그 이상은 손을 대지 않겠다는 의사 표현일까?

첫 페이지로 돌아가 그가 그린 그림을 다시 한 번 눈여겨보았다.

나쁘지 않았다. 가와라자키는 처음 몇 페이지를 바라보며 그렇게 생각했다. 마음에 걸리는 부분에 선을 몇 개 덧그렸지만 그다지 손봐야 할 점은 없는 것 같았다.

왼쪽 하단에 서명을 했다. '가와[河]'라고 이름 첫 글자를 적어 보았다. 그가 '다카하시'를 처음 보았던 장소는 강이었다. 그것을 생각하니 '가와'라는 글자가 잘 어울리는 것 같았다. 그의 이름이자, 두 사람이 만났던 '강'을 의미한다.

서명을 쭉 써넣고 다시 눈앞의 다리를 그렸다.

쓰카모토는 어쩌고 있었는가 하면, 그는 드디어 올 것이 왔다는 표정으로 목에 톱을 가져가고 있었다. 시체의 뒤통수에 쿠션을 대고 뒤로 젖힌 목에 톱을 대고 있었다.

시선이 얽혔다. 마지막 단계야. 쓰카모토는 가와라자키에게 그런 표정을 보이며 희미하게 웃었다.

가와라자키는 스케치북을 발밑에 내려놓고 자리에서 일어섰다.

사타구니의 꿰맨 자국을 한 번 더 확인했다.

손을 찔러 넣은 청바지 주머니 속에 돌돌 구겨진 전단지가 있었다. 낮에 거리에서 받은 전단지다. 꺼내서 펼쳐 보았다.

'행방불명된 아들을 찾고 있습니다.'

가족의 필사적인 마음이 서툴지만 정중히 적힌 손글씨에서 전해져 왔다.

'사타구니에 수술 흉터가 있습니다.'

그렇게 적혀 있는 특징에는 오른쪽인지 왼쪽인지에 대한 언급은 없다. 눈앞의 시체를 다시 한 번 보았다. 흉터는 왼쪽 다리에 있었다. 전단지 문구와 눈앞의 다리를 번갈아 바라보았다.

이게 그저 우연일까?

쓰카모토가 톱을 움직이기 시작했다. 마침내 머리가 잘려 나갔다. 가와라자키는 마치 자기 머리가 톱에 잘리는 기분이었다.

그때, 계절에 어울리지 않게 모기가 날고 있다는 것을 깨달았다.

수액만 먹고 사는 긴 다리의 모기가 가와라자키 앞을 가로질렀다.

당장이라도 떨어질 것처럼 힘없이 비틀거리며, 날아다닌다기보다는 나풀거리는 것 같았다.

"나는 신을 보았어. 신은 모기 같은 존재야." 그렇게 말했던 아버지의 목소리가 머릿속에 울렸다. 그건 환청이었을까?

쓰카모토는 자기 얼굴로 날아드는 모기를 발견하고는 톱을 잠깐 내려놓고 무심하게 그 모기를 잡았다.

가와라자키의 머릿속에서 찰싹 소리가 울렸다. 모기가 맞아 죽는 소리가 메아리치는 것 같기도, 그의 머릿속 톱니바퀴가 어긋나는 소리 같기도 했다.

쓰카모토는 표정 하나 바꾸지 않고 때려죽인 모기를 집어 들더니 그대로 옆으로 툭 튕겼다.

데생을 하는 손에 힘이 들어갔다. 모기가 죽고 바로 떠오른 감정은 뜻밖에도 아버지가 모독당했다는 낙담이었다.

저도 모르게 스케치북을 시커멓게 채우고 있었다.

연필로 몇 번이나 종이를 문질러 선이 새까매졌다. 선이 아니라 그림자가 되었다. 검은 그림자는 백지를 뒤덮었다. 종이가 새까맣게 변했다.

쓰카모토는 톱을 앞뒤로 움직이며 머리를 자르고 있다.

톱질 소리와 가와라자키가 문질러 대는 연필 소리가 리듬을 맞추어 실내를 채웠다. 탁한 공기를 휘젓고 있다.

가와라자키는 아무 생각도 하지 않았다. 머릿속에서 온갖 기억과 억측이 엉켜, 영문을 알 수가 없었다. 종이를 새까맣게 채우는 것으로 간신히 제정신을 유지하고 있는 셈이었다.

얼마나 그러고 있었는지 모른다.

쓰카모토가 톱날을 한번 확인하더니 다른 톱으로 교환했다. 그리고 다시 한참 절단 작업이 이어졌다. '분해한다'고 했던 쓰카모토의 말을 떠올렸다. 그는 신의 구조를 조사하기 위해 분해한다고 했다.

지금 내가 하고 있는 일은 정말 그에 합당한 작업일까? 가와라자키의 머릿속에 불쑥 그런 의문이 솟아났다. 눈 덮인 땅에서 새싹이 솟아나듯이.

데구루루, 구체가 구르는 소리가 났다.

무슨 일이 벌어졌는지 처음에는 이해하지 못했다.

그것은 반 바퀴를 돌다가 멈추었다. 볼링공처럼 묵직한 소리였다. 눈앞에 절단된 머리가 한심하게 굴러다니고 있었다. 바닥에 머리만 있다. 엉뚱하고 괴상한 광경이다. 모기 눈물만큼도 현실감이 없었다.

쓰카모토도 지금은 숨을 헐떡이고 있었다. 이마의 땀을 소매로 훔친다.

가와라자키는 굴러 온 머리를 쳐다보았다. 처음에는 조심스럽게, 그리고 천천히 정면에서 쳐다보았다. 틀림없이 '다카하시'의 얼굴로 보였다. 신은 이렇게 머리가 잘려 나가도 부활할까?

아니, 도저히 불가능하다. 가와라자키는 고개를 저었다. 몸이 여섯 조각으로 찢겨 나갔는데 되살아날 수 있을 리 없다. 그런 일이 일어난다면 그것은 기적이 아니라 말하자면 콩트다.

그렇다면 '다카하시'는 신이 아닌가? 자문자답해 보았다.

아니다. 가와라자키는 마음속으로 그것도 부정했다.

그는 신이어야만 한다. 그리고 신은 눈앞의 시체처럼 토막토막 잘려 나가서는 안 된다. 다시 말해 지금 가와라자키의 눈앞에서 벌어지고 있는 광경은 있어서는 안 될 일이었다.

있어서는 안 되는 일이니, 분명 무언가가 잘못되었다. 가와라자키는 몽롱한 머리로 생각했다.

쓰카모토는 바닥에 앉아 반대편 벽에 기대어 한숨을 토하고 있었다. 우비를 벗어 발밑의 시트 위에 돌돌 말아 던져 놓았다. 신의 머리를 잘라 냈다는 만족감은 어디서도 찾아볼 수 없었다. 육체노동을 끝낸 노동자의 얼굴만 있었다.

구체를 다시 한 번 보았다.

가만히 바라보았다. 스스로 가짜 같다고 했던 말이 되살아났다.

"아."

동시에 외마디 소리가 터져 나왔다. 가와라자키는 머릿속이 새하얘지고 눈앞이 캄캄해졌다.

"가짜."

굴러다니는 머리는 정말 가짜가 아닐까? 가와라자키는 그런 생각이 들었다. 무표정에 가까운 저 얼굴도, 인공적으로 만든 거라고 생각하면 이해가 갔다.

누군가가 '다카하시'의 얼굴을 덧씌운 게 아닐까?

다음 순간 가와라자키의 행동은 재빨랐다. 고뇌하다가 벌떡 일어나 발작적으로 행동하는 기인 같았다기보다, 바로 그것이 었다.

스케치북을 오른쪽에 내려놓고 일어나 그대로 팔다리가 없는 몸뚱이 곁으로 다가갔다.

"뭐하는 짓이야?" 쓰카모토의 목소리는 귀에 들어오지 않았다.

아버지가 비상계단에서 뛰어내렸을 때 어떤 기분이었을지 처음으로 이해할 수 있을 것 같았다. 날개도 없는 주제에 팔을 벌리고 17층에서 뛰어내린 아버지에게 동조하는 자신을 느꼈다. 이 직선적이고 발작적인 행동은 분명 유전이다.

가와라자키는 몸뚱이 밑에 손을 넣었다. 재빠른 행동이었다. 목청껏 외쳤다. 무서웠기 때문이다. 신을 건드려야 할지도 몰랐다. 그 경외심을 떨쳐 내기 위해 소리를 질렀다.

"와아아!" 큰 소리로 외쳤다.

몸뚱이를 훌렁 뒤집었다. 철퍼덕 소리와 함께 핏방울이 튀더니 몸뚱이가 뒤집혔다. 비닐 위의 혈액이 출렁거렸다.

시체의 등을 보았다. "아아." 탄성이 솟구쳤다.

등은 깨끗했다. 상처 하나 없이 하얀 피부였다.

맥없이 꺾이려는 무릎을 두 손으로 붙잡고 버텼다.

움푹한 등뼈 주위의 라인이 엉덩이까지 이어져 있었다. 엉덩이의 부드러운 곡선 밑에서 다리가 잘려 나간 모습은 그로테스크하기까지 했다.

아무 저항도 못 하고 노예가 되어 버린, 그런 등이었다. 등에 화상 흉터는 없었다. 가와라자키에게는 결정적인 문제였다. "그날 밤, 그날 밤." 가와라자키는 이성을 잃고 중얼거렸다. '그날 밤'의 일을 떠올렸다. 지금 이 순간에도 가와라자키는 '그날 밤' 폭우 속에 설 수 있었다. 강에서 발견한 '다카하시'의 모습을 떠올릴 수 있었다. 그 무엇보다 소중한 기억이었기 때문이다.

자비로운지 무자비한지 알 수 없는 기세로 쏟아지는 빗속에서, 미끄러운 강가에서 상반신을 드러낸 채로 고양이를 품고 있던 아름다운 남자의 등에는 화상 흉터가 있었다.

결코 착각도 아니었고, 며칠 만에 사라질 흉터도 아니었다.

눈앞에 있는 벌거벗은 시체에는 그 흉터가 없었다.

어떻게 된 일인가. 가와라자키는 머릿속에서 계속 의문을 토해 내고 있었다. 혼란과 의혹이 머릿속을 맴돌았다. 답은 뻔하다. 목소리가 들린다. 아버지의 목소리일지도 모르고, 그 자신의 목소리일지도 모른다.

쓰카모토의 얼굴을 살폈다.

그는 갑작스러운 가와라자키의 행동에 놀라 아무 말도 못 하고 멀거니 바라보고만 있었다.

눈을 피하지 마! 머릿속에서 누군가가 외쳤다.

굴러다니는 두 팔과 두 다리를 쳐다보았다. 이런 건 그저 살덩이에 지나지 않는다.

"쓰카모토 씨." 긴장을 풀면 입에서 말이 술술 흘러나오리라는 것을 알고 있었다. "쓰카모토 씨, 이건." 어금니를 악물었다.

"왜 그래?"

쓰카모토는 그렇게 말하면서도 손에 쥔 톱에 시선을 던졌다. 그 톱날로 가와라자키를 저지하려는 듯이 보였다.

"이건 누굽니까?"

"뭐가 말이야?"

"이건 그분이 아닙니다."

가와라자키는 마침내 그 말을 입에 담았다. 입에 담은 순간 온몸에서 힘이 빠졌다. 충격이었지만, 동시에 그것은 신이 살아 있다는 뜻이기도 했다. 가와라자키는 복잡한 심경으로 말했다.

"이건 누굽니까!"

"다카하시 씨야."

"거짓말이야."

"억지 부리지 마." 쓰카모토는 여전히 시치미를 뗐다. "이게 다카하시 씨가 아니라면 대체 누구란 말이야?"

가와라자키는 알고 있었다. 사타구니의 흉터를 보았을 때, 바로 알아차렸던 것이다.

"행방불명된 남성." 가와라자키는 힘없이 중얼거렸다.

어쩌다 이렇게 된 걸까. 가와라자키는 일어서서 고개만 푹 떨구었다.

모기 때문이다. 모기를 때려죽여서 그렇다. 작은 목소리로 그렇게 중얼거려 보았다.

아오야마의 집 앞에 도착했을 때 교코는 꾸벅꾸벅 졸고 있었다.

"용케 잠이 오는가 보네." 아오야마가 감탄보다는 경멸 어린 목소리로 말했다.

"난 어떤 때라도 잘 수 있어." 교코는 허세가 아니라 진심으로 그렇게 대답했다.

여기 오기까지 믿을 수 없을 정도로 오랜 시간이 걸렸다. 교코는 기가 막혔다. 그 여자를 죽이는 데 어째서 이렇게 귀찮은 꼴을 당해야 하는지 화가 났다.

"뭘 해야 하는지 알지?" 아오야마에게 재차 확인했다.

"그래."

아오야마가 핸들을 쥔 채로 말했다. 느릿하게 자동차 라이트를 끄고 안전벨트를 풀었다. 교코도 안전벨트를 풀고 목운동을 했다.

두 사람은 그대로 차에서 밖으로 나왔다. 바람이 기다렸다는 듯이 교코의 목덜미를 어루만졌다.

일정한 간격으로 늘어선 가로등이 주변을 균등하게 비추고 있었지만 그리 밝지는 않았다.

아오야마와 차를 사이에 두고 마주 보았다. 사람을 친 차가 여기까지 무사히 굴러 온 것은 행운이기도 했다. 사람과 부딪쳐 찌그러진 범퍼가 타이어에 걸려 차가 나가지 않았어도 이상할 건 없었다. 나는 아직 운이 따르고 있다.

"당신 마누라는 지금 뭘 하고 있을까?"

교코는 떠오르는 미소를 감추고 아오야마의 얼굴을 가만히 바라보았다. 당신 혹시 그 얄미운 여자를 미리 죽이고 토막 냈던 것 아니야? 그렇지? 그래서 트렁크 속에 넣어 두었던 거지? 시체를 바꿔치기한 건 당신이지? 당신은 나를 위해 약속을 지켜 주었어. 그러고 보니 갑자기 떠오른 기억에 가슴이 설렜다. 당신이 역 앞에 서 있던 외국인에게 가르쳐 준 일본어는 '약속'이었지.

교코는 이런저런 생각을 하다가 자꾸만 새어 나오는 웃음을 참느라 고생했다.

"분명 자고 있을 거야. 오늘은 저녁에 돌아온다고 했거든."

아오야마는 다소 주눅 든 기색으로 그렇게 대답하더니 주택 2층을 가리켰다.

"무리할 필요 없어."

"뭐가?"

"당신, 거짓말하고 있잖아."

아오야마의 얼굴이 어두워졌다. 아니, 창백해졌다고 해야 할까? "무, 무슨 소리를."

교코는 아오야마의 얼굴을 보면서 진심을 찾아내려 했다. "됐어. 어쨌든 당신 집에 들어가서 앞으로 어떻게 할지 정할까?"

아오야마의 자택은 호화롭다고 할 수는 없었다. 어느 쪽인가 하면 수수해서, 마을에서 눈에 띄지 않는 단독주택이었다. 프로 축구 선수 중에는 축구만 할 수 있으면 행복하다는 사람도 많다. 아오야마는 그 전형적인 케이스였다. 대우가 나쁘더라도 선수로서 잔디 위에 설 수만 있다면 어떤 팀이라도 들어갈 각오가 되어 있었다.

"드디어 때가 왔어."

교코는 현관 앞에 서서 말했다. 뒤에서 열쇠를 쥔 아오야마가 다가왔다.

가슴이 설렜다. 아오야마는 아내를 미리 죽였을지도 모른다. 하지만 그러지 않았다면 지금 그 여자는 이 집 안에서 잠을 자고 있을 것이다. 그건 그것대로 바라던 바였다. 이제야 그 여자를 말살할 수 있다는 기대감으로 온몸이 들끓었다.

빨리, 빨리, 문을 열어. 열쇠의 방향을 어설픈 손짓으로 확인하고 있는 아오야마에게 애가 타서 죽을 지경이다.

"교코는 왜 나 같은 남자하고 결혼하려는 거야?" 아오야마가 불쑥 물었다.

"갑자기 왜 그래?" 귀찮은 소리를 지껄이고 있을 때가 아니다.

"그야 교코는 늘 나한테 화를 내잖아. 지금도 짜증을 부리고 있고."

"당신이 단순해서 그런 거야. 축구공만 찰 수 있으면 행복하다는 당신을 보고 있으면, 조금 마음이 놓여. 삶의 방식은 여러 가지라는 생각이 들거든."

교코는 작은 목소리로 본심을 빠르게 털어놓았다. 남을 쫓아다니며 늘 바쁘게 살던 남편도 떠올렸다.

"그런 얘긴 아무럼 어때. 어쨌든 지금은 이 현관을 열어. 아니면 진실을 얘기해."

"진실?"

"저 트렁크에 들어 있는 시체 말이야."

교코는 뒤를 돌아보며 차 뒷부분을 가리켰다. 저기에 들어 있는 건 당신 부인이 아니냐고 물어보려 했다.

하지만 그때 예상치 못한 일이 벌어졌다.

트렁크가 벌컥 열린 것이다. 눈에 전혀 보이지 않는, 밤의 의상을 두른 누군가가 트렁크에 열쇠를 꽂은 것만 같았다.

교코는 아오야마 옆에서 이게 어찌 된 일이냐며 눈썹을 찌푸렸다. 불길한 예감이 땀이 되어 등줄기를 타고 흘렀다.

그 뒤쪽의 광경을 바라보던 교코는 숨을 헉 집어삼켰다.

열린 트렁크 속에서 그림자가 일어났다. 현기증이 교코를 덮쳤다.

검은 그림자가 다리를 내밀더니 그대로 차 밖으로 모습을 드러냈다.

자세히 보이지는 않았지만 사람 그림자인 것은 분명했다.

"붙었어." 토막 났던 시체가 들러붙었다. 되살아나 트렁크에서 기어 나와 바닥에 발을 딛고 섰다. 교코의 눈에도 그렇게 보였다.

공포심보다도 자신을 둘러싼 세계에서 현실감이 쏙 사라진 불안감이 교코를 혼란에 빠뜨렸다.

아오야마도 그 그림자를 봤을 것이다.

어두운 차도에 우뚝 선 그림자는 느릿느릿 반대편으로 걸어갔다.

두 손을 축 늘어뜨리고 고개를 앞으로 푹 떨군 채, 한 걸음씩 발밑을 확인하듯 걸어갔다. 얼굴 쪽은 보이지 않았다. 어쩌면 머리가 없을지도 모른다.

밤길에 발소리가 울렸다. 자신의 존재감을 각인시키려는 것처럼 불쾌한 발소리였다.

교코는 주저앉고 말았다.

그림자는 멀어져 갔다. 어둡고 좁은 길을 걸어 자기가 왔던 방향으로 되돌아가는 듯한 모습이었다. 마치 교코에게 보란 듯이 그러는 것 같았다.

이게 뭐야.

교코는 비명을 지르려 했지만 소리가 나오지 않았다. 뭐가 어떻게 된 거야!

"누가 나한테 이런 짓을 하는 거야!"

내가 손에 넣었어야 할 권총은 지금쯤 어디에 있을까? 교코는 문득 그런 생각을 했다.

도요다는 주저앉아서 검게 빛나는 권총을 어루만지고 있었다.

센다이 역 버스 터미널 근처였다. 늙은 개를 데리고 계단에 걸터앉아 있었다. 지나가는 사람들이 방해된다는 듯이 도요다의 얼굴을 힐끗거렸다. 젊은 남자들 몇 명은 실제로 "거치적거리네" 하고 투덜거렸다.

"나는 이걸 쐈단 말이야."

그렇게 중얼거려 보았다.

"아까도 누군지 알지도 못하는 남자를 향해 이걸 겨누어 보았어."

그런 말도 해 보았다.

"그리고 결국 아무 짓도 못 했어."

타워 아파트에서 어떻게 돌아왔는지 도요다는 기억이 가물가물했다. 평정심을 잃은 후나키가 난리 법석을 떠는 꼴을 보니 모든 것이 우스꽝스럽게 느껴졌다. 그의 인생을 내던지고 총을 겨눌 가치는 없었다.

후나키는 대악당이나 무자비한 악인이 아니라 그저 속 좁은 소인배가 아니었던가? 보잘것없는 회사원이었다.

권총을 가방 속에 넣었다. 가지고 있어 봤자 이미 아무 쓸모도 없었지만 버리기도 망설여졌다.

늙은 개의 얼굴을 마주 보았다. "나는 앞으로 어떻게 될까?" 그렇게 물어보았지만 당연히 대답은 없었다.

아파트에서 만났던 빈집털이 남자에 대해 생각했다.

그 남자에 비하면 후나키는 정말 소심해 보였다. "큰일 났다! 도둑이야!" 고래고래 소리를 질러 대며 우왕좌왕하던 모습은 불쌍해 보일 정도였다.

휴대전화가 울렸다. 가방에 넣어 두었지만 진동이 울려 금방 알았다. 지퍼를 열고 전화기를 꺼냈다. 번호가 뜨지 않아 누군지 알 수 없었다.

밤늦게 죄송합니다. 상대 남자는 그렇게 말하더니 회사 이름을 말했다.

도요다는 반사적으로 손목시계를 보았다.

아침에 연락 받았던 회사의 인사 담당자였다.

"왜 그러십니까?"

도요다는 그렇게 물었다. 오늘 아침 전화로 불합격 통지를 한 회사가 그에게 무슨 용건인가 싶어 의아했다.

하지만 그때 아, 어쩌면, 하는 생각이 번쩍 떠올랐다. 원래 채용될 예정이었던 사람이 포기해서 합격자 명단에 올라간 게 아닐까? 가슴이 설렜다.

"실은 확인하고 싶은 사항이 있습니다만." 젊은 담당자가 말했다.

"예." 도요다는 침을 꿀꺽 삼켰다.

"채용 여부를 오늘 안에 전화로 연락드릴 예정이었는데."

"그랬지요." 뒷말을 채근했다. 실은 곤란한 문제가 생겨서요, 라는 말이 나오기를 기다렸다.

"실은 죄송하게도 이쪽 실수로."

손에 힘이 들어갔다. 그렇군, 상대 쪽의 실수로 원래 채용되었어야 할 그가 불합격 통지를 받게 된 건가?

그렇지만 상대의 입에서 나온 말은 예상도 못 한 내용이었다.

"어느 분께 연락을 드렸는지 분명히 파악하고 있었는데, 시스템이 고장 나서 뒤죽박죽입니다. 예, 실은 지금 어느 분까지 연락을 드렸는지 파악하지 못하고 있는 상태라, 다만 그렇다고 연락을 빠뜨리면 오히려 폐를 끼치게 될 테니, 실례를 무릅쓰고 다시 연락을 드리고 있습니다."

"예?"

"도요다 님은 이미 불합격 연락을 받으셨습니까?"

"예, 오늘 아침에." 도요다는 시무룩한 목소리로 대답했다.

상대의 목소리가 상당히 사무적이라는 것을 그제야 깨달았다.

"그렇다면 문제없겠군요. 아니요, 여러분의 향후 취직 활동을 위해서는 연락을 드리지 않는 것도 문제가 있으니까요. 이미 들으셨다면 문제없습니다. 유감이지만 이번에는 저희 회사와 인연이 없었습니다."

남자가 전하는 내용은 정중했지만 실제로는 의자 위에서 다리를 꼬고 커피라도 마시면서 전화하고 있는지도 모른다.

휴대전화를 끊었다. 도요다는 크게 충격을 받지 않았다. 헛물을 들이켰지만 피곤하지도 않았다. 누가 이런 짓궂은 장난을 하나 싶어 웃음이 나올 뻔했다. 늙은 개와 눈이 마주쳤다. 주제도 모르고 기대하기는, 하고 놀리는 것만 같았다.

그 상황에서 기대하지 않을 사람이 있다면 한번 만나 보고 싶다. 도요다는 그런 변명이라도 하고 싶은 심정이었다.

숨을 들이마셨다가 단숨에 내뱉었다.

이건 한숨이 아니라 심호흡이다. 그렇게 자신을 타일렀다.

자리에서 일어나 바지에 묻은 모래를 털었다.

어디로 가야 할지 모르겠지만 앉아만 있기보다는 걷고 싶었다.

산책용 목줄을 잡아당겨 개를 일으켜 세운 도요다는 계단을 내려갔다. 역 앞 백화점을 따라 나 있는 인도를 걷다가 발견한 뒷골목으로 들어갔다. 요란스러운 앞쪽 큰길보다 어둡고 음침한 뒷길이 자신에게 더 잘 어울린다는 건 알고 있었다. 그때 뒤에서 고함 소리가 들렸다.

"저, 저놈이야!" 젊은 남자의 목소리였다.

도요다는 목소리가 들린 쪽을 보고 등을 꼿꼿이 폈다.

기세등등한 발소리가 울렸다. 두 사람이 달려왔다.

한눈에 그들이 공원에서 만났던 청년들이라는 걸 알 수 있었다. 얼굴에 여드름 꽃이 핀 남자와 또 한 사람, 금발 남자였다.

몇 시간 전에 휘둘렀던 주먹에 통증이 되살아났다.

두 사람이 눈 깜짝할 사이에 코앞에 서 있었다. 뒷골목이라 인기척도 거의 없었다.

"아저씨, 잠깐 이리로 와."

여드름 청년이 도요다의 어깨를 붙잡더니 더 으슥한 곳으로 끌고 가려 했다. 도요다는 별로 겁이 나지 않는다는 사실에 놀랐다. 어째서 이토록 차분할 수 있는지 전혀 알 수 없었다.

오늘은 정말 오만 가지 일이 있었다. 그 탓일까? 멍하니 생각해 보았다.

두 청년이 폐업한 중화요리집 벽에 도요다를 밀어붙이고 앞을 막아섰다.

"아저씨, 낮에는 아주 맘껏 날뛰셨던데? 겐지를 총으로 쐈지?" 여드름 청년이 말꼬리에 거칠게 힘을 주며 물었다.

"그 녀석, 지금쯤 병원에서 수술을 받고 있을 거야. 수술. 어떻게 책임질 거야?" 금발이 말했다.

도요다는 그 두 사람을 물끄러미 보았다. 무섭지는 않았다. 겐지라는 그 청년을 쐈던 일을 떠올렸다. 그때는 그럴 수밖에 없었다. 자신의 몸을 지키기 위해 필요한 조치였다.

"아저씨, 듣고 있어?"

"듣고 있어."

"아저씨, 갖고 있는 권총 내놔, 엉?" 여드름 청년이 말했다.

자세히 보니 깜찍하게 생겼다. 그들은 도요다와는 세대가 다르다. 사고방식도 생활 방식도 다르다. 나도 이럴 때가 있었다는 생각은 도저히 들지 않았다. 악질의 정도가 달랐다. 그들은 도덕도 윤리도 없이, 지루한 일상에 파묻혀 자기를 방해하는 사람은 교사든 노인이든 아이든 뻥뻥 걷어차며 살아갈 것이다.

서로를 이해할 수 없다. 우리는 서로 이해할 수 없는 사이다. 그렇게 생각하면 마음이 편하다.

"귀먹었어? 그 따위니 회사에서도 잘렸겠지!"

여드름 청년이 초조한 기색으로 발을 동동 구르며 도요다의 멱살을 잡으려 했다. 도요다는 그 손을 힘껏 내리쳤다.

"무슨 짓이야!"

"건드리지 마!"

도요다는 태어나 처음으로 그런 목소리로 소리쳐 보았다. 흥분으로 머리에 피가 몰린 것도 아니다. 분노로 이성을 잃은 것도 아니었다.

서로 이해할 수 없다면 상대는 사자나 곰과 마찬가지다. 아무 저항도 하지 않고 당할 게 아니라 맞서 싸워야 한다. 어차피 지더라도 정면에서 부딪쳐 봐야 한다고 생각했다.

나와 청년, 어느 쪽이 더 훌륭한 것도 아니다. 인생을 먼저 달려가는가, 나중에 가는가의 차이는 있어도 어느 쪽이 더 우수하다는 순위는 있을 수가 없다. 어느 쪽도 훌륭하지 않다면 서로 거리낌 없이 부딪쳐야 하는 것 아닐까?

"무슨 짓이야, 아저씨! 각오는 돼 있겠지?"

"너희야말로 인생에 대한 각오는 되어 있나?"

"우리는 아저씨하곤 달라. 구질구질한 인생은 사양이야. 우리는 즐겁게 살 거야."

"잠꼬대는 닥쳐!" 도요다는 버럭 소리를 질렀다.

가방 속 권총을 꺼낼 마음은 없었다. 이대로 흐름에 맡겨 보자. 마음을 굳혔다. 청년들이 대뜸 그를 덮쳐 칼이나 금속 방망이로 가차 없이 공격할 가능성도 각오했다.

"오늘은 오랜만에 유쾌했어."

도요다는 늙은 개의 등을 굽어보았다. 바쁘고 정신없는 하루였지만, 그래도 오랜만에 살아 있다는 기분이 들었다.

'겁내지 마.'

"할 테면 해 봐!" 도요다는 외쳤다. 진심이었다. 덤벼! 거듭 버럭버럭 외쳤다.

"아저씨, 바보 아냐?" 여드름 청년이 눈썹을 찌푸리며 잔뜩 위협적인 표정을 지었다. "덤비라고 했겠다? 죽여 버린다?"

"해 보라니까!" 도요다는 눈을 천천히 감았다 뜨면서 말했다. 호응하듯 늙은 개가 한 차례 짖었다.

두 청년이 얼굴을 마주 보았다. 묘한 중년 남자와 더 얽힐지 말지 말없이 의논하는 것이리라.

인생은 시시각각 흘러간다. 그걸 알기나 해! 도요다는 그렇게 외치고 싶었다.

차도를 달려가는 오토바이 소리가 들렸다. 그렇다. 도요다는 생각했다. 인생은 지금 이 순간에도, 저 오토바이처럼 절망적인 속도로 지나가고 있다. 눈을 돌리지 마. 그것이 청년들을 향한 외침인지 자신을 향한 소리인지는 알 수 없었다.

"이 새끼, 가만 안 둬!"금발 청년이 와락 덤벼들었다.

7

다이얼 눈금을 맞추는 일은 단조로운 작업이었다. 단조롭고 까다롭다. 손을 빙글빙글 돌리며 구로사와는 나이를 먹으면 이런 작업도 힘들어지겠다는 생각을 했다.

사사오카가 뒤에 서서 탄성을 질렀다.

"어떻게 그렇게 금방 열 수 있는 거야? 마치 처음부터 다이얼 번호를 알고 있는 것 같네."

"나는 프로니까." 구로사와는 그렇게 설명했다. "소리가 달라. 오른쪽 왼쪽으로 돌리다 보면 다이얼 소리가 들리거든. '너무 돌렸어.' '반대 방향이야.'" 구로사와는 제가 생각하기에도 너무 거짓말 같아 웃음을 참으며 말했다.

"명인은 금고와 대화를 나눌 수 있는 건가."

"금고를 마주하면 '빨리 나를 열어 줘' 하고 금고가 애원하거든."

가벼운 농담을 던지면서도 눈 한번 깜빡거리지 않고 다이얼에 집중했다. 한번 실수하면 처음부터 다시 해야 한다.

"그나저나 슬슬 집주인이 돌아올 때 아닌가?" 사사오카가 초조한 기색을 드러내기 시작했다.

"열렸어." 구로사와는 일어나서 사사오카 앞에 섰다. 두 팔을 활짝 펼쳤다. "비밀도 속임수도 없어."

"정말 열린 거야?"

"확인해 봐."

사사오카는 반쯤 의심하는 눈치로 몸을 웅크리고 금고 문을 붙잡았다. 끼익 하는 소리도 없이 문이 조용히 열렸다. 사사오카가 서커스에 열광하는 아이 같은 얼굴로 구로사와를 보았다.

"정말이네. 눈 깜짝할 새였어."

"그런 걸로 기뻐해 주니 고마운걸. 사실 이건 내가 일상적으로 하는 거라 칭찬받을 만한 일은 아니야."

사사오카는 쭈뼛쭈뼛 금고 속을 들여다보고 있었다. 통장 몇 개와 현금 다발이 있다고 했다.

"이것도 자네가 예상했던 것과 거의 일치하나? 수확 면에서 말이야."

구로사와는 또 엉거주춤한 자세로 사사오카 옆에 쭈그려 앉았다. 금고 문을 붙잡고 속을 확인했다. 백만 엔짜리 돈다발 다섯 개가 쌓여 있었다. "뭐, 보통이지."

사사오카는 돈다발을 손에 들어 그 두께를 확인하고 있었다.

"탐나나?"

사사오카는 가만히 웃으며 고개를 갸웃거렸다.

"아니. 그냥 단순히 즐거워. 어렸을 때 게임으로 잡았던 금붕어를 바라보는 마음하고 똑같아."

"금붕어하고 다른 점은 이 녀석한테는 먹이가 필요 없다는 점이지. 몇 뭉치 가져가."

"어? 아니야, 됐어." 사사오카는 어리둥절해하다가 곧바로 거절했다.

"모처럼 생긴 기회잖아. 돈이 궁하면 가져가."

그때, 구로사와의 휴대전화가 진동했다. 바로 전화를 받아 상대의 말을 기다렸다.

"구로사와?" 상대는 그 동업자였다. 낮에 구로사와를 강도단에 회유했던 남자다.

"때마침 전화 잘했어, 뭐 좀 확인하고 싶었는데."

"동료로 들어올 마음이 생겼나?"

"그게 아니야. 당신, 내가 준 정보를 온 동네에 떠벌리고 다닌 것 아니야?"

"무슨 소리야?" 시치미를 떼는 목소리는 아니었다.

"내가 어디에 가는지, 내가 있는 장소를 나불나불 떠벌리고 다니는 남자가 있는 모양이야. 정처 없이 어슬렁거리는 젊은 남자라던데. 당신이 그 어린 녀석을 써서 그런 것 아닌가?"

"다다시 말이야? 그럴 리가 있나. 자네가 싫어할 짓을 우리가 할 리 없잖아."

구로사와도 그 이상 의심하지는 않았다. "그럼 왜 전화했어?"

"쌀쌀맞기는. 자네가 작업 일정이 정해지면 연락하라고 했잖아."

"그러긴 했지."

"정해졌어." 늙은 도둑들은 이상하게도 일 얘기만 나오면 목소리가 아이처럼 어려진다. "모레다. 모레 낮에 우체국을 털 거야."

"우체국?"

"요즘같이 경기가 안 좋을 때는 우체국이 최고야. 돈이 제법 있다나 봐. 우체국 저금만 해도 몇조 엔은 된다잖아. 다다시 녀석이 우체국 유니폼을 구해 왔거든. 그 옷을 입고 쳐들어갈 거야. 어때, 함께하지 않을 텐가? 지금이라면 아직 유니폼도 더 구할 수 있어. 나중에 끼면 자네만 유니폼이 없어서 엄청 엉뚱해 보일 텐데."

구로사와는 쓴웃음을 흘렸다.

"유니폼은 필요 없어. 난 함께 강도 짓을 할 생각이 없어."

"그렇군. 아직 기회는 있으니, 마음이 바뀌면 전화해. 뭐하면 내가 입을 유니폼을 자네에게 줄 수도 있어. 어쨌든 우리는 우체국을 털 거야."

"인질을 잡을 건가?"

"총으로 위협해서 사무실에 가둬 두지 뭐. 그런 다음 돈을 그러모으는 거야. 재빨리 사라지면 인질에게 해도 되지 않을 거고."

"우체국 직원 흉내를 내는 건 좋지만 인질은 신속하게 숨겨야해. 손님이 들어오면 일이 복잡해지니까. 인질을 가둬 두면 다들 자네들이 직원인 줄 알 거야."

"오호라." 남자가 순순히 대답했다.

"한 가지 더." 구로사와는 옆에 있는 사사오카를 보면서 말했다. "세상에는 무슨 일이 일어날지 모르는 법이야." 아파트에서 빈집을 털러 들어온 동창생을 만날 정도다.

"그 정도는 나도 알아. 세상은 깜깜하고, 손을 뻗어 보아도 짐작할 수 없어. 그렇지? 벽인가 싶으면 절벽이 나와."

"내 충고 잘 들어. 알겠어? 우체국에 강도 짓을 하러 들어가 돈을 세고 있을 때 만약 다른 강도가 들어오면."

"우리가 있는데 다른 사람이 습격한다는 말이야?"

"만일의 경우를 말하는 거야. 혹시나 그런 일이 있으면, 알겠어? 도망쳐. 당장 달아나. 예기치 못한 일이 생기면 물러난다. 그게 장수의 비결이야. 그렇지?"

남자는 호쾌하게 웃음을 터뜨렸다.

"우리는 유니폼을 입고 있을 테니 그냥 보면 우체국 직원이 한꺼번에 직장을 내팽개친 것처럼 보일지도 모르겠군. 그거 유쾌한데? 알겠어. 새겨듣지. 예기치 못한 사태가 벌어지면 일사천리로 달아날게."

그렇게 통화는 끝났다.

"동료야?" 사사오카가 물었다.

"동료? 아니야. 동업자지만 경쟁 상대인 것도 아니지. 직업이 같을 뿐이야."

"함께 일하자고 그러던가?"

"거절했어. 내키지 않은 일이라."

"도둑도 일을 가려?"

"일을 가리지 않으면 도둑이랑 고물 장수랑 다를 바가 없지. 아무래도 요즘은 운도 좋지 않고. 낮에도 한 건 하러 갔다가 빈손으로 나왔어. 며칠, 몇십 일이나 시간을 들였는데 수확은 제로야."

"원래 그런 건가?"

"어차피 그만큼 수고가 들 바에야 사과나무를 키우는 게 훨씬 알찬데."

"지금도 나 같은 놈이 튀어나왔으니 일이 안 될 테고."

"자네가 온 건 정말 예상 못 한 일이었어. 덕분에 오늘 수확은 제로야."

"내가 자네를 방해한 건 사실이지만 금고도 이미 열었잖아. 여기서 얼마 가져가면 오늘 하루 수입은 될 것 아닌가?"

"안 돼." 구로사와는 웃었다.

"이 정도 금액으로는 일한 축에도 못 든다는 말이야?"

"그런 게 아니야."

"그럼 무슨 뜻인데?"

"그냥 자네가 가져가. 돈다발을 가져가면 울적한 마음도 싹 날아갈 거야."

사사오카가 시무룩한 표정으로 말했다.

"세상엔 돈으로 풀리지 않는 일도 많아."

구로사와는 공감할 수 없었다. 이 세상 전부는 아니지만 대부분의 경우 돈으로 해결된다고 생각했기 때문이다. 의심해 본 적도 없다.

"아니, 나는 일개 도둑이라 돈 말고는 생각할 수 있는 게 없는데."

"난 돈은 필요 없어."

구로사와는 금고 속에서 돈다발을 꺼냈다. 2, 3센티미터쯤 되는 두께였다. 그 돈다발을 사사오카의 손에 툭 얹었다. "가져가."

"난 도둑이 아니야." 사사오카가 반사적으로 그렇게 말했다.

구로사와는 고개를 끄덕거리며 말했다.

"알아. 단지 이건 내가 주는 선물이야. 가져가도 돼."

"이건 자네 돈이 아니야. 남의 돈이잖아."

"내 돈이면 받을 텐가?"

"그런 문제가 아니야."

구로사와는 친구의 반응을 즐기고 있었다. 다람쥐 쳇바퀴 돌듯 사양이 이어지는 것이 기뻤다.

"이건 내가 내 기술로 금고를 열고 손에 넣은 돈이야. 그러니 내 돈이지."

"그런 억지는 싫어."

"나도 그래." 구로사와는 돈다발을 한 손으로 쥐고, 다른 한 손으로 빠르게 훑었다. "그렇게 됐으니." 활짝 열려 있는 금고에 돈다발을 툭 던져 넣고 그대로 문을 닫아 재빨리 다이얼을 돌렸다. 매끄럽게 회전하는 소리가 났다. 사사오카가 동시에 외쳤다.

"아, 그래도 되는 거야? 그냥 빈손으로 가도 돼?"

"훔칠 필요가 없어."

"무슨 뜻이야?"

구로사와는 자리에서 일어나 금고가 있는 협탁의 문을 닫았다. 함께 일어난 사사오카를 마주 보았다.

성실하고 융통성 없는 친구는 학창 시절 모습 그대로였다.

구로사와는 두 손바닥을 상대에게 내밀며 싱긋 웃었다.

"여긴 내 집이야."

"엉?" 사사오카가 되물었다.

"말 그대로야. 여긴 내가 사는 집이야. 그러니 저 금고도, 저 돈도, 다 내 거지."

"그렇다면."

"자네가 어슬렁어슬렁 들어온 곳이 바로 내 집이란 뜻이지."

"잠깐만. 잠깐 기다려. 자네는 도둑이 아닌가?"

"그건 사실이야. 나는 프로 도둑이야."

"하지만 여긴 자네 집이고?"

"도둑도 집은 있거든. 아니, 오늘도 한 건 더 하러 갈 생각이었어. 낮에 일했는데도 수확이 없어서 한 집 더 털 작정이었지."

구로사와는 그렇게 말하면서 낮에 도둑질하러 갔던 후나키의 집을 한 번 더 털어야겠다는 생각도 했다. 돈은 아직 남아 있을 터였다.

"내가 이 집에 들어왔을 때 방도 복도도 어두웠는데?"

"어둠에는 익숙해. 아니, 밖에 나갔다가 엘리베이터에서 깜빡 잊은 물건이 생각났지. 그래서 마음이 해이해졌었나 봐. 현관도 안 잠그고, 불도 켜기 귀찮아서 그대로 서랍을 열고 물건을 찾고 있었어."

"어디까지가 진실인지 모르겠네."

"말했잖아? 나는 이 집 주인에 대한 정보라면 뭐든 알고 있다고. 그건 과장이 아니야."

"날 속였던 건가?"

"듣기 안 좋게 왜 그래." 구로사와는 머리를 긁적거렸다. "나도 놀랐어. 나도 모르는 사이에 웬 남자가 집에 들어온 데다가, 자세히 보니 아무리 봐도 동창생인데 여긴 자기 집이라고 그러질 않나. 재미있는 일도 다 있지."

"미안해." 사사오카가 고개를 떨구었다.

구로사와는 사사오카에게 고개를 들라고 했다. 이렇게 유쾌한 일이 또 어디 있을까?

"하지만 정말이야?" 도저히 못 믿겠는지 사사오카가 다시 물었다.

구로사와는 이를 씩 드러내며 대답했다.

"그나저나 자네가 '취향 한번 고약한 협탁'이라고 했을 때는 충격 받았어."

 가와라자키의 머릿속은 완전히 엉망진창이었다. 온갖 생각들이 머릿속에서 한꺼번에 흘러넘쳐 그중 무엇 하나 제대로 파악하지 못하는 상태였다.

발밑에 스케치북이 굴러다니고 있다. 언제 그랬는지 몰라도 자리에서 일어나 있었다. 빨간 모자도 벗어서 바닥에 내려놓았다.

쓰카모토가 겁먹은 얼굴로 앉아 있었다. 가와라자키를 어떻게 다룰지 고민하는 것이다.

"가와라자키, 침착해." 쓰카모토가 오른손을 들어 그를 제지했다.

"쓰카모토 씨, 설명해 주세요." 가와라자키는 시체를 사이에 두고 쓰카모토와 대치했다.

"뭐, 뭘 설명하란 말이야?"

"이건 누굽니까?" 목청껏 외쳤다. "이 토막 난 시체는, 대체 누굽니까?"

"다카하시 씨야. 당연하잖아?"

"아니야!"

가와라자키는 단언했다. 저건 결코 '다카하시'가 아니다. 그 시점에서 가와라자키는 확신했다.

"그분은 목 언저리부터 등에 걸쳐 흉터가 있습니다. 이 사람에게는 그런 흉터가 없어요. 없다 못해 깨끗할 정도입니다."

"그런 상처는 원래 없었어."

쓰카모토는 뒤로 물러나지도 못하고 등을 한껏 벽에 붙이고 말했다.

"다카하시 씨는 신인데 흉터가 있으면 이상하잖아?"

"쓰카모토 씨에게 다카하시 씨는 신입니까, 신이 아닙니까?"

"다카하시 씨는." 쓰카모토는 거기까지는 즉각 답했지만 말을 더 잇지 못했다.

쓰카모토의 시선이 토막 난 시체에게 쏠아졌다. 마찬가지로 가와라자키도 시체를 보았다. 여섯 덩어리의 물체다.

"대답하세요."

쓰카모토는 좀처럼 대답하지 않았다.

가와라자키의 머릿속에 차례로 자그마한 파열이 생겼다. 뭔가가 산산이 깨지는 소리와 함께 그를 지탱하던 요소가 하나씩 부서져 갔다. 가와라자키는 두 손으로 머리를 감쌌다.

머릿속에 차단기가 있다면 슬슬 스위치가 꺼질 때가 아닐까.

그러지 않으면 뇌가 터져 나갈 것이다. 그렇게 생각하자 두려웠다.

바닥에 떨어진 톱을 쥐고 있었다.

그리고 천천히, 시체와 피 웅덩이를 피해서 쓰카모토가 앉아 있는 곳까지 걸어갔다.

"쓰카모토 씨, 진실을 말해 주세요."

손에 쥔 톱은 작았다. 그 톱을 앉아 있는 쓰카모토를 향해 겨누고 팔꿈치를 굽혀 귓가까지 들어 올렸다.

"가와라자키, 침착해."

쓰카모토는 가와라자키의 몸을 밀어내려는 듯이 손을 앞으로 뻗었다.

"가르쳐 주세요." 한계였다. 쓰카모토가 가르쳐 주지 않으면 자신이 망가지고 만다.

"뭐, 뭘 가르쳐 달라는 거야?"

"저건 정말 그분이 맞습니까?" 큰 소리가 튀어나왔다. "제가 알고 있는 흉터가 없어요! 게다가 사타구니의 수술 자국이 행방불명된 남자와 똑같아요! 얼굴도 처음부터 가짜 같았어요. 저게 성형수술로 만든 얼굴이 아니라고는 누구도 장담할 수 없어요."

가와라자키의 말이 점점 빨라졌다. '성형수술'이라는 말이 튀어나오자 스스로도 깜짝 놀랐다.

"그분이 그리 쉽게 죽을 리 없어요. 그렇잖습니까? 이렇게 조각나 버리다니 이상해. 그렇잖아요? 애초에 제가 왜 여기 있는 겁니까? 쓰카모토 씨는 저를 왜 부른 겁니까? 저는 스케치북을 펼쳐 들고 뭘 하고 있는 거지요? 온통 이해할 수 없는 일들뿐이에요. 저는 얼간이예요."

쓰카모토는 잔뜩 주눅 든 눈치였다.

"가르쳐 주세요!"

가와라자키는 울고 있었다. 뺨이 차가워서 울고 있다는 것을 깨달았다.

"잠깐만, 기다려. 자네가 무슨 말을 하고 싶은지는 알겠어."

쓰카모토가 겨우 목소리를 짜냈다. 두 손을 앞으로 쭉 뻗은 채로 말했다.

"자네가 하고 싶은 말은 저 시체가 다카하시 씨가 맞는지 궁금하다는 거지? 그래, 아니, 그런 의미로는 본인이 맞아. 그렇잖아? 틀림없어."

"거짓말이야. 그분 등에는 상처가 있었습니다."

"그 상처가 다 나았을 수도 있잖아?"

"그런 상처가 아니었어요. 아아, 그래." 가와라자키는 흥분했다. 머릿속 회로가 끊긴 것처럼 고함을 질러 댔다. "쓰카모토 씨가 저를 속였군요!"

쓰카모토는 또다시 입을 다물었다.

"이즈미가타케에 데려가 그럴싸한 이야기를 들려준 것도 나를 속이려고 그랬던 거야! 어쩌면 그 너구리도 그럴지 모르지! 오늘 당신이 내게 해 준 이야기와 보여 준 행동도 모두 거짓이었던 것 아닙니까?" 가와라자키는 머리를 쥐어뜯었다. 어쩌면 지금까지 그가 보았던 모든 것이 거짓이었던 건 아닐까?

"그럴 리 없잖아. 진정해."

"저는 옛날에 강에 뛰어든 그분을 본 적이 있습니다. 고양이를 구하려고 하셨죠." 가와라자키는 고개를 떨구고 중얼거렸다. "그건 꿈이었을까요?"

"정말로 다카하시 씨 등에 상처 같은 건 없어."

쓰카모토가 살살 달래는 손짓을 해 가며 마음을 가라앉히라고 말했다.

"알겠어? 자네가 지금 신경이 날카로워져서 그래. 이런 식으로 사람을 절단하는 건 처음일 테니까. 그래서 마음이 흐트러진 것뿐이야."

가와라자키는 호흡을 가다듬으며 진정하려 했다. 그저 신경이 날카로워져서 그런 걸까? 마음이 흐트러진 걸까?

사람들을 구하는 건 의외로 빌딩에서 팔을 벌리고 뛰어내린 자네 아버님 같은 남자일지도 몰라. 쓰카모토는 그렇게 말했다.

그것도 거짓말이다! 한번 의심하기 시작하자 모든 게 미심쩍었다.

사사건건 가와라자키의 아버지 이야기를 꺼냈다. 그렇지 않은가? 그건 가와라자키의 마음을 혼란에 빠뜨리려는 작전이 아니었을까? 혼란에 빠뜨려 정상적인 판단이 불가능하도록 머릿속을 휘저어 놓은 게 아닐까?

"전부 엉터리였습니까?"

쓰카모토를 가만히 바라보았다. 진실을 파악하기 위해 눈도 깜빡거리지 않고 노려보았다.

"엉터리라니 뭐가 말이야?"

"여기 굴러다니는 시체나 제가 그린 그림도. 나아가 그 복권도 전부 거짓이었던 겁니까? 대체 저를 무슨 일에 끌어들이려는 겁니까?"

"끌어들이려는 게 아니야." 쓰카모토는 당혹스러운 표정으로 말했다. "이건 다카하시 씨야."

"거짓말."

"어떻게 하면 믿어 줄 거야? 게다가 복권은 진짜야. 정말로 진짜란 말이야. 다카하시 씨는 신이야. 불가능한 일은 없어."

가와라자키는 모순을 지적했다.

"지금, 쓰카모토 씨는 그분을 신이라고 했습니다. 대체 어느 쪽이 맞는 겁니까? 신입니까, 신이 아닙니까? 쓰카모토 씨는 오늘 계속 그런 식이군요. 신이라고 했다가, 신이 아니라고 했다가."

말이 사라졌다.

여전히 피아노 소리가 울리고 있다. 곡이 끝나고 청중들의 박수 소리가 다시 들려왔다.

박수는 필요 없다. 가와라자키는 그렇게 외치고 싶었다.

가와라자키는 침묵을 견딜 수 없었다. 입을 다물고 있으면 불안과 불신, 분노와 망상이 머릿속에 흘러넘치고 만다.

진실을 알고 싶었다. 이 시체는 누구인가? '다카하시'는 신인가? 내가 믿었던 것은 무엇인가? 아버지는 어째서 빌딩에서 뛰어내렸나? 어째서 17층이었나? 나는 왜 그림을 그리는가? 눈앞의 남자는 어째서 일그러진 얼굴로 입을 다물고 있는가?

"가르쳐 주세요."

"진정해."

쓰카모토가 말했다. 정작 그러는 그야말로 고요한 실내가 거북했는지 발밑에 있던 텔레비전 리모컨을 주워 스위치를 켰다.

텔레비전 화면이 신음 같은 소리를 내며 밝아졌다.

"텔레비전이라도 보면서 진정하자."

"쓰카모토 씨, 대답해 주세요." 가와라자키는 초조한 목소리로 외쳤다.

쓰카모토의 상태가 이상했다. 가와라자키의 말에 반응하지 않는다. 그보다 그의 말이 귀에 들어오지 않는 듯했다. 지금 막 켜진 텔레비전 화면에 정신이 팔려 있는 것이다. 눈을 휘둥그레 뜨고 있다.

눈앞에는 토막 난 시체가 굴러다니고, 바닥에 깐 시트에는 피가 흥건히 고여 있고, 톱을 쥔 청년이 눈앞에 서 있다. 가와라자키는 그런 상황에서 텔레비전에 매달리는 쓰카모토의 정신 상태를 이해할 수 없었다.

가와라자키도 뭔가 이상한 느낌이 들어 텔레비전을 보았다.

소리를 지를 뻔했다.

쓰카모토가 화면에 빠져 있는 이유를 바로 깨달았다.

'다카하시'가 화면에 나온 것이다. 의자에 앉아 리포터가 내민 마이크를 마주하고 있다. 그곳이 '다카하시'가 평소에 지내는 빌딩의 서재라는 사실은 등 뒤에 늘어선 책장을 보고 금방 알아차렸다. 가와라자키도 사진으로 본 적이 있다. 빼곡히 꽂힌 책은 온통 고리타분한 백과사전이나 삽화 도감뿐이었다.

쓰카모토가 기묘한 것을 보듯이 고개를 갸웃거렸다. "이건 무슨 방송이지?"

심야 뉴스 같았다. 유명 남성 리포터가 긴장한 표정으로 '다카하시' 앞에 앉아 있다.

텔레비전 화면 오른쪽 상단에 작은 자막이 적혀 있었다. '현대의 명탐정 생방송 출연'이라는 자극적인 문구에 가와라자키는 기가 막혔지만 이내 가슴이 뜨끔했다. '생방송 출연'이라니 어떻게 된 일이지?

가와라자키는 자신의 예감이 옳았다는 것을 깨달았다.

"이건 그분이 아니야." 가와라자키는 시체를 가리켰다. "만약 아직도 아니라고 말할 셈이라면 지금 나오는 텔레비전 방송은 어떻게 된 건지 설명해 주세요."

최근 '다카하시'는 언론에 모습을 드러내려 하지 않았다. 분명 혐오하고 있었다. 그런데 왜 갑자기 방송에 출연했고, 그것도 쓰카모토가 텔레비전을 켠 바로 그 순간에 화면에 나왔을까? 너무나 이상했다. 누군가의 교묘한 장난이 아닐까 의심스러웠다.

"어째서 저런 곳에 계신 겁니까?" 가와라자키는 멍하니 말했다.

볼륨을 높이지 않아 웅얼거리는 소리에 가까웠지만 '다카하시'는 질문에 대답하고 있었다. 전국에 방송되는 텔레비전 프로그램에 출연해서 그가 얻는 이득은 무엇일까?

옆에 앉은 리포터는 한껏 황홀한 눈빛이었다. 그렇고말고. 가와라자키는 고개를 끄덕였다. 그렇고말고. 저분에게는 다른 종교인들과 같은 탁한 자존심이 없다. 한 송이 꽃이 보여 주는 아름다움을 겸허히 갖추고 있을 뿐이다. 가까이서 저분의 말씀을 들은 리포터는 분명 삽시간에 그의 포로가 되었으리라.

마지막으로 한 말씀 부탁한다는 말에 '다카하시'가 의자를 카메라 정면으로 돌렸다. 눈부셨다. 똑바로 바라볼 수가 없다. 화면 너머였지만 아름다웠다.

'다카하시'의 입이 조용히 움직였다.

"눈을 뜨세요. 저는 살아 있습니다."

'다카하시'는 천천히 말했다. 한 마디, 한 마디, 또렷한 발음이었다.

잠시 멍했지만, 바로 심장박동이 빨라졌다.

이건 내게 전하는 말씀이다. 가와라자키는 그렇게 이해했다. '나는 살아 있다'고 가르쳐 주지 않았나. 진실이 궁금한 나머지 미치기 일보직전인 나를 위해 저분은 이례적인 수단으로 모습을 드러내신 것이다.

쓰카모토도 충격을 받았는지, 꼼짝도 하지 못하고 중얼거렸다. "다카하시 씨."

"지금 방송 들었습니까? 저분은 일부러 저를 구해 주신 겁니다. 당신은 거짓말을 했어. 나를 속여서, 이게, 이 시체가 저분이라고 거짓말을 한 거야! 하지만 이제 깨달았습니다. 지금 저 말씀을 들었겠지요? '저는 살아 있습니다.' 분명 그렇게 말씀하셨습니다."

"어떻게 이런 일이 있을 수 있지?"

쓰카모토는 감동에 겨워 황홀한 표정으로 텔레비전을 뚫어져라 바라보고 있었다.

"알고 있었어. 다카하시 씨는 우리가 무슨 짓을 할지 전부 알고 계셨어. 내가 이 시간에 텔레비전을 켜리라는 것도 다 내다보셨던 거야." 혼잣말을 웅얼거렸다. "얼마나 위대한 분인가! 다른 차원의 세계에서 모든 것을 내다보고 계시는 거야."

가와라자키는 톱을 비닐 시트에 내려놓았다. 주저앉아 있는 쓰카모토에게 다가가 어깨를 붙잡고 흔들었다.

의식이 몽롱한 쓰카모토를 억지로 잡아끌어 일으켜 세웠다.

쓰카모토는 여전히 텔레비전에서 눈을 떼지 못한 채 겨우 일어서기는 했지만 비틀거렸다. 작은 목소리로 계속 반복해서 중얼거렸다. "위대한 분이야. 아름다운 분이야."

"이건 대체 누굽니까?" 가와라자키는 시체를 가리키며 거칠게 물었다.

"그건."

"이 토막 난 시체는 행방불명된 그 남자죠? 길에서 사람을 찾는 전단지를 봤습니다. 저를 속이려고 성형수술 같은 걸로 얼굴을 그분과 비슷하게 만들었죠? 이 시체는 그분이 아닙니다. 그렇죠?"

"어떻게 알았지? 다카하시 씨에게는 비밀이었는데. 폐를 끼칠 생각은 없었어. 무사히 끝날 예정이었는데."

"쓰카모토 씨, 뭐가 어떻게 된 겁니까!"

"우리는 그저 다카하시 씨를 편하게 해 주고 싶었을 뿐이야. 비즈니스호텔 사건 이후로 시간이 제법 지났어. 그렇잖아? 세상 사람들을 설득하려면 슬슬 뭔가 해야만 했어. 그렇잖아, 그렇지 않아?"

가와라자키는 눈물을 흘릴 수밖에 없었다. 눈앞의 쓰카모토가 너무나 왜소한 사람으로 보였기 때문이다. 실제로 어깨를 잡아 보니 여성처럼 가녀렸다.

"무슨 짓을 하려고 했습니까?"

"토막 살인 사건이야!"

바로 그때 쓰카모토의 눈이 차갑게 빛났다. 진상을 숨기기를 그만두고, 무지한 청년의 영혼을 나락으로 떨어뜨리기로 결심한 잔혹한 빛이 보였다.

"다카하시 씨가 그 사건을 해결하게 만들 작정이었어. 선정적으로, 화려하게, 다카하시 씨의 힘을 알리는 거지."

"그분은 그걸 알고 계셨습니까?"

가와라자키는 입술이 계속 떨리는 것을 막을 수 없었다. 이가 딱딱 부딪쳤다.

"우리는 이번 계획에 대해서는 한마디도 하지 않았어. 반대하실 게 뻔했으니까."

"그런데 어째서 이런 짓을."

"사건을 해결하지 않는 명탐정은 아무 의미도 없잖아?"

쓰카모토의 얼굴은 정론을 읊는 자의 표정이었다.

"그, 그분은 그럴 마음이 없어요."

"그래서 대신 사건을 해결해 주려 했던 거야. 방법은 아무래도 상관없어. 다카하시 씨가 훌륭한 건 사실이니까. 지금도 봤지? 텔레비전에 나왔잖아. 우리가 무슨 짓을 하는지 다 알고 계셨어. 전지전능하셔, 그분은. 보다 큰 무대로 나가야 해."

가와라자키는 온몸이 떨리는 것도 깨닫지 못했다. 공포와 경악, 절망과 무기력이 거대한 덩어리가 되어 그를 짓눌렀다.

"혹시 저를 범인으로 몰려고 했던 겁니까?" 이를 악물고 물었다.

"당연하지, 자네가 범인이야." 쓰카모토의 말이 가슴에 박혔다. "자네는 다카하시 씨가 지목할 토막 살인 사건의 범인이 되는 거야."

"그런 어리석은 짓을."

"어리석지 않아. 자네는 분해를 도왔어. 이 현장에 함께 있었으니 변명할 여지가 없어. 지문도 여기저기에 남아 있고, 심지어 그림까지 남아 있어. 서명도 들어 있지. 지난 사건과의 연관성도 우리가 교묘하게 날조할 작정이었어."

"어, 어째서 저를 고른 겁니까?"

"자네는 모든 조건을 갖추고 있었어. 다카하시 씨에게 푹 빠져 있었고, 그림을 그린다는 특별한 능력도 갖고 있었지. 적임자였어. 게다가."

쓰카모토가 심술궂은 눈웃음을 지었다.

"게다가 속이기 쉬울 것 같았어."

가와라자키는 마음속에서 소중한 지주가 부러지는 것을 느꼈다.

"누가 뭐래도 자네는 다카하시 씨를 분해하는 데 동의했어. 그건 사실이잖아? 우연히 이 시체가 다카하시 씨가 아니었을 뿐이지, 마음속으로 자네는 다카하시 씨를 절단하는 데 찬성했던 거야. 그렇잖아?"

"당신이 그분은 이미 신이 아니라고 했기 때문이야."

가와라자키는 눈을 질끈 감았다. 이미 이성은 수증기처럼 날아가기 시작했다.

"애초에 여기서 시체를 절단한 건 당신이잖아."

"내가 여기 없었다고 증언할 사람은 수도 없이 많아." 쓰카모토는 승리했다는 듯이 말했다. "이건 전부 자네가 한 짓이야."

"난 이용당하려고 여기 있는 게 아니야!"

가와라자키는 입에서 소리를 쥐어짜 내듯 외쳤다.

"그럼 그 복권은 대체 뭐였습니까? 다카하시 씨가 맞힌 복권을 당신이 훔쳐 온 거죠? 어쩌면 간부들끼리 협력해서 훔쳤을지도 몰라. 당신이 말한 이야기와는 반대인 거지. 당신들은 그 돈을 자기들을 위해 쓰려고 했고, 그걸 말렸던 게 그분이었던 거야."

"천재는, 신은 말이야, 때로 머리가 아주 딱딱하거든."

"그분은 그런 분이 아니야. 그분은 나를 구해 주셨어."

가와라자키는 눈물을 주르륵 흘렸다. 잔뜩 흥분했다. 피가 머릿속에서 소용돌이쳤다. 뭐가 어떻게 되었는지 이해할 수가 없었다. 구원받고 싶다는 마음만이 몸속에 있고, 어떻게든 그 소원에 매달려 있는 상태였다.

그때, 쓰카모토의 입에서 예상치 못한 말이 튀어나왔다.

"구원받을 수 있을 리 없잖아."

"뭐?"

"어차피 손바닥만 한 학원 하나 제대로 꾸리지 못하고 비참하게 자살한 남자의 자식이잖아?"

가와라자키는 믿을 수 없는 심정으로 그 말을 들었다.

"자살하면 해결된다고 생각했겠지, 자네 아버지는."

처음에는 어리둥절했다. 상대의 말이 갖는 의미를 하나씩 곱씹어 보고서야 이윽고 무슨 소리를 들었는지 이해했다.

비웃지 마! 가와라자키는 외쳤다. 아버지를 더 이상 업신여기지 마!

쓰카모토의 목덜미를 움켜쥐었다. 상대가 달아나려 했지만 가와라자키는 온 힘으로 저항을 막았다. 체중을 실어 손에 힘을 넣었다.

그러면 되돌릴 수 없는 일이 벌어진다고 머릿속에서 누군가가 충고를 했다. 하지만 무시했다. 현실을 막아야만 한다. 눈앞의 남자를 제거하면 인생을 새로 시작할 수 있을 것 같았다.

아파트 17층에서 바라보는 경치가 어떤 것인지 어렴풋이 눈에 보였다. 사람의 목을 조르고 있다는 실감은 이미 없었다. 그것은 20층까지 가는 도중에 뛰어내리는 것과 똑같은 감각이었다.

"뛰어내려."

누군가가 등을 떠밀었다. 손에 온 힘을 쏟아부었다.

교코는 어두운 밤길에 그냥 멍하니 서 있었다. 한 걸음 내디디면 졸도할 것 같아, 한 걸음을 걸어 보곤 다시 주저앉았다.

아오야마의 집 앞에서 벗어나 거리를 헤매고 있었다.

다리가 부들부들 떨렸다. 화장실에 가고 싶었다. 허리가 아프다. 방광염이 악화되면 신장이 나빠진다는 사실이 문득 걱정되었다.

아오야마의 모습이 보이지 않는다.

정신을 차리고 보니 홀로 동네 변두리에 서 있었다. 진정해. 스스로를 타이르려 했지만 그 목소리마저 떨렸다.

그건 뭐였지?

토막 난 몸뚱이가 도로 붙는 거야. 아오야마는 그런 소문을 떠들어 댔다. 정말 눈앞에서 그런 일이 벌어졌다. 내가 미친 걸까? 잠깐, 여기는 어디지?

모르는 일투성이다. 교코에게는 굴욕적인 일이었다. 무슨 일이 벌어진 걸까? 충격을 받고 달아나듯 여기까지 걸어왔다.

교코는 불현듯 걸음을 돌렸다. 돌아갈 장소는 뻔했다. 아오야마의 곁으로 돌아가자.

아오야마는 대체 뭘 하고 있는 걸까?

걸음이 빨라졌다. 이런 데서 시간을 허비할 때가 아니다. 한시라도 빨리 아오야마의 집으로 돌아가 전부 확인해야만 한다. 그 시체는 어디로 갔는지, 아오야마의 아내는 어쩌고 있는지. 돌아가서 차분히 확인하면 의외로 별일 아닐 것이다. 그렇다.

아오야마의 집으로 다가가자 그 부근만 유독 어두웠다. 그렇지 않아도 부족한 가로등 중 하나가 망가져 있었다. 계속 깜박 거리는 불빛은 교코의 날카로운 신경을 자극했다.

교코는 걸음을 멈췄다.

믿을 수 없는 광경을 본 것이다. 재빨리 벽 뒤로 몸을 숨겼다.

아오야마의 집 앞에 아까까지 교코가 타고 있던 차가 세워져 있고, 그 옆에 아오야마가 서 있었다.

그 맞은편에 여자가 있었다. 어두워도 금방 알 수 있었다. 재 수 없는 모델 같은 얼굴로, 덩치도 크면서 풍만한 가슴을 강조 하는 옷을 입고 있다. 아오야마의 아내다.

교코는 화가 난다기보다 놀란 마음으로 조용히 다가갔다. 그 들은 교코에게 등을 돌리고 있어 그녀의 모습을 보지 못했다. 교코는 전봇대 뒤에 숨었다.

10미터도 안 되는 거리다.

저 여자. 대체 뭐가 어떻게 된 거지? 모욕당한 기분이었다. 아 오야마는 심각한 표정으로 아내의 얼굴을 바라보고 있었다.

"그 아줌마는 어디 간 거야?" 여자가 입을 열었다.

내 얘기다. 금방 알아챘다.

"당신도 너무했어."

아오야마의 목소리가 들렸다. 평소와 다름없는 목소리였다. 교코는 그 사실에 놀랐다. 절대 아내를 죽이려는 남편의 목소리 가 아니다.

"그 정도가 뭐 어때서. 그 아줌마 놀랐겠지? 내가 트렁크에서

366

나와서 귀신인 척 걸어 다녔으니. 걸작이었잖아?"

"여러 일이 겹쳤으니 놀랄 만도 하지. 하지만 확실히 그 여자가 그렇게 창백한 얼굴로 넋을 잃은 건 처음 봤어."

비명을 간신히 참았다. 몸이 무의식적으로 흔들렸다. 심장이 펄떡거리고 호흡이 흐트러졌다. 트렁크에서 나온 게 저 여자라고? 트렁크에서 나왔다면 미리 들어가 있었다는 뜻인가?

"애초에 당신이 멍청해서 그래!" 여자가 버럭 외쳤다. 한밤중에 쇳소리가 울려 퍼졌다.

"당신이 그 남자를 차로 쳐서 그렇잖아. 얼마나 놀랐는지 알아! 트렁크 안에 있었는데도 충격이 굉장했어. 정말 못살아. 게다가 그 시체를 트렁크에 넣다니. 세상에나. 내가 숨어 있는 줄 알면서 어쩜 시체를 넣을 수 있어?"

"어쩔 수 없었어. 교코가 그러자고 해서."

"당신은 그 여자 말이면 다 들어?"

"괜히 반대하면 분명 의심을 샀을 거야. 트렁크 안에 당신이 숨어 있는 걸 들키면 아무 의미가 없잖아."

교코는 머릿속의 톱니바퀴와 나사가 술술 빠져나가는 것을 느꼈다. '숨어 있다'니 무슨 말이지?

서로 마주 선 두 사람의 옆모습이 교코의 눈에 보였다.

"하지만 당신도 알다시피 그때 친 건 시체야."

여자가 말했다. 교코는 귀를 의심했다. 아오야마는 이해하지 못한 얼굴로 대답했다.

"그래. 내가 친 시체 맞아."

여자가 짜증스러운 목소리로 말했다.

"그게 아니야. 처음부터 시체였단 말이야. 그걸 당신이 친 거야. 트렁크에 들어온 시체를 만져 보니 차가웠어. 당신도 만져 봤으니 알 것 아니야? 그건 금방 죽은 사람이 아니야. 차에 부딪힌 충격 때문인지 뼈는 산산조각 난 것 같았지만. 죽은 지 이미 며칠은 지난 시체였어."

"잠깐." 아오야마가 더듬거렸다. "잠깐만 기다려. 그게 시체였다고?"

"몰랐어? 당신 정말 멍청하네."

"사람은 죽으면 차가워지잖아?"

"바로 차가워지는 건 아니야. 그 아줌마도 몰랐대? 진료소인가 뭘 운영한다면서? 뭐, 돌팔이 정신과 의사니까 믿을 수 없지만."

교코는 그때의 상황을 떠올렸다. 오싹하고 귀찮은 마음에 교코는 시체를 건드리지 않았다. 안색도 나쁘고 자세가 부자연스럽다는 생각은 했지만 설마 이미 죽어 있을 줄은 생각도 못 했다.

"시체와 함께 누워 있기 싫어서 발로 걷어찼어. 그러다가 참을 수가 없어서 트렁크 안에서 나와 시체를 밖에 버렸는데."

"두 번이나." 아오야마가 지친 표정으로 말했다.

"하지만 그걸 어떻게 참아?"

"그래도 시체를 집어 던지다니 너무했어."

"내가 어떤 기분이었는지 상상도 못 할 거야."

아오야마의 아내는 부루퉁한 얼굴로 말했다.

"그래, 그건 대체 뭐였어? 트렁크 속 시체가 토막이 났는데." 아오야마가 큰 소리로 물었다. "도통 이해가 안 가. 그 시체는 대체 어떻게 된 거지? 그때 숲 근처에 주차했을 때 나는 교코를 먼저 보내고 트렁크 속을 확인했어. 당신이 트렁크 속에서 화를 내고 있을 게 뻔했으니 마음에 걸려서.

"'괜찮아?' 하고 느긋한 소리를 하며 안을 들여다보던 당신 얼굴을 잊을 수가 없네. 나는 시체하고 함께 누워 있었다고. 알겠어? 최악이야. 괜찮을 리 없잖아. 어두운 트렁크 속에서 시체하고 함께 누워 있는 게 얼마나 끔찍한 일인지 알아? 그보다 더한 일이 있을 것 같아?"

"어쨌든 당신이 그 숲에 시체를 묻으라고 했잖아. 나는 교코에게 말해 보겠다고 트렁크를 닫고 교코를 찾아갔어. 그랬는데 돌아와서 다시 트렁크를 열어 보니 시체가 토막이 나 있었지. 어떻게 된 일이야?"

"그건."

"당신이 절단한 거야? 다른 가능성은 떠오르지 않았어. 하지만 절단할 시간도 없었을 텐데."

"흥." 여자는 으스대며 숨을 내뱉더니 자랑하듯 말했다. "나야 답을 알고 있지."

교코는 이미 그 대화를 들으며 이성을 잃어 가고 있었다. 내가 아닌 존재가 나를 침식해 가는 감각이었다. 시체의 절단면을 떠올리자 다시 기분이 나빠졌다. 구역질을 참았다.

"당신이 한 짓이야?"

"그럴 리 없잖아. 알겠어? 당신은 시체를 차로 쳤어. 그건 아까 내가 말했지? 시체가 거리를 돌아다닐 수 있을 것 같아?"

"무슨 소리야?"

"시체는 혼자 서지 못해. 한 사람이 더 있었던 거야. 그 시체를 둘러메고 있던 사람이. 그가 어쩌다가 시체를 놓치게 된 거지. 뭐, 넘어졌거나 그랬겠지만, 어쨌든 그때 당신이 차로 친 거야. 당신들은 멋대로 그 시체를 트렁크에 싣고 달려가 버렸고."

"그렇다면 그 다른 한 사람이."

"아마도. 자기 차로 우리 차를 쫓아왔던 걸 거야. 추적한 거지."

"어째서?"

"돌려받고 싶었던 것 아닐까?"

여자는 천연덕스러운 말투로 말했다. 시체를 탈환하려고 차를 몰아 달려온 남자에게 어떤 드라마틱한 사정이 있건 알 바 아니라는 말투였다.

"알고 보면 그 남자가 죽인 것 아니겠어?"

"우리한테 들킬 것 같아 되찾으러 왔나 보군."

"글쎄." 여자는 그 문제에서는 잠시 고민했다. "그 남자, 조금 이상했어. 머리가 어떻게 된 것 아닐까? 얽히기 싫은 타입이었어."

"봤어?"

"당신이 트렁크를 닫고 숲으로 가고 나서 안에서 트렁크를 살짝 열어 봤거든."

교코는 그 말이 마음에 걸렸다. 이미 이성적인 판단이 불가능했다. '안에서 열어 봤다'는 말에 의문이 들었다.

트렁크는 안쪽에서 열 수 없다. 그렇다면 저 여자가, 혹은 저두 사람이 차에 조작을 해 두었다는 뜻 아닐까? 트렁크 안에서여자가 나올 수 있도록 개조까지 했던 것이다. 무엇 때문에?

"바깥 공기도 마시고 싶었고, 시체를 치우고 싶어서 당신이떠난 뒤에 트렁크를 열었어. 그랬더니 조금 떨어진 곳에 다른차가 서 있지 않겠어? 간 떨어지는 줄 알았어. 헤드라이트도 꺼져 있었거든. 그래서 뚫어져라 쳐다봤더니 그 차에서 젊은 남자가 내려서는 이쪽으로 달려오지 뭐야."

"젊은 남자?"

"빨간 모자를 쓴 남자였어. 정말 무서웠어. 죽어라 달려오더라니까. 난 바로 트렁크 속에 숨었어. 그래, 게다가 그 남자 말인데, 여행용 가방 같은 걸 끌고 있었어."

"여행용 가방?"

"바퀴 달린 가방 말이야. 손잡이를 쥐고 돌돌돌 끌고 오더라니까."

"뭐하자는 거지?"

"얼마나 오싹하던지."

"그 남자가 트렁크를 열었어?"

"안에서는 꽉 닫을 수가 없어서 금방 열렸어. 남자는 필사적인 기색으로 원래 들어 있던 시체를 들어 올렸어. 우스꽝스럽게도 뭔가 계속 사과하던데. '죄송합니다, 죄송합니다' 하고."

"뭐가 미안하다는 거지?"

"모르지. 이상해, 그 남자. 그러더니 이름을 부르면서 시체에게 말을 걸지 뭐야. 난 당신과 그 아줌마가 돌아오면 어쩌나, 그게 마음에 걸려서 빨리 가 버리라고 속으로 투덜거렸어. '쓰카모토 씨, 죄송합니다. 이런 곳에 넣어 버려서 죄송합니다' 하고 계속 사과하더라고. 빨리 가 버리기만을 바랐지. 근데 그 남자, 시체한테 '함께 갑시다' 하고 말을 걸더라니까. 바보 같지 않아?"

"그래서 남자는 어떻게 했어?"

"여행용 가방을 옆에 내려놓더니 시체를 끌어안았어. 그러고는 그대로 차에 싣고 가 버렸어."

"여행용 가방은?"

"그 자리에 두고 갔어. 깜빡 잊었는지, 다시 가지러 올 셈이었는지는 모르겠네. 다만 당신과 그 여자가 돌아오는 기척이 나서, 허둥지둥 트렁크에서 나와 그 여행용 가방을 트렁크 안에 넣었어. 들키면 귀찮잖아. 얼마나 무겁던지, 죽는 줄 알았다니까."

"혹시 그 가방에?"

"그래. 트렁크 속이라 어두웠지만 가방 속을 확인해 봤어. 그
랬더니 세상에나! 토막 난 시체가 들어 있었던 거야. 머리, 두
팔, 두 다리, 정말 끔찍했어. 믿을 수 있어? 냄새도 고약하고. 토
할 뻔한 걸 참았다니까. 나중에 깨달았지만 그 남자가 토막 살
인 사건의 범인이 아닐까?"

"가방에 든 토막 난 시체를 당신이 트렁크 안에 펼쳐 놨던 거
야?"

"그 아줌마 놀라는 꼴 좀 보려고 했지. 하지만 머리는 여행용
가방에 넣은 채로 구석에 숨겨 두었어. 얼굴을 보면 처음 시체
하고 다른 줄 눈치챌 테니까."

"나도 놀랐어. 죽을 만큼 놀랐어."

"죽어서도 사람을 죽일 정도로 놀라게 하다니, 죽은 사람도
보람이 있겠네."

여자가 영문을 알 수 없는 소리를 했다. 교코는 머리가 지끈
거렸다. 소변이 급하다. 하지만 화장실을 찾을 기력도 없었다.
실금한다 해도 상관없을 심정이었다.

"생각할 여유조차 없었어. 우리는 토막 난 시체를 보고 패닉
에 빠졌으니까."

"아줌마 얼굴이 볼만했을 텐데. 얼굴은 못 봤지만 히스테릭한
쇳소리를 듣고 겁에 질렸다는 건 알았지. 꼴좋지. 트렁크 속에

서 담요를 입에 물고 웃음을 참느라 고생했다니까."

"그래서 이번엔 당신이 시체인 척 깜짝 놀래 주려고 했던 거야?"

"토막 난 시체가 도로 붙은 것처럼 꾸미면 아줌마가 오줌이라도 지릴 줄 알았거든. 차가 달리는 내내 궁리했어. 내 옷차림을 봐, 옷이 검은색이라 머리카락을 전부 옷 속에 집어넣으면 그럴싸해 보일 것 아냐? 우리 집 근처는 어두우니까 속일 수 있을 것 같았어. 그렇게 생각하니까 너무 신나지 뭐야. 그런데 완전히 기대 이상이었어. 그 아줌마, 입도 벙긋 못 하고 어디론가 사라져 버렸잖아?"

교코는 귀로 다 듣고 있었지만 이해할 수 없었다.

"나도 깜짝 놀랐어. 갑자기 트렁크가 열리고 사람이 튀어나왔으니."

"당신은 겁쟁이라 그래. 그 아줌마는 드세 보였는데 의외로 별것 아니었네."

여자는 승리감에 도취된 목소리로 말했다.

아오야마가 난처한 듯 머리를 긁적였다.

"그래서, 어쩔 거야?" 여자가 아오야마의 얼굴을 보았다.

"어쩌냐니, 아아, 시체 말이야? 어쩌지? 내가 차로 친 시체는 당신이 말한 그 청년이 가져갔으니 됐고, 트렁크 속 토막 시체가 문제네."

"나는 그 아줌마 얘길 하는 거야."

"어?"

"교코라는 욕구불만 여자 말이야. 당신은 나랑 같이 그 여자를 죽일 계획이었잖아?"

태연한 얼굴로 여자가 그렇게 말했다. 교코는 귀를 의심했다. 머리 위에 거대한 돌덩어리가 떨어진 기분이었다.

"그 여자, 당신이랑 짜고 날 죽일 작정이었지? 당신 진심이었어?"

아오야마가 우물쭈물 대답했다.

"설마. 교코가 길길이 날뛰어서 똑바로 반대하지 못했을 뿐이야. 그 증거로 내가 당신한테 다 털어놨잖아?"

"그래. 당신은 그 여자를 죽이기로 나와 약속했으니까. 좋은 생각이었어. 트렁크에 숨어 있다가 틈을 봐서 내가 반대로 그 여자를 죽이는 거지. 그래, 그때 그 아줌마 표정이 어떨지 보고 싶었는데."

"이제 충분하잖아." 아오야마가 크게 숨을 토해 냈다.

한 건 해결했다는 표정이다. 교코는 어지러운 머리를 내저으며 두 사람의 얼굴을 쳐다보고 있었다. 내가 저 젊은 여자한테 진 건가? 설마? 갖가지 생각이 머릿속에서 빙글빙글 소용돌이쳤다. 밀려난 건가? 저 여자가 나보다 선수를 친 거야? 그럴 리 없었다. 교코는 비틀거리며 한 발짝씩 뒷걸음질을 쳤다. 이 자리를 뜨자. 교코는 속으로 말했다. 여기 있으면 안 된다.

전봇대에서 떨어져 바로 길모퉁이에 몸을 숨겼다. 여기에는 더 있을 수 없다.

몇 킬로미터나 되는지는 모르지만 일단 큰길까지 걸어가서 거기서 차를 구해야겠다.

교코의 걸음걸이는 위태로웠다. 길을 몇 개나 지났다. 그러는 동안 머릿속에서는 기억이 엉망진창으로 뒤섞이기 시작했다.

위태로운 걸음으로 멀리 보이는 국도의 가로등을 향해 걸어갔다. 나는 아무한테도 지지 않았어. 교코는 그렇게 자신을 달랬다.

 금발 청년이 달려든 순간, 도요다는 반사적으로 눈을 감았다. 턱에 충격이 치달았다. 통증을 바로 느끼지는 못했다. 왼쪽 턱이었다. 오른발로 버텼지만 균형이 무너지고 말았다. 그대로 오른쪽으로 쓰러졌다.

요란한 소리와 함께 빈 맥주병 위로 쓰러졌다.

청년들이 괴성을 질렀다. 도요다는 일어나려 했지만 구둣발에 짓밟혀 다시 넘어졌다. 가방을 끌어안은 채로 몸을 웅크렸다.

나는 이렇게 죽는 걸까? 두 손으로 몸 여기저기를 막아 내며 멍하니 생각했다. 저항하려고 몸을 움직였지만 마음대로 되지 않았다. 맥주병만 덜그럭거릴 뿐이었다.

고통은 없다. 분명 한참 후에야 아파 올 것이다. 그런 의미에서는 정리 해고와도 비슷했다. 고통과 공포는 뒤늦게 찾아온다.

눈을 떴다. 늙은 개가 마음에 걸렸다. 보아하니 용케 뒤로 물러나 청년들의 눈에 띄지 않는 곳에 앉아 있는 것 같았다. 마음이 놓였다. 차라리 달아나 줬으면 좋겠는데, 그 마음을 개에게 어떻게 전해야 할지 몰랐다.

두 사람 몫의 발길질이 쏟아졌다. 양복이 찢어지는 소리가 들렸다.

우는 소리는 내지 않을 작정이었다. 한심하게 주저앉아 몸을 웅크리고 비명을 지르게 되더라도 '도와 달라'거나 '용서해 달라'거나 '목숨만은 구해 달라'고 구걸할 생각은 없었다.

정리 해고를 당한 중년 남자나, 약자에게 무리 지어 달려드는 청년들이나, 큰 차이는 없다는 생각이 들었다.

그러나 여드름 얼굴의 청년이 개에게 손을 대자 상황이 바뀌었다.

도요다가 별 반응을 보이지 않자 시시해졌는지 그들은 공격을 멈췄다.

이미 병원에 실려 간 친구도, 도요다가 가지고 있는 권총도 그들에게는 아무래도 상관없는 문제일지도 모른다. 타인을 폭행하는 것을 장난으로 즐기고 있는 것뿐인지도 모른다.

청년들이 늙은 개를 들어 올렸다.

그들이 얼굴을 마주 보았다. 그들의 얼굴에 떠오른 소름 끼치는 잔혹한 빛을 보았다. 도요다는 쓰러진 상태에서도 그것을 알 수 있었다.

　스스로도 깜짝 놀랄 기세로 도요다는 재빨리 땅을 박차고 일어났다. 한 걸음, 두 걸음, 성큼성큼 청년들에게 달려들어 개를 낚아채서 그대로 내뺐다.

　개를 럭비공처럼 끌어안고 뒷골목을 빠져나갔다.

　"기다려!" 청년들이 앳된 목소리로 외치며 바로 헐레벌떡 쫓아왔다.

　필사적으로 달렸다. 온몸의 마디마디가 쑤셨다. 다리가 버티지 못하고 무릎이 풀썩 꺾였지만 안간힘을 내어 달렸다.

　비좁은 골목을 빠져나가 큰길로 나갔다. 지나가던 행인이 골목에서 갑자기 튀어나온 도요다를 놀란 얼굴로 쳐다보았다. 개의치 않고 다리를 질질 끌며 달렸다.

　"아저씨, 거기 서!" "진짜 죽여 버린다!"

　젊은이들이 토해 내는 말은 추악하고 저질스럽다. 도요다는 달리면서 그런 생각을 했다.

　다리가 엉켰다. 개를 그 자리에서 놔 줄까 하는 생각도 했다. 그러면 늙은 개도 제 발로 달아날지 모른다. 아니면 누군지 모를 행인에게 맡겨야 할까?

　"아저씨, 이쪽!"

　그때 웬 목소리가 들렸다. 낯선 청년이 인도 옆에 서 있었다. 빨간 모자를 깊숙이 눌러쓰고 있었지만 피부가 창백해서 처음에는 유령처럼 보였다. 모자챙이 한껏 꺾여 있다. 분명히 도요다의 얼굴을 보며 손짓을 하고 있었다. "이쪽, 이쪽." 청년이 그렇게 말하며 갓길에 세운 은색 자동차 문을 열었다.

뒤에서 달려오는 청년들이 보였다. 앞뒤를 번갈아 몇 차례 살펴보고 오른손으로 끌어안은 늙은 개를 보았다.

그대로 문이 열린 차로 달려들었다. 자그마한 2인용 스포츠카였다. 차에 올라탄 순간 문이 닫혔다.

"출발합니다."

운전석에 앉아 있던 청년은 그렇게 말하고는 시동을 걸고 그대로 액셀을 밟았다. 도요다의 몸이 뒤로 쏠렸다. 미리 짠 것처럼 신호가 파란불로 바뀌고 차가 쏜살같이 출발했다.

"자네는 누군가?"

도요다는 히로세 길을 서쪽으로 달려 대학병원을 앞둔 외길에서 신호를 기다리는 사이에 물었다. 병원 간판이 선명하게 빛나고 있었다.

겨우 안전벨트를 맸다.

"저는 가와라자키라고 합니다." 청년이 조용히 대답했다.

"우리가 어디서 만났던가?"

"아니요, 우연히 아까 거기서 쉬고 있었는데 그 개가 눈에 들어와서." 도요다 옆에 있는 개를 청년이 턱짓으로 가리켰다. "아저씨가 키우는 개인가요?"

도요다가 대답을 망설이는데 청년이 환하게 웃었다.

"그 개 요 며칠 동안 역 근처를 어슬렁거렸죠. 들개인 줄 알았습니다. 실은 그 목걸이, 제가 달아 준 겁니다."

도요다는 깜짝 놀라 늙은 개의 목을 만져 보았다.

"아까도 그 개를 보고 어디서 많이 봤다 싶었어요. 목걸이를 보고 바로 알아차렸지요. 아저씨도 쫓기고 있어 난처해 보이길래 그만 말을 걸고 말았네요."

빨간 모자를 쓴 창백한 얼굴의 청년은 눈 밑이 시커메서 굳이 표현하자면 환자에 가까워 보였다.

"괜한 참견이었나요? 그 청년들이 아저씨를 노리는 겁니까?"

"원한을 샀거든." 도요다는 부어오르기 시작한 뺨을 매만지며 말했다.

"원한?"

"그들의 친구를 낮에 쏴 버렸어."

"쐈다고요?"

"권총으로."

도요다의 말에 청년이 웃음을 터뜨렸다.

"권총으로 말입니까? 그거 대단한데요."

"정말이야. 볼 텐가?"

도요다가 농담처럼 물었다. 고집을 피울 필요는 없었지만 믿어 주지 않는 것이 분했다.

"괜찮습니다. 그런 의미라면 저도 대단한 짓을 했거든요. 저는 사람을 죽였습니다. 지금 트렁크 속에 들어 있어요." 청년은 태연하게 말했다.

"뭐?"

신호가 바뀌어 차가 출발했다. 기어가 부드럽게 바뀌는 감촉을 느꼈다.

"사람을?"

"그렇습니다. 죽이고 말았어요. 트렁크에 시체가 있습니다. 정말입니다. 보시겠어요?"

청년이 가벼운 말투로 물었다.

도요다는 운전석에 앉은 청년의 옆얼굴을 물끄러미 바라보았다. 눈 밑이 어둡고 뺨에는 희미한 얼룩이 있다. 눈물 자국인지도 모른다.

생기 없는 얼굴, 뺨도 홀쭉하다.

아무래도 우스갯소리 같지 않았다. 도요다는 눈을 몇 번 깜빡거리며 청년을 보았다.

"누굴 죽였나?"

"제가 믿던 분이었습니다. 동경하던 분이었습니다. 만나서 얘기를 나눌 수 있어 영광이었지요."

"그런데 쏜 건가?"

"쏘지 않았습니다. 총으로 쏜 건 아저씨지요." 청년은 그렇게 말하며 웃었다. "오해하지 마세요. 정신을 차리고 보니 제가 상대의 목을 조르고 있었습니다." 일순 목소리가 떨렸다.

"어째서?"

"속았기 때문입니다."

청년의 목소리는 물방울 같았다. 흘러내리듯 뚝뚝 바닥에 떨어졌다.

"오늘 그랬나?"

"아니요, 언제 적 일이었을까."

가와라자키라는 청년이 손가락을 꼽아 가며 확인하기 시작했다. 그 모습은 어딘지 모르게 현실감이 없었다.

"어제, 그저께, 그 전날이었네요. 사흘 전입니다. 사흘 전, 쓰카모토 씨가 저를 불러냈습니다."

"파티 같은 거에 불러냈단 말인가?"

도요다는 짐작도 가지 않아 실마리를 찾듯 물어보았다.

"끔찍한 짓을 했어요. 사람을 분해했습니다."

'분해'가 무슨 뜻인지 알 수 없었다.

"그날 밤 저는 쓰카모토 씨를 죽이고 말았습니다. 정신을 차리고 보니 쓰카모토 씨는 이미 죽어 있었습니다. 그보다 더 무서운 일이 있을까요? 사람을 죽였다는 사실보다도 그 순간을 기억하지 못한다는 게 훨씬 더 무서웠습니다."

"그래서 오늘까지 어쩌고 있었나?"

경찰을 피해 도망 다니고 있는 걸까? 도요다는 청년과 얼마나 거리를 두어야 할지 가늠할 수 없었다.

"그저께는 몽롱한 상태였어요. 제가 무슨 짓을 저질렀는지 이해할 수 없었거든요. 아침이 왔는데도 쓰카모토 씨는 죽어 있었습니다. 되돌릴 수 없는 일이었어요. 시체를 앞에 두고 그저 망연자실했지요. 그대로 쓰카모토 씨의 시체를 들어 차에 싣고 거리를 달렸습니다. 많은 일이 있었죠. 차를 세우고 여행용 가방을 끌고 걸어가는데…… 그래, 여행용 가방을 들고 가는 게 아니었어. 늘 나쁜 일만 생겨요. 제 아버지도 그랬습니다. 필사적으로 궁리해서 길을 선택하면 꼭 잘못된 길로 들어서거든요."

청년은 달관한 것처럼 보이기도 했지만 멀쩡한 상태가 아니었다. 도요다는 청년의 한탄을 들을 수밖에 없었다.

"여행용 가방을 먼저 처리하려 했습니다. 겨우겨우 질질 끌어 옮기다가 어쨌든 버려야겠다는 생각이 들어 장소를 물색하고 있었어요."

"무슨 장소?"

"가방을 버릴 장소 말입니다. 아니, 어쩌면 뛰어내릴 장소였는지도 모르겠네요. 그때 저는 어디론가 달아나고 싶었던 건지도 모릅니다. 아버지가 그랬듯이 아파트에서 뛰어내리고 싶었던 겁니다. 그런데 그때 노부부가 제게 총을 들이대서."

그 언저리부터 도요다는 청년의 말을 과연 믿어도 될지 의심이 들기 시작했다. 노부부가 왜 권총을 들고 있지? 하지만 굳이 따지고 들지는 않았다.

"노부부가 제게 권총을 들이대며 돈을 내놓으라고 하더군요. 믿을 수 있겠습니까? 저는 헐레벌떡 달아났습니다. 아파트에서 뛰어내리고 싶다면서 총을 들이댄다고 허둥거리다니, 결국 저는 아무것도 못 해요. 그것도 모자라 여행용 가방도 넘어뜨리고, 허둥지둥 차로 돌아왔습니다."

"그게 언제였나?"

"그게 그저께였습니다. 하지만 어제도 역시 엉망진창이었어요."

청년은 거기서 살짝 웃었다. 궁극의 비극이 희극으로 바뀌었다는 투였다.

"쓰카모토 씨가 차에 치이고 말았거든요."

"차에 치였다고?"

도요다는 터져 나오려는 웃음을 겨우 참았다. 청년의 이야기는 뜬금없는 방향으로 굴러가기 시작했다.

"자네한테 살해당한 걸로도 모자라 차에 치이기까지 했다고?"

"제가 정신을 놓고 있었던 게 잘못이었습니다. 시체를 등에 업고 있었는데."

"시체를 굳이 업고 다녔어?"

"여행용 가방을 버리는 데 실패해서, 이번에는 쓰카모토 씨의 시체를 먼저 묻어 버리기로 했거든요. 아버지 무덤도 근처에 있었고. 숲에 들어가면 어디든 묻을 수 있을 줄 알았습니다. 그랬는데 그게 또 엉뚱한 결과를 불렀어요. 제가 뭘 하든 나쁜 쪽으로 굴러가는 겁니다." 청년은 또 쓸쓸하게 웃었다. "차를 세우고 길을 건너려다가 그만 발을 헛디뎌 앞으로 고꾸라졌습니다. 그때 업고 있던 시체가 길 쪽으로 튀어 나갔는데, 때마침 지나가던 차에 그만 치였어요. 깜짝 놀랐습니다. 그것도 모자라 그 차 운전자가 트렁크에 시체를 실어 버렸어요."

"뺑소니로군."

도요다는 무엇이 진실인지 짐작도 가지 않아 난처한 표정으로 말했다.

"시체를 치곤 뺑소니를 놓은 거지요. 믿을 수 있겠습니까? 하지만 실제로 일어난 일입니다. 그래서 저는 뒤쫓아갔습니다."

그거 고생했겠네. 도요다는 맞장구를 쳤다. 청년이 그렇게 말한다면 믿어 주려 했다.

"그래서 되찾았나?"

"어제 밤새도록 쫓아가서 겨우 쓰카모토 씨를 되찾았습니다. 하지만 이번에는 여행용 가방을 놓고 오는 바람에."

청년의 말은 뒤죽박죽이었다. 도요다는 새삼 이 청년이 제정신이 아닐지도 모른다고 생각했다.

"그때는 괜히 여행용 가방을 제 차에 두고 가면 누군가에게 들킬 것만 같았습니다. 지금 생각해 보면 그럴 가능성은 없었는데 말이에요. 하지만 그때는 너무 불안했어요. 그래서 여행용 가방을 끌고 쓰카모토 씨 곁으로 갔습니다. 자동차 트렁크 쪽으로 말입니다. 그런데 이번에는 반대로 여행용 가방을 두고 와 버렸어요."

청년은 깊은 한숨을 토하며 자조 어린 목소리로 말했다.

"저는 무엇 하나 제대로 해내지 못한 겁니다. 인생의 선택을 할 때마다 실패한 거지요."

눈앞의 청년이 제정신인지 아닌지 구분할 수 없었지만, 그리 나쁜 사람으로 보이지는 않았다. 경원하기보다는 동정해야 할 상대로 보였다. 그래서 이렇게 말해 보았다.

"하지만 아까 나를 구해 줘서 정말 기뻤네. 자네는 올바른 선택도 할 줄 알아."

청년은 놀란 얼굴로 도요다를 돌아보았다.

"오늘은 어쩐지, 제대로 표현은 못 하겠지만 아직도 마음이 차분해요." 청년은 거기서 입을 다물고 핸들을 오른쪽으로 꺾었다. "아저씨를 만난 덕분일까요? 이 개도 만났고."

청년은 다시 빨간불에서 차를 세웠다.

"아저씨, 어쩌시겠습니까? 어디로 가실 건가요? 어디서 내려 드릴까요?"

도요다는 잠시 고민하다가 역으로 가 달라고 했다. "일단 역으로 돌아갈게." 그렇게 말하며 품에 안은 개를 보았다. 늙은 개는 아무 일도 없었다는 듯이 눈을 감고 있었다.

"아까 그놈들이 아직 있을지도 모르는데요."

"괜찮아. 역으로 돌아갈게. 거기서부터 새로 시작하고 싶군."

무엇을 새로 시작할지는 불확실했지만 도요다는 그렇게 대답했다.

은색 자동차는 매끄럽게 거리를 달려갔다. 코를 훌쩍거리는 소리가 들렸다. 깜짝 놀라 옆을 보니 청년이 눈물을 흘리고 있었다. 표정은 조금도 일그러지지 않았다. 어느 쪽인가 하면 후련한 얼굴이었다. 눈물은 흐르고 있지만 괴로워 보이지는 않았다.

"제 인생은 이미 끝나 버렸겠지요?" 청년이 울면서 말했다.

"설마." 도요다는 반사적으로 말했다.

"북쪽으로 가야겠어요."

"북쪽?"

"국도를 하염없이 달려서 북쪽으로 가려고요. 이와테 산이라도 보고 올까 합니다."

청년은 그렇게 말했다. 되는대로 떠드는 기색은 아니었다. 그는 앞을 똑바로 바라보고 있었다. 청년의 눈에는 이미 당당하게 솟아오른 이와테 산이 보이는 게 아닐까?

"이와테 산에 뭐가 있나?"

"인간의 인생 따위와는 비교도 되지 않는, 그런 커다란 존재를 만나고 싶은 기분입니다."

도요다는 자기가 회사원이었던 시절을 떠올렸다. 매일 반복되는 일에 지친 동료들이 이따금 여행을 떠나 대자연을 만나고 나면 "인간이 얼마나 보잘것없는 존재인지 알게 되었습니다" 하고 순종적인 얼굴로 말하곤 했다. 그래 놓고 이튿날부터는 그 보잘것없는 인생에 만족한 채 살아가면서 술집에 들러 푸념을 늘어놓는다.

옆자리의 청년은 어떨지 상상해 보았다. 그는 산을 만나면 무엇을 느끼게 될까?

"쓰카모토 씨를 조수석에 태우고 함께 이와테 산을 보러 갈 겁니다." 청년은 뺨에 흐른 눈물을 훔쳤다. "그리고 아버지를 만나러 가렵니다."

청년은 홀가분한 목소리로 그렇게 말했다.

도요다는 역 근처 아무 데나 내려 달라고 했다. 결국 버스 정류장 근처에서 내렸다. 찢어진 양복 때문에 움직이기 불편했다.

곤히 잠든 늙은 개를 품에 안고서 도요다는 떠나가는 차를 바라보았다. 은색 오픈카는 똑바로 달려 나갔다. 차는 길이 뻥 뚫린 오른쪽으로 차선을 변경하더니 북쪽을 향해 속력을 높였다.

거리에 정체되어 있는 사람들의 인생을 뒤로하고, 러시 라이프를 뒤로하고, 북쪽으로 달려간다.

자동차가 시야에서 사라질 때까지 도요다는 물끄러미 바라보고 있었다. 청년 앞에 모습을 드러낼 이와테 산은 분명히 당당한 위용을 떨치리라. 그러길 바랐다.

a life

초속 2미터로 회전하는 콤팩트디스크가 멈추고,
이야기도 급속도로 결말을 향해 간다

8

시나코는 듣고 있던 CD 워크맨의 스위치를 끄고 이어폰을
정리했다. 도호쿠 신칸센 고속 열차가 우쓰노미야를 지났을 때
부터 도다는 코를 골며 자고 있다. 시나코는 이때다 하고 가져
온 서양음악 CD를 듣고 있었다.

센다이에 도착한다는 안내 방송이 흘러나왔다. 5분 후면 역
에 도착하는 모양이다.

도다가 눈을 떴다. 방송을 들었는지도 모른다. 도다가 깨어나
자마자 시나코의 마음은 무거워졌다. 사방이 갑갑했다.

도다의 미끈한 피부가 불쾌했다. 차라리 기름진 피부가 낫겠
다. 아이 같은 피부는 비열한 야심이나 자존심과는 어울리지 않
았다.

"자네, 어때?"

선반에서 짐을 내려 워크맨을 넣고 있던 시나코는 갑작스러운 질문에 흠칫 놀랐다.

"뭐가요?"

"오늘 나와 함께 묵겠나?" 도다는 자신만만한 얼굴로 그렇게 말했다.

시나코의 의사는 아랑곳하지 않는 강렬한 힘이 넘쳐흘렀다.

"무슨 말씀이세요." 시나코는 웃어넘기려 했다.

"어디가 좋아?" 도다는 안색도 바꾸지 않고 말을 이었다. 그게 숙박 장소를 묻는 건지, 보다 음탕한 의미인지는 판단이 서지 않았다. 그러자 잠시 후 도다가 갑자기 이런 소리를 꺼냈다. "내기를 할까?"

차창으로 보이는 경치가 바뀌었다. 빌딩이 늘었다. 센다이 시내에 접어들었다는 증거였다. 손목시계를 보니 10시가 넘었다.

"나하고 내기할 텐가? 내가 이기면 자네는 내 말을 듣는 거야."

"그만하세요." 시나코는 가급적 부드러운 말투로 말했다. 도다가 아닌 다른 사람이 한 말이라면 농담으로 웃어넘길 수 있었다. 혹은 화를 내며 거들떠보지 않을 수도 있었다.

"도다 씨, 이제 곧 도착해요."

이야기를 다른 방향으로 돌리려 했지만 도다는 일어날 기미조차 보이지 않았다. 불만스럽게 시나코의 얼굴을 보더니 이내

차가운 눈빛으로 뭔가 생각에 잠긴 듯했다.

도다가 퉁명스러운 목소리로 말했다.

"자네는 얼마나 가치 있는 인간이지? 자네는 남을 배신하고 내게 붙었어. 나와 자네의 관계가 대등할 것 같나? 착각하지 마."

시나코는 두려웠다. 도다의 말투는 담담했지만 위압감이 있었다.

저도 모르는 사이에 다리가 덜덜 떨렸다.

"나는 무엇이든 손에 넣을 수 있어. 자네는 믿지 않겠지? 나는 뭐든 실행할 수 있어. 자네는 믿지 않겠지?"

"그렇지 않아요."

"자네는 믿지 않아." 도다는 딱 잘라 말했다. "그럼 이런 건 어떨까?"

시나코는 잠자코 들을 수밖에 없었다.

"센다이에 도착해서 처음 만난 사람에게서 빼앗아 주겠어."

"뭐, 뭘 말이에요?"

"그자가 가장 소중히 여기는 것을. 목숨 같은 시답잖은 건 빼고, 그 사람이 소중히 여기는 것을 내가 돈으로 사겠다. 인간이 과연 거금을 앞에 두고도 소중한 걸 지킬 수 있을까? 자네는 어떻게 생각해?"

"글쎄요, 모르겠어요."

"솔직히 말해."

도다의 굵은 목소리가 울려 퍼졌다. 시나코는 도다에게 짓눌리는 기분이었다.

"내가 돈으로 사지 못한다면 자네가 이기는 거야. 대신 내가 이기면 자네는 내 말을 들어야 해."

시나코는 거의 울고 싶은 심정으로 말했다.

"저는 지금도 도다 씨 말을 따르고 있어요."

"내가 자네한테 바라는 건 이런 수준이 아니야. 생각할 수 있는 모든 일이야."

시나코는 다시 자리에 앉았다. 짐이 놓여 있었지만 그 위에 주저앉아 버렸다. 서 있을 수가 없었다. 다리가 떨렸다. 고속 열차가 점점 느려지더니 소리가 바뀌었다.

 구로사와는 한숨도 자지 않고 아침을 맞았다. 사사오카는 소파에서 자고 있었다.

학창 시절의 친구가 불쑥 그의 집에 찾아올 줄은 상상도 못 했다.

소파에 앉아 손수 끓인 커피를 마시며 밥 딜런을 들었다.

사사오카는 아침이 되어서야 잠에서 깼다.

마구 뻗친 머리카락을 민망한 듯 가다듬는 사사오카는 흰머리가 나긴 했지만 학창 시절의 모습과 그리 다르지 않았다.

"이 밥 딜런 CD도 전부 처음부터 자네 것이었군."

"요즘엔 밤마다 들어." 구로사와가 대답했다.

"결국 잠들어 버렸네."

"남의 집이라 불편했지?"

사사오카는 눈을 비비며 소파에 걸터앉았다.

"그렇지 않아. 컴퓨터를 리부팅한다는 말을 아나?"

"리부팅? 전원을 다시 켠다는 말인가?"

"그래. 다시 시작하는 거야. 컴퓨터를 쓰다 보면 메모리라는 장치에 여러 가지 작업 정보가 남아서 원활하게 작동하지 않을 때가 있어. 그럴 때는 다시 시작하면 깨끗하게 지워져서 동작이 다시 매끄러워지거든."

"그렇군."

"나는 말이야, 오늘 여기서 리부팅한 기분이야. 인생을 새로 시작한 거지."

"시시한 비유네." 구로사와는 그렇게 말하며 일어섰다. "커피라도 마실래?"

커피를 가득히 따른 컵을 가져다주자 사사오카는 컵을 받아 들고 향을 음미했다.

"맛없더라도 다 마셔."

"결심했어." 사사오카는 안경을 만지작거리고 있었다.

"커피를 다 마시겠다는 결심?"

"아니야. 아내와 헤어질 거야." 사사오카는 후련하게 말했다.

"꽤나 쉽게 결정하네." 구로사와는 웃었다. "어젯밤의 기세는 어디로 갔어? 우리 부부는 그렇게 쉽게 헤어질 순 없다고 했잖아. 그래 놓고 하룻밤 사이에 이렇게 생각이 바뀌어도 되는 건가?"

"아니, 자네와 얘기하다 보니 마음이 한결 가벼워졌거든."

"너무 깊이 생각할 일은 없다는 걸 깨달았어?"

"아니, 뭐랄까, 그래, 자네는 확실히 카운슬링에 재능이 있어."

"재미있는 소리를 다 하는군."

"진심이야. 농담이 아니야. 실제로 사면초가였던 내 마음을 편하게 해 줬잖아."

"사면초가라고 자네가 생각하고 있었을 뿐이지. 사람들은 모두 똑같아. 가령 사막에 하얀 선을 그어 놓고, 그 위에서 한 발짝도 벗어나지 않으려고 살금살금 걷는 꼴이야. 주위가 다 사막인데, 종횡무진 걸어 다닐 수도 있는데, 선에서 벗어나면 죽는다고 멋대로 믿는 거지."

"카운슬러로 활약해 볼 마음은 없나?"

"무슨 뜻이야?"

"내 아내는 센다이에서 정신과 클리닉을 운영하고 있어. 카운슬링 같은 것 말이야."

"돈과 지위와 명예를 중시하는 여자가 남의 마음을 치유할 수 있을까?"

"나도 그 부분에는 회의적이야." 사사오카는 피식 웃었다. "자네만 생각이 있다면 한번 전화해 봐."

"자네 부인한테?"

"카운슬링을 배우고 싶다고 전화해 보는 거야. 자네는 분명 재능이 있어."

사사오카는 그렇게 말하고는 익숙한 동작으로 양복 안주머니에서 수첩을 꺼내어 한 장을 뜯어서는 조그마한 펜으로 숫자를 적었다.

"이게 우리 집 전화번호야. 연결이 안 되면 이쪽 아내 휴대전화 번호로 걸어 봐."

구로사와는 그 쪽지를 받아서 곱게 접었다.

"자네 부인이 내 말에 귀를 기울여 줄까?"

"절대 안 그럴걸."

구로사와와 사사오카는 한목소리로 웃었다.

사사오카가 홀가분한 얼굴로 말했다.

"일생이라는 건 하루하루의 중첩이겠지."

"그렇겠지."

"인생이 릴레이면 좋을 것 같지 않아?"

"릴레이?"

"내가 좋아했던 그림 중에 이런 게 있었어. '연결'이라는 제목의 그림이었지. 그 그림을 보고 생각했어. 일생 중 단 하루만 내가 맡은 날이고, 그날은 내가 주인공이 되는 거야. 그리고 다음 날에는 다른 사람이 주인공을 맡는 거지. 그러면 유쾌할 것 같아."

"그럼 자네가 나갈 차례는 언젠데?"

사사오카는 길게 생각하지 않고 대답했다.

"어제야. 오랜만에 자네를 만나서 즐거웠어. 어제는 내가, 아니 우리가 주인공인 날이었어."

"어린애 같은 생각이군."

"어제는 우리가 주인공이었고, 오늘은 내 아내가 주인공. 그 다음은 다른 사람이 주인공. 그런 식으로 연결되면 재미있을 것 같지 않나? 릴레이처럼 이어지면 좋지 않겠어? 인생은 한순간 이지만 영원히 이어지는 거야."

"사람들의 하루는 다들 엇비슷해. 우리가 보낸 어제도, 자네 부인이 보낼 오늘도, 다른 사람이 보낼 내일도 함께 쌓아 놓고 보면 다 똑같아 보일 거야."

"그렇지 않아." 사사오카가 웃었다.

구로사와는 그답지 않게 역까지 바래다주겠다며 사사오카와 함께 아파트를 나섰다. 사사오카는 남자가 사는 집에서 하룻밤을 묵고 아침에 돌아가는 것이 마치 동성애 관계 같아서 싫다고 투덜거렸다. 구로사와도 그 말에 동의하며 문을 잠그고 엘리베이터 버튼을 눌렀다.

구로사와는 문득 입을 열었다. "그러고 보니 이거 뭔지 알아?"

뒷주머니에서 지갑을 꺼낸 구로사와는 안에서 종이 쪼가리를 찾아내 사사오카에게 건넸다.

"이게 뭐야?"

"글쎄. 일본 건 아니잖아? 묘한 글자도 적혀 있고. 어제 아침이었는데, 마침 이 시간쯤에 이웃 사람을 만났거든. 옆집 남자가 친구를 업고 나오더라고. 뭐, 엘리베이터를 타려고 하길래 도와줬는데, 그때 그 남자가 떨어뜨린 것 같아."

"복권 아닐까?" 사사오카가 말했다.

"부적 같은 걸 줄 알았는데." 쪽지를 바라보았다. 어느 나라 말일까?

사사오카는 기쁜 얼굴로 단정했다.

"아니, 이건 복권이야. 당첨됐을지도 모르지."

"삼백 엔쯤 될까." 구로사와는 그렇게 말하며 종이 쪼가리를 사사오카에게 내밀었다. "자네 가질래?"

"사양하겠어. 삼백 엔은 자네 몫이야."

센다이 역에 도착하자 사사오카는 휴대전화를 꺼냈다. "걸어 볼게." 처음에는 무슨 말인지 이해하지 못했지만 차분한 옆모습을 보고 눈치챘다.

구로사와는 보행자 통로의 벤치에 걸터앉아 길을 가는 사람들을 관찰했다. 돈을 가진 사람, 돈이 없는 사람, 사치스러운 사람, 빈곤한 사람, 미래를 찾는 사람, 미래를 기다리는 사람, 포기한 사람, 다양한 인생이 지나간다. 모두들 심각한 얼굴이었다. 좀 더 편하게 살아. 구로사와는 그렇게 말해 주고 싶었다.

"헤어지자. 이제 집에는 돌아가지 않을 거야." 사사오카의 목소리가 들렸다. 여자의 이름을 몇 번 부르고 있다. 아마도 사사오카 아내의 이름일 것이다.

휴대전화로, 그것도 이렇게 소란스러운 역에서 말할 내용은 아닌데. 구로사와는 어이가 없었다.

하지만 모든 일에 설계도를 그려 놓지 않으면 행동으로 옮기지 못했던 학창 시절을 생각해 보면 커다란 진보로 보이기도 했다.

카운슬러라, 나쁘지 않을지도 모른다. 도둑질에도 지쳤다. 나약한 생각을 했다. 도둑질을 하면서 카운슬러로 일해 보면 어떨까? 카운슬러로 일하면서 뒤로는 도둑질할 대상을 물색하는 건 어떨까? 카운슬링을 받으러 온 환자에게 통장을 숨겨 둔 장소나 저금이 얼만지 물어보는 건 부자연스러울까? 아니, 그렇다면 오히려 탐정을 부업으로 삼는 것도 좋지 않을까?

뭐, 그전에 한 집 정도는 털어야겠지. 최종적으로는 그렇게 생각을 바꾸었다. 수입이 없는 상태는 힘들었다. 하루 벌이가 궁한 건 아니지만 성취감이 없는 건 정신 건강에도 좋지 않다. 타워 아파트에 사는 후나키라는 남자의 집을 떠올렸다. 그 집에는 시간을 제법 쏟아부었는데 수확이 제로라니 손해가 이만저만이 아니다. 도둑질 자체가 실패한 건 아니었지만 다시 생각해 보니 후회가 엄습했다. 아무리 생각해도 아깝다.

며칠 안에 다시 한 번 그 아파트를 털러 가야 하지 않을까 고민해 보았다. 남겨 놓고 온 돈이 있으니 그걸 살짝 실례할 수 없을까? 한 번 숨어들어 간 곳은 부정을 탄다고 경고를 보내는 목소리가 머릿속을 울렸지만 구로사와는 바로 그 경고를 지워 버렸다. 만약 부정을 탈까 봐 걱정이 된다면 다음에는 낮이 아니라 밤에 가면 그만이다. 애초에 도둑과 상성이 좋은 건 '밤'이니까 지난번 같은 꼴을 다시 당하지는 않을 것이다. 야간 회의가 있는 날을 노리면 된다. 구로사와는 오랜만에, 즉흥 음악을 연주하는 기분으로 새로운 계획을 즐기고 있었다. 그리운 친구와 보낸 기묘하고 유쾌한 하룻밤 덕분에 구로사와의 마음에 느린 속도로 불이 붙은 것이리라.

옆에서는 사사오카가 이혼 의사를 거듭 밝히고 있었다. 전화 너머에서 그의 아내는 어떤 표정을 짓고 있을까? "다시 연락할게." 그는 그런 설명을 되풀이하고 있었다.

사사오카의 아내에게도 분명 그녀만의 드라마가 있을 것이다.

전화가 끝날 것 같지 않아 구로사와는 자리에서 일어나 정처 없이 주위를 어슬렁거렸다.

들개가 있었다. 어제도 보았던 지저분한 개였다. 보면 볼수록 같은 처지인 듯 느껴져서 구로사와는 개에게 다가갔다. 개는 겁도 없이 배를 핥고 있었다.

"너한테 이걸 줄게."

구로사와는 주머니에서 복권을 꺼냈다. 종이 쪼가리를 몇 겹으로 접어서 개 목걸이 안쪽의 금속 고리에 쑤셔 넣었다.

"내가 몰래 들어간 집에서 다시 만나더라도 짖으면 안 된다."

구로사와는 개의 머리를 살며시 쓰다듬고는 어깨를 휘휘 흔들면서 사사오카가 기다리고 있는 벤치를 향해 걸어갔다. 통화를 마쳤는지 친구는 후련한 얼굴로 기지개를 펴고 있었다.

"전망대에 올라가 볼까?" 사사오카를 향해 그렇게 말해 보았다.

사사오카가 엉뚱하게 왜 그러냐는 듯이 의아한 표정을 지었다.

구로사와는 웃으며 전망대 엘리베이터로 걸어갔다. '특별한 기념일에'라고 적힌 현수막이 있다. 의외로 이런 날이 특별한 날이지. 구로사와는 그런 생각을 했다.

"에스허르의 그림이네." 사사오카가 큼직하게 나붙은 포스터를 가리켰다.

"저 성 그림, 자주 봤는데. 저 그림을 보면 아무리 계단을 올라가도 처음 장소로 되돌아오잖아. 트릭아트라고 하나?"

"아까 내가 말했지? 인생은 릴레이일지도 모른다고. 저 그림도 비슷해. 병사가 걷고 있지만, 계단을 올라 도착 지점에 다다르더라도 거기는 다른 병사의 출발 지점에 지나지 않아. 그런 거야. 모두들 차례로 연결되어 있어. 살아간다는 건 결국 저런 거야."

"그림이든 뭐든 속는 건 싫어." 구로사와는 웃으며 말했다. "자네 부인 이름이 뭐라고 했지?"

"교코."

"그렇군."

구로사와는 엘리베이터를 기다리면서 만나 본 적도 없는 교코라는 여자가 지금쯤 무엇을 하고 있을지 상상해 보았다.

잠에서 깨면 모든 게 처음 상태로 돌아가 있지 않을까? 가와라자키의 자그마한 기대는 허무하게 배신당했다.

커튼도 치지 않고 어느새 잠이 든 모양이었다. 햇살이 가와라자키의 손을 비추었다. 방 안은 아무것도 바뀌지 않았다.

비닐 시트에 남아 있는 피가 물감처럼 보였다. 붉은 액체가 소리 없이 출렁이고 있다.

건너편에 누워 있는 건 쓰카모토였다. 반듯한 자세로 천장을 바라보며 누워 있는 모습은 이 방에 처음 들어왔을 때 놓여 있던 시체와 똑같았다.

두 손으로 얼굴을 가렸다. 아무 말도 나오지 않았다. 비명을 간신히 참으며 소리 없는 숨결을 손에 토해 냈다.

끝장이다. 가와라자키는 흥분해서 쓰카모토의 목을 졸랐다. 상대의 얼굴이 끔찍하게 일그러졌다. 그때 손을 놓으면 자기가 위험해질 것만 같아 더욱 힘을 주었다. 몸싸움을 얼마나 벌였을까?

정신을 차렸을 때 쓰카모토는 이미 축 늘어져 있었다. 영혼이

증발한 것 같았다. 사라진 영혼을 찾아 무심코 바람이 흘러가는 방향을 확인했다.

그가 저지른 짓에 대한 공포가 배를 묵직하게 짓눌렀다. 사람을 죽이고 말았다. 그가 속은 것은 틀림없는 사실이지만 그렇다고 상대를 죽여도 되는 것은 아니다.

떨리는 몸을 억누르느라 몇 시간을 보냈다.

눈을 감은 쓰카모토의 얼굴과 토막 난 시체를 번갈아 바라보며 무릎을 끌어안고 있었다. 쉭쉭 하고 구멍에서 새어 나가는 공기 같은 호흡을 되풀이했다.

자고 일어나면 아무 일도 없었던 때로 돌아갈 수 있지 않을까 싶었는데, 어느새 잠이 들었던 것이다.

가와라자키는 새삼스레 방을 둘러보며 소리 내어 말했다.

"어쩌지? 이제 끝장이야."

토막 난 시체를 일단 처리해야 한다.

쓰카모토가 가져온 도구 중에는 소독용 알코올도 있었다. 알코올과 주방용 스펀지를 이용해 시체에 튄 피를 닦아 냈다. 많이 묻어 있지는 않았다.

벌거벗은 시체는 생생하고 그로테스크했다. 하반신의 성기가 눈에 들어오는 게 거북해서 방에 놓여 있던 옷을 그대로 입혔다.

두 팔이 없는 몸통에 칼라가 달린 셔츠를 입히는 것은 마치 보자기로 상자를 싸는 듯한 경험이었다. 하반신에는 속옷을 입혔다. 바지는 사타구니 높이에서 반으로 잘라 다리를 한쪽씩 넣었다.

독한 알코올 냄새에 몇 번이나 콜록거렸다.

방에 있던 헝겊으로 된 여행용 가방에 시체를 쑤셔 넣었다. 몸을 쑤셔 넣고 그 위에 두 팔과 두 다리도 넣었다. 마지막으로 머리를 억지로 담고 지퍼를 닫았다.

사람이 하나 들어 있으니 가벼울 리는 없지만 바퀴가 달려 있어 옮길 수는 있다.

그런 다음 쓰카모토의 시체 쪽으로 다가가 옷 주머니를 뒤졌다. 자동차 키를 찾아내 바지 뒷주머니에 쑤셔 넣었다.

여행용 가방을 끌고 현관으로 갔다. 자동차에 실을 작정이었다.

가와라자키는 트렁크 안에 여행용 가방을 넣고는 다시 방으로 돌아갔다. 그리고 비닐 시트를, 피가 쏟아지지 않도록 조심하며 어렵사리 돌돌 접었다. 접힌 주름을 따라 피가 흘러 마룻바닥에 떨어졌다.

비닐 시트를 구석에 있는 쓰레기봉투에 넣었다.

세면소에서 손을 씻었다. 비누로 하염없이 손을 문질렀다.

이제 쓰카모토의 시체를 옮겨야 한다. 가와라자키는 각오를 다졌다.

내가 죽인 사람을 만지는 일이 이토록 무섭다니, 가와라자키는 깜짝 놀랐다. 단순한 물체로 변해 버린 시체는 말을 하지는 못해도 그를 협박하는 것만 같았다. 나는 너를 잊지 않을 테다, 하고 손가락질을 하는 것만 같았다.

쓰카모토의 몸은 딱딱하게 굳어 있었다. 고작 열 시간 전에 사후경직이 무엇인지 설명하던 쓰카모토 자신의 근육이 지금은 이렇게 딱딱하게 굳어 있다니 무슨 장난 같기도 했다.

"좋았어."

가와라자키는 기합이라도 넣는 것처럼 중얼거리며 두 손으로 쓰카모토의 오른손을 잡고 힘을 주었다. 생전에 쓰카모토가 그랬듯이 체중을 실어 관절을 꺾었다. 무서웠지만 있는 힘껏 누르자 팔꿈치가 꺾였다. 몇 차례 반복했다. 양쪽 팔꿈치, 양쪽 무릎을 각각 차례대로 꺾었다. 허벅지도 꺾어 보았다. 중노동이었다. 땀을 쏟고 있는 자신과는 대조적으로 차가운 피부를 두른 쓰카모토가 무서웠다. 겨우 등에 업을 수 있을 만큼 시체의 강도가 유연해졌다.

이 집에서 나갑시다. 가와라자키는 쓰카모토에게 말을 걸었다. 이제 쓰카모토는 아무 지시도 내리지 못하고, 반대 의견도 입에 담지 못한다. 먼저 현관문을 열어 그대로 고정시켜 놓으려 했다. 시체를 등에 업은 채로 현관을 열려니 귀찮았기 때문이다.

그대로 밖으로 나갔다. 아, 하고 외마디 소리를 지를 뻔했다. 때마침 이웃집 사람이 밖으로 나오는 참이었다. 얼굴이 마주치자 심장이 요동쳤다.

"옆집에 사는 구로사와입니다." 상대가 가볍게 머리를 숙였다.

어쩔 수 없이 우물쭈물 인사를 했다.

그리고 어떤 생각이 들어 이렇게 말해 보았다. "이 문 좀 잡아 주시겠습니까?" 괜히 시치미를 떼기보다 그러는 편이 의심을 덜 살 것 같았다.

남자는 삼십 대로 보였다. 차분한 분위기가 감도는 남자다. 망설이는 눈치라 술에 취한 친구를 데리고 가야 한다고 둘러대며 현관문을 잡아 달라고 했다.

가와라자키는 헐레벌떡 집 안으로 돌아가 빨간 모자를 청바지 뒷주머니에 쑤셔 넣고는 쓰카모토를 등에 업고서 밖으로 나왔다.

엘리베이터까지 겨우 이동해 문이 닫혔을 때에야 그 남자에게 고맙다는 인사 한마디 하지 않았다는 사실을 깨달았다.

시체를 등에 업고 주차장까지 이어지는 계단을 내려갔다. 쓰카모토의 차를 찾아내 조수석에 시체를 내려놓고 문을 닫았다.

운전석으로 가서 시동을 걸었다. 핸들을 쥔 것까지는 좋았는데 어디로 가야 할지 떠오르지 않았다. 나는 앞으로 어떻게 될까. 위가 쓰려 오는 것을 뒤늦게야 깨달았다.

쓰카모토는 흡사 멀미 때문에 쓰러진 동승자처럼 보였다.

사태의 심각성은 차를 모는 도중에 실감했다.

쓰카모토를 죽여 버렸다. 그로 인해 자신의 인생이 물거품이 되었다. 머릿속이 뒤죽박죽이다. '다카하시'는 어째서 나를 구해 주었을까? 가와라자키는 문득 의문이 들었다. 그때 그는 나를 구해 주었다, 하지만. 가와라자키는 액셀에 발을 얹은 채로 생각했다. 눈물이 흘렀다. "저는 구원을 받은 겁니까?" 너무나 슬펐다. 어쩌면 좋을지 몰라 거리를 방황했다.

한번은 배가 고파 주차장에 차를 세웠다. 쓰카모토를 업고 다닐 수도 없어 가와라자키는 혼자 거리를 걸었다. 상점가를 걸어가는데 지나가는 행인들이 모두 자신보다 행복해 보였다.

패스트푸드 가게에 들어가 햄버거를 주문하는데 갑자기 구역질이 치밀어 화장실로 달려갔다. 결국 바로 가게 밖으로 나왔다. 점원들이 그를 이상하다는 듯이 쳐다보았다.

다리가 떨려 똑바로 걸을 수가 없었다. 아까까지 무거운 시체를 업고 있었던 탓일까? 아니면 마음이 떨리는 탓일까?

평소와 다름없는 거리 풍경은 가와라자키를 혼란에 빠뜨렸다. 나는 쓰카모토를 살해했다. 그런데 세상은 어제와 변함없는 모습으로 돌아가고 있다. 그런 일이 있을 수 있을까? 마음이 어두워졌다.

내가 정말 살인을 저지른 걸까? 스스로 알아볼 길도 없어, 다른 누군가가 알려 줬으면 싶은 심정이었다. 도저히 가만있을 수가 없었다.

정신을 차리고 보니 우연히 앞을 지나가는 남자를 향해 달려

가고 있었다. 필사적으로 얼굴을 들이대며 아까까지 있었던 아파트의 주소를 외쳐 댔다. 그 아파트, 그 집에 가서 제가 한 짓을 봐 주십시오. 그 집에 가 줘요. 그렇게 호소했다.

제대로 설명하지 못하는 게 애가 타서 가와라자키는 마음속으로 외쳤다. 제 손으로 저의 인생을 물거품으로 만들어 버린 그 집에 가 주십시오. 그게 정말 실제로 벌어진 일인지 확인해 주세요. 실은 그 아파트에서 흔적을 싹 치워 버렸습니다. 하지만 그게 정말 현실이라면 뭐라도 남아 있지 않겠습니까?

상대 남자가 가와라자키를 정신이상자로 보는 데 그리 오랜 시간이 걸리지는 않았다. 남자는 빠른 걸음으로 떠나갔다. 가와라자키는 한숨을 쉬며 마음을 다스렸다. 사람을 죽였다, 눈을 돌려서는 안 된다, 달아나서는 안 된다. 스스로를 타일렀다.

이제 되돌릴 수 없는 걸까요. 가와라자키는 거리를 배회하며 있지도 않은 아버지에게 묻고 있었다.

"대체 무슨 짓을 저지른 걸까." 울면서 생각했다. 어째서 인생의 패배자인 아버지를 떠올렸는지는 알 길이 없었다. "넌 화가가 되어라." 기쁘게 말하던 아버지의 얼굴이 떠올랐다. 어쩌면 진심으로 아들을 응원해 줬던 건지도 모른다는 생각마저 들었다.

"나는 이제 구원받지 못하는 걸까?"

가와라자키는 문득 깨달았다. 그렇다, 결국 마지막에는 '다카하시'나 종교, 신이 아니라 아버지에게 매달리고 있지 않은가.

그렇지? 하고 의기양양하게 웃는 아버지의 얼굴이 눈앞에 보이자 마음이 조금 편해졌다. 앞으로 어떻게 해야 할지는 여전히 오리무중이었지만 빨간 모자를 주머니에서 꺼내 아버지가 그랬듯이 챙을 꺾어 깊숙이 눌러썼다.

역 앞을 걸어가는데 들개가 변함없이 멍한 얼굴로 걸어가고 있었다.

단순한 변덕이었다. 스스로도 이유를 알 수 없었지만, 그대로 상점가로 들어가 갓 개점한 애완용품 가게에 들어가 개 목걸이를 샀다.

개가 있던 곳으로 돌아가 목걸이를 채워 주었다. 들개는 얌전했다. 싫어하는 기색도 없이 화려한 의상을 입는 여배우처럼 익숙한 얼굴로 앉아 있었다.

"잘 어울려." 가와라자키는 개의 등을 두드려 주고 그 자리에서 벗어났다.

바로 그때 전망대가 눈에 들어왔다. '특별한 기념일에'라고 적힌 현수막이 걸려 있다.

오늘은 특별한 날일지도 모른다. 가와라자키는 탑처럼 생긴 전망대를 올려다보며 "오늘은 특별한 날일까요?" 하고 있지도 않은 아버지에게 물어보았다. "그렇겠지"라는 대답을 들은 기분이었다.

에스허르 전시회 포스터를 멍하니 바라보았다. 수많은 병사들이 성 위를 걷고 있다. 그러고 보니 저건 성과 병사가 아니라 수도원과 수도사라는 말을 들은 기억이 있다. 하지만 아무리 봐도 성과 병사로 보인다. 한참 보고 있으려니 성 입구에서 혼자만 무릎을 끌어안고 주저앉아 있는 병사가 눈에 들어왔다. 홀로 남겨져 토라진 것처럼 보였다. 괜히 안쓰럽다. 누군가를 기다리는 것 같기도 했다.

저건 나다.

보면 볼수록 가와라자키는 그런 생각이 들었다. 저 입구에서, 분명 아버지가 오기를 기다리고 있는 것이다. 함께 인생의 원 속으로 돌아가기 위해.

가와라자키는 엘리베이터를 기다리며 아침에 딱 한 번 만났을 뿐인 구로사와라는 이웃이 지금쯤 무엇을 하고 있을지 상상해 보았다.

48번 국도는 차량 전용 터널을 지나 센다이 시가지로 연결된다. 교코는 그 도로를 하룻밤을 꼬박 걸었다. 이륜차 통행도 금지된 터널 안을 자동차들이 무서운 속도로 지나가면서 교코에게 몇 번이나 경적을 울려 댔다.

교코는 유령이나 마찬가지였다. 오로지 감에 의지해 터널 가장자리를 따라 언제 끝날지도 모를 길을 비틀비틀 하염없이 걸어갔다.

시체가 토막 난다. 사람의 몸이 토막 났다가 들러붙는다. 손발이 토막 난다.

교코는 주문처럼 읊어 대며 걸었다. 터널에 들어가기 직전, 휴대전화 안테나가 제대로 뻗어 있는지 확인하고 경찰에 전화를 걸었다. 아오야마의 집이 있는 동네 이름을 말한 뒤에 "거기 사는 부부, 좀 이상해요. 자동차 트렁크에 시체를 숨겨 놓고 있어요"라고 말하고는 바로 끊었다.

그다음에 어떻게 할지는 경찰의 몫이다. 교코는 그 후로 아오야마 부부에 대한 생각을 머릿속에서 털어냈다.

아오야마와 그의 아내가 서로 짜고 자기보다 한발 먼저 덫을 치려 했다니 믿을 수 없었다. 내가 아오야마의 아내에게 살해당할 뻔했다니. 그것이 현실이라니 용납할 수 없었다. 트렁크 속에서 토막 난 시체가 어느새 도로 붙어서 걸어 다니던 모습만 머릿속에 남아 있었다. 악몽으로 치부하기에는 현실감이 너무 강했다.

터널을 지나 거리로 나왔을 무렵에는 날이 하얗게 밝아 오고 있었다. 졸리지는 않았다. 머리가 무거웠지만 이불 속에 들어가 쉬고 싶다는 생각은 전혀 들지 않았다.

도중에 편의점에 들러 페트병에 든 물과 가위를 샀다. 문구치고는 제법 커다랗고 위험해 보이는 가위가 있어서 충동적으로 사 버렸다.

"토막을 내 버릴 거야." 교코는 가위를 손에 들고 말했다.

대체 내가 뭘 잘못했다는 거야? 무의식중에 그런 분노가 치밀어 올랐다. 시체가 왜 다시 붙어? 한번 잘렸던 게 어떻게 다시 붙는 거야? 누군가 나를 속이려는 거야. 누군가 나를 제치려는 거야. 누군가 나보다 현명하다고 으스대려는 거야.

웃기지 마. 교코는 생각했다. 아랫배의 통증은 이미 사라졌다. 소변을 보고 싶은 생각도 없었다. 방광염은 어디론가 사라진 것 같았다. 교코에게는 그 사실을 기뻐할 마음조차 없었다.

교코는 거리를 몇 바퀴나 돌고 또 돌았다. 발바닥에 물집이 생기고 얼마 지나지 않아 터졌지만 아랑곳하지 않았다.

시간이 흐르자 행인들도 늘어나기 시작했다.

교코는 문득 권총을 찾으러 가야겠다 싶어 역으로 걸음을 돌렸다.

1층 역구내로 들어가는 입구를 향해 걸어가다가 들개를 보았다. 귀여운 구석이라곤 없는 지저분한 개였다. 나이도 많아 보였다.

괜히 분통이 터졌다. 뱃속에서 울컥 치밀어 오르는 분노였다. 저런 늙은 개가 태평하게 살고 있다는 게 마음에 들지 않았다. 내가 이렇게나 골머리를 앓고 있는데 태평하게 생긴 저 개는 대체 뭐람?

토막을 내 줄 테다. 가위를 꺼내 오른손에 쥐고 벌렸다. 철컥 소리가 났다. 몇 번 헛가위질을 반복했다. 답답했던 마음이 소리가 나는 순간에만 후련해졌다.

목걸이를 자른 다음 목을 잘라 줄 테야. 교코는 곧바로 개에게 다가갔다.

그때 중년 남자가 다가왔다.

투미하게 생긴 아저씨였다. 분명 정리 해고라도 당했을 테지. 교코는 멋대로 결론을 내렸다.

"그 개한테 무슨 짓을 할 셈입니까?" 남자가 그렇게 물었다. 짜증스럽고 초조하기만 했다. 남자는 어찌 된 일인지 그게 자기 개라고 영문 모를 소리를 하며 교코에게 맞섰다. 그래서 더더욱 화가 났다.

결국 실랑이를 벌이는 사이 중년 남자가 지저분한 늙은 개를 데리고 그대로 떠나 버렸다. 교코를 없는 사람으로 취급하는 것 같아 화가 치밀었다. 아득바득 악을 썼지만 다들 수상쩍은 눈으로 교코를 쳐다볼 뿐이다. 무시와 냉소, 경원, 주위가 그런 시선으로 가득했다.

조금 떨어진 곳에 전시회 포스터가 붙어 있었다.

태평해 보이는 병사들이 아무 생각 없이 걸어 다니는 그림이었다. 괜히 신경에 거슬렸다. 생각 없이 사는 것처럼 보였기 때문이다. 그림 속에 들어갈 수만 있다면 손에 든 가위로 병사들의 머리를 전부 따 버리고 싶었다. 몽땅 파괴하고, 엉망진창으로 만들어 주고 싶다.

눈앞에 전망대가 솟아 있었다. 얄미울 정도로 당당하게 뻗어 있다.

'특별한 기념일에'라고 적힌 현수막이 있다.

특별한 기념일이 뭐야? 교코는 마구 고함을 질러 대고 싶었다. 머리에서 연기가 피어오를 만큼 혼란스러웠다. 아침에 남편이 이혼하자는 말을 꺼냈다. 사람을 죽이러 갔다. 도중에 생판 모르는 타인을 차로 쳤다. 그 시체가 트렁크 속에서 토막 났다. 토막 난 시체가 도로 붙어서 어두운 밤에 걸어 다녔다. 그런 하루라면 특별한 날이라고 부를 수 있을까?

뛰어내릴 테야. 교코는 불현듯 그런 생각을 했다.

전망대에 올라가 저 높이에서 뛰어내려서 이 우스꽝스러운 하루에서 해방되어야 해. 나는 누구에게도 질 수 없어. 내 인생은 내가 정해. 그렇게 생각하며 오른손으로 주먹을 불끈 쥐었다.

교코는 엘리베이터를 기다리며 방금 전에 만났던, 개를 데려간 중년 남자가 지금쯤 무엇을 하고 있을지 상상해 보았다.

도요다는 셔터가 닫힌 카페 앞에 앉아 있었다. 늙은 개는 곁에서 몸을 웅크리고 있다. 한숨을 한 차례 내쉬고는 앞발에 얼굴을 묻은 채 잠들었다.

찢어진 양복은 꼴사나웠지만 크게 신경 쓰이지도 않았다. 실업자인 그에게 걸맞은 복장 같았다. 아내와 아들에게 버림받고 회사에서 쫓겨난 남자에게 갈 곳은 없다. 새로 산 양복보다는 구깃구깃하고 한쪽 소매가 찢어진 양복이 더 잘 어울리겠지. 뺨과 등, 옆구리에 멍이 들었다. 뼈는 부러지지 않은 것 같았지만 푸르죽죽한 멍이 심하게 들었다. 한동안은 목욕도 못 할 것 같다. 시간이 지나면 더 부어오를지도 모른다.

주머니에서 카페 반값 할인 쿠폰이 나왔다. 아침에 사용하려다가 거절당한 쿠폰이다. 가만히 들여다보았다. 알고 보니 별것 아니었다. 사용 기한이 지났던 것이다.

개점 후 사흘 동안만 한정적으로 제공하는 서비스였다. 오늘이 나흘째였으리라. 오늘 아침에는 피해망상 때문에 실업자인 그만 차별하는 것 같았지만 이유를 알고 나니 별것 아니었다.

역 안은 한산했다. 철도 창구 앞에서 륙색을 베개 삼아 자고 있는 청년이 몇 명 있을 뿐, 특산품 가게도 매점도 모두 문이 닫혀 있다.

역에서 밤을 샐까 고민했다.

고속 열차 개표구에서 나오는 한 쌍의 남녀가 보였다. 두 사람은 자동 개표구를 통과했다. 어울리지 않는 커플이었다.

남자 쪽은 쉰이 넘어 보였다. 나이는 조금 더 많을지도 모르지만 가슴을 펴고 당당하게 걷는 모습에 정력이 넘쳤다. 요란한 스웨터가 눈에 띄었다. 못 봐 줄 정도는 아니다.

처음에는 정치가인 줄 알았다. 얼굴에 위엄과 자신감이 흘러 넘쳤기 때문이다. 유난히 큰 귀와 코도 눈에 띄었다.

인생의 승리자다. 도요다는 남자를 멍하니 바라보면서 그렇게 생각했다. 실업자인 데다 온몸에 멍이 든 나와는 다른 세계에서 살고 있다. 한눈에 알 수 있었다. 저 당당한 남자와 나는 인생의 수준이 다르다.

예전에 아들이 한창 빠져 있던 텔레비전 게임이 생각났다. 시작 전에 화면에서 '초급자용'과 '상급자용'으로 난이도를 선택하는 게임이었다. 개표구에서 나온 남자는 분명 '상급자용' 인생을 순조롭게 돌파했을 것이다. 그에 비해 도요다는 '초급자용' 수준에서 이미 게임 오버를 눈앞에 바라보고 있다.

옆에서 짐을 들고 있는 여자는 키가 큰 미인이었다. 길고 검은 머리카락이 아름다웠다. 비서일까? 연인으로 보이지는 않았다. 부모 자식 사이만큼 나이 차가 있어 보였지만, 두 사람 사이에 감도는 분위기는 보다 원초적이었다. 불륜일까? 하지만 불륜 상대치고는 사랑받고 있는 것 같지 않았다. 짐을 두 손에 든 모습은 시종이라는 표현이 더 어울렸다. 여자는 노골적으로 불쾌한 표정을 짓고 있었다.

두 사람은 누군가를 찾는 듯이 에스컬레이터 주변을 두리번거렸다.

남자의 시선이 도요다와 마주쳤다. 도요다는 황급히 고개를 돌렸다. 인생의 승리자가 내게 볼일이 있을 리 없다.

그때 남자가 여자를 마주 보면서 손가락질을 했다. 도요다가 앉아 있는 쪽을 가리킨 것이다. 깜짝 놀라 뒤를 돌아보았지만 다른 사람은 보이지 않았다. 무슨 잘못이라도 했나? 갑자기 간이 벌렁거렸다.

도요다의 머릿속에 희미한 기대감이 떠올랐다. 저 유복해 보이는 당당한 남자가 내게 일자리를 주지는 않을까 하는 막연한 기대였다.

"잠깐 얘기 좀 나눌 수 있을까?" 눈앞에 선 남자가 온화한 목소리로 도요다에게 말을 걸었다. 온몸이 긴장되었다. 남자에게는 박력이 있어 자칫하면 짓눌릴 것 같았다. 멀리서 보았을 때보다 나이가 많아 보였지만 얼굴에는 불균형적으로 정력이 넘쳤다. 주름이 거의 없다.

"왜, 왜 그러십니까?" 도요다는 대답했다. 목소리가 갈라졌다.

"당신 직업이 뭐요?"

그 질문에 도요다는 간이 철렁했지만 침을 꼴깍 삼키고 털어 놓았다. "직업은 없습니다."

솔직히 대답해야만 할 것 같은, 눈에 보이지 않는 힘을 느꼈다.

여자는 표정 없는 얼굴로 서 있었다. 눈가가 바르르 떨리는 게 보였다. 긴장해서 그런 걸까, 불쾌해서 그런 걸까? 아니면 둘 다일까?

"그런가. 직업이 없나."

남자는 기뻐하는 눈치였다. 더 잘됐네, 하고 중얼거리는 소리까지 들렸다. 남자가 값비싸 보이는 양복 주머니에서 명함을 꺼냈다.

"난 도다라는 사람일세."

도요다는 명함을 받아 들고 바라보았다. 직함이 줄줄이 적혀 있었다. 역시 승리자다. 도요다는 확신했다. 눈앞에 서 있는 남자는 후나키 같은 우물 안 개구리와는 격이 달랐다.

"당신이 지금 뭘 원하는지, 당신은 알고 있나?"

남자는 에둘러 말했다.

"아, 예." 더듬더듬 대충 대답했다.

"당신에게 필요한 건 직업이야."

남자의 말에 도요다는 귀를 의심했다. 말이 바로 나오지 않았다. 움직일 수도 없었다.

"당신에게는 일이 필요해. 무엇보다도 마음 편히 하루하루를 보내기 위한 직업이."

그렇습니다, 잘 알고 계시는군요! 도요다는 그렇게 대답하려 했지만 역시 말이 제대로 나오지 않았다.

여자의 서글픈 눈빛이 조금 마음에 걸렸다.

"그런데 당신에게 지금 가장 소중한 건 뭔가?"

그때 남자가 예상치 못한 질문을 던졌다. 도요다는 주위를 둘러보았다. 소중한 것? 그렇게 묻는다면 아무것도 없다. 양복은 찢어졌고, 이력서 다발은 아무 소용도 없었다. 가족과는 오래전에 헤어지고 말았다. 도요다는 반쯤 장난삼아 늙은 개의 머리를 쓰다듬으며 말했다.

"굳이 말한다면 이 개인데요."

여자가 당장이라도 울 것처럼 얼굴을 일그러뜨린 것이 이상했다. 절망적인 눈빛으로 시선을 돌리고 있다. 괜히 조마조마했다.

남자는 만족스럽다는 듯이 고개를 까딱 숙였다.

"그렇군. 아니, 실은 말인데, 그 개를 내게 양보해 줄 수 없겠나? 마침 개를 키우고 싶었던 터라."

"예?"

"그 개 말이야. 물론 그냥 달라고는 않겠네. 대신…… 그래."

도요다는 침을 꼴깍 삼켰다.

"당신만 괜찮다면 우리 회사를 소개해 주지. 직업이 없다니 마침 잘됐어. 그냥 하는 말이 아닐세. 이 자리에서 계약서를 써 주지."

무슨 일이 벌어진 건지 이해할 수 없었다.

"어……."

"어떤가? 나는 회사를 여러 개 갖고 있거든. 그러니까 당신에게 소개해 줄 수 있어."

"저, 정말입니까?"

"정말이고말고. 지금 여기서 대답만 해 준다면 아무 문제도 없네."

남자의 자신만만한 얼굴은 도저히 사기꾼처럼 보이지 않았다.

나는 구원받은 것이다. 도요다는 눈을 질끈 감았다가 늙은 개를 쳐다보았다. 오늘 아침에 우연히 만난 개가 아닌가? 솔직히 말하면 그가 키우는 개도 아니다.

남자가 그를 속이는 것 같지는 않았다. 상대가 한 푼의 가치도 없는 늙은 개를 원한다는 사실이 오히려 도요다의 신뢰를 이끌어 냈다. 사람을 속여 돈을 채 가는 사기꾼은 있어도 개를 빼앗아 가려고 연기를 하는 사람은 없을 것이다. 희소식이 찾아오기에는 딱 좋은 타이밍일지도 모른다. 늙은 개를 다시 한 번 쳐다보았다.

"자, 어쩌겠나? 나쁜 제안은 아닐 텐데." 남자가 손을 내밀었다.

나쁜 이야기는 아니다. 정말 그랬다. 그렇기는커녕 기적으로 분류되어야 할 이야기였다.

도요다는 늙은 개의 머리를 재차 쓰다듬으며 "영차" 하고 안아 들었다.

결심하기 위해 눈을 감았다.

눈앞에 날아든 취직 기회를 두 눈 멀뚱히 뜨고 놓쳐도 되는 걸까? 그럴 수는 없다.

'기껏해야 개 한 마리일 뿐이잖아.' 누군가가 머릿속에서 그렇게 속삭였다. 틀림없이 자신의 목소리다. 순간 도요다의 머릿속에 대낮에 겪었던 장면이 펼쳐졌다.

청년에게 습격당했을 때 맞서 싸우던 늙은 개의 모습이다. 그 모습이 불현듯 뇌리에 떠올랐다.

아무 저항도 못 하고 쓰러져 있었던 도요다의 눈앞에서 상대를 물어뜯던 자그마한 늙은 개의 모습. 용감하고 또한 무모했지만, 더없이 감동적인 모습이었다.

초연한 얼굴로 저물어 가는 저녁 해를 바라보고 있었다. '두려워하지 마. 그리고 내 곁에서 떠나지 마.'

"어때?" 남자가 다시 물었다.

도요다는 남자의 손에 매달리지 않았다. 무릎을 세워 제 힘으로 일어섰다.

"두려워하지 않을 거야." 작은 목소리로 말하며 마음을 정했다. 그 자리에서 머리를 깊숙이 숙였다.

"고마운 말씀이지만 거절하겠습니다."

말해 놓고도 스스로 놀랐다. 그런 말이 입 밖으로 튀어나왔다는 사실에 깜짝 놀랐다. 두 사람의 얼굴이 얼어붙은 것처럼 굳어 버렸다. "어?" 하는 얼빠진 소리를 끝으로 입을 다물어 버리는 바람에 도요다도 덩달아 "어" 하는 소리를 냈다.

한참 후에 여자가 처음으로 입을 열었다.

"왜죠? 왜 거절하시는 건가요?"

"그, 그러면 안 됩니까?"

"아니요, 조건이 마음에 안 드셨나요?"

"천만에요. 제 평생 처음 들어 보는 좋은 제안이었습니다."

"믿음이 안 가서 그러시나요?"

"아닙니다. 왠지 모르겠지만 거짓말 같지는 않더군요."

"그럼 왜?"

이 미인이 왜 이렇게 다그치는지 알 수 없었다. 도요다 역시 자신이 왜 거절했는지 이해할 수 없었다.

그저 쿨쿨 자고 있는 개를 그대로 품에 끌어안으며 말했다.

"그냥 이 개를 품에서 놓으면 안 될 것 같습니다. 양보할 수 없는 것. 그런 게 있잖아요?"

뜻밖의 기회를 제 발로 걷어차다니 주제를 알라고 야단치는 내면의 소리가 들려왔지만 도요다는 그 목소리를 지워 버리고 다시 머리를 숙였다.

"잠깐만. 돈으로 주지."

남자의 목소리는 여전히 차분했다. 대지에 탄탄하게 뿌리를 내리고 있는 목소리였다.

"당신에게 필요한 금액을 말해 주면 지금 이 자리에서 건네주겠네. 입금해 줄 수도 있어."

이번에는 고민하지도 않았다. 실업자면 어때서? 그렇잖아? 오늘 너는 지저분한 개와 함께 무엇을 배웠나? 그렇게 묻는 목소리가 도요다의 머릿속을 뱅글뱅글 맴돌았다.

도요다는 머리를 숙였다.

"죄송합니다. 역시 거절하겠습니다."

그 순간 남자가 안색을 바꾸더니 당황하는 투는 아니었지만 한층 쩌렁쩌렁한 목소리로 외쳤다.

"기다려. 감히 거절할 수 있을 것 같아?"

갑작스러운 일이라 도요다는 그 자리에 얼어붙었다.

"후회할 줄 알아."

남자가 나직한 목소리로 말했다. 단순한 위협 같지 않았다.

"자네 인생이 어떻게 되든 장담 못 해."

그 말을 들은 도요다는 쓴웃음을 흘렸다. 어깨에 들어가 있던 힘이 풀썩 빠졌다.

"아뇨, 제 인생은 이미 어떻게도 안 됩니다."

무의식중에 권총을 꺼내 들어 주위도 보지 않고 상대를 겨누었다.

"그러니 상관 마시죠."

남자가 얼어붙었다.

"죄송합니다. 모처럼 좋은 제안을 해 주셨는데."

도요다는 신사적으로 말했다. 마음이 바뀔까 봐 두려웠던 건 아니지만 재빨리 그 자리에서 벗어났다. 권총을 가방에 넣었다. 남자는 믿을 수 없는 것을 봤다는 듯이 장승처럼 서 있었다. 조금 떨어진 곳에 서 있던 체격 좋은 남자 둘이 도요다를 보고 달려왔다. 그들을 뒤로하고 냅다 뛰었다.

"멋진 인생을!" 스쳐 지나갈 때 여자의 희미한 목소리가 들렸다.

깜짝 놀라 뒤를 돌아보았다. 예쁜 얼굴이 아까우리만치 당장이라도 울음을 터뜨릴 듯한 표정이었다.

하행 에스컬레이터를 탔을 때 개가 눈을 떴다. 심야를 앞둔 역 안은 한산했다. 개를 바닥에 내려 주고 목줄을 쥐고 걸었다.

택시 승강장이 보였다.

그때 백인 여자가 옆을 지나갔다. 오른팔에 큼직한 스케치북을 안고 있다. 그제서야 오전에 만났던 외국인이라는 게 생각났다.

도요다는 뒤를 쫓아가 여자를 불러 세웠다.

"왜 그러세요?" 고개를 갸웃거리는 그녀는 뒤로 묶은 머리도 깜찍하게 잘 어울렸다.

"그 종이 갖고 있습니까? 일본어를 가르쳐 달라고 썼던."

그녀는 가지런한 이를 드러내며 웃었다. 그 자리에 서서 옆구리에 끼고 있던 스케치북을 도요다 앞에 내밀었다.

"써 주실 건가요?"

"아뇨, 아침에 한 번 쓰긴 했는데."

도요다는 그렇게 말하며 신중한 손놀림으로 스케치북에 묶인 끈을 풀고 종이를 넘겼다.

'힘'이라고 적힌 글자가 눈에 들어왔다. 달필은 아니다. 오른쪽이 위로 치우친 글자다.

"그건 사흘 전에 써 주신 거예요."

그녀가 알려 주었다. 그러고 보니 날짜가 적혀 있다.

"젊은 남자 분이었어요."

몇 장을 더 넘기자 이번에는 달필이 나왔다. '밤'이라는 글자였다. 이것도 남자의 필체였지만 당당하고 스마트한 글씨였다.

"그건 이틀 전이고요" 그녀의 일본어는 자연스럽고 아름다웠다.

이어서 '마음'이라는 글자가 보였다. 분명 여성의 글씨다. 서예 교본처럼 아름다운 글씨였다.

"이건 하루 전, 어제 써 주신 거예요."

도요다가 오늘 아침에 쓴 글자는 그다음에 바로 찾을 수 있었다. '무색'이라는 작은 글씨. 나약한 글씨였다.

이것은 분명 자신을 잃어버린 사람의 글씨다.

도요다는 오늘 아침까지 느꼈던 불안과 고독이 되살아나지 않도록 눈을 질끈 감았다가 바로 부릅떴다.

"이거, 제가 쓴 겁니다."

"그러셨어요?"

그녀는 눈을 깜빡거리며 진심으로 고민하는 표정을 지었다. 원래 일본인의 얼굴을 기억 못 해서 그런 걸까, 아니면 도요다의 지금 얼굴이 이 글자를 썼을 때와는 영 딴판이라 그런 걸까? 과연 어느 쪽일까?

도요다의 발밑에서 늙은 개가 목걸이 주변을 긁어 댔다. 벼룩이라도 있는 걸까?

"아, 뭐가 달려 있네요."

그녀가 우아한 발음으로 그렇게 말했다. 그 말을 듣고 도요다는 개를 쳐다보았다.

자세히 보니 늙은 개의 목걸이에 종이 쪼가리가 끼어 있었다. 몸을 웅크려 종이를 잡았다. 개는 귀찮다는 듯한 표정을 지었지만 도요다는 개의치 않고 쑥 잡아당겨 그대로 펼쳐 보았다.

"뭔가요?"

백인 여자가 흥미롭다는 표정으로 들여다보았다.

종이에는 낯선 언어가 적혀 있었다. 일본어는 아니다. 숫자도 적혀 있었다.

"부적인가?"

얼굴을 들이밀고 있던 백인 여자가 말했다.

"이거, 복권이에요. 텔레비전에서 봤어요."

도요다는 그 종이 쪼가리를 역에서 쏟아지는 불빛에 비춰 보듯 팔랑팔랑 흔들었다.

"복권? 누가 넣었을까요?"

"당첨되었을지도 몰라요."

백인 여자가 웃으며 말했다. 마음이 푸근해지는 아름다운 얼굴이다.

"그러게요. 당첨되었을지도 모르겠네요."

"당첨되었으면 어떻게 할 건가요?"

"글쎄요."

얼마 정도면 현실적일까 고민해 보았다. 만 엔? 십만 엔? 상상을 즐겼다. 조금쯤 꿈을 꿔도 상관없겠지.

"이 녀석한테 사료를 사 주고, 이력서 사진이나 새로 찍어 볼까?"

백인 여자는 제대로 알아듣지 못한 눈치였지만 기쁜 얼굴로 고개를 끄덕였다.

"그 종이에 새로 써도 될까요?"

도요다는 물어보았다. 왼손으로 복권을 구깃구깃 접어 주머니 속에 넣고 산책용 목줄을 왼손에 고쳐 쥐었다.

"물론이지요, 기꺼이."

그녀가 그렇게 말하며 매직을 건네주었다.

백지를 눈앞에 둔 도요다는 무슨 말을 쓸지 고민했다.

"저기에 전망대가 있지요?"

백인 여자가 유창하게 말했다. 도요다는 스케치북을 든 채로 고개를 틀어 역 앞 전망대를 올려다보았다. 옥상 층이 조명을 받아 환상적으로 빛나고 있었다.

옆에 붙어 있는 에스허르 전시회 포스터를 보았다. 수많은 남자들이 성 꼭대기를 빙글빙글 맴돌고 있다.

도요다는 어렸을 때 느꼈던 궁금증을 기억해 냈다.

그림 속에서 남자들은 마치 꽉 막힌 인생이라는 길을 표현하듯 성 꼭대기를 걷고 있었다. 줄지어 갑갑하게, 혼잡한 계단을 걷고 있다.

계단을 뱅글뱅글 올라가는 트릭아트는 보기만 해도 즐거웠지만, 그것과는 다른 부분이 마음에 걸렸다.

꼭대기에서 멀찍이 떨어진 성안에서 홀로 그 행진을 올려다보는 남자가 있는 것이다.

벽에 기대어 느긋하게 성 위를 바라보고 있다.

저건 누굴까? 어렸을 때, 그게 너무나 궁금했다. 여유로운 장소에서 정체된 인생을 바라보는 저 남자는 대체 누굴까?

저 남자가 되고 싶다. 그것은 어렸을 때 그의 소원이었을지도 모른다.

정체에서 벗어나 있기 때문이 아니라, 자신감 넘치는 그 모습 때문에 동경했다.

지금의 나도 분명 똑같은 것을 바라고 있다.

도요다는 발밑의 개를 굽어보았다. 저 남자가 혹시 너니? 그렇게 물어보고 싶었다.

"오늘 아침, 저기서 웬 여자가 뛰어내렸대요."

백인 여자의 말을 듣고 도요다는 트릭아트 그림에서 고개를 돌렸다.

"뛰어내렸다고요?"

"보호 유리가 있어서 실패했지만요." 그녀가 웃었다. "그 여자, 마구 날뛰다가 경찰에 끌려갔어요."

그렇군요, 하고 대답하면서 도요다는 스케치북에 쓸 말을 찾았다.

"좋아."

마음을 굳힌 도요다는 매직 뚜껑을 열고 단숨에 갈겨썼다. 종이 한 장 가득히 당당하게 썼다. 뭐야, 잘 쓰잖아. 기뻤다. 디자인 일을 하던 시절이 생각났다. 균형도 잘 잡혔다.

'잇츠 올 라이트.'

도요다는 그렇게 썼다. 그게 진심이었다. 종이에 써 보니 실감했다. "이제 괜찮아." 자신 있게 말할 수 있다.

"뭐라고 쓴 건가요?"

그녀는 스케치북을 자기 쪽으로 돌려서 눈을 댔다 뗐다 하며 고개를 갸웃거렸다. 가타가나로 쓴 외래어가 읽기 힘든 모양이다.

"잇츠 올 라이트." 도요다는 대답했다. "그렇게 썼습니다."

백인 여자는 어리둥절한 눈으로 말했다.

"그거."

"예?"

"그거, 일본어가 아니잖아요." 그녀는 웃음을 겨우 참고 있었다.

"아."

도요다는 뒤늦게 깨닫고 웃음을 터뜨렸다. 여자도 웃었다. 둘 다 한참동안 웃음을 멈추지 못했다.

도요다는 웃으며 전망대를 다시 바라보았다. '특별한 기념일에'라는 현수막이 달린 전망대 엘리베이터가 보였다. 개를 데리고 가도 될까?

도요다는 엘리베이터로 걸음을 옮기며 아직 만나지 못한 낯선 이가 성 꼭대기를 걸어가는 모습을 상상해 보았다.

러시 라이프—풍요로운 인생.

참고 및 인용 문헌

요로 다케시, 『생각하는 사람』, 지쿠마쇼보

요로 다케시, 『해부학 교실에 온 것을 환영합니다』, 지쿠마쇼보

앨버트 H 커터 지음, 나카무라 야스오·엔도 히로아키 옮김, 『시체 해부 첫걸음』, 아스카신샤

하마노 게이치, 『당신의 뇌는 지루해하고 있다』, 고마쇼보

마크 트웨인 지음, 오쿠보 야스오 옮김, 『톰 소여의 모험』, 신초 문고

이케가미 후유키(문학평론가)

:: '이게 대체 뭐지?'라는 놀라움

3년 전 『러시 라이프』 단행본이 나왔을 때(그렇다, 이번 문고판 간행까지 3년밖에 지나지 않았다), '이사카 고타로'는 아직 '발견' 되지 않은 작가였다. 요즘의 압도적 인기를 생각하면 도저히 믿을 수 없겠지만(이미 몇 년째 줄곧 독자들의 뜨거운 지지를 받고 있는 것 같지만 당시에는) 소설을 별로 읽지 않는 사람들은 물론이고 미스터리 팬도, 순수한 소설 독자도 이사카 고타로라는 작가의 존재를 알아보지 못했다.

나 역시 우연한 기회에 신초미스터리클럽상을 수상한 『오듀본의 기도』를 읽었다. '가장 소설다운 소설', '본디 소설이란 그 것이 무엇인지 표현할 수 없는 어떤 것이며 '이게 대체 뭐지?'라는 생각이 들게 만드는 작품이야말로 소설의 이상에 가까운 것이다'라는 오쿠이즈미 히카루의 서평(단행본 수록)에 이끌려 읽은 것이지만 실로 '이게 대체 뭐지?'라는 놀라움이 있었다. 사람의 말을 할 줄 알고, 미래를 내다보는 허수아비가 있는 섬. 거기서 벌어진 허수아비 살인 사건을 쫓아가는 이야기라니, 누가 상상이나 하겠는가?

어쨌든 그 초현실적인 설정과 자유분방한 전개, 경쾌하면서도 상징적인 방향성을 가진 이야기를 만나니 폴 오스터처럼 미스터리 요소를 이용한 우아한 전위성을 지향하는 작가가 될 거라는 기대감도 있었다. 과거 순문학 청년이었던 나로서는 '미스터리 장르인데 다소 순문학의 향기가 난다'는 점이 기뻐서 그가 대체 어떤 작품을 쓸지 궁금했다.

그래서 『러시 라이프』에 바로 달려들었다. 그리고 예상을 초월한 이야기를 보고 또 신이 났다. 대체 이 작가는 무슨 생각을 하고 있는 걸까? 어떤 소설을 좋아하고, 어떤 방향으로 나아갈 것인지 궁금해졌다. 그만한 재능을 느끼기에 충분했다.

:: 군상극—할리우드 영화와 해외 미스터리의 관계

……다음에는 이상한 사람들이 사는 '오기시마'가 아니라 평범한 마을의 이야기를 써 보고 싶습니다. 할리우드 영화 같은 소설

은 대여점 비디오를 보면 되니까, 소설이 아니면 맛볼 수 없는 이야기, 문장으로만 표현할 수 있는 영상보다도 더 영상 같은 세계를 만들고 싶습니다. (《나미》 2001년 1월호 수록 『오듀본의 기도』 간행 인터뷰, 「말하는 허수아비가 있는 섬에서」 발췌)

『오듀본의 기도』가 나왔을 당시의 인터뷰다. 다음에 쓰고 싶다는 '평범한 마을의 이야기'가 바로 그의 두 번째 작품 『러시라이프』다. '할리우드 영화 같은 소설'이 아닌 작품을 쓰고 싶었다고 했지만 유쾌한 범죄 코미디 『명랑한 갱이 지구를 돌린다』와 함께 가장 할리우드 영화 같은 작품이 아닐까? 왜냐하면 이 작품은 군상극이기 때문이다. 할리우드 엔터테인먼트와 해외 미스터리 업계의 걸출한 천재들이 가장 두각을 보이는 장르이기도 하다.

구체적으로 영화에서 군상극의 명수를 들면 영화 팬들은 바로 로버트 올트먼(〈숏 컷〉, 〈쿠키의 행운〉)이나 폴 토머스 앤더슨(〈매그놀리아〉)을 떠올릴 테고, 미스터리 팬들은 누가 뭐래도 칼 히아슨(『더블 왜미Double Whammy』, 『스토미 웨더Stormy Weather』)을 떠올릴 것이다. 미스터리라고 말하면 이견이 있을지도 모르지만, 최근에는 무라카미 하루키가 번역한 팀 오브라이언의 『세상의 모든 칠월July, July』도 동창회를 무대로 한 걸작 군상극으로 기억해야 할 것이다.

군상극이란 각기 다른 인생을 살아가는 사람들이 후반부에

극적으로 교차하는 경우도 있거니와, 도중에 교차하면서도 다시 자신의 인생으로 돌아가 저마다의 길을 가는 경우도 있다. 이 작품은 어느 쪽인가 하면 후자다. 그런 스타일을 답습하고 있지만 작가의 의도는 인물들의 교차에만 있는 게 아니라 단행본 띠지의 말을 빌리면 다섯 가지 이야기가 '한 장의 장대한 트릭아트'로 수렴된다는 점에 있다. 그전까지 제각각 진행되던 인물들의 이야기, 독자가 머릿속에서 짜 맞추던 이야기가 종반에 이르러 깨끗하게 분해되었다가 깔끔하게 재구축되는 것이다. 절묘하기 그지없다.

:: 수렴하는 것은 '한 장의 장대한 트릭아트'

조금 더 구체적으로 말해 보자. 『러시 라이프』는 다섯 개의 시점으로 진행된다. 정리하면 다음과 같다.

A : 물질만능주의자 화상 도다와 그에게 휘둘리는 신인 화가 시나코

B : 빈집을 털러 가면 반드시 무엇을 훔쳐 갔는지 메모로 남겨 피해자의 근심을 덜어 주는 도둑 구로사와

C : 신흥종교 교단에 이끌리는 화가 지망생 가와라자키와 간부 쓰카모토

D : 서로의 배우자를 살해할 계획을 세우는 정신과 의사 교코와 축구 선수 아오야마

E : 마흔 번 연속으로 불합격의 고배를 마신 실업자 도요다

위의 여덟 명 외에도 전직 화상 사사오카, 신흥종교 교주 다카하시, 가와라자키의 죽은 아버지, 도요다가 주운 시바견 등은 때때로 직접 등장하거나 회상 속에 나오면서 이야기는 진행된다. 완전히 별개의 인생이지만 서로 엉뚱한 곳에서 연결되고, 예상치 못한 곳에서 만나고, 위험한 물건을 손에 넣기도 하고, 범죄도 저지르고, 아수라장을 겪기도 하고, 혹은 이상한 곳에서 동창회를 열기도 한다. 이거 정말, 의표를 찌르는 흐름과 앞을 내다볼 수 없는 전개는 얄미울 정도다. 게다가 독특한 캐릭터와 경쾌하기 그지없는 말투, 번뜩이는 기지, 세련된 유머 감각, 적절하고 멋진 인용과 비유까지 어우러져 있으니 즐겁게 읽을 수밖에 없다.

더군다나 중반을 넘어서면 인물들이 그저 복잡하게 얽히기만 하는 게 아니라는 것이 조금씩 보인다. A~E의 각 이야기가 어떤 의도하에 배치되었다는 것이 차츰 눈에 보인다. '한 장의 장대한 트릭아트'를 꾀하기 위한 구성인 것이다. 구성에 트릭이 있는 이야기라는 점에서 역시 쿠엔틴 타란티노(〈저수지의 개들〉, 〈펄프 픽션〉), 크리스토퍼 놀런(〈미행〉, 〈메멘토〉), 나아가서는 알레한드로 이냐리투(〈아모레스 페로스〉, 〈21그램〉)와 같은 영화감

독들과 그들의 스타일리시한 수작들이 떠오른다.

물론 엄청난 영화광인 이사카 고타로가 자극을 받지 않았을리 없지만, 잊어서는 안 될 점은 그가 영상에 종사하지 않는다는 사실이다. 기교만 있고 차마 봐 줄 수 없는 작품도 많지만 이사카 고타로는 다르다. '소설이 아니면 맛볼 수 없는 이야기, 문장으로만 표현할 수 있는 영상보다도 더 영상 같은 세계를 만들고 싶다'는 강한 결심 그대로 소설의 요소를 충실히 살렸다. 앞서 거론한 장점이 아낌없이 발휘되어 독자들은 기분 좋은 흥분 속에서 작품을 읽게 된다. 인물들의 대사 하나하나에 빙그레 웃고, 문학과 영화의 인용에 추억을 더듬으며 인물 간의 능숙한 교통정리와 극적인 교차, 탁월한 기교에 탄성을 지르게 된다. 제목의 '러시'가 갖는 다의성을 밝히는 부분이 다소 사족 같지만, 설명을 읽고서야 그 다양한 의미를 깨닫고 놀라는 독자들도 있을 것이다. 어쨌든 문장과 캐릭터는 처음부터 끝까지 미소 짓게 하고, 에피소드 간의 뛰어난 연계(특히 첫머리와 마지막의 '좋아하는 일본어' 에피소드의 연계)에 놀라며, 마지막에 펼쳐지는 등장인물들의 훌륭한 파노라마에 감탄하게 된다.

:: 작품 리스트—수상작 · 후보작

이 작품이 나왔던 해인 3년 전에 나는 감탄하며 서평을 썼다.

그때 '특이한 재능을 가진 신인 작가의 회심의 역작'이라고 평가했는데, 그것은 실수였다. 아니, 실수라기보다 이사카 고타로라는 작가의 재능은 아직 조금밖에 드러나지 않았던 것이다. 일단 지금까지 나온 작품을 열거해 보자.

0 『악당들이 눈에 스며들다』(1996년, 산토리미스터리대상 가작 수상)

1 『오듀본의 기도』(신초샤, 2000년 12월) → 신초 문고

2 『러시 라이프』(신초샤, 2002년 7월) → 신초 문고 ※본 작품

3 『명랑한 갱이 지구를 돌린다』(쇼덴샤 논노블, 2003년 2월)

4 『중력 피에로』(신초샤, 2003년 4월)

5 『집오리와 들오리의 코인로커』(도쿄소겐샤, 2003년 11월)

6 『칠드런』(고단샤, 2004년 5월)

7 『그래스호퍼』(가도카와쇼텐, 2004년 7월)

8 『사신 치바』(문예춘추, 2005년 6월 간행 예정)

굳이 0번을 붙여 『악당들이 눈에 스며들다』를 언급한 것은 산토리미스터리의 경우 공개 심사 전에 최종 후보작을 가제본 서적으로 만들어 관계자들에게 나누어 주기 때문이다. 엉성한 비매품 가제본 서적으로 결국 책으로 나오지는 않았으니 헌책방에 나오면 엄청나게 비싼 값이 붙을 게 틀림없다. 어쨌거나 『악당들이 눈에 스며들다』는 대폭 수정을 통해 3번으로 새로 태어

났다. 말할 것도 없이 은행 강도들이 활약하는 세련된 수작 케이퍼(은행 강도) 소설이다.

1, 2, 3번이 미스터리 팬들의 관심을 끌었다면 4번은 미스터리 팬 이외의 소설 팬들의 마음을 사로잡은 인기작이었다. 방화와 낙서와 유전자를 둘러싼 청춘 미스터리였는데, 그 기발한 테마의 오묘한 매치, 상쾌하게 질주하는 이야기, 경구와 비유를 충분히 사용한 세련된 표현, 따스한 인간미가 어우러져 사람들이 '이사카 고타로'를 '발견'하는 계기가 된 작품이다. ('소설, 아직 쓸 만하잖아!'라는 문장으로 시작되는 담당 편집자의 열정적인 전대미문의 선전문도 획기적이었다.)

5번은 서점 습격과 애완동물 학대가 교묘하게 어우러지는 이야기다. 복잡한 인간관계와 마지막에 반전을 보이는 이 작품과 마찬가지로 두 가지 이야기를 중간에 교차시켜 극적인 효과를 거두고 있다. 6번은 가정법원 조사관 무토가 다양한 인간 군상을 목격하는 연작 단편집으로 여기에서도 시간 축이 어긋나 있다. 7번은 세 명의 살인 청부업자가 뒤엉키는 우의적인 범죄 코미디 작품이고, 8번은 무려 '사신'을 주인공으로 삼은 걸작 시리즈다.

이사카 고타로는 인기도 높지만 문단의 평가도 높다. 먼저 1번은(앞서 말했듯) 제5회 신초미스터리클럽상, 5번은 쟁쟁한 작가들(나오키상을 받지 않은 거물 작가들)이 많이 받는 요시카와 에이지 문학신인상을 수상했다. 또한 『사신 치바』(《올 요미모노》

2003년 12월호 수록)로 제57회 일본추리작가협회상(단편 부문)을 수상했다. 그 밖에도 아쉽게 상은 놓쳤지만 4번과 6번, 7번이 나오키상, 3번과 7번이 오야부하루히코상에 각각 노미네이트 되었다.

:: 인용되는 영화와 소설의 '논리'—작품 간의 링크

마지막으로 몇 가지 주석을 붙이고 싶다. 작가가 덮어 둔 이름을 조목조목 파헤치는 행동은 피해야 할 때도 있지만, 인용이 특기이고 문맥을 생생하게 살리길 좋아하는 '이사카 고타로'의 취향을 생각하면 그리 눈치 없는 짓은 아닐 것이다.

먼저 도요다가 권총을 찾아내 '베트남 전쟁 영화'를 떠올리는 장면이 있는데(99쪽) 이는 마이클 치미노 감독의 명작 〈디어 헌터〉(1978)다. 그리고 "그러고 보니 그런 영화도 있었다. 미국의 대부호가 거금을 주고 젊은 부부의 아내를 하룻밤 구속한다는 이야기"(156쪽)는 에이드리언 라인 감독의 〈은밀한 유혹〉(1993). 또한 도요다가 학창 시절에 읽었던 소설로 주인공이 백치 여성에게 "두려워하지 마. 그리고 내 곁에서 떠나지 마"라고 말하는 작품을 언급하는데(202쪽) 이는 사카구치 안고의 『백치』다.

다른 매체(《소설 트리퍼》 2004년 여름호나 《책의 잡지》 2004년 10월호~2005년 2월호)에서 썼기 때문에 여기서는 언급하지 않겠지만, 이사카 문학의 가장 큰 매력은 결백한 논리의 확립이다. 이사카 고타로의 입버릇이라고 해도 될 '신의 레시피'(214쪽)라는 표현을 비롯해 제도나 가치관의 중요성, 혹은 '논리'를 둘러싼 갈등이 소설의 기반을 이루고 있다. 3년 전 처음 읽었을 때는 이야기의 구조에 눈이 갔지만 다시 읽었을 때는 곳곳에 펼쳐져 있는 올곧은 결혼 관념(261쪽)과 인생에 대한 재도전을 느낄 수 있었다. 특히 도요다가 등장하는 부분은 당당하고 은근히 감동적이다. 앞서 언급한 두 편의 영화와 소설도 사실 도덕적인 갈등을 둘러싼 작품이고, 이사카 문학을 관통하는 결백하고 강인한 논리를 반영하고 있는 것이다.

마지막으로 진짜 한 가지만 더. 이사카 고타로의 작품에는 작품 간의 링크가 있다. 『러시 라이프』는 두 번째 작품이지만 이 소설의 세부 사항은 단편 소설이나 나중에 나온 장편 소설에 이용되고 있다. 예를 들어 『오듀본의 기도』에 등장하는 이토가 표구점에서 아르바이트를 하는 내용을 사사오카가 언급하고(213쪽) 『중력 피에로』에서는 이즈미가 이토와 만나게 된다. 가와라자키가 쓰카모토에게 듣는 '요코하마에서 있었던 영화관 폭파 미수 사건'(223쪽)은 『명랑한 갱이 지구를 돌린다』의 네 주인공이 만나는 계기가 되는 사건이며, 도요다가 택시에서 듣는 은행 강도 사건(290쪽)은 『칠드런』의 첫머리를 장식하는 '뱅크'에서 묘사된다. 이사카 팬들 사이에서 높은 인기를 자랑하는 도둑 구로사와는 『중력 피에로』에서 이즈미의 의뢰로 탐정으로 활약하고, 다카하시가 이끄는 종교 단체의 이야기도『중력 피에로』에서 조금 언급된다. 그 밖에도 아직 책으로 나오지는 않았지만 이 작품에서 언급되는 가와라자키의 아버지 이야기(125쪽)가 걸작 단편「동물원의 엔진」(《소설 신초》 2001년 3월호 수록)에서 보다 상세하게 전개된다. (더 자세한 정보는 이사카 고타로의 팬 사이트에 실려 있다. 훌륭한 내용이니 꼭 찾아보기 바란다.)

이 작품은 '장대한 트릭아트'의 이야기지만, 보다시피 이사카 고타로의 작품들이 서로 링크되어 그 수가 어느 정도 갖춰지면, 윌리엄 포크너의 '요크나파토파' 연대기와도 같은 세계가 펼쳐지지 않을까? 포크너가 수많은 기교와 문체를 구사하여 다양한 작품을 낳은 것처럼 이사카 고타로 역시 다양한 작품을 낳을 것 같다. 아니, 이미 낳고 있다. 처음에도 말했듯이 나는 '우아한 전위성'이라 부를 수 있는 방향으로 나아가 주길 바라지만, 과연 어떻게 될까?

2005년 3월

옮긴이 **김선영**

한국외국어대학교 일본어과를 졸업했다. KBS를 비롯한 다양한 매체에서 전문 번역가로 활동했다. 옮긴 책으로는 이사카 고타로의 『종말의 바보』『목 부러뜨리는 남자를 위한 협주곡』, 미나토 가나에의 『고백』『꽃 사슬』, 사사키 조의 『경관의 피』, 나가오카 히로키의 『교장』, 오리하라 이치의 『실종자』『원죄자』, 야마시로 아사코의 『엠브리오 기담』, 쓰지무라 미즈키의 『열쇠 없는 꿈을 꾸다』『츠나구』, 아리스가와 아리스의 『주홍색 연구』『쌍두의 악마』, 다카기 아키미쓰의 『파계 재판』『대낮의 사각』, 미나가와 히로코의 『열게 되어 영광입니다』 외 다수가 있다.

러시
라이프

지은이 이사카 고타로
옮긴이 김선영
펴낸이 양숙진

초판 1쇄 펴낸날 2016년 5월 5일

펴낸곳 (주)현대문학
등록번호 제1-452호
주소 06532 서울시 서초구 신반포로 321(잠원동, 미래엔)
전화 02-2017-0280
팩스 02-516-5433
홈페이지 www.hdmh.co.kr

ⓒ 2016, 현대문학

ISBN 978-89-7275-776-4 03830

* 책값은 뒤표지에 있습니다.